献给家驹和未来

左安军 著

Beyond

乐与怒

传

南京大学出版社

图书在版编目(CIP)数据

乐与怒：Beyond 传 / 左安军著. —南京：南京大学出版社，2023.12(2025.3 重印)
ISBN 978-7-305-27219-6

Ⅰ.①乐… Ⅱ.①左… Ⅲ.①传记文学-中国-当代 Ⅳ.①I25

中国国家版本馆 CIP 数据核字(2023)第 149488 号

出版发行　南京大学出版社
社　　址　南京市汉口路 22 号　邮编　210093

LE YU NU：Beyond ZHUAN
书　　名　乐与怒：**Beyond 传**
著　　者　左安军
责任编辑　陈　卓
照　　排　南京紫藤制版印务中心
印　　刷　南京新洲印刷有限公司
开　　本　880 mm×1230 mm　1/32　印张 14.75　字数 356 千
版　　次　2023 年 12 月第 1 版　2025 年 3 月第 3 次印刷
ISBN 978-7-305-27219-6
定　　价　68.00 元
电子邮箱　Press@NjupCo.com
网　　址　http://www.njupco.com
官方微博　http://weibo.com/njupco
官方微信　njupress
销售咨询　025-83594756

版权所有，侵权必究
凡购买南大版图书，如有印装质量问题，请与所购图书销售部门联系调换

序 言

细读本书就像走进时光隧道，途中还配上动人的乐韵歌声，伴我回到那段逝去的日子，仿佛可以"再继续发着青春梦"。这段阅读旅程让我重拾几代香港乐迷的流金记忆，字里行间，边读边唱，一切有如回到耳边，就在眼前。我从来不算是一个狂热乐迷，成长过程中没有迷恋偶像，因此虽然喜欢八十年代香港的乐队组合，却不是任何一队的铁粉。Beyond固然是香港流行音乐的传奇，但书中那些细节我有些只曾耳闻，大多未有幸目见，如今有机会从头细看，实在要感谢左安军先生用心发掘不少难得的资料，还"亲手写上每段得失乐与悲"，还原这段香港流行音乐的光辉岁月。

正如书中所言，关于Beyond队名的阐释有不同版本，其中一个最重要的意思是"超越"。他们的确超越了不少界限，篇幅所限，姑且集中按"从地下到主流"这个最具争议的课题回忆他们是怎样超越的。1986年4月在中环艺穗会举办的"剖释聚会"是Beyond音乐生涯的分水岭，自此他们告别地下，开始走向商业市场的崎岖道上。作为一个主要听主流歌曲的乐迷，我衷心感激他们愿意走出这一步。不太留意地下音乐的我错过了经典的"永远等待"演唱会，虽然到过明爱中心礼堂，但当时出席的大多是中学学校音乐会。1985年7月"永远等待"演唱会上演时，我应该还在一边跟张国荣低唱"从前如不羁的风，不爱生根"，一边听谭咏麟高呼"这陷阱，这陷阱，偏我遇上"。如没记错，我到大学二年级才初次听到Beyond（实在太迟，迟得至今我仍感汗颜），时为1985年12月6日，地点是高山剧场。当晚Beyond出席了"小岛&Friends"音乐会，而那时我的注意力还集中在小岛，觉得他们1985年的专辑《小岛传说》正式掀起了乐队潮流。说实话，那不是一听钟情，我记不清那天晚上我听了哪些歌，只记得他们的歌迷跑到台前，现场气氛高涨，坐在后排的我在夜幕下（那时高山剧场后半部还是露天的）却只感觉有点吵（或因歌迷的热情叫声）。在地下音乐界已负盛名的Beyond对我来说不论外形还是音乐都太"重型"了——长发、皮衣裤和注重技术的艺术摇滚。因此，我也错过了1986年春天的"剖释聚会"，甚至后来才知道他们同年出版了自资的传奇盒带《再见理想》。

直至1987年Beyond推出第一张签约EP《永远等待》，我才想起我听过Beyond，让依稀的记忆重新点燃我，碟中拍成MV的《昔日舞曲》更变成心头好。作为电影迷的我也惊觉原来他们曾在《恋爱季节》《肝胆相照》中饰演自己（后来才知道家驹也有在新浪潮电影《半边人》中出现）。

我开始听Beyond，身边的摇滚朋友却怀疑他们进军主流出卖地下音乐。对不是摇滚迷的我来说，看见Beyond首张非自资专辑《亚拉伯跳舞女郎》的酋长造型，难免为他们感到委屈。同在

1987年上映的电影《监狱风云》，周润发有金句，"忍一时风平浪静，退一步海阔天空"，对主流音乐来说，幸好他们最终被说服忍一时退一步，否则日后香港流行音乐可能真的没有海阔天空。

踏入主流乐坛，愈来愈受欢迎的Beyond于1987年7月成立国际歌迷会，更在Canton迪斯科举行"超越亚拉伯派对"小型演唱会，并于翌年以"摇滚88大行动"与其他乐队一同踏上红馆舞台。至此，Beyond从苏屋邨、明爱中心、艺穗会、高山剧场、大专会堂到红馆的青云之路正式完成。更重要的是，正如左安军所言，他们努力不懈地练习，不求侥幸一步一步走完的这段路，并非娱乐圈造星行动的捷径。

然而，争议声始终不断，书中提到的剪短头发、"欢乐今宵"假唱、歌颂母爱的《真的爱你》以至拍电视剧、电影和广告，一直被某些乐迷针砭非议。也许是个人偏见，"苹果"是我初中时校服裤子的名牌，因此我颇喜欢他们的牛仔服装广告；Canton是当时城中潮流热点，所以我觉得他们的小型演唱会很酷；虽然不太喜欢《Beyond日记之莫欺少年穷》，甚至有点讨厌《开心鬼救开心鬼》，但到现在我仍觉得《天若有情》非常浪漫，Beyond的深情插曲则是其中一个主要原因。

倘若Beyond只是从地下走入主流，就算不上真正超越。诚如书中引家驹说，当年的乐队潮流是一种革命，因为他们着重粤语原创，不再只翻唱外国歌曲。Beyond也一直以创作说话，带动整个香港流行音乐革命。1988年，他们到北京开演唱会，同年又以写家国情怀的《大地》登上金曲榜首。1990年，黄家驹探访新几内亚，翌年再到肯尼亚做亲善访问，归来后音乐创作视野更广,《光辉岁月》和《阿玛尼》(Amani)超越了主流歌曲的框框,大大拓宽了一般乐迷的耳界。家驹尝言:"香港没有乐坛,只有娱乐圈。"他们却一直尝试以作品证明这句话是错的。可毕竟螳臂难以挡车,后来他们计划开拓海外市场,希望可以走出香港的俾面派对,拒"为名节做奴隶"。可惜如书中所言,进军日本乐坛的摇滚之路并不顺遂,赴日发展后在香港推出的第一张粤语专辑《继续革命》有传因与业界关系不好而反应不似预期,其后的《乐与怒》也是叫好不叫座,但他们在音乐上仍然继续超越,分别交出《长城》《海阔天空》等殿堂金曲,就算是情歌如《早班火车》《情人》也成一代经典。后来他们也开始对曾经向往的日本乐坛感到失望,更讽刺的是家驹的摇滚之路竟因一次意外过早走到终站。正如书中指出,对其他三位成员来说,经历哀痛后或可飞越苦海,放下Beyond"包袱"再放异彩。这不知是摇滚神话的终结还是开始,但对我来说这已是香港流行音乐史上一道永不平复的疤痕。

家驹留下了名言:"生命不在乎得到什么,只在乎做过什么。"本书用有温度的文字记录了家驹和Beyond做过什么,不但是致敬,更是这种精神的延续。从创作到研究,莫不如是。我自己主力研究歌词,评论Beyond作品时常感到无能为力。当然,好拍档刘卓辉的文字功力令其歌词有了很高的赏析度,但各成员所写词作(尤以早期)不应与专业词人相提并论(书中提及彼时尚未成为Beyond经纪人的陈健添认为《旧日的足迹》和《再见理想》等歌词"写作技巧比较生硬")。我想重点是Beyond作品的感染力来自整体,现场演出更加神采飞扬,不但超越了文字,也带领听众超越了自己的想象。

岁月无声，歌乐有情，左安军的成长环境跟我迥然不同，原来音乐真的有种神秘力量，可以将不同时空的人连在一起。左安军对Beyond的历史了如指掌，并非专家铁粉的我不揣浅陋在此分享经验，旨在帮助他们不但超越香港娱乐圈的围限，也带动如我的一般乐迷超越自己的品位。书中援引乐评人冯礼慈的说法回应外界对Beyond主流化与商业化的批评："他们玩非主流的音乐而能红起来，在一定程度上改变了香港乐坛的面貌，引导了很多歌迷的音乐口味，开拓了很多香港本地青年的听觉领域，这些都是大家看不到的贡献。"对此，我完全同意，我就是当年的一个歌迷。虽然听Beyond的歌时已经长大，但如我曾在《我们都是听Beyond的歌长大》一书序言中所写："几代香港人都是听Beyond的歌长大的，听Beyond的歌又令我们不再长大：永远年轻，理想不灭。"

朱耀伟
2023年初春识于薄扶林

（朱耀伟，香港大学教授、香港大学香港研究课程总监。著有《香港流行歌词研究》《光辉岁月：香港流行乐队组合研究（1984—1990）》《音乐敢言：香港"中文歌运动"研究》《音乐敢言之二：香港"原创歌运动"研究》等。）

目录

序言

第一章　少年和他的吉他
  I　山上的孩子　　　　　　　　　　003
  II　生命中的两次奇遇　　　　　　　013

第二章　在地下：尽情摇滚
  I　王冠　　　　　　　　　　　　　027
  II　长路无朋　　　　　　　　　　　044
  III　不再等待　　　　　　　　　　059

第三章　黑夜中的微光
  I　再见，理想　　　　　　　　　　075
  II　叛徒或异军　　　　　　　　　　095

第四章　一九八七的转变
  I　双重突围　　　　　　　　　　　121
  II　最后的电音　　　　　　　　　　140

第五章　荣光之路
  I　大地上的秘密警察　　　　　　　163
  II　见证无声岁月　　　　　　　　　188

第六章　光辉岁月
  I　爱无疆界　　　　　　　　　　　223
  II　生命接触　　　　　　　　　　　248

第七章　悲伤之旅
  I　孤独的异乡人　　　　　　　　　277
  II　绝唱：人间的乐与怒　　　　　　301

第八章　灵魂的缺席之歌
　　Ⅰ　伤口与阴影　　　　　　　　　　　　325
　　Ⅱ　千禧暂别　　　　　　　　　　　　　341

第九章　摇滚神话的终结或开始
　　Ⅰ　新生　　　　　　　　　　　　　　　359
　　Ⅱ　光辉重现　　　　　　　　　　　　　377

第十章　弦续：后 Beyond 时代的回响
　　Ⅰ　怀念家驹　　　　　　　　　　　　　389
　　Ⅱ　听见 Beyond　　　　　　　　　　　　412

参考文献 422

附录一　Beyond 唱片年表（1983—2005） 447

附录二　Beyond 成员表（1983—2005） 451

后记 453

第一章

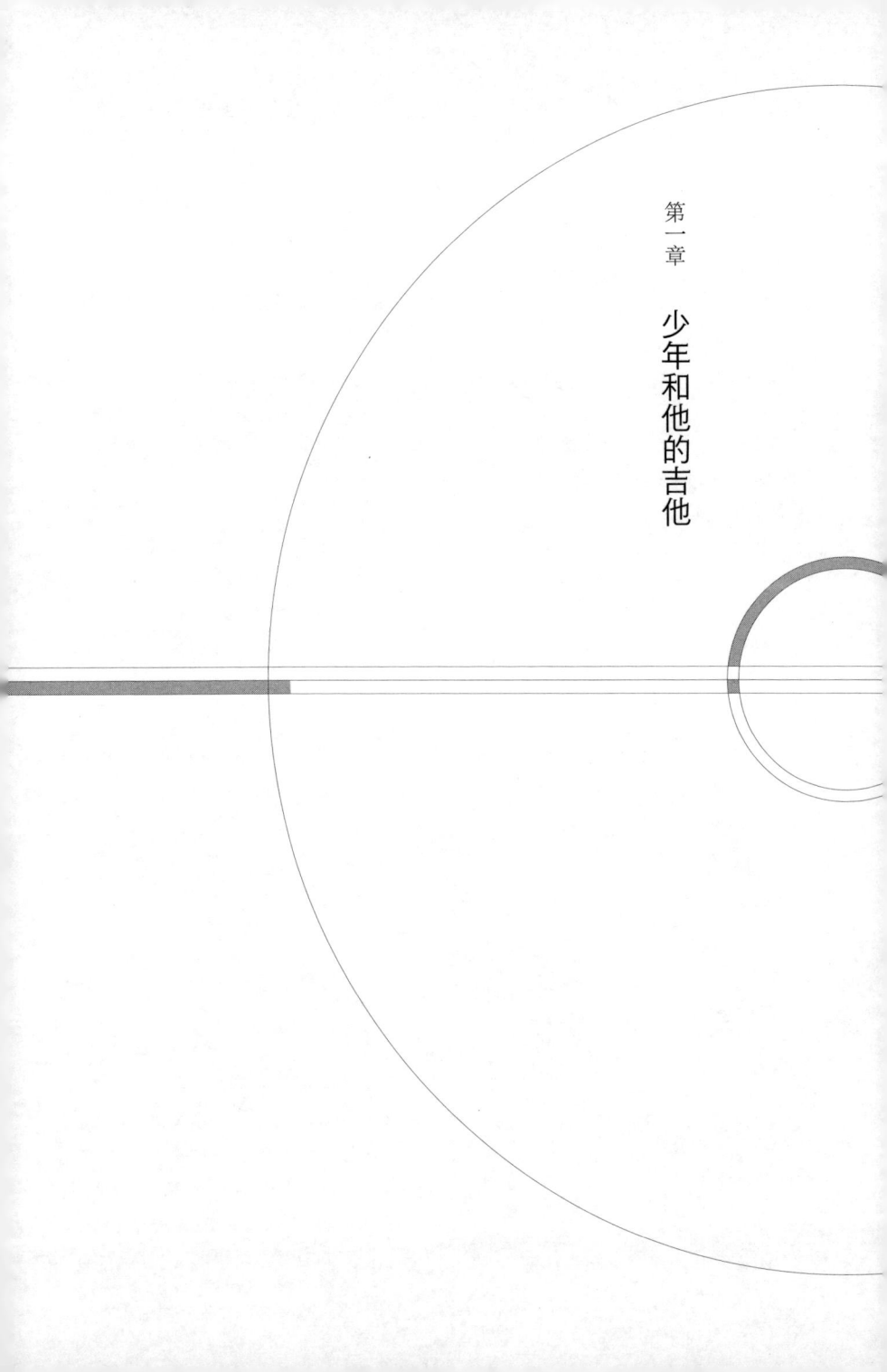

少年和他的吉他

I 山上的孩子

20世纪50年代，受各种不稳定因素的影响，数十万民众陆陆续续从中国内地涌入香港。由于地理上的天然优势，这些移民大多来自广东。在此期间，一对年轻夫妇也随移民浪潮从广东台山四九镇松朗村来到了香港。这对年轻夫妇的男主人名叫黄国文，当时是一个孩子的父亲。刚到香港那几年，黄国文先生一家寄居在一户亲戚家里。1960年，九龙深水埗区的苏屋邨（So Uk Estate）楼房第一期竣工，黄国文先生按家庭成员的数量向政府申请了一套公寓，他们一家这才过上独门独户的生活。

廉租房性质的苏屋邨是香港早期的公共屋邨之一。1953年12月25日夜晚，九龙石硖尾木屋区发生火情，随后大火蔓延至多个村落，最终导致9人丧生、5万余人无家可归。为安置灾民并从根本上消除木屋区的安全隐患，当地政府决定修建一批公共屋邨，苏屋邨便是在此背景下诞生的公共屋邨之一。

修建苏屋邨之前，原址同样是一片木屋区，一幅残破的景象让它显得格外普通。自1842年香港被英国占领，中英文化一直在这块弹丸之地交替生长，她像一个混血儿，接纳来自全世界的瞩目，尽管毁誉参半，但还是赢得了"东方之珠"的美誉。20世纪50年代初，木屋区在港英政府的指点江山中从地图上渐渐消失，随之高楼林立。经过几年的日夜兴工，苏屋邨十六栋楼终于在1960年至1963年间分期落成。此后，黄国文先生一家便住进了一栋名为"茶花楼"的楼房里，一住就是30余年。

茶花楼高十三层，每层楼居住着二十多户大大小小的家庭。黄国文先生一家就盘踞在三楼一个40平方米左右①的公寓里，门牌号是388。这个狭小的空间包括一个卧室、一个客厅、一个厨房、一个阳台和一个洗手间。客厅里放着一张沙发床和一张上下铺，那是孩子们就寝的地方。他们一家每个月为这间公寓支付的房租是200港币。

住进苏屋邨茶花楼的第三年，即1962年，黄国文夫妇迎来了他们的第四个孩子——黄家驹（Wong Ka Kui）。除了比自己年长6岁的哥哥黄家卫，家驹还有两个姐姐，一个叫黄小琼，一个叫黄小意。

经过几年的努力，黄国文先生终于凭靠勤劳的双手在香港找到了立身之本。他用多年的积蓄开了一家五金店，从此踏上自主经营之路。店铺的生意不大不小，每个月能为全家带来一千多元

---

① 家强表示有"400多呎"。1呎约为0.0929平方米。参见刘智鹏《我们都在苏屋邨长大：香港人公屋生活的集体回忆》，香港：中华书局，2010年，第65页。

的收入，一家人的生活总算有了基本保障。

1964年11月13日，也就是小家驹出生两年后的冬天，父母又诞下了弟弟黄家强（Steve Wong）。大概是年龄相近的缘故，在众多的兄弟姐妹中，家驹和家强关系最亲。家驹始终扮演着兄长的角色，为家强提供保护和依靠；家强则像一个追随者，形影不离地跟在家驹身后。"他活泼外向，也很幽默，我们俩常常拿对方逗乐。"家强说，"跟着他一起玩，我非常开心。他是一个很有领导才能的人，而且很勇敢，很多事情都是他带着我们去做的。"

双子座的小家驹人如其名，生性好动，幼儿园时就表现出不同于其他小朋友的锐气，似乎有种天生的魄力。小家驹非常喜欢一种名为"跳楼梯"的游戏，甚至常常带领小伙伴们拥挤在楼道或某些梯形道路上。这些小家伙总是喜欢尝试从更高的地方往下跳，而这种危险的尝试，很多时候都是在小家驹的鼓动下进行的。他们常常玩得不亦乐乎，完全忽视了潜在的危险。有一次玩"跳楼梯"时，小家驹不慎磕破了脑门，弄得满脸是血。

1968年夏天，6岁的家驹从幼儿园毕业后，进入了新会商会学校就读小学一年级。这是一所民办公助学校，位于中西区上环居贤坊1号，距离苏屋邨10公里左右，小家驹童年的大部分时间就是在这两地之间来回穿行。每天放学回家，他丢下书包，像一辆疯狂越野车从山脚冲到苏屋邨背后的山上，和小伙伴们玩到天黑。

毫无疑问，苏屋邨就是家驹和家强快乐时光的第一站。那里不仅有可供小憩的燕子亭，也有可以攀爬打闹的石雕滑梯——这甚至成了小伙伴们体验速度的最佳去处。他们排着队，一个接一个往下滑；家强则喜欢跟在家驹后面，随他一起冲向欢乐的顶峰。几年下来，那块坚硬的大理石被他们磨得闪闪发亮。就连比家驹年长14岁、素有"广东歌鼻祖"之称的许冠杰回忆起苏屋邨的生活，也会流露出难以抑制的激动，他说，在苏屋邨的那些岁月是他"一生中最灿烂的时光"。

苏屋邨的另一个优点是环境宜人。整个屋邨到处都是绿树，邨民们常常坐在树下闲谈。除此之外，每栋楼房里也有可供邨民活动的公共空间。那是由两间公寓连通而成的公共大厅，每隔几层楼就有一个。这里不仅是孩子们平时玩耍的地方，也是家长们联谊的好去处。

遗憾的是，半个世纪以后，苏屋邨也难逃拆迁的命运。由于楼房老化严重，维修成本高昂，当地政府决定推倒重建。2009年夏天，年过不惑的家强重返故地，面对即将拆除的苏屋邨，显得有些无奈。"我觉得很可惜，这是一个非常美丽的屋邨。房子不是盖在山边，而是盖在山上，当你慢慢往上看去，它们会越走越高。很难得有一个跟大自然如此亲近的生活环境。曾经在这样一个环境下成长，我觉得很幸福。"[1]

苏屋邨以北十公里左右的地方，有个"金山郊野"公园，山上常常有成群结队的猴子出没，因此那里也被称为"猴子山"。

---

[1] 香港无线电视台《东张西望》，嘉宾：黄家强。2009年6月19日。

尽管猴子山离苏屋邨还有一段距离，但每逢周末，家驹都会领着弟弟偷偷溜出来，然后花上一两个钟头和其他小伙伴结伴前往公园。如果打算玩上一整天，他们还会每人凑点钱，买一些番薯到山上去烤，当作午餐。

猴子山不远处有一个水库，夏日炎炎时，他们经常光顾那里，每次都玩到天色渐暗才依依不舍地离开。家强回忆说："我家旁边有一座山，那个山头很多地方都很危险。附近就有一个很大的水塘，专门给香港人提供饮用水。尽管那里非常危险，我们还是会去游泳，不过都是家驹带着我去，我们会在里面抓些小鱼小虾；如果没有他，我会觉得很危险。他真的很勇敢，什么都无所畏惧。"[①] 正因如此，家驹从小就体格健硕，田径运动方面表现优异，还获得过殊荣。

年少时的家驹说话有点磕巴，但每当遇到自己不认同的观点，便立刻变得能言善辩，甚至表现出强势的一面。和小伙伴们玩游戏时，他经常是最先提出游戏规则的那一个。同邨好友周启生（Dominic Chow）记得，有一次在苏屋邨外面的巴士总站遇到家驹兄弟和一群同龄人在那里玩耍，虽然当时家驹看起来有点瘦小，但眉宇间已显露出一种领导气质。

顽皮的家驹偶尔也会让父亲震怒，但他从来都没有因为挨父亲的胖揍而哭过。"小时候他很顽皮，像一匹野马，性格倔强，所以经常挨揍。"多年后回忆起这些童年往事，家强仍然对家驹

---

① 中央人民广播电台央广视讯《王牌驾到》，嘉宾：黄家强。2013年7月13日。

的刚毅满怀敬意,"那时候家里一般都是妈妈教训我们,但有一次我爸爸亲自上阵了,可想而知事情有多严重,如果事情不严重我爸爸是不会亲自动手的。他在外面闯了祸,我爸爸很火,随手拿起消防水喉过来揍他,他却一声不吭。我知道那很痛,他流了泪,但始终一声不吭。"

据家驹的姐姐黄小琼回忆,小时候父母对他们管教十分严厉,为防止家驹和家强到街上乱窜,常常要求他们规规矩矩待在家中,但很多时候他们都不会听从父母的指令。有一次父母推开房门,被眼前的一幕惊呆了——他们居然在家里玩起了"耕田"的游戏,把地板挖得稀烂。要知道,那可是用混凝土筑成的地板。母亲见状非常生气,一顿痛骂,但最后还是不得不亲自动手把那些坑填上。

虽说童年时代的家驹非常顽皮,但他很早就表现出非凡的主见,懂得明辨是非。有一次在学校打乒乓球,家驹不经意间与一个男同学发生争执,一旁的女同学便煽动双方动武。要知道,对于正值青春期的男孩而言,异性的举手投足总会令人想入非非。在女同学们的轮番怂恿下,对方终于按捺不住,迅速向家驹发起进攻。但家驹并没有以牙还牙,甚至拒绝和对方开战。因为在他看来,为了异性斗殴逞强没有什么意义。

家驹兄弟二人在外的玩伴大多是男孩,但回到苏屋邨,他们也会和女孩子打成一片。据家强回忆,茶花楼十二楼就住着很多小女孩,而且都长得非常漂亮。他们时常会从三楼来到十二楼,和那些小女孩玩上一整天。但他们之间到底有没有发生什么有趣的故事，外界始终无从得知。

当然，家驹也曾公开过自己童年时代的一段精神之恋。事情发生在10岁左右，当时他是新会商会学校四年级的学生。不过，他爱慕的对象既不是同班同学，也不是学姐或学妹，而是邻居家的小女孩。那是一位身材高挑，留着一头短发的上海小姑娘。为了赢得小姑娘的芳心，家驹亲手制作了一辆小小的模型车，并把它送给了对方。小姑娘也做出热情的回应，为他做了一份剪纸。但由于一位信使小姑娘的挑拨，两人的关系渐行渐远。

后来小姑娘一家搬离苏屋邨时，他们也没有互道分别，从此再无下文。大约过了三年，家驹才得知事情的真相。朋友告诉他，其实当年那位隔壁的信使小姑娘因为暗恋他，便在上海小姑娘面前说了他的坏话，才导致他们之间的疏离。虽然这件事深深伤害了家驹，但他还是非常珍视这段感情。多年后当他谈及自己的感情经历时，都会重提这段往事，甚至将其视为最纯洁的精神之恋。

*

在兄弟间的相处方式上，家驹、家强与其他家庭的兄弟之间并没有多大区别。他们俩如影随形，亲密无间，家强甚至过分依赖家驹。但即便兄弟二人如此亲近，偶尔还是会发生矛盾，而且矛盾一旦激化，情况就会变得很可怕。

2008年接受《娱乐直播》访问时，家强回忆说，有一次家驹惹怒了自己，他便立刻冲进厨房拿着一把菜刀出来，怒气冲冲逼近家驹，家驹顺势捡起晾衣竿抵挡来势汹汹的进攻。所幸，这出孩子间的闹剧并没有造成什么伤害。恶气消散后，一切如初。

虽然兄弟二人喜欢吵闹，但遇到麻烦时还是会齐心协力面对。有一次家强不慎触电，家驹便奋不顾身冲上前去施救。"我七八岁的时候，有一次去开冰箱拿东西，结果因为旁边的电风扇漏电，我被电在那里无法动弹，当时我大哥正在家里和几个朋友打麻将，他们都没注意到我被电击了。刚好家驹从外面回来，他看到我呆头呆脑地站在那里，骂我为什么打开冰箱不关上，见我没有回应，就来推我，才发现我被电着了，然后他赶紧用力踢开我。要是他当时没回来，我可能就死了。"

在姐姐小琼的印象中，童年时的家驹"顽皮、冲动、不算乖"。但事实上，除了这些大部分孩子都有的脾性，家驹还有属于自己的精神气质，那就是勇敢和不妥协。11岁时发生的一件事，充分展现了他的这种特质。

"有一次妈妈买了一条塘虱鱼回来养在胶面盆里，准备晚上煲汤。家驹把鱼拿起来玩，一不小心鱼掉到街上，被楼下'推车仔'的老板捡到。家驹带着家强冲下楼想要讨回那条鱼，老板却说：'地上拾到宝，问天问地都攞不到。'家驹很生气，回家拿了个螺丝扳手，又去找那个老板：'我把你的车轮拆掉，然后，我在地上捡起车轮。地上拾到宝，问天问地都攞不到。'"小琼说，"家驹人虽然很小，但他的胆量和坚持，终于让那老板不得不缴械投降,把鱼交还给了他。"①

1974年夏天,成绩平平的家驹从新会商会学校顺利毕业后,参加了博允英文中学的入学考试,并于同年秋天正式成为该校中一年级的学生。这所中学招收的学生基本来自香港底层社会,他们大多不学无术,喜欢抽烟、喝酒,甚至打架斗殴,这所学校因此得名"飞仔学校",在当地臭名昭著。

中学期间,家驹也没能摆脱小学时代差生的窘境。除了中国文学,似乎再没有什么科目能激发他的兴趣。但即便是文学,也仅仅是一种不痛不痒的爱好,因为他既没有深入阅读,也从未动笔写过一篇文章或一首诗。经济学和数学则是他最厌恶的两门课程,有时甚至会翘掉。中五毕业后,便迅速投身到了工作当中。

由于家境平凡,家驹并没有像那些富裕家庭的孩子从小就接受各种艺术的熏陶,而是过着放养的生活,直到中学毕业后才正式成为一名音乐爱好者。简而言之,在整个青少年时代,家驹都没有表现出什么惊人的天赋,生活中也没有音乐的影子。

真正对音乐产生最初的想象,是在他十二三岁的时候。有一次,发小问他喜欢什么,他的表现让对方有些诧异,因为他似乎从来没有思考过这类问题,给出的答案也仅仅是一些与运动有关的东西。当对方继续追问他是否喜欢音乐时,他表示对音乐并不怎么感冒。虽然当时家驹并没有思考过自己与音乐的关系,但这番对话还是唤醒了他身体里沉睡的音乐意识。之后,那位发小组

---

① 黄鹿玲:《黄家驹塘虱鱼的故事》,《明报周刊》第1963期(2006年6月24日)。

建了自己的乐队，姐姐小琼也不断带回出席各类舞会的消息，家驹便开始以旁观者的身份接受音乐的熏陶。但真正踏上音乐之路，还是多年以后的事。

*

16 岁时，家驹邂逅了他的初恋。这位名叫 Gari 的女孩就住在苏屋邨，和家驹一样，也是博允英文中学的学生。上学时，家驹和 Gari 每天都会从苏屋邨外面的巴士总站乘 2 路车前往学校。虽然经常乘坐同一辆车，但两人始终没有搭过话。后来，一位朋友终于把他们介绍给了彼此。风华正茂的家驹对 Gari 展开了火热的攻势，随后他们便开始了一系列的约会，逛街、吃饭、看电影、游泳，等等。

彼时的家驹并无过人之处，他皮肤黝黑，满脸痘印，还是个 350 度的近视，与少女心中的白马王子相差甚远。但即便如此，Gari 还是被他的真诚打动了。没多久，二人便坠入爱河，并把自己的初吻献给了对方。"非常难忘，当时真的很紧张，我鼓足了勇气才做到的。"家驹说，"那种感觉不知道是什么，无法描述。"

遗憾的是，4 年后这段恋情便走到了终点。那时家驹已经学了三年吉他，正沉浸其中。家驹对自己的恋情向来讳莫如深，直到多年后，他才在一次采访中透露和 Gari 分手的缘由。"因为我沉迷于音乐，吊儿郎当，我觉得自己难以给她提供任何保障和安全感。""她原本并不想分手，但后来认识了别的男孩，分手不到半年就嫁人了。我们的理想和目标不同,她追求的是家庭,我无法满足她。"尽管当初是家驹提出的分手,但在多年后的一些作品中,他还是会对 Gari 流露出眷恋之情,比如那首温情脉脉的《喜欢你》,灵感就来自 Gari。

关于家驹一生中的几段恋情,外界向来知之甚少,甚至连其女友的名字,人们也只是乱加猜测。后来有不少歌迷试图描绘出家驹一生的爱情谱系,但都没有得出什么可信的结论。不过,这也恰好印证了家驹一直强调的处世哲学:希望人们关注他的音乐,而不是私人生活。

II 生命中的两次奇遇

1979 年夏天,家驹接触到生命中的第一把吉他。正是这把吉他将他引上了音乐之路。那是一把邻居搬家时丢弃的木吉他,当时正歪歪斜斜地躺在楼道的垃圾堆里。家驹如获至宝,当即决定把它清洗后送给玩音乐的发小。但是,由于清洗过程中吉他被天拿水腐蚀得面目全非,发小便拒绝了他的好意。因此,他只好把吉他带回去自己试着弹奏。

最初他也只是像那些初入此道的吉他爱好者一样,爬爬格子,熟练指法,弹一些常用的和弦。不同的是,他比大部分人勤奋得多，甚至会不厌其烦地将一个指法练上几十遍，直到炉火纯青。没多久，他给自己换了一把二手木吉他，然后继续苦练。两年后，当他攒钱买到那把红色芬达（Fender），他才将这把二手木吉他半价卖给了家强。"可能是他希望我珍惜这把吉他，"家强回忆说，"毕竟不要钱的东西就不会很珍惜，他半价卖给我，我花了钱肯定就会更懂得珍惜。"

家驹第一次正式练习的歌曲，是一首来自爵士乐大师约翰·麦克劳夫林（John McLaughlin）的曲子。之后，他又购买了人生中的第一张唱片——迪斯科女王唐娜·莎曼（Donna Summer）刚发行不久的专辑。但没过多久，他的兴趣就从爵士乐转向了摇滚，甚至还节衣缩食到琴行学过电吉他。平克·弗洛伊德（Pink Floyd）、深紫（Deep Purple）、彩虹（Rainbow）、桑塔娜（Santana）等乐队，都被他当作学习的典范。[①] 平克·弗洛伊德音乐中呈现出来的那种意境和空间感，更是令他痴迷不已。这种影响几乎贯穿他短暂的十年音乐生涯，从乐队的自资专辑《再见理想》到《黑色迷墙》电影原声，再到他生前的最后一张专辑《乐与怒》，都能看到平克·弗洛伊德的至深影响。

为了钻研吉他，家驹常常把自己关在家中。减少跟朋友聚会的同时，他开始和另一些人频繁交往起来。每个初入此道的乐手，基本上都会主动结识那些与自己有着相同爱好的同龄人。如果条件允许，他们还会现身各类舞会甚至票价不菲的演出现场，

[①] 参见《黄家驹的音乐起点：启蒙吉他老师专访》，《劲歌金曲》第49期，香港：利德乐谱出版社，1993年。

以此拓宽视野。1979年11月,泰迪·罗宾率领"花花公子"乐队举办了一场名为"点指兵兵"的演唱会,彼时年方不足十八的家驹也成了这场演出万千观众中的一员。

在最初那一年,虽说家驹已经渐渐迷上吉他,但也仅仅是自娱自乐。他既没有给自己立下什么阶段性目标,也从未梦想成为摇滚巨星。随后,他还是加入了一支乐队,司职节奏吉他手。工作之余,乐队成员时常聚在一起练琴,偶尔接一些小型商演,金主多为学校、商场等。但遗憾的是,有一次主音吉他手借机挖苦家驹吉他技术差,成不了气候,一番争吵后,乐队不欢而散。从此,家驹每天都会苦练四五个小时的琴,有时候一练就是一整天。

虽然待在家里总比在外面鬼混好得多,但他夜以继日的操练实在令家人不堪其扰,因此没少受父母责备,有时他们甚至会将他赶出房间。遇到这种情况,他索性抱着吉他坐到楼道里,若无其事地弹下去。但楼道亦非久留之地,因为那里同样会打扰邻居,引来异样的目光。没几天,他终于找到了避免打扰家人的方法,那就是给吉他插上耳机。

"家里的面积很小,弹吉他的声音却很大,刚开始的时候真的很吵。我们要睡觉然后接着工作,于是他就攒钱买了一副耳机。后来他戴上耳机,拿个小凳子坐在扩音器旁,一弹就是几个小时。"① 姐姐小琼说。虽然常常受到父母的责备,但家驹从来没有放下吉他的意思,相反,父母越是反对,他玩乐器的热情越是

---

① 参见香港无线电视翡翠台《不死传奇:黄家驹》,2008年1月26日。

高涨。这就是叛逆期青年的典型表现：喜欢用违背父母之命来重建自己的价值，尽管一切反抗可能都是徒劳。后来家驹回忆说："那时候玩音乐，家人觉得不会有什么出息。我弹吉他并不是闹着玩，已经到了非常沉迷、走火入魔的地步。我妈妈每天回家，看见我低着头弹吉他，觉得没前途，劝我脚踏实地工作，不要再做这些无聊的事，浪费钱。"

"家人非常反对他玩乐队、弹吉他，他因此受过骂，挨过打，"家强说，"但他太喜欢吉他了，总是听不进劝告，家人实在拿他没办法，只好停止劝诫，由着他了。"

刚开始弹吉他的那一两年，家驹同样没怎么受家强的待见。因为面对家驹日复一日拨弄的那些和弦，家强的耳朵早已老茧丛生。此外，家驹练琴还会打扰到他看电视。实在无法忍受时，他只好愤愤不平地将电视的音量调大。当然，家驹也不甘示弱，他会加大弹奏力度，以此对抗弟弟的愤怒。有趣的是，整个过程中他俩总是一声不吭。

后来家驹开始玩乐队，家强的态度才慢慢转变，他甚至因为耳濡目染而渐渐喜欢上了摇滚。之后，在家驹的带领和影响下，他接触到了人生中的第一件乐器——键盘。打那以后，他就不再横眉冷对二哥家驹，也不会在家驹弹琴时指手画脚了。"我想当时他应该是打算让我和他一起玩音乐，所以才建议我去学键盘。"多年后家强若有所悟地回忆道。其实家驹早就发现很少有人弹键盘，推荐弟弟家强学键盘正是想弥补这一空缺。后来他在杂志上刊登启事招募键盘手的举动，佐证了这一点。

回忆起自己的音乐之路，家强颇为得意，因为他没有像家驹那样遭受家人的反对。"我们只相差两岁，我的很多东西都来自他那里。后来我也开始组乐队，玩音乐，家里就觉得顺理成章了，所以在这件事上我没有挨过揍！""我觉得他非常有毅力，是他让我发现做音乐并不一定是为了自己。他能够用音乐去感召别人，或者讲一些故事。我觉得这一点意义重大，对我的影响也非常深。音乐不仅仅是赚钱和自我满足的工具，音乐应该回归音乐本身。"

学习键盘期间，家强和梁翘柏（Kubert Leung）等人也玩起了乐队。然而，没等键盘入门，家强就不再打算学下去了。因为老师让他练习的曲子全是儿歌，甚至经常要求他重复那些简单幼稚的曲调。尽管他知道必须从基本的技巧学起，但乏味的课程着实令人难以忍受。之后，家强又开始学起贝斯，继续游走在几支乐队之间。

"几乎每个人都想做吉他手，其次就是鼓手，因为这两个角色很出风头，所以根本没有人愿意去弹贝斯。"家强说，"一般每支乐队都会有两三个吉他手，谁的技术不好谁就去弹贝斯。说来奇怪，家驹和我朋友的哥哥组了个乐队，而我的朋友同样也有一支自己的乐队，他也把我拉到他们乐队去玩。这支乐队里的两个吉他手经常打架，谁都不愿意弹贝斯，后来他们就找到了我，我就说好，学过之后我发现这个乐器也很有意思。我因此变得很抢手，最多的时候我同时在七支乐队里弹贝斯；而且弹贝斯还有个好处，那时候乐队租排练室大家都得交费，只有我这个贝斯手的待遇不一样,我只要人去了就好,从来不用交钱。"①

*

自20世纪60年代披头士(The Beatles)浪潮席卷全球,西方摇滚就从未停止过对"东方之珠"的浸染,此后相继出现的平克·弗洛伊德、谁人(The Who)、齐柏林飞艇(Zeppelin)、地下丝绒(The Velvet Underground)、大门(The Doors)等即在此列。1970年代初,大卫·鲍伊(David Bowie)第三张个人专辑《出卖世界的人》(*The Man Who Sold The World*)一经问世,他那惊世骇俗的形象便引发巨大轰动。性别错位的丝缎长裙,以及带有性暗示的低开的胸口,令一众青年瞠目结舌。

初次在电视上看到鲍伊,家驹便被他那带有迷幻色彩的音乐和奇妆异彩的形象深深吸引。很快,他就成了大卫·鲍伊的追随者。后来他甚至如此盛赞鲍伊:"他的表现非常吸引人,我觉得他一定是属于未来,而不是属于我们身处的年代。"当时家驹并不知道这位巨星的大名,不久他在一本音乐杂志上看到鲍伊的照片后,才得知这位神秘偶像是何许人。

家驹始终关注着有关鲍伊的一切。鲍伊的个人专辑、鲍伊与别人合作过的唱片,都是他必听的作品。甚至连那些跟音乐不怎么沾边但以鲍伊作为封面人物的杂志,也会被他收入囊中。有段

---

① 邵登:《〈晶报〉记者在黄家强工作室专访黄家强》,《晶报》2013年6月26日。

时间他一直把鲍伊当作典范来学习。在1988年出版的写真自传《心内心外》中,他就坦承鲍伊的前卫摇滚影响了自己日后的音乐走向。除此之外,他的穿衣风格也深受鲍伊影响。"我比较喜欢女性化的衣服,因为可以有很多不同的搭配方式,那样会让人看起来青春无限。"

同一时期,迪斯科(Disco)在香港也颇为盛行,成群结队的年轻人在灯光闪耀的歌舞厅进进出出,尽情释放着青春与热血。虽然家驹有一段时间迷恋过迪斯科女王唐娜·莎曼,但他的口味很快就发生了转变。摇滚的魅力似乎更能撼动他那敏锐的心灵,也更符合他内心的声音。因此,他远离人群,仅与为数不多的几位乐手相聚,并借此提高琴艺,享受摇滚带来的欢乐。

为了保存并随时温习偶像们的每一场演出,家驹给自己准备了一台卡式录音机。每当电视上出现自己喜欢的歌曲,尤其是像鲍伊这类让他佩服得五体投地的歌手时,他都会随时按下录音键,然后将这些磁带保存下来,反复聆听。如果没有多余的磁带,他就忍痛将那些听过无数遍的磁带洗掉,重录一些新歌。

*

1981年夏天,家驹结识了鼓手叶世荣(Wing Yip)。世荣的家庭背景和家驹比较相似,也是普通劳工之家。世荣从小就对音乐表现出极大的兴趣,对节奏有一种天生的敏感。自从进入慈幼英文学校就读中一年级,他就经常和同学林矿培(Peter Lam)泡在一起听音乐。中学二年级结识隔壁班弹贝斯的同学后，他们便组建了一支三人乐队。但是，这支所谓的乐队刚开始连一个能敲响的鼓都没有。直到当年期末取得不错的成绩，父亲才送给他一套二手爵士鼓作为奖励。这套鼓被放置在父亲的五金工厂，只要有空，他就会跑到那里练上几个钟头。

临近中学毕业，乐队成员各奔东西，贝斯手无人担任。为此，世荣在位于九龙土瓜湾245号的嘉林琴行（Collin Music）留下姓名和口信，表示希望加入其他乐队，或者找一位贝斯手重建此前的乐队。同年8月，嘉林琴行的老板把世荣介绍给了贝斯手李荣潮（Lee Wing Chiu）。见面后，世荣发现李荣潮还带了一个人——家驹，他们就这样毫无波澜地相识了。"那天家驹戴着一副红色苍蝇头眼镜，一头短发，皮肤黝黑，满脸青春痘，但看起来很健壮。"世荣回忆，"他说话时总是面带笑容，看起来非常和蔼。"

当时李荣潮是一名室内装修设计师，世荣对他同样颇有好感。"阿潮也戴着眼镜，肤色很深，"世荣说，"他头发卷卷的，满脸笑容，看起来很可爱。"

交谈之中，这几位年轻乐手发现彼此志趣相投、品位相近，于是交流进一步加深。"家驹和我聊了起来，不停地跟我讲音乐。当时给我的感觉是，这家伙非常非常地热爱音乐，一番交谈后，发现我们都很喜欢前卫摇滚。"世荣说。这几个年轻人突然有一种找到同类的感觉。尤其是家驹，他的表现更为热烈。他不仅毫无保留地和别人分享自己练琴的心得，还会为他们亲自操刀示范。

17年后，世荣再次描述了当时的情形："家驹对吉他的热爱令人心悦诚服，除了滔滔不绝，还传授和我同行的吉他手关宝璇（Owen Kwan）如何调音，只要谈到吉他，家驹就表现得十分兴奋。他不停地跟关宝璇谈论吉他音色调校的技巧，比如弹Rhythm时音量只能用六成，弹solo时音量要用九成，一成留作备用，而且还要跟吉他的音箱配合，音量九成时音色已经达到失真效果。他真的是一个吉他迷，非常喜欢弹吉他，而且乐于跟别人分享自己的经验。"[1]

聚会结束之际，他们先是互换电话号码，然后握手道别。"没想到这一握，彻底改变了我和家驹一生的命运。"后来世荣如此感叹与家驹的相遇。在随后的十多年间，他们不仅扮演着知己的角色，还以兄弟的情谊为彼此分忧。

回到家后，世荣拨通家驹的电话，问家驹有没有时间抽空到另一家琴行——通利琴行（Tom Lee Music）小聚。这家位于九龙尖沙咀广东道30号的琴行，离他们两家都比较近。当然，最重要的是这家琴行拥有优质、齐全的音乐器材和音响设备，排练棚的租金也比其他琴行低。从那以后，他们就成了通利琴行的常客。

家驹和世荣都把对方介绍给了自己的朋友，并慢慢融入对方的生活。"我们相识后，并没有马上组乐队。"世荣说，"我们先

---

[1] 林凯瑜编：《拥抱Beyond岁月》，北京：现代出版社，2003年，第177页。

是像朋友一样交往,他把我带进他的圈子,周末我们会到长沙湾和青山道的茶餐厅小聚,偶尔也看看电影,或者聊聊音乐,无所不谈。"随着了解的深入,家驹和世荣之间的感情愈发深厚。

在通利琴行流连期间,家驹看上了一把价格不菲的红色芬达。当时家驹是一家制衣厂的布料采购员,每个月只有一两千的工资,一万多元的价格对他来说显然是天价。但即便如此,他还是打算把它买下来。为了早日将这把吉他揽入怀中,他想方设法节省开支,甚至吃了很长一段时间的馒头。几个月后,当他攒足费用,便叫上世荣一起去了琴行。经过一番讨价还价,终于买走了那把梦寐以求的红色芬达。

通利琴行当年的一位店员回忆说:"我记得家驹当初为了挑到一把适合的吉他,往返琴行三次。他反复问我,这款音色如何,那款音色怎样。我不厌其烦地为他解答,但他似乎总是不放心。"毕竟,这是他人生中的第一把电吉他,慎重一点没什么不好。家驹对这把吉他爱不释手,但在1989年"真的见证"演唱会上,他亲自将它毁掉了。此是后话。

自从在嘉林琴行相识后,家驹、世荣和李荣潮偶尔会相约跑到琴行一起排练。不过更多的时候都是家驹独自一人在琴行练琴,方圆几公里的琴行都能看到他的身影。他和后来将乐队命名为"Beyond"的邓炜谦(William Tang,人称邬林),就是在一家名为一鸣音乐中心(Mark One Studio)的琴行相识的。那是1982年的春天。

邬林比家驹年长三岁,工作之余,也喜欢听音乐、弹吉他。

一鸣音乐中心同样是邬林时常光临的地方,他也喜欢到这里练琴。有一次他进门时就看见了正在练琴的家驹。两三个小时后,当他从排练室出来,家驹依然在那里埋头苦练。他被家驹那种忘我的状态深深打动。"眼镜几乎快要掉下来了,他仍然低着头继续弹着。他脸上满是汗油和痘疤,衣衫褴褛,他似乎并不在意周围。"[1]

邬林试着跟家驹搭话,但家驹似乎还沉浸在吉他的弹拨中。邬林发现,当话题转到音乐时,家驹两眼放光,说话不再像之前那样磕磕巴巴。"跟他交谈和看他弹吉他相比,简直是两个人,想不到这个疯狂的吉他手说话时那么亲切、温文,偶尔又有点神经质。"[2] 邬林如此说道。

交谈过程中,家驹的手指依然在琴弦上来回跳动。邬林谦虚地问家驹能否给自己支支招,听到这番话,家驹突然神采奕奕地给邬林示范了一段。然后他们又重复年轻乐手初次相识时都会谈论的话题,比如喜欢哪些乐队、最近在练什么歌、从事什么工作等。总之,这些年轻乐手总喜欢用这种方式试探彼此的音乐品味,以判断是否有进一步交流的必要。

知道家驹有自己的乐队后,邬林便向家驹提出邀请,希望他下个礼拜带队友一起过来。一个星期后,家驹和世荣、李荣潮如约抵达排练棚,邬林也随后赶到。在邬林的提议下,四人决定搞点即兴合奏,而他们也在这种即兴演奏中获得了一种最初的默

---

[1] 邓炜谦:《我与Beyond的日子》,香港:知出版,2010年,第35页。
[2] 同上书,第36页。

契。虽然当时邬林还没有写过歌，但他有一种强烈的原创意识，他认为他们应该有自己的作品，而不是一直翻唱别人的歌。当时香港流行翻唱、改编日本和英美的歌曲，东瀛风尤甚，连家驹也不例外，在他刚开始习琴的三年间，也是靠大量翻弹别人的作品提升琴技。尽管当时他们都没有太多的乐理知识，此前也从未想过编写原创歌曲，但在邬林的提议下，他们还是决定试一试。

从琴行分别后，家驹独自琢磨起那天即兴的曲子。没多久，他便给邬林打去电话，说自己已经把前几天在琴行即兴的部分作了进一步发展。没等邬林反应过来，电话另一端便传来了隆隆的吉他声。邬林随即做出热情的回应，飞奔来到茶花楼和家驹就刚才的曲子进行讨论。当天他们还把彼此的想法整合在了一起。几天后，世荣和李荣潮也将鼓和贝斯的部分编了出来。

在乐队的共同努力下，处女作《相片》（*Photograph*）[①] 几经修改和润色，终于大功告成。不过乐队并没有为歌曲填词，因而最终呈现出来的就是一首纯音乐。乐队草创初期，家驹和队友们并未意识到歌词的重要性，而且由于对纯音乐的偏爱，也使他们忽略了歌词的存在。歌曲名来自家驹对生命和时间的理解，他认为人生的每一个阶段犹如一张相片，而一首歌就是对生命的一种铭记。

[①] 本书对所涉英文作品名进行了翻译，首次出现时用括号标注其英文原名，后续则仅使用其中译名。——编者注

第二章　在地下：尽情摇滚

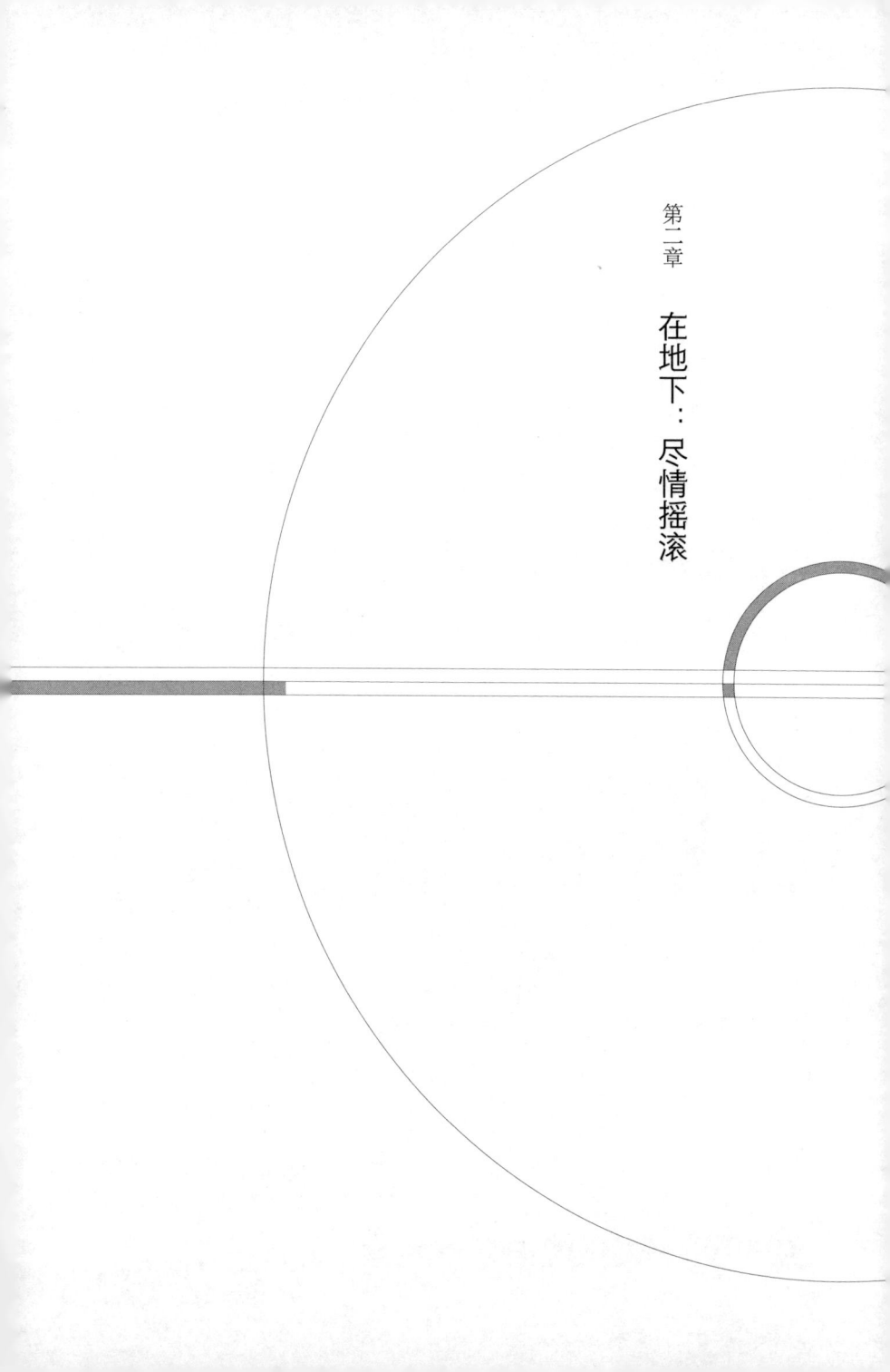

I 王冠

自处女作《相片》诞生后，Beyond 四人的创作热情被渐渐点燃，尤其是家驹，沉浸在创作的快感中无法自拔，天才之光正缓缓将他照亮。这种趋势从乐队第二首歌曲的创作过程便已端倪初露。

家驹对周遭的事物有一种敏锐的洞察力，不经意间的谈话或者人们习以为常的事情都能激发他的灵感。有一次，在家里用冲水马桶时，他偶然发现马桶抽出的水即将流尽时发出的"咯咯"声与吉他的某种音效非常接近，于是他决定将这一素材用到新歌当中。他甚至还把邬林叫到自己家，给他演示了一段。没几天，这段音效就被他用到了新歌《脑部侵袭》(*Brain Attack*) 里。

在队友们的通力配合下，乐队的第二首作品《脑部侵袭》很快成型。没过几天，家驹等人就再次钻进排练棚，准备将这首歌完整地过一遍。跟处女作《相片》一样，《脑部侵袭》也是一首以吉他、贝斯和鼓的演奏为主的纯音乐。神奇的是，改变这支彼时尚无队名的乐队，并在此后十余年间将家驹和世荣的命运紧密联系在一起的，正是这两首纯音乐。在1983年3月6日那次著名的吉他大赛上，为乐队夺得桂冠的正是《相片》和《脑部侵袭》。但遗憾的是，他们并未将《相片》收进任何一张专辑。翌年收录在《香港》合辑中的则是《脑部侵袭》和《大厦》（*Building*），处女作《相片》从此被遗弃了。

乐队不仅让他们获得了集体归属感，还激发了他们的创造力。他们一边享受着演奏的快乐，一边如火如荼地进行创作。第二首歌曲诞生以后，乐队依然没有自己的名字。1982年底的某一天，邬林向家驹提议说，他们得有个属于自己的队名。当时家驹一门心思只想提高琴技和创作能力，似乎并没有把这些事情放在心上。

邬林认为他们有着前卫的创作理念和积极的探索精神，而且彼时香港摇滚正处于萌芽期，虽然乐队以摇滚为主，但跟主流摇滚还存在不少差异。其实他早就为乐队想好了名字，这就是后来载入史册的——Beyond。

家驹似乎并没有弄懂邬林将乐队取名为"Beyond"的真正用意，邬林向他解释说："Beyond Rock and Roll！我们应该玩一些摇滚以外的音乐，而且这个名字也可以有多种层面的解释。"[①] 家驹非常认同这种对摇滚的构想，因为这是一个开放的名字，不会

---

① 邓炜谦：《我与Beyond的日子》，香港：知出版，2010年，第58页。

对今后的创作方向有任何限制。于是，家驹当即同意以"Beyond"作为队名，在音乐之路上继续前行。在接下来的排练中，这个队名也获得了另外两名成员的一致同意。

在1987年的一次采访中，当家驹谈及"Beyond"的含义时，虽然他的解释跟邬林当初的说法有明显变化，但两者之间依然存在着某种内在的关联。"我们使用'Beyond'作为乐队名，就是希望乐队做一些'边缘'的东西。'边缘'的意思，就是指并非大部分人都在做着的事情。我们希望按照自己的意思去玩音乐，而不是去复制别人。"[1] 1998年，世荣在传记中再次解释说："你要超越他人，先得超越自己。你想和别人有所不同，就要以客观、开放和乐观的态度自我反省，并时常警醒自己今日之我有无超越昨日之我。"[2] 这就是乐队自己后来对"Beyond"的阐释。

由于乐队草创初期的几首作品都是纯音乐，而且他们从未想过以此为业，因此在最初的几个月里，他们都没有确定由谁来担任主唱。直到写出第三首歌《雨夜杀手》(*Rainy Night Killer*)时，家驹才不情愿地兼起这首歌的主唱。

《雨夜杀手》取材于1982年香港发生的一起连环凶杀案。1991年，该事件被青年导演鞠觉亮拍成电影《香港奇案·雾夜屠夫》，引起强烈反响。《雨夜杀手》后来被更名为《浪漫已死》(*Dead Romance*)，收录在乐队1986年3月自资出版的《再见理想》中。

---

[1] 沈济民：《Beyond访谈》(Beyond the Interview)，《学苑》1987年第5期。
[2] 林凯瑜编：《拥抱Beyond岁月》，北京：现代出版社，2003年，第162页。

《浪漫已死》是一首明显带有迷幻色彩的作品，整首歌分为两部分：第一部分是长约 7 分钟的纯音乐，由家驹一人包揽；第二部分的歌词出自家驹之手，编曲则由家驹和邬林共同完成。这首长达 11 分钟的歌，明显笼罩着平克·弗洛伊德的影子。无论是编曲、歌曲结构还是吉他音色，都与平克·弗洛伊德的《嘿，你》（*Hey You*）、《飘飘欲仙》（*Comfortable Numb*）及其史诗神曲《闪耀吧，你这疯狂的钻石》（*Shine On You Crazy Diamond*）颇为相似。这似乎并不难理解，因为每一个年轻人在初入艺术之门时，都需要一个精神导师，而且通常不止一个。只有当他们具备自觉的创作意识时，才会摆脱这种潜在的影响，创作出属于自己的声音。虽然彼时 Beyond 热衷于纯乐器演奏，但他们还是从平克·弗洛伊德那里确立了最初的音乐风格，即所谓的"艺术摇滚"。

然而有意思的是，最初那几年，家驹并不怎么愿意承认平克·弗洛伊德对他们的影响。在三年后的一次采访中，当记者问及 Beyond 是否深受平克·弗洛伊德影响时，家驹表示："某些吉他滑弦的地方，的确很像平克·弗洛伊德。"接着他又略带辩解地说："我们受到外国音乐的影响，有平克·弗洛伊德或其他乐队的影子实在不足为奇。平克·弗洛伊德可能也像某一类音乐，只是我们没有说出来，人们都是先听了平克·弗洛伊德再来听我们的音乐，才会有这种感受。"[①]

"其实每个乐手都受过其他人的影响，"家驹说，"从听音乐

[①] 沈济民：《Beyond 访谈》，《学苑》1987 年第 5 期。

的经验,到观看其他人的演出,都会给乐手带来或多或少的影响。没有过去的音乐经验,就不会有今天的创作根基,但这并不表示一直要走别人走过的路。过去的框架是可以突破的,只要不是刻意模仿或者抄袭就好。"[1]

1993年再次谈及平克·弗洛伊德时,家驹就要坦然得多:"平克·弗洛伊德对我来说不仅仅是一支乐队,他们震撼的表现力给了我们许多启发。无论是在音乐知识方面还是演出氛围的营造上,都让我们受益匪浅。有时我们的音乐是在表达一些无法说出来的东西,但平克·弗洛伊德却能完全做到,他们只需要弹一下你就知道他们要表达什么。其实他们的音乐都是需要认真研究才能理解,如果随随便便听一下就能感受到他们所表达的东西,那说明你的音乐知识不一般。"[2]

众所周知,家驹初入乐坛时就已表现出相当成熟的台风,这一方面是因为他对音乐有着足够的自信,另一方面则得益于他热爱的那些乐队,平克·弗洛伊德就是其中的一支。"他们的现场非常棒,空闲时我们都会拿出来看,无论什么时候只要打开电视,我都会把它从头看到尾。"家驹说,"同样都是乐队,在欣赏他们的音乐之余,我们还会认真研究整个演唱会的制作,他们的灯光和舞台设计等各方面都值得我们学习,不过他们花费的资金也相当庞大。"

---

[1] 沈济民:《Beyond访谈》,《学苑》1987年第5期。
[2] 参见家驹谈平克·弗洛伊德的音频:https://www.youtube.com/watch?v=JtzbzAFmzbY。

从某种层面来说，Beyond早期的这些歌曲已经具备优秀的编曲水准，但乐队很清楚，那并不是真正属于他们的声音。他们显然不能沿着这条路走下去，否则就成了别人的翻版，那有悖于他们最初的音乐理念。他们渴望创造出真正的杰作，而不是跟在一支伟大的乐队后面，挪用别人的声音。家驹很快意识到这个问题的重要性，随即做出调整，抛弃了后来乐迷们津津乐道的"艺术摇滚"，并很快找到了属于自己的声音。

*

在乐队编制中，主唱一直都是乐队的核心，也是舞台的焦点，很多人都渴望成为主唱。早期的Beyond恰恰相反，他们对此似乎并没有多大兴趣。他们都很清楚，一旦成为主唱，玩乐器的时间就会大大减少，所以没有人打算把主唱一职揽到自己身上。这几个年轻乐手像孩子一样，把手中的乐器当成心爱的玩具。也许，他们仅仅是希望通过乐器来传达内心的声音，因此不难理解为什么乐队早期的几首作品既没有歌词，又十分冗长。

不过，随着时间的推移和认知的加深，纯音乐的局限和歌词的必要性似乎开始凸显出来。由于没有填词经验，写出《大厦》的曲子后，家驹便将小样交给了邬林。几天后，邬林将歌词初稿交到家驹手中，随后经世荣修改定稿。至此，Beyond总算完成了从纯音乐到歌词创作的蜕变。

从第一次填词开始，Beyond便展现出现实主义的批判风格。

但是，由于作为香港法定语言之一的英语受众较广，他们也不能免俗地写写英文歌，直到第三任吉他手陈时安（David Chan）加入乐队后，他们才开始用中文进行创作。

乐队明确表示，《大厦》是"对城市森林的一个讽刺"，也是对香港都市空间逼仄、压抑的映射。为了营造出那种压迫心灵的感觉，家驹在吉他效果的构思上颇费周折。歌曲前奏那阴森的金属撕裂声，似乎就是工业社会的回响。在急速扫过的吉他声中，鼓点密集如暴雨，尤其是低音鼓的频繁使用，几乎让人喘不过气来。随后那轰隆作响、钢铁般撞击的声音，则是受苏屋邨附近建筑工地的启发。在此之前，家驹一直试图为这首歌寻找一种适合的表达方式，有一天，正当他一筹莫展时，苏屋邨附近的工地突然传来挖土机撞击地面的声音，家驹豁然开朗，于是就有了这首歌开头的部分。

第一次进棚排练《大厦》时，乐队仍然没有确定由谁来担任主唱。几名成员似乎都不想站到舞台前方，而且由于都没什么演唱经验，要让他们中的任何一个肩负起主唱的重任，似乎都有点困难，但临时寻找一位新主唱又不太现实。最后，他们决定由最年长的邬林来演唱这首歌。如此一来，既是尊师重道，又是对邬林的认可。

然而，即便是乐手生涯最长的邬林，初次开腔献唱时，也显得格外紧张。他一边弹着吉他，一边努力让自己的歌声跟上乐队的节奏，结果弄得顾此失彼。在那个狭小的排练棚里，乐器的声音完全盖住了歌声，他根本无法听清自己在唱什么，更别说随时去校正音准。几次尝试后,邬林依旧找不到演唱的感觉,只好让家驹担任主唱。换上家驹后,乐队很快就完成了这首歌的排练。

事实上,当初家驹力推邬林担任主唱,是家驹过谦了。彼时的他声线虽算不上圆润饱满,但相比三名队友,他显然是最适合担任主唱的一位。自从接过主唱《大厦》的重任,在此后的每次排练中,家驹便开始独挑大梁,纵情放歌,逐渐确立起乐队领军人物的地位。最后收录在《香港》合辑里的《大厦》就是他演唱的,歌词也由他执笔重写,不过仍然署名邬林。这不仅是对邬林的尊重,也是对昔日队友怀念之情的表露。

*

演出一直是乐队存在的意义之一,也是乐手们最为渴望的事情,尤其像 Beyond 这种刚创作出自己作品的新晋乐队,更是渴望得到外界的认可,或者至少得到某种回应。

1983 年初,家驹兴冲冲地带回一本杂志,上面刊登着一则名为"Players Festival:香港吉他手、乐队大赛"的消息。也就是说,无论是以个人身份出现的吉他手,还是编制各异的乐队,都可以登上此次大赛的舞台。

家驹当天带回来的那份杂志,就是乐迷们津津乐道的《吉他》月刊(1988 年更名为《吉他&Players》)。这本杂志创刊于 1977 年 6 月,专门刊载与吉他相关的文章,被大部分本地吉他爱好者奉为圣经。《吉他》杂志举办的赛事最早开始于 1982 年,那是一场名为"Rock Guitar Vs. Rock Guitar：全港公开电吉他大赛"的比赛，冠军是一支名为 Powerpak 的乐队，他们的作品后来也被收录在《香港》合辑内。如今主办方希望将更多的乐手和乐队召集在一起，于是特意扩大参赛范围。

大赛设有"最佳乐手"和"最佳乐队"两个奖项，奖品是一份录音合约和价值数千元的琴行代金券。虽然主办方宣称奖品总价过万，但即便他们真能捧回奖杯，最终还是拿不到一分现金。不过，这对 Beyond 来说也算天赐良机，因为他们不仅可以借此机会和其他乐手进行交流，还能通过比赛展示他们的创作才华。随后，乐队决定报名上阵，并向主办方提交了参赛曲目《相片》和《脑部侵袭》。

在当年为此次比赛印制的一张宣传单上，比赛报名截止日期显示为 1983 年 1 月 31 日，初赛和决赛的时间则分别是 2 月 4 日和 3 月 6 日。于是，关于"Beyond"的成立时间，便出现了几种不同的观点。有人认为乐队的成立时间是 2 月 4 日，因为这是乐队的首秀；也有人认为应该从 3 月 6 日算起，因为那是 Beyond 真正意义上向外界宣告他们的存在并开始受到媒体的关注。

在家驹逝世十多年后，甚至有媒体刻意把乐队的成立时间报道成 6 月 20 日，借此制造噱头。当然，后来 Beyond 也自觉地将 1983 年当作乐队的成军之年，但并未提及具体日期。2006 年世荣在接受《独立音乐》（*Independent Music*）杂志采访时表示，乐队当年在参加比赛之前就已经定名；后来邬林在他的传记中同样证实了这一点。如果非得说出一个大致的时间，那应该是 1983

年1月。而3月6日那个令人难忘的日子,则是Beyond在音乐圈崭露头角的开始,也是乐队正式出道的重要标志。

报名后,Beyond便积极地为2月4日的初赛准备着。排练一般安排在晚上,因为白天他们都要工作。乐队每个星期都会聚在一起排练三四次,虽然下班回来大家都已累得半死,但训练仍然会持续到深夜。这种高强度的训练持续几周之后,乐队的几名成员都被弄得疲惫不堪。不过,在此期间,他们弹琴的技术都得到了不少提高,还学会了兼顾彼此,磨合出一支乐队应有的默契。

1983年2月4日,"Players Festival:香港吉他手、乐队大赛"初赛如期而至,地点是香港大会堂演奏厅(Recital Hall, HK City Hall)。参赛乐队和吉他手多达70余组,现场热闹非凡,无奇不有。既有翻唱的世界金曲,也有名不见经传的原创;既有软绵绵的情歌,也有凶猛的嘶吼;既有弹唱俱佳的行家里手,也有不得要领的初学菜鸟。总而言之,参赛者水平参差不齐,效果一言难尽。

经过激烈的比拼,Beyond从众多的参赛者中脱颖而出,并最终成为进入决赛的十组参赛者之一。

获得决赛资格后,Beyond备受鼓舞,那种被认可的感觉,让习琴多年的家驹信心倍增。为了在决赛的舞台上表现得更加完美,家驹提议乐队应该及时解决初赛中出现的问题。在接下来的一个月里,乐队增加了训练频次,技艺突飞猛进。

决赛当天下午,Beyond早早来到演出现场,准备做演出前的彩排。他们提前感受到了现场音响的巨大震撼力,效果实在比排练棚好得太多。

　　1983年3月6日傍晚，夜幕降临，决赛在位于湾仔区港湾道2号的艺术中心寿臣剧院拉开大幕，十组参赛者依次登台表演，尽情展示着手中的绝技。Beyond很看重这场比赛，为此还特意邀请邬林的哥哥Edward Tang担任临时摄影师。后来人们看到的现场照，其中一部分就出自Edward Tang之手。

　　乐队表演的曲目依旧是《相片》和《脑部侵袭》。表演过程中，除了邬林出现一点小小的失误外，其他成员都没有出现什么差错。演出效果比一个月前好得多，但如此冗长、令人费解的歌曲还是让一部分观众备受煎熬，有的甚至打起了瞌睡。然而，这并未影响Beyond表演的热情，他们依然沉浸在那些绵延婉转的琴声和鼓点中。后来世荣在一次采访中说："现在回想起来都会令人发笑，但那时我们却非常快乐。"[①] 这就是他们当时的状态：一种沉浸式的入迷和无畏的勇气。

　　比赛结束后，组委会紧张地统计着参赛选手的成绩。比赛结果由郭达年宣布，Beyond以极小的分差优势险胜一支名为Rozza的乐队，夺得乐队组冠军，吉他组的桂冠则被一位名叫包以正（Eugene Pao）的吉他手摘得。随后，众多参赛者和观众纷纷前来向Beyond道贺，一家电视台甚至要求Beyond重演获奖曲目，于是，乐队又把行头搬回了舞台。

　　当晚，Beyond接受了几名记者的采访，其中就包括后来的著

---

① 高飞：《Far From Beyond 叶世荣》，《独立音乐》（*Independent Music*）2006年1月号。

名乐评人冯礼慈。采访内容无外乎乐队成军于何时、喜欢哪些乐队、对此次获奖有何感想、接下来有什么打算之类。不久,冯礼慈以《一队新乐队起航了——BEYOND》为题,将那次采访内容发表在《吉他》杂志当年 6 月的总第 46 期上,这也是关于 Beyond 的第一篇报道。此后,Beyond 每出版一张专辑,冯礼慈都会发表相关的乐评。但多年来他一直和乐队保持着一定的距离,以免私人情感影响乐评的客观公正。

彼时任《现代青年人周报》主编的刘卓辉也来到当晚的演出现场,并见证了这一重要时刻。《现代青年人周报》和《吉他》杂志一样,都是音乐杂志,吉他大赛筹备期间它就曾刊登过比赛的消息。当晚刘卓辉就是应《吉他》之邀前来观赛的。

比赛结束两周后,刘卓辉对 Beyond 进行了一次采访。不过,由于工作缠身,采访当天邬林和李荣潮并未赴约。其实不难发现,虽然 Beyond 已经夺得吉他大赛的冠军,但他俩并没有把乐队当作前途光明的事业来做,唯有家驹和世荣怀着高昂的热情投入其中。

遗憾的是,采访当天,他们不仅没有做任何录音,也没有留下一张合影。虽然几天后世荣将一张相片送到了刘卓辉手中,但那也仅仅是一张他自己的个人照。[①] 而且,在很长一段时间里,访问内容都没有发表,一年后,《现代青年人周报》破产倒闭,发表的事情再无下文,访问的内容也在时间的洪流中变得模糊

[①] 左安军采访刘卓辉,2016 年 12 月 4 日。

不清。

在吉他大赛的颁奖仪式上，主办方为 Beyond 颁发了一副奖牌和一把手工制作的模型木吉他，奖牌的正面刻着"Players Festival Best Group Award 83"（1983 年香港吉他大赛最佳乐队奖）。奖品虽然很简陋，但那是一种至高无上的荣誉，也是一种肯定。"这次比赛对我们来说意义非凡，没有这场比赛，就不可能有 Beyond。"① 在后来的一次采访中，家驹如是说。

尽管赛前乐队信心满满，但摘得桂冠还是让他们始料未及。此后，Beyond 开始受到外界关注，并收获了第一批死忠乐迷。同时，获奖更加坚定了他们的音乐信念，让他们有了光明正大玩乐队的理由，不过此时他们仍然没有打算以此为业。为了继续玩下去，他们不得不开始思考：如何才能让乐队有长足的发展？如何对乐队进行管理？如何创作出更好的作品？

*

有一天，乐队还未从高强度排练的疲劳中喘过气来，家驹便兴冲冲跑回来告诉其他三人，说自己给乐队接了个活儿。那是一份客串演员的工作，他们将要为正在拍摄的影片《半边人》友情出演。在这部影片中，他们仅有半分钟左右的戏份：四名乐手挤在七八平方米的排练室里各司其职，家驹戴着他那标志性的苍蝇

---

① 琼琼：《放弃实验摇摆，Beyond 要"永远等待"》。

头眼镜专心演奏，看上去斯斯文文；不过世荣并未坐在鼓堆中，而是在一旁弹奏键盘。在这个既喧嚣又带着几分浪漫情调的门外，正站着女主角阿莹和她的老师。乐队所做的一切，都是为片中的主角服务。

《半边人》的演出是 Beyond 第一次在影片中现身，也是乐队保存下来最早的表演现场录像。虽然只有二三十秒的镜头，但这已足够让 Beyond 后来的很多乐迷欣喜若狂。

随着时间的流逝，Beyond 也渐渐从那次比赛的余温中平静下来。正当他们陷入生活重复的苦闷时，几家广告公司又重新点燃了他们的希望。他们被邀请去做电视广告的伴奏乐队，酬劳虽然只够几顿饭的开销，但他们还是爽快地答应了。

在接下来的一段时间里，乐队又写出了一两首作品。为了扩大影响力，吸收更多的歌迷，Beyond 计划举行一场乐队的首演。雷厉风行的他们说干就干，很快便着手准备演出的事情。

眼见无法支付高昂的排练棚租金，他们不得不节约开支，另谋出路。为此，世荣向父亲撒了一个谎，说自己需要一个房间以备结婚之用。其实，彼时年方二十的世荣要成家立室还为时尚早，但作为家中唯一的儿子，延续香火的重任就落到了他的头上，而不久的将来，他要接管父亲的五金工厂，把家族事业发扬光大。看儿子如此主动为自己的婚姻大事作打算，父亲自然喜出望外，便毫不犹豫地给世荣提供了一个房间。

这间位于油尖旺太子洗衣街 215 号的公寓，是世荣的祖母留给他父亲的遗产。世荣得到的只是那套公寓中的一间，另外几间则被租给了几个房客。房间仅有十几平方米,其中一部分被隔开来堆放杂物,因此可以用作乐队排练的空间小之又小。经过一番简单装修,世荣将放在父亲工厂的整套鼓搬到了这里。但鼓搬进来后,占掉了大部分空间,其他队友就只能挤着将就了。

虽然有了自己的排练室,但乐队并没有成天泡在一起。他们不仅要上班糊口,还要顾及邻居的感受,因为公寓的隔音效果实在堪忧。只有等假期来临,大部分房客外出时,他们才乘机溜进排练室。当然,他们偶尔也会在中午排练,为此没少挨邻居的投诉。

1983年四五月,受Rozza之邀,Beyond到澳门做了一场小型演出。彼时这些乐手大多以自娱为目的,哪里有演出机会就往哪里走,有时甚至身兼数支乐队。那一时期,家驹、家强和邓建明(Joey Tang)就组建了一支名为Nasa的乐队。没过多久,Nasa的三名成员又跟唐奕聪(Gary Tong)、朱翰博(Ricky Chu)组成Laser乐队。后来邓建明、唐奕聪和朱翰博则成为太极乐队的创始成员。据周启生回忆,有一次他就在一所学校见到Laser在那里演出,表演的是大卫·鲍伊和深紫乐队的作品。不过,在所有的乐队中,Beyond才是他们的重心,毕竟那顶王冠早就将他们绑在了一起。

在吉他大赛上的非凡表现,不仅为Beyond赢得了声誉和曝光机会,还为他们带来了一纸合约。比赛结束几个礼拜后,《音乐一周》(*Music Week*)的掌门左永然(Sam Jor)约见了Beyond,并打算签下乐队。左永然在香港音乐圈德高望重,被乐迷们誉为精神领袖，因此，没费多少周折，他就成功签下 Beyond，成为 Beyond 的第一位经纪人。但是，由于对合约一知半解，签约后 Beyond 没有及时告知经理乐队首演的计划，因此这份合约很快就被解除了。后来世荣不禁感叹，年轻时对合约的细则知之甚少，导致后来乐队在发展过程中遇到很多麻烦。

首秀计划排上日程后，Beyond 便开始积极准备，有空就挤进二楼后座的排练室。尽管他们会错开邻居的休息时间，但还是常常遭到投诉，才排练没几天，警察便找上门来。Beyond 彬彬有礼地点头认错，并表示会将音量控制到最小，然而警察刚一转身，他们又若无其事地拨起琴弦，挥舞鼓槌。此后，警察便成了二楼后座的常客，不过每次都只是给出友好的忠告，并没有对他们做出什么处罚。面对这些嘈杂的声音，邻居实在不堪其扰，投诉亦无济于事，便只好相继搬离，其中一位年事已高的老伯，成了最后的"钉子户"，直到两年多以后，才终于缴械投降，愤然搬离二楼后座。随后，Beyond 所有成员将各自的乐器和唱片搬了进来，在这里安营扎寨，并将其中一间改造成办公室。乐队 1991 年拍摄的自传电影《Beyond 日记之莫欺少年穷》，就重现了当时的情形。

在那个单纯而满怀激情的年龄，家驹和队友们都想玩个痛快，他们并没有意识到签约后一切以乐队之名的行动都要和经纪人协商。Beyond 按部就班地排练，大约在演出前几天，乐队即将举行首演的消息才被左永然知晓，随后他召集乐队开了一次紧急会议。左永然认为，乐队不仅作品少，舞台经验不足，而且没有多少拥趸，建议取消演出计划。但满怀信心的他们并没有听从建议，而是按原计划继续推进首演的准备工作。放弃精心准备的首演对他们来说显然是个艰难的抉择，而且他们早就公布了演出的消息。

经理的否决让 Beyond 感到沮丧，但想起即将到来的乐队首演，他们又变得热血沸腾。这次演出的地点还是在老地方寿臣剧院。对于一支初出茅庐的乐队而言，选择这个熟悉的地方有利于发挥，何况这家剧院对他们来说意义非凡。由于当时乐队只有 5 首歌曲，尚不足以撑起一场专场演出，因此他们决定邀请半年前在吉他大赛上结识的 Rozza 作为暖场嘉宾。

然而，这场演出不仅迂回曲折，甚至还给了他们致命一击。Rozza 暖场期间，Beyond 已经喝得醉醺醺。Rozza 表演结束后，大部分观众纷纷离场，等到 Beyond 登台时，台下的观众已所剩无几。更要命的是，演出过程中状况频出，他们先是花了好几分钟才把设备重新接好，但邬林的吉他还是因为效果器电量不足时不时传出一些怪异的声音，而随后家驹又在台上摔了一跤。这场期待已久的演出最后在一阵骂声中草草收场。祸不单行，第二天，左永然宣布解除经纪人合约，从此各走各路。

从乐队首演洋相尽出到被经纪人炒鱿鱼，终于让 Beyond 成员躁动的心沉静下来，认真反思过去的一切。尽管家驹和世荣对失去合约痛心疾首，但他们并没有解散乐队的打算。然而，经此一役，加上家人的极力反对，没多久，邬林决定退出乐队，认真投入到生活与事业当中。令家驹和世荣意想不到的是，李荣潮也在这个当口做出了同样的抉择。这支一度在地下音乐圈出尽风头的乐队，最终也无法摆脱如鸟兽散的命运。

II 长路无朋

对家驹而言，音乐就是生命的一部分，因此，无论外界如何变化，他在音乐上的脚步都不会停止。在 Beyond 摇摇欲坠的那几周，他依然不停地练琴、写歌。经过一段时间的休整，家驹和世荣决定重新上路。

组乐队就像婚姻，如果成员之间缺乏应有的默契和共同的目标，注定无法走远。正如多年后世荣在一次访问中所说："我觉得玩乐队最重要的就是要懂得与别人，尤其是与队友如何相处。我一直认为，玩乐队就是要先交朋友。即使你有非常出色的技术，但一个巴掌拍不响。技术当然重要，但它可以通过努力获得。此外，不要过分期望乐队能为你做什么，而是要先问问你能为乐队干点什么。一支乐队需要目标一致才能继续下去，同时每个成员也应该找到自己在乐队中的位置。"[①]

经过综合考量，家驹和世荣一致认为家强是比较适合的人

[①] 高飞：《Far From Beyond 叶世荣》，《独立音乐》2006 年 1 月号。

选。随后,世荣找到家强,说服家强加入Beyond弹贝斯。当时家强从键盘转学贝斯仅有半年时间,技术上马马虎虎,成为Beyond的一员后,家驹只好耳提面命督促他训练。"刚开始的时候,我一边弹贝斯一边学写歌,我的许多音乐知识都来自家驹那里。不过,他玩的音乐都很摇滚,我就比较偏向于软性、静态的音乐。我们唯一的共同点就是都很喜欢一些奇奇怪怪的音乐,比如实验噪音、民族音乐,以及带有阿拉伯、印度或日本风格的音乐。"

其实,早在加入Beyond之前,似乎就已经预示着家强会成为Beyond的一员。1983年夏天,《吉他》杂志召集大赛中的优胜队伍灌录一张名为《香港》的合辑。之后,郭达年为这些乐手拍摄相片,准备将其当作专辑封面照。拍摄当日上午,家驹才收到主办方的拍摄通告,邬林和李荣潮也是随后才从家驹的电话中得知这一消息。由于时间紧迫,家驹只好叫上弟弟家强一起完成拍摄,不然两个人看上去怎么也不太像一支前途光明的乐队。邬林和李荣潮赶到拍摄现场时,早已人去楼空,因此最后出现在《香港》封面上的就只有家驹、世荣和家强。在那张拍摄于某栋楼房内的照片上,这三个年轻的乐手斜靠一面白墙,露出一丝微笑,有些紧身的牛仔裤略显性感。家驹还是戴着他那标志性的苍蝇头眼镜,左手插在皮带上,右手扶着墙壁,露出几分羞涩的神情。

在乐队仅有家驹、世荣和家强的三四个月间,家驹不得不独挑大梁,肩负起主音吉他和主唱的重任。他们白天上班,晚上或周末偶尔小聚,有时甚至出去跑跑场子,或者参加一些公益演出。比如1983年10月30日，乐队就到澳门白鸽巢公园参加了一次小型义演。

那是一场露天表演，舞台就设在公园门口的台阶上，演出阵容为《香港》合辑中的几支乐队和乐手。率先登台的Beyond为观众表演了三首歌。除了在大赛上获奖的那两首，还有一首《大厦》。家驹一曲唱罢，便开始向观众解释歌曲的创作背景，然后一边用衣袖擦去脸上的汗水，一边笑嘻嘻地感叹天气真热。尽管如此，他们还是非常享受那样的演出，因为与观众的近距离互动，能让他们看清楚台下的反应。

经过几次舞台实践，家驹发现，三人编制的乐队虽然也能完成演出，但要一边弹奏，一边唱歌，对他来说依然是个不小的挑战。因此，找一个能为自己分忧的吉他手显得很有必要。1983年12月，世荣找到朋友关宝璇，并向他发出了入队邀请。之后，关宝璇正式成为Beyond的一员，在乐队中司职主音吉他。但遗憾的是，1984年1月，加入乐队仅仅两个月左右，关宝璇就离开了Beyond。在此期间，他不仅没有写出任何作品，也未能留下任何声音，他成了乐队真正的过客，以至于Beyond的大多数歌迷都不知道他的存在。

*

关宝璇离队后没多久，Beyond又找到了一位新队友，他就是那位带有某种神秘色彩而又令歌迷们念念不忘的吉他手——陈时安。陈时安出生于一个中产家庭，当时是一名建筑专业的在校生，有着良好的教育背景和不凡的创造力。在乐队中，他不仅展现出同人的合作精神，还扮演着师者的角色——为家驹的英语指点迷津。他擅长编曲，作词自然也不在话下。《长路无朋》（*Long Way Without Friends*）的歌词就是他和家驹一同完成的。不仅如此，他还充分发挥了独当一面的编曲才能，为这首歌操刀编曲。

面对未卜的前途和一连串的打击，家驹失落之至。相比前两首的锋芒毕露，《长路无朋》似乎多了一份自怜和纠结。这首歌显露的那种迷茫与孤独，正是乐队这一时期的精神写照。家驹回忆说："写这首歌是因为我们之前过于先锋，那些艺术摇滚形式的歌曲更是无人支持，加上乐队成员来去无定，让我们倍感落寞。"①

陈时安的到来，不仅让这支摇摇欲坠的乐队重获信心，还激发了家驹的创作激情，令 Beyond 的作品发生质的飞跃。此后，Beyond 的曲风开始发生转变，旋律变得舒畅悦耳，风格也从驳杂转向唯美；吉他的编曲从简单转向复杂，演奏技巧也更高。《神话》（*Myth*）就是一个明显的例子。这首歌一如既往地充满迷幻色彩，但节奏比以往更加舒缓，意境更加空灵。它是家驹在完成《长路无朋》后没几天写出来的，歌词出自家驹和陈时安二人之手，编曲则由后者贡献。家驹非常喜欢这首歌，在 1987 年的"Beyond 超越亚拉伯演唱会"上，他就表达了这种喜爱之情。

---

① 香港数码广播电台《海琪的天空》，《Beyond 绝秘声带》，2012 年 5 月 15 日。

关于《神话》，有一次刘志远在接受采访时，一边弹着吉他一边回忆说："这首歌很有创意，家驹会创造一些和弦，我见他弹过一个和弦，我问他那是什么，他说其实是 D 和弦。他尝试加入空弦获得这种效果，感觉就非同一般。他会研究如何发挥一个和弦，我印象最深的就是他这样弹奏 D 小调。"

乐队恢复四人编制后的首次露面，是在一场名为"银矿湾音乐会"的小型露天音乐会上。那天是 1984 年 1 月 29 日，Beyond 原本被安排在后面，但由于前面几支乐队迟迟未到，他们只好率先登台献技。开场前，Beyond 先进行了一番试音，台下观众热情高涨，家驹朝着人群高声问道：世荣刚刚敲下的鼓声够不够劲爆？他希望更"嗨"一点。接下来，他们为观众表演了《相片》《脑部侵袭》《大厦》和新歌《长路无朋》。演唱《长路无朋》前，家驹把乐队的两位新成员家强和陈时安介绍给了观众。尽管乐队只表演了四首歌，但还是收获了不少好评。

对家驹而言，陈时安既是一位同行者，也是一位竞争者，他的加入不仅让乐队显示出强大的活力，更激发了家驹的潜力。工作之余，他们把大部分时间都倾注在创作和排练上。1984 年 1 月底，家驹和陈时安终于写出了 Beyond 的第一首中文歌曲《永远等待》，乐队正式完成从英文歌词到中文歌词的历史转折。世荣曾在一次采访中袒露，乐队组建之初大家的英语都不太好，有时候写出来的英文歌词连他们自己都不明白是什么意思，因此乐队决定从中文里寻求出路，以期引发更多的共鸣。

《永远等待》的歌词出自四名成员之手，与随后创作的《再见理想》一样,都成了乐队的经典之作。这两首歌不仅出动了全队人马,最重要的是,它们代表了乐队两个阶段的心态和处境。而《再见理想》这首让家驹几个晚上兴奋得难以入睡的作品,更是一直贯穿着Beyond的整个音乐生涯。

1988年初,《吉他&Players》杂志在问及《再见理想》是不是乐队的自白时,阿Paul回答说:"事实上这首歌是写那一批老一代玩乐队的朋友,以及夜总会的伴奏乐手。他们生不逢时,正值乐队没落的时期,任凭他们如何努力,都没有人会去欣赏或者关注他们的存在,最后他们不得不放弃玩乐队玩吉他的理想。"相比之下,家驹则要乐观得多。他说:"我们这一代比较幸运,生长在乐队复苏的时期,只要肯努力,就会有出人头地之日。就算再怎么差,也有一个可以实现的目标供我们追随,但老一代却没有这个机会。就是那种深深的无助,驱使我们写下《再见理想》。"[①]

《再见理想》的歌词不仅出动了全队人马,甚至其他朋友也参与操刀。据梁翘柏回忆,那句"默默地伴着我的孤影"就是出自他的手笔。由此可见,这首歌不仅是Beyond艰难历程的写照,也是他们友谊的见证。尽管接龙式的歌词创作使《再见理想》略显粗糙,甚至不怎么顺畅,但这丝毫不影响它成为一首杰作,并被一直传唱。

家强回忆创作《再见理想》时的情景说:"这首歌是我们几

[①] Blondie:《看Beyond:那撮旧日的理想,今日的天地》,《吉他&Players》1988年第6期。

个一人一句写出来的。那时没有什么技巧，一个晚上才能写一句。"不过，乐队很快就放弃了这种创作方法，因为这样写出来的歌词缺乏连贯性，会影响一首歌的整体水平。"一人一句始终是东拉西扯，夹杂的信息太多，"世荣说，"于是我尝试着独自为《谁是勇敢》填词，整个过程写得很辛苦。"

世荣提及的《谁是勇敢》也是创作于那一时期。这两首作品随后被收录在乐队自资出版的《再见理想》卡带内。六年后，Beyond 重新为《谁是勇敢》编曲，并将其收进 1989 年发行的《真的见证》专辑中。

《永远等待》同样是带有乐队宣言和自传性质的作品，也是日后 Beyond 步入主流乐坛的试金石。不断重复的"永远等待"乐段，充分显示出死磕的决心。乐队非常重视这首歌，在以后的每次演唱会上，几乎都会唱上一遍。

除了和乐队一起排练，有时家驹还会独自参加一些地下音乐圈的小沙龙。和其他乐手一起搞即兴演奏，偶尔也能擦出一些火花。音乐沙龙的体验是在乐队中无法获得的，离开乐队后他会更自在，灵感也会更多。家驹经常出入的沙龙据点中，有一家名为"艺穗会"的艺术空间。这家艺术空间位于中环下亚厘毕道 2 号，距坚道明爱中心只有一公里左右的路程，是当时美术、工艺品展览的圣地。

有一次，刘卓辉就在艺穗会见到了家驹。自从上次采访一别，他们再没碰过面。刘卓辉看到家驹时，家驹正在和另一位吉他手做即兴表演。"当时他们还没有成名，也没有推出过唱片，但家驹已经有大师风范。他技术很好,站在台上给人一种未来之星的感觉,很少有地下歌手具备巨星气质。"刘卓辉回忆说,"我去艺穗会并不是特意去看他的演出,因为那个地方我经常去,那天刚好看到他们在表演。当时台下可能只有几十个人,看到他,我才反应过来,他就是上次我看过的 Beyond 乐队的黄家驹,但当时他不是 Beyond,他是黄家驹,只有他一个人在为观众演奏。"

1984 年 8 月 18 日,《吉他》杂志举办的第二届"Players Festival:香港乐队大赛 1984"正式开赛,地点是在九龙红磡的高山剧场。高山剧场是一个半露天的剧场,分上下两层,大约能容纳 3000 名观众。剧场建于 1983 年,在随后的几年间,各种赛事和音乐节在这里轮番上演,这个小小的剧场因此赢得了"摇滚圣地"的美称。

这次比赛的规格和去年有所不同——乐队成了赛事的唯一主角。当晚,《吉他》杂志邀请了上一届冠军——Beyond——作为开场表演嘉宾。在比赛的宣传海报上,印着一张巨大的照片,那是 Beyond 去年登台表演时的现场照,这张照片几乎占据了三分之二的版面。上方赫然印着"支持一代乐手的诞生",这显然是对 Beyond 的莫大赞誉,同时也起到了再度宣传的作用。

进入 1984 年,香港的各种音乐节和比赛如雨后春笋般涌现。先是《吉他》杂志连续几年主办的吉他大赛,接着便是通利琴行的"山叶吉他大赛",翌年又出现了"嘉士伯流行音乐节"。这些音乐节的出现,无疑促进了乐队的迅猛发展,使香港乐坛绽放出繁荣景象。与此同时,随着《中英联合声明》的签署,有关"九七"回归的音乐作品，也在随后的几年间应运而生。

家驹凭借旺盛的创作才华，渐渐确立了其在乐队中的领导地位。音乐让他变得更加自信，乐队的创作热情步步高涨，他们的口碑在圈内渐渐传开。但家驹并不甘心于此，他希望做更有挑战的事情，尤其是那种很多人都不敢做的事，比如办一场演唱会。演出不仅能给乐队积累宝贵的舞台经验，还能为乐队攒足人气。但这都是次要的，他们更在意的是分享快乐以及同行的认可，他们渴望的是自我实现的成就感，而不是虚名浮利。

家驹很快意识到，四人编制的 Beyond 还不够完美——乐队没有键盘手。键盘的使用会让歌曲听起来更加柔和，赢得更多观众。于是，自从乐队开始筹备下一场演唱会，他便开始四处物色键盘手。其间，他在《吉他》杂志上刊登了一则招募键盘手的消息，要求只有一条：性别不限，但应征者必须喜欢古典音乐和摇滚乐。然后在消息后面附上自己的大名和电话号码，等待有缘人的到来。令人失望的是，直到演唱会开始，都没有一个应聘者拨响他的电话。

1984 年 9 月，上一年夏天录制的《香港》合辑终于问世。[1] 这张由郭达年出资出版的音乐合辑共收录两支乐队、三位乐手的 10 首歌曲，1982 年《吉他》举办的全港电吉他公开赛冠军的作品也赫然在列。Beyond 的两首作品分别是《脑部侵袭》和《大厦》。尽管此后一两年的演出中，Beyond 偶尔也会把这两首歌拿

---

[1] 参见朱耀伟《光辉岁月：香港流行乐队组合研究（1984—1990）》，香港：汇智出版有限公司，2012 年，第 16 页。

出来唱一唱，但在乐队后来出版的任何一张专辑中，人们再也找不到这两首歌的身影。随着乐队整体水平的提高，他们开始意识到那几首作品的种种不足，于是这几首歌就逐渐被他们抛弃了。

*

经过一年多的积累，在地下音乐圈小有名气的 Beyond 逐渐成为诸多乐队演出的座上宾。1984 年 9 月 23 日，在坚道明爱中心礼堂举办的第一届"山叶吉他大赛"（YAMAHA Guitar Festival '84）上，Beyond 以暖场嘉宾的身份表演了几首歌曲。"山叶吉他大赛"的主办方是通利琴行，协办方是香港商业电台。在后来的很多音乐节上，通利琴行都成了演出赞助商。其中最具影响力的当属嘉士伯流行音乐节。此后，诸多新晋乐队不断通过该比赛跻身主流，通利琴行也因大力扶持青年乐手而备受赞誉。

在 Beyond 的歌迷中间，一直流传着这样的误解——很多人认为 Beyond 当年是在"山叶吉他大赛"夺得的冠军。但事实上，"Players Festival：香港吉他手、乐队大赛"和"山叶吉他大赛"并非同一主体。虽然两个大赛的初衷都是期望推动原创音乐的发展，但通利琴行显然带有顺便推销自己的意思。

同年，在世荣的引荐下，家驹进入了世荣所在的保险公司，家驹的好友梁翘柏也在这家公司。如果论资排辈，世荣算家驹的上司，但他们一直都是以朋友的身份相处。他们销售的产品主要是水火保险，每天的工作就是到各种商业楼盘或者人口密集的社区去推销。那时候香港人的保险意识并不强,即便费尽口舌,愿意购买的人还是少得可怜。

保险销售工作相对自由,不必朝九晚五,也不用按时打卡。工作之余,家驹等人常常往返于二楼后座,认认真真地为即将到来的演唱会做准备。然而,对于本职工作,他们却是三天打鱼两天晒网,并不怎么放在心上。从博允英文中学毕业后的这些年,家驹干过五六份差事,但哪份工作都没有超过一年,这些职业包括办公室助理、电视台布景员、水电工程师、冷气安装工程师,以及在他父亲五金工厂里的兼职,等等。

由于不务正业,这几个年轻人的生活变得极为窘迫。"特别是家驹,他的生活相比我们艰苦得多,"世荣说,"我们一起上班的时候他非常古怪,我们每天十点多到公司开完例会,我就去找生意,他却是回家练吉他。他对音乐非常痴迷,一个星期可能只上两天班,其余时间都在弹吉他,所以他每个月只能拿到非常少的底薪。尽管如此,他还是一直在死磕,日夜苦练。"[①]

正因如此,月底交差时,家驹大部分时候连保底的订单也凑不齐。如果连续几个月业绩都不达标,他就要面临被炒鱿鱼的危险。每遇此况,世荣就会把自己的订单送给家驹,帮他渡过难关。"我们玩乐队没有那么幸运,因为我们不是某某某的儿子。"世荣说,"我们赚来的大部分钱都投资在乐器上,或者租排练棚,生活虽然很艰辛,但非常开心。因为我们怀揣梦想,就是这个梦

---

① 《2016家驹爱心延续慈善演唱会叶世荣采访》,新地东方官网,2016年6月10日。

想驱使我们去奋斗。"

同在这家保险公司的梁翘柏15岁便和家驹相识，他们二人一直保持着非常好的友谊。梁翘柏回忆说："每天早晨日上三竿，我才穿上西装，提着皮包懒洋洋地走到苏屋邨，然后径直去三楼他家。那时候他总是光着上身，下身穿着一条直纹或者碎花的短裤，戴一副金丝眼镜，头发散乱，比我还要懒洋洋地打开门，像是刚从床上爬起来。我已经记不清到底是谁首先提出不去上班，反正结果都一样。我们总会用一些毫无说服力的借口，取消原定要到各工厂大厦推销保险的计划。"

取消推销计划后，他们整个早上都待在茶花楼那间狭小的屋子里，听歌，弹吉他。只要谈起音乐，家驹总是滔滔不绝，似乎总有表达不完的想法。

临时取消推销计划并不仅仅是因为不想上班，而是即使他们想大干一番，很多时候也是一无所获。长此以往，这几个年轻人在工作上显得有心无力，最后不得不承认自己不适合从事白领工作。"我们最潦倒的时候，会合伙出钱买烟到二楼后座抽；有时还会去茶餐厅叫热奶茶，因为那里有个装茶包的水壶，可以不停地加水续杯。"梁翘柏回忆说，"我们叫一杯喝的东西就可以坐一整晚，然后就谈音乐，虽然那段日子很穷，但非常开心。"

他们在一起的开心事远不止这些。20多年后，梁翘柏在一篇文章中回忆说："有一次，我们一行几人来到半月湾露营，我们在海边搭起帐篷后，便跳进水中畅游一番。在我们玩得非常起劲的时候，大家把泳裤统统脱掉，吓得不远处的姑娘们落荒而逃。

到了晚上,家驹弹起随身携带的吉他,在布满繁星的夜空下,我们合唱了大卫·鲍伊的《星际怪人》(Space Oddity),那是我跟他最完美的一次合唱。"

其实,除了音乐,家驹对电影也有浓厚的兴趣。后来他就曾透露,如果乐队到了一定阶段,成员之间的默契已经很好,他可能会去做一些电影方面的工作。梁翘柏回忆说:"那时候我和家驹、王日平(Wong Yat Ping)三人经常在香港柏宁酒店的咖啡厅(彼时这家酒店位于尖沙咀弥敦道)通宵达旦地谈论电影,而且还构思过一些小故事。家驹很喜欢那种淡淡的爱情故事,他当时就说,希望以后能拍一部《两小无猜》那样的电影来歌颂少男少女之间的纯真爱情,他还说要给这部影片做些电影原声。但后来大家都很忙,拍电影的事就被搁置了,真的很遗憾。"

有一天,正当他们准备去推销保险时,恰好看到一家戏院,两人突发奇想,走了进去。"那是他家附近的一个戏院,通常播放一些被本地片商剪得支离破碎的外国'色情'电影。我们忽然起了'色心',买了两张《色情陷阱》的票,满怀期待地入场就座。"梁翘柏说,"结果一个多小时以后,我们带着疑惑走出戏院——怎么连个像样的镜头都没有啊?每次快到最精彩的地方就给剪掉了!然后家驹若有所悟地说道:'我们真的是中了色情陷阱啊!'"[1]

太极乐队的吉他手邓建明曾和家驹、家强两兄弟短暂地组过

---

[1] 梁翘柏:《我和家驹的二三事》,新浪娱乐,2008年6月28日。

一支名为Nasa的乐队，并到深圳蛇口等地做过一些小型演出。他同样见识过家驹那种舍我其谁的雄辩能力。"家驹给我最大的印象是能说善辩，当年大家都还没有正式进入乐坛，也不是很忙，我俩就整天通电话，天南地北，无所不谈。最夸张的一次我们连续聊了一个星期，每天晚上拿着电话讲到天亮。那时候我比较喜欢直率的重型摇滚（Heavy Rock），诸如深紫、彩虹、摩托头（Motorhead）之类的乐队，对当时流行的英国新派音乐比较抗拒，因此我和他争论了整整一夜，最后我便开始尝试去听他介绍的警察乐队（The Police），就是这个原因，到现在我依然很喜欢听警察乐队的音乐。"①

1984年底，乐队开始启动演唱会宣传筹备工作。为保证演唱会如期举行，Beyond不得不像过去那样亲力亲为，朋友们也纷纷前来相助。世荣通过妹妹得知21岁的黄贯中（Paul Wong）正在香港理工学院（今香港理工大学）攻读平面设计专业，而且还是一位出色的吉他手。于是，世荣向阿Paul发出邀请，希望他能前来助乐队一臂之力。随后，家驹和世荣在旺角的运通泰酒楼约见了阿Paul。

阿Paul生于1964年3月31日，也是香港九龙人。他从小就表现出惊人的绘画天赋，幼儿园时，他的绘画作品便备受老师赞赏，常常被当作课堂上学习的典范。他9岁时画的一幅画，被他的一位老师收藏至今。除此之外，他对音乐也很有兴趣。阿Paul

---

① Beyond：《追忆黄家驹》，香港：Kinn's Music Ltd.，2013年。

的父亲是个音乐发烧友，平常喜欢在家里播放各种歌曲，这对阿 Paul 的音乐教育起了非常大的作用。

中学时，在同学的影响下，阿 Paul 开始学习吉他。之后，他和同学组建了一支名为"民歌"的乐队，专门演绎民歌风格的歌曲。大学期间，他又和同学组建了一支名为 Stone Boys 的乐队。虽然 Stone Boys 不像之前的那些乐队昙花一现，但也没有引起什么反响。毕业后，阿 Paul 利用业余时间继续练习吉他，并和其他乐手玩起了乐队。但这些乐队大都转瞬即逝，直到几个月后才终于组建了一支寿命较长的乐队——Bad Reputation。有时，他们还会去跑跑场子，赚些外快。

"家驹戴着一副红色镜框，脸上满是油脂。他踏实、风趣，而且很健谈。"24 年后阿 Paul 如此回忆和家驹初次见面时的情形。"大部分的对话都已经模糊不清了，倒是有一则关于酒楼外一个乞丐的笑话仍然记得。当时我问家驹：'你有没有看见楼下门口那个乞丐？他的腿只剩一截，但他还在撕着腿皮。'家驹说：'是呀，那条腿断掉了一截，只剩下半条腿，他还在撕着焦血皮呀。'我笑着说：'你知道吗？其实今天早上他已经开始撕了，还是从脚趾开始的呢。'然后他便止不住大笑起来。虽然这是一个很坏的笑话，但在简短的谈话中，就深深感觉到大家都是很幽默的人，沟通起来非常容易。"

见面后，他们先是寒暄问好，接着家驹便直奔主题谈起演唱会舞台设计的构思。为了达到自己想要的效果，他将自己的想法和盘托出。阿 Paul 说："当天家驹告诉我，他希望把'Beyond'

的'O'做出那种闪闪发光的效果来,我觉得这有些困难,但他仍满怀信心地说:'没问题的,我们一定可以搞定!'他是个天生的理想主义者,永远都会尽最大努力去实现自己的想法。"①

在香港理工学院攻读平面设计专业期间,阿 Paul 和同学合伙开了一家设计公司,Beyond 的演出场刊就是他们在公司里完成的。场刊分别由家驹和阿 Paul 主笔,其他几位成员也参与其中,不过大部分都是家驹在主导。阿 Paul 说,绘制过程中,家驹几乎快要"停不下来了"。

Ⅲ 不再等待

1985 年 3 月,在演唱会即将来临的当口,一个突如其来的消息让 Beyond 乱了阵脚。由于长期沉迷音乐,陈时安的学业受到了严重影响,以致不能顺利毕业。收到学校的通知后,他决定到海外继续学业,尽管心有不甘,但还是不得不在这两者之间做出抉择。

陈时安和 Beyond 共事的时间并不算长,但每次只要提起他,队友们总是无比怀念。在 1989 年"真的见证"演唱会上,家驹

---

① 林凯瑜编:《拥抱 Beyond 岁月》,北京:现代出版社,2003 年,第 96 页。

深情款款地讲起他们跟陈时安之间的往事:"回想起少年时代,一堆朋友拿起吉他乱弹,后来又是一帮朋友在一起弹吉他。我现在想起一位朋友——陈时安,一个知心的吉他朋友。我们把这种感觉叫作'合 feel',就是大家的感觉一样,都喜欢玩同一种类型的歌。他是 Beyond 早期的成员,和我们度过了乐队的艰苦时期。当我们开始做出成绩时,他却离开了乐队。现在我想把一首歌献给他,这是我和他共同创作的。"然后家驹满怀感伤地唱起了《神话》。

陈时安的离开,对 Beyond 而言无疑是一记重创。不过,经历两年多的曲折磨炼,在面对这种突发事件时,他们已不像从前那样手足无措。

距离演出仅有四个月左右时间,如果乐队不能尽快找到一位吉他手来填补空缺,演出很可能无法如期举行,一切努力都将前功尽弃。乐队焦头烂额之际,世荣突然想起前不久刚跟阿 Paul 见过面,他的吉他弹得不赖。随后,家驹和世荣在一个录音棚约见了阿 Paul,并向他说明了乐队的情况。家驹表示,乐队 7 月的首演对他们来说至关重要,但现在还缺一名吉他手,然后问阿 Paul 是否愿意担任乐队的临时吉他手,帮助他们一起完成这场演出。

阿 Paul 盛情难却,加之他也不忍心看着这几个热血青年破产,于是便答应了他们的邀请。不仅如此,他还为演出赞助了一些资金。"当时乐队计划做一场演出,但我们既没有经费又没有赞助商,所以只好每人凑一点。"家强回忆说,"有朋友认识阿 Paul,知道他也在玩音乐,当时我们正好缺一位吉他手,我们找到他，问他有没有兴趣和我们一起玩。不过玩的同时还得出钱支持这场演出，阿 Paul 二话不说便点头答应了。"

然而，一个问题才解决，另一个难题又随之而来。当时 Beyond 仅仅发表过收录在《香港》里的那两首歌曲，公开表演过的歌曲也只有五六首。阿 Paul 根本没听过乐队的歌曲，更别说弹过他们的一个音符。要让阿 Paul 在短短三个月内弹会 13 首新歌，难度不小。但既然已经答应，通宵达旦也要把这些歌曲练会。

确定好新的阵容后，乐队便开始紧锣密鼓地排练。二楼后座的隔音效果不好，只要他们一开练，总会有邻居投诉。即便他们将音量压到很小，警察还是会在半夜三更找上门来。实在不堪忍受邻居的投诉，乐队有时干脆花钱去租专业排练室。

在此期间，他们几个把自己那少得可怜的积蓄全都投到演唱会的筹备上，兜里空空如也，经常四处蹭饭。有一次，家驹应邀参加一场实验音乐会——乐手一边弹吉他，年轻的画家一边随着音乐的律动作画——家强和阿 Paul 听说演出现场免费提供晚餐，于是兴致勃勃地赶往会场，打算蹭点东西填饱肚子。但当他们赶到场馆外面时，安保人员将他们拦了下来。他们朝里面看了看，发现与会者个个身着燕尾服，而他俩则穿着又旧又破的牛仔裤，只好悻悻地离开了。

乐队最潦倒的时候，根本无法掏出购买一根琴弦的钱。阿 Paul 回忆说，弹到断掉的那根弦时，他们索性跳过。年轻的黄仲贤（Wong Chung Yin）也目睹过家驹在台上的窘态。他跟着家驹学过一段时间的吉他，并给乐队做过临时演出助理，后来他成了乐队的御用吉他手。"现在每当转动吉他的摇把,我都会想起家驹。"黄仲贤回忆说,"大概在1985年下半年,我跟我哥哥去看一场地下摇滚演出,Beyond当天也在台上表演,家驹每次摇动震臂后,那根棒子都会掉到地上,然后工作人员就会跑出来帮他捡起来,再插到吉他里。来来回回掉了好几次,当时我还不会弹吉他,但觉得非常奇怪,我一直很疑惑那到底是什么东西,直到我开始学吉他后才知道震臂的作用,我在弹芬达吉他的时候,就感觉它的震臂比较容易折断。事实上我也有过这样的体验。后来终于明白当时家驹是因为没钱更换断掉的震臂,所以演出时才会出现那么奇怪的画面。"

在家驹的感染下,阿Paul越来越勤奋,视野也得到了明显的扩展。"在音乐方面,家驹对我的影响比较深。他不仅是一个亲密的朋友,而且还是我的老师,我的许多弹奏技巧都是受他的启发。当年我对音乐的态度非常保守,认为摇滚以外的其他音乐都不值得尝试。但他就不一样,他有很开阔的眼光和心胸,他告诉我们,要让Beyond走得更远,就要做一些既流行又朗朗上口的作品。其实我们并不喜欢这样做,但我们实在无能为力。在他的影响下,我逐渐明白音乐的种类原来有这么多,我们同样可以用研究的态度去做音乐。"

"我认为我弹吉他已经够疯狂了,每天除了上厕所、睡觉和吃饭,都是拿着吉他不停地弹,每次至少都是十个小时。有时醒来发现手里拿着什么东西,其实是把吉他。有时手指弹到开裂,皮开肉绽,这都很正常,我们几乎都会这样。不过我会裂两层,一层裂开后里面又裂一层,痛得实在没有办法弹下去。但即便如此,我还是很想继续弹,因为我要练习。伤口触到吉他琴弦,或者每当推动琴弦时,琴丝就会嵌进伤口。"阿 Paul 如此回忆道。

后来,他们终于找到了一种效果不错但有点简单粗暴的止痛方法——冷冻。他们把手指放到冰箱的冰块里,直到没有知觉再接着练习,只有痛得难以忍受时,才会放回冰箱。

阿 Paul 本以为自己对吉他的爱已经够疯狂,但当他看到家驹可以连续几个小时一动不动地弹拨吉他时,他不得不承认自己还是逊色许多。他说:"我遇到了一个更加疯狂的人,就是黄家驹。吉他好像已经成了他身体的一部分。他第一次看见我时,就问我是用什么吉他,接着就滔滔不绝地大谈特谈吉他,怎么样去翻转,加点蜡可以降低噪音。我说:'是吗?加蜡是不是很麻烦?'他说:'不麻烦,我教你。'他能言善辩,能和你聊上三天。"[①]

成为 Beyond 的客串吉他手没多久,阿 Paul 便退出了 Bad Reputation。此后,他便以临时吉他手的身份游走在各种乐队之间,直到家驹和世荣正式邀请他加入 Beyond 后,才安定下来。

正式加入 Beyond 的那天,家驹和世荣给阿 Paul 做了一场小小的"面试"。20 多年后当阿 Paul 回忆起这段往事时,依然对那戏剧性的一幕记忆犹新。那天,家驹约了一群乐手朋友到一个录音室,正当阿 Paul 玩得尽兴时,家驹走过来对阿 Paul 说:"哎,你唱一下。"阿 Paul 照做了。之后,阿 Paul 去了洗手间,不一会

---

① 香港有线电视娱乐新闻台《主播会客室》,主持人:李润庭;嘉宾:黄贯中。2008 年。

儿他就听到家驹和世荣走到洗手间，窃窃私语。虽然阿Paul在洗手间能够听到他们正在说话，却没有听清他们在说什么；要是马上就走出去，又显得有点不合时宜。不过，随后他还是确切地听到世荣对家驹说："他弹得不错，还可以帮你唱和声，很好啊，我们就这样决定吧！"

据阿Paul回忆，听到家驹和世荣低声讨论自己时，他一直屏住呼吸听他们到底在说什么，他甚至因此汗流浃背。直到家驹和世荣讨论结束后，他才若无其事地走出洗手间，装作什么都不知道。不一会儿，家驹和世荣正式向他发出入队邀请，他也欣然接受了他们的拥抱。

阿Paul的加入，不仅让摇摇欲坠的乐队得以重新出发，而且激发了家驹的创造力。不久，阿Paul便和家驹共同完成了《巨人》和《另一扇门》（*The Other Door*）两首作品。世荣也开始尝试为《巨人》操刀填词。这两首歌一反《神话》的从容与感伤，回到了两年前的狂野。除此之外，家驹还写了一首带有批判性质的《飞越苦海》。后来家驹在电影《小说家族之对倒》中客串时，就在影片中演绎了这首歌。

为了举办"永远等待"演唱会，Beyond可谓倾尽所有。尽管他们把自己的全部积蓄都拿了出来，但还是无法凑足演唱会所需资金，最后只好向银行贷了10000港币。宣传海报设计好后，印刷费依然是个问题。于是家驹找到父亲黄国文，向他说明情况，希望能提供一些资助。虽然父亲一直不看好他们所做的事情，但最后还是拿出5000元支持他们。紧接着，他们和朋友便开始满大街派发传单、张贴海报。

1990年的音乐特辑《劲Band四斗士》中有这样一幕：Beyond四人偷偷摸摸登上过街天桥，将宣传横幅挂在天桥上，然后一溜烟地逃掉。这看起来似乎很有趣，但事实上派发传单的过程中，很多人的表现都让他们感到伤心。"有一次我们在一所学校发传单，"家驹说，"遇到一个学生，他非常热情地向我索要传单，但拿到之后看都不看，故意在我面前把传单揉烂，然后扔掉。"①

其实，除了父亲不看好，他们一家人都不怎么支持这场大张旗鼓的演出。2008年，姐姐黄小琼在接受香港电视台采访时说："想起他的往事我会很内疚，因为我没有给过他什么帮助，他是依靠自己的努力而得到大众赏识的。作为姐姐，别人懂得如何欣赏他的时候，我却没有。也可能是因为我当时工作太忙，弟弟开始冒起的时候，我都没有觉察到。"

当然，姐姐小琼也曾给家驹提过一些建议。"坦白说，我觉得他的歌很吵。我记得我对他说：'既然你又能作曲又能唱歌，你可不可以写一些我会在卡拉OK唱的歌。'他说那不是他的理想。我说理想也要有钱才能实现，你红了再谈理想也不迟。如果你只是一味按照自己的方式行事，没有人认识你们，也没有唱片公司愿意为你们发行唱片，那谁能知道你的想法呢？他还是不听我的劝告，依旧我行我素。"

宣传工作准备妥当后，售票工作也随即启动。门票分别由香

---

① 香港数码广播电台《海琪的天空》，《Beyond绝秘声带》，2012年5月15日。

槟、伟伦、精富三家唱片公司和一鸣音乐中心代为销售。一鸣音乐中心不仅帮他们代售门票，还答应为他们提供音响设备。作曲人冯添枝（曾是一名吉他手）则友情出任灯光师。

临近演出的前几天，Beyond 造访了几家唱片公司和报纸杂志社，并将赠票亲手奉上，希望他们赏脸光临。作为《中外影画》杂志的编辑以及 Beyond 两年前的访谈记者，刘卓辉也拿到了两张赠票。

演出当天下午，刘卓辉将一张门票递给后来成为 Beyond 经纪人的陈健添（Leslie Chan），邀请他一起去观看。一年前，Leslie 从澳大利亚回到香港，由于此前离开香港时已将房产变卖，这次只好先暂住在刘卓辉家。作为一名音乐行业从业者，Leslie 对 Beyond 早有耳闻，在上一年出版的《香港》合辑里，他就听过 Beyond 的歌，只是乐队没有给他留下什么印象。[①] 作为唱片业的资深人士，出于对职业的敏感，这种乐队并不能让他提起半点兴趣。随后他以演出地点过远为由，拒绝了刘卓辉的邀请。毕竟从刘卓辉家所在的新界到港岛，需要将近两个小时的车程。

在刘卓辉之前，小岛乐队主唱区新明（Joey Ou）也曾邀请过 Leslie 一起去"永远等待"的现场。但 Leslie 认为 Beyond 的音乐比较粗糙，没有什么商业前景，于是拒绝了区新明的邀请。[②]

1985 年夏天，区新明组建小岛乐队，并邀请 Leslie 担任经纪人。就这样，Leslie 从此踏上了职业经纪人的道路。Leslie 和

[①] 参见坏蛋调频 FM12638《听 Beyond 经纪人聊 Beyond》，2016 年 8 月 30 日。
[②] 参见《神话背后——Beyond 经理人》，《音乐通信》第 117 期（1987 年）。

Beyond 的首次会面，就是在几个月后那场著名的演唱会——"小岛&Friends"现场。

在过去的 7 年间，Leslie 一直从事与音乐相关的事务，积累了相当多的经验，加上他已成为小岛的经纪人，于是，1985 年 11 月，他注册了一家名为 Kinn's Productions 的工作室，专门从事经纪人业务和唱片出版代理。当时工作室的员工只有他和女友潘先仪（Jinly Poon），后者同时也是该工作室的合伙人。翌年 11 月，Leslie 创办小型音乐厂牌键锋传音（Kinn's Music Ltd.），与宝丽金（Polygram）香港分公司一起为他旗下的乐队和艺人录制、发行唱片。

从演出现场回来后，刘卓辉将带回的场刊递给 Leslie，后者大致浏览了一遍，眼前这份薄薄的刊物着实令 Leslie 有些惊讶。这份场刊做工虽然比较粗糙，却无法遮蔽这几个年轻人的音乐热情。那种内在的执着和自信让人无法抗拒，Leslie 被他们的专业态度深深打动。

在这份只有四个版面的场刊里，除了主题"BEYOND CONCERT 85"，其余文字都是手写体。主页是一幅具有魔幻现实主义意味的漫画，那是家驹和阿 Paul 花费无数个夜晚共同创造的惊世之作，渗透着他们的生命哲学和音乐诗学。另一页则编发了乐队成员的简介和照片，下方是他们对观众的谢忱："多谢各位朋友支持 BEYOND IN CONCERT，我们深知此刻各位莅临我们的演唱会不单是对 BEYOND 的支持，也是对香港本地摇滚的拥护，这实在令人备受鼓舞，正因如此，我们一定会不遗余力去演出,同时希望能给各位朋友带来一个难忘的晚上——一个属于大家的夜晚!"

接着是 Beyond 各成员的简介和心声。排首的是家驹。他的言辞无不展露出他那博爱的胸怀,以及对大同世界的无限期待。他说:"我深信每个人在他的生命旅途中,一定会有属于他灿烂光辉的时刻。如果能够在现实中找到一点理想的光辉,这些光的热力定能遍布全身的每一根血管,直至散发出体外,让身边的人也能感受到一丝温暖。"

阿 Paul 紧随其后,但他显然要酷得多。你可以想象他在舞台上疯狂地弹着吉他,长发随节奏来回摆动的样子。"很不想剪掉头发,"他说,"但最终还是得这样做。"

家强的体会是"每个人都有感觉,我的感觉在于音乐"。看来,他早已从那个反感家驹弹琴的少年,变成了音乐的执迷者。

世荣则像一位煽动者,一个催眠师,正用他全部的精神号召大家跟着他动起来,仿佛一群幽灵在他身后来回晃动。他热血沸腾地说:"让你们的身体熔化在我们的意念里。"

场刊的同一页,赫然写着三位特别嘉宾的名字。其中一位是世荣的同学林矿培,他是此次演出的临时键盘手,他的相片被单独放在左下角。另外两位嘉宾,一位叫朱世强,司职萨克斯和长笛;另一位叫黄承恩(Anson Wong),弹奏原声吉他。

最后一页是《永远等待》《旧日的足迹》《飞越苦海》和《再见理想》的手写体歌词。Leslie 将目光停在《旧日的足迹》和《再见理想》上。尽管这两首歌都是 Beyond 早期的代表作,但读过这几首歌的歌词后,并未引起他的太多兴趣,他给出的评价并不高,因为他认为这些歌词"写作技巧比较生硬"。①

歌词最下方是 Beyond 对支持此次演唱会的杂志报纸和朋友们的致谢,其中包括《音乐一周》《摇滚双周刊》《年青人周报》《唱片骑师周报》《吉他》等。哪怕只给过他们一丁点帮助的朋友都出现在了这份鸣谢名单中,很显然,他们对此无限感激。

卢国宏和 Beyond 相识于 1985 年初,那时一鸣音乐中心是地下音乐圈排练的主要阵地,他就是在这里和 Beyond 相识并成为朋友的。"当时我正准备写一篇关于香港本地乐队的文章,于是就邀请家驹做了一个小时的访问,访问过程中他向我提及 7 月份的演唱会,并邀请我去观看。那天他们演出的印象已经很模糊,但有一件事让我非常难忘,他们竟然在演唱会的场刊里鸣谢我,真是难以置信。我只是给他们做了一次小小的访问而已,他们却那么认真。"后来卢国宏跟 Beyond 还有过两次愉快的合作:一次是为 1989 年出版的《真的见证》里的《无悔这一生》填词;另一次是为《命运派对》中的《相依的心》操刀。

经过两年的历练,前卫的音乐风格为乐队赢得了一些名声,他们因此成了地下音乐圈的一面旗帜。当然,只要他们在音乐圈存在一天,1983 年 3 月 6 日那次吉他大赛的光环就怎么也无法丢掉。这两年,他们总会受邀担任一些音乐节的表演嘉宾。乐队的原创精神和出类拔萃的音乐才华,也为乐队积攒了不少人气。因

---

① Leslie Chan:《真的 Beyond 历史 Vol.1》,香港:Kinn's Music Ltd.,第 23 页。

此，他们希望借助此次演出，将乐队两年来的创作成果分享给乐迷，并把乐队推销给唱片公司。

Beyond非常重视这场演出，他们把场馆前排的大部分位置都留给了唱片公司和媒体。三年后，家驹在接受《吉他&Players》采访时表示，他们"一直希望得到唱片公司的垂青，一直以来都想出唱片，一直等待机会的到来"。

经过近一年的筹备，Beyond"永远等待"演唱会终于如期在1985年7月20日上演。地点是明爱中心礼堂，原本能容纳上千人的礼堂，开场后Beyond发现只有两三百个观众零星地散落在各个角落，其中有一部分还是陪朋友来捧场的。最令他们失望的还不是惨淡的上座率，而是预留给唱片公司和媒体的位置基本无人问津。

为演出暖场的是浮世绘乐队，乐队主唱是家驹的死党梁翘柏，吉他手则是16岁的刘志远（Johnny），这位天才吉他手当晚给家驹留下了深刻的印象，这也成了浮世绘解散后家驹邀请他加入Beyond的契机。浮世绘成军于1983年，但直到1985年初才以五人编制稳定下来，他们也为"永远等待"演唱会的筹备贡献了一己之力。

这场演出对Beyond影响至深，在后来的很多采访中，他们都会反复提及此事。后来的音乐特辑《劲Band四斗士》也重现了"永远等待"的演出状况。其中有这样一幕：Leslie坐在第一排的嘉宾席上，不时朝台上的Beyond点头称赞，甚至在演出结束后签下了乐队。但是，节目组显然弄错了——1985年7月20

日当晚，Leslie 并没有出现在演出现场。Leslie 第一次现场观看 Beyond 的演出是在四个多月后的"小岛&Friends"演唱会上，也是在那次演出结束后两个星期，才和 Beyond 签下一纸合约。

家驹的家人也来到了现场，他们坐在最后一排。看着零星的观众，黄国文知道自己提供的那 5000 块钱就要打水漂了。邬林清楚地记得，Beyond 才出场，就引来黄国文先生的不满。他实在难以忍受两个儿子的那身打扮，即便是他们最引以为傲的音乐，他也无法接受。甚至每当 Beyond 唱出一首新歌时，他都会对他们一顿痛批。在他看来，那根本就不是音乐，既没有优美的旋律，也没有清新的歌词，而且噪声非常多。尽管老人家对两个儿子所做的一切感到痛心疾首，但他还是耐着性子等演出结束才起身离去。

家人都盼着他们能赚点钱，他们却志不在此。当然，以乐队当前的实力和香港人对摇滚乐的认知，他们显然还赚不到钱。"举办这个演唱会的目的，主要是因为我们这几年写了一些作品，我们希望一次性将这些作品全部表达出来；此外我们希望那些支持 Beyond 的歌迷可以在演唱会上全方位看到我们是如何去演奏这些作品的。其实最重要的还是希望通过这种微不足道的行动，去影响热爱音乐的朋友，更加积极地进行创作，弹自己的歌。"[1]

除了彩虹乐队的名作《摇滚万岁》（*Long Live Rock and Roll*），Beyond 表演的另外 12 首歌都是他们自己的作品，也几乎是他们

---

[1] 香港数码广播电台《海琪的天空》，《Beyond 绝秘声带》，2012 年 5 月 15 日。

的全部家当。不过处女作《相片》并不在此列；在之后的演出中，人们也听不到这首歌了。

Beyond以《飘忽的她》作为开场曲，接着是《飞越苦海》和那首写满内心宣言的《永远等待》。纯乐器演奏一直是他们的最爱，三首中文作品演唱结束后，便上演了一段吉他和鼓的独奏。随着Beyond四人唱起《再见理想》，现场氛围初次推向高潮。乐队顺势而为，唱出那首和《再见理想》存在某种精神联系的《摇滚万岁》。

此次演出的歌曲虽然大多都是首次公开，但观众的反应却非常热烈，尤其是那些疯狂的少女，尖叫不止。《大厦》一曲唱罢，他们又连续表演了《另一扇门》和《脑部侵袭》两首纯音乐。《长路无朋》结束后，乐队便将那首大受欢迎的《旧日的足迹》献给了观众，这一现场版本几个月后被收进了《再见理想》的卡带内。

《旧日的足迹》前奏缓缓升起后，演出再次推向了高潮，不少歌迷甚至跟着乐队把整首歌唱完。家驹独自一人秀了一段木吉他solo后，乐队便一口气表演了纯音乐《午夜聚会》《最后一个懂你的人》（*Last Man Who Knows You*）和《神话》三首歌。经过一个多小时的尽情演绎，Beyond终于唱出了当晚的收官之作《浪漫已死》。十多分钟后，演唱会在这首凄厉哀伤的史诗迷幻曲中落下帷幕。

当晚，家驹向观众宣布了阿Paul的加入，阿Paul从此正式成为Beyond的一员，"永远等待"也成了他首次以Beyond的身份参与的演出。

第三章

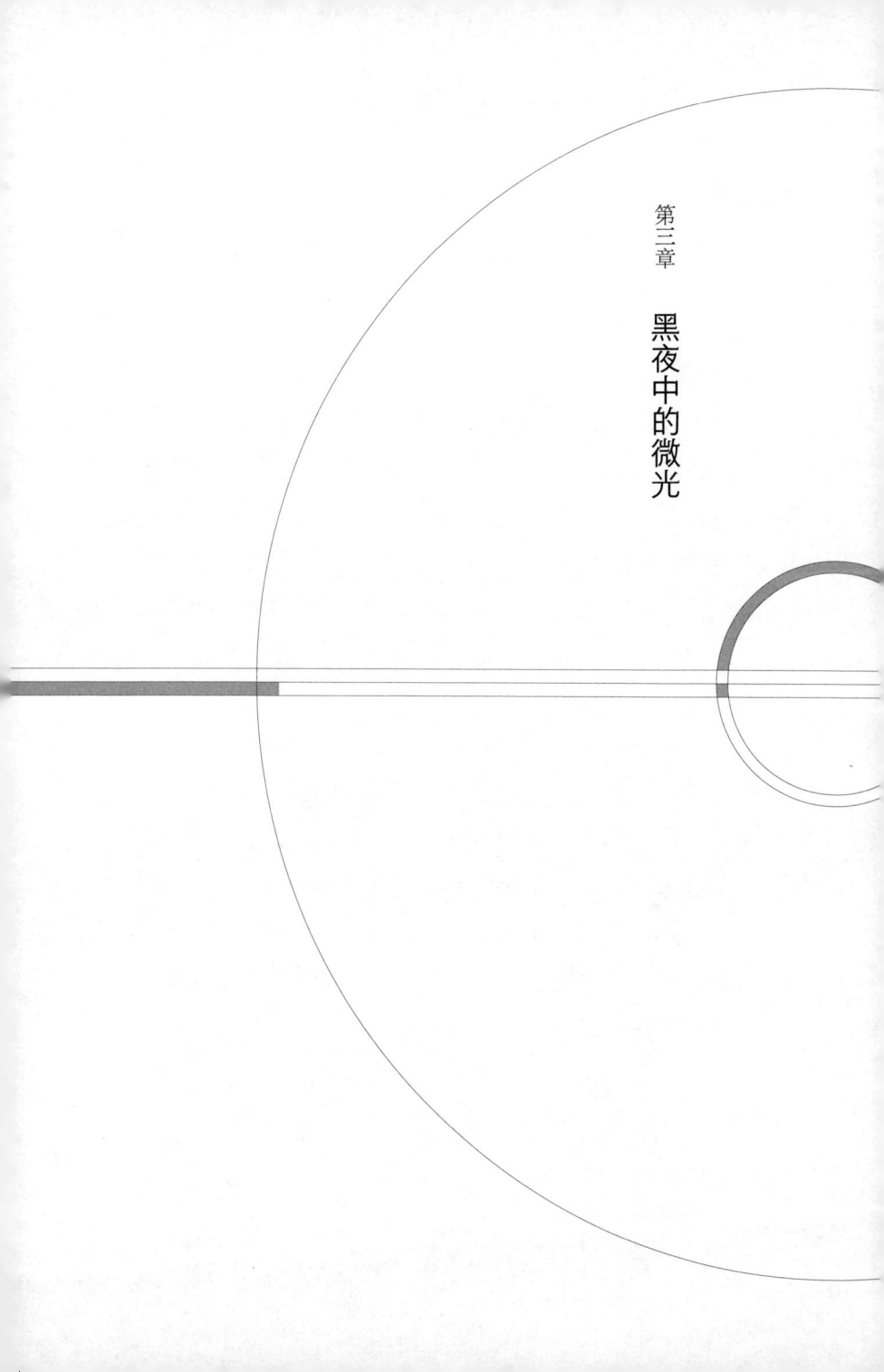

黑夜中的微光

I 再见,理想

在"永远等待"演唱会的账目上,乐队共计亏损六千余元。如果从经济效益的角度看,这场演出显然是一次失败的投资。但乐队并不这么看,因为那是用金钱永远无法衡量的成就感和满足感。尤其是家驹,他先是因为痴迷音乐,忍痛结束了四年的初恋,然后又为了能有更多的时间弹琴、创作,放弃了稳定的工作。现在,两手空空的他们,又准备大干一番。"'永远等待'演出结束后,我们才发现原来有一群乐迷非常支持 Beyond,"阿 Paul 说,"所以我们产生了新的想法,决定出一盘属于我们自己的录音带。"于是,录制处女专辑的计划随即被提上了日程。

1980 年代初,乐队如雨后春笋般涌现在香港的大街小巷。在各种赛事和音乐节的加持下,希望之光逐渐浮现在年轻乐手们的眼前,一些乐队甚至成了万众瞩目的明星。进入 80 年代中期,香港摇滚出现复苏迹象,"皇妃"便是最早浮出地表的代表性乐队。1985年5月,皇妃推出首张专辑《戴安娜女士》（*Lady Diana*）,该专辑一经出版便取得了商业上的成功,并从此"揭开了乐队潮流的序幕"[①]。

1985年7月底,也就是Beyond"永远等待"演唱会结束一周左右,香港乐队在"香港85摇滚音乐节"集体亮相。演出阵容包括太极、Chyna和Rozza等8支乐队。此后,音乐节和唱片出版轮番出现。9月1日,通利琴行主办的第一届嘉士伯流行音乐节决赛在湾仔区伊利沙伯体育馆上演,太极乐队摘得桂冠,媒体纷纷向本土乐队投来赞赏的目光,此后不少乐队也纷纷通过该音乐节登上乐坛。同年10月,小岛乐队的同名专辑《小岛》推出后,其中《她的心》一举打入香港电台"中文歌曲龙虎榜",摇滚乐从此正式进入大众视野。

小岛乐队首张专辑发行后,宣传造势的演出也被提上日程。尽管《她的心》在榜单和电台占有一席之地,但主唱区新明深知,作为一支刚刚成立几个月的乐队,小岛的影响力还极为有限。因此,要扩大乐队的影响,必须借助其他力量。区新明决定邀请几支乐队前来助阵,随后他们便向浮世绘、爵士吉他手包以正以及Beyond发出了邀请。虽然Beyond当时尚未发行过唱片,但他们已经做过两场演唱会,经常是吉他比赛的座上宾,甚至还接过商业广告,在多部影片中出镜表演,追随者的数量不容小觑。

[①] 朱耀伟:《光辉岁月:香港流行乐队组合研究(1984—1990)》,香港:汇智出版有限公司,2012年,第75页。

1985年12月6日傍晚,歌迷们期待已久的"小岛&Friends"在高山剧场如期上演。演出当晚,场馆里挤满了一千多名观众,热闹非凡。在观众热烈的呼声中,包以正不紧不慢地登上舞台,调了调吉他,连续为观众表演了几首歌。随后浮世绘也出现在聚光灯下,将他们的几首新歌献给观众。最后登台的是Beyond。

Beyond的出现引来一片骚动,上百名Beyond乐迷挤向台前,高喊着他们的名字。看到观众的热情反应,家驹也表现出难以抑制的兴奋,他先是和歌迷打了个招呼,又对现场的气氛大加赞赏。乐队身着自制的黑色皮衣皮裤,显得有点另类。家驹笑嘻嘻地朝台下的观众喊道:"我们的衣服漂亮吗?看看阿Paul,像龙一样,我们得找条龙贴在他身上和他相衬。"

小岛的邀请,似乎为Beyond提前制造了转机。正是此次演出,让Beyond和后来的经纪人Leslie得以相遇。作为主办方代表、小岛乐队的经纪人,Leslie也在当晚的演唱会现场,只不过包以正和浮世绘表演时,他一直待在后台。但随着Beyond的登台,他起身离开,走进疯狂的观众中间。他已经错过了乐队去年夏天在明爱中心举办的"永远等待"演唱会,不想再失去这个近距离欣赏Beyond的绝佳时机。他站在人群中,静静地打量着台上的四位年轻乐手。

乐队率先表演了那首重型摇滚乐《另一扇门》,接着,家驹满腔激情地为观众演唱了他们的第一首中文歌曲《永远等待》。经过几年的历练,家驹的唱功长进不少。一曲唱罢,《巨人》的前奏随即响起。

三首歌过后，现场沸腾不已，不过，随着另一首歌曲《神话》的前奏响起，现场渐渐安静下来。这首歌节奏缓慢，柔情中夹杂着些许感伤，歌迷们无不为之动容。直到乐队唱出那首他们几乎在任何一场演唱会上都会表演的《再见理想》，歌迷们才从幻境中苏醒过来。

家驹的唱功确实大有进步，但依然没有后来那样收放自如。登台不到半个小时，他的声音就已经有些嘶哑了。但即便如此，他还是卖力演唱，用满腔激情弥补演唱技巧上的不足。演出一结束，家驹便连声感谢台下的乐迷。他们深知，没有众多乐迷的支持，他们不可能走到今天。

《再见理想》的落幕，并非理想的终结，而恰恰是理想的开始。因为理想之门才刚刚开启，新的音乐之路正等着他们去征服。

Leslie 对 Beyond 早有耳闻，但那天晚上他还是被眼前这几个摇滚青年震住了。在后来的无数次采访和谈话中，他都会反复提及当时的那种强烈感受：他突然觉得眼前这支乐队一定会成为巨星，仿佛听到有一个声音在对自己说："你一定要签下他们，一定要做他们的经纪人。"[①] 他甚至表示："时至今日我仍然想不通为什么会有这种神来的感觉，也许这就是上天赐予的礼物，或者命中注定要我们一起度过一段旅程。当时我并没有去想象他们将来会红到什么程度，但后来我去听他们新歌的小样，真的非常吃

[①] Leslie Chan：《真的 Beyond 历史（Vol.1）》，香港：Kinn's Music Ltd.，2013 年，第 25 页。

惊，那些歌曲真的很棒。"但即便如此，当时 Leslie 还是有些犹疑，因为他担心 Beyond 的风格太另类，无法被听众接受。

Beyond 的表演刚开始没几分钟，Leslie 就从人群中走出来拨通了 Jinly 的电话。他希望她能为是否签下这支乐队提供一些建议。Jinly 对 Beyond 一无所知，而且当 Leslie 告诉她这是一支摇滚乐队时，她也表现出了同样的犹疑。

当时 Jinly 正在片场准备收工，接到电话后，她匆匆走出片场拦下一辆出租车朝高山剧场驶去。Jinly 到达演出现场时，Beyond 的表演已经接近尾声，家驹正满怀激情地唱着"一起高呼 Rock and Roll……"。"台上的家驹魅力十足，给人的感觉非常好。"多年后 Jinly 在一档电视节目中回忆说，"当时我根本就没有考虑什么歌曲，我觉得他们会成功，然后我跑到后台跟我的搭档说：'很好，我们跟他们签约。'"[1]

有趣的是，Leslie 在后台转了两圈，他甚至连谁是 Beyond 的成员都没有认出来。他随便拦下一个家伙（后来才得知那是家驹的朋友刘宏博）问道："你是不是 Beyond 的成员？"刘宏博说："不是。"然后给他指了指阿 Paul。Leslie 朝阿 Paul 径直走去，并向后者做了自我介绍，接着便直奔主题，问 Beyond 有没有经纪人，他想做他们的经纪人。让 Leslie 感到意外的是，听到这句话，阿 Paul 并没有什么反应。Leslie 回忆说，当时阿 Paul 给人一种非常酷的感觉，似乎有些傲慢。Leslie 甚至有点怀疑眼前这个家伙

---

[1] 香港亚洲电视本港台《亚姐百人》第 13 集，嘉宾：潘先仪。2013 年 5 月 1 日。

到底是不是 Beyond 的成员。见阿 Paul 不理不睬，Leslie 转身找到了家强，家强说没有经纪人，但他们并没有交流下去。最后 Leslie 找到了世荣，表明来意。世荣显然没有听错，眼前的这个人想签下他们。快要分别时，世荣给 Leslie 留下寻呼机号码，并告知他随时可以和他们联络①。

"小岛&Friends"演唱会结束没几天，Leslie 先后到二楼后座及其附近的一家茶餐厅与 Beyond 就经纪人事宜进行商讨。多年后回忆起第一次见到家驹时的情形，Leslie 依然记忆犹新。"家驹戴着一副苍蝇头眼镜，跟那天晚上在台上表演的人不太像，甚至看起来不像是玩摇滚的。"大约一周后，他们又进行了一次谈判。协商一致后，Beyond 的四名成员和 Leslie 在经纪人合约上签下了各自的姓名，时间是 1985 年 12 月 23 日。

这份合约如同救命稻草，终于让苦撑三年的 Beyond 看到些许曙光。倘若几个月内还无法签下经纪人合约或者唱片约，乐队可能将会就地解散。自从上次痛失第一份经纪人合约，至今已有两年之久，其间的艰辛只有他们自己能体会。显然，这份新合约既是对乐队的再次肯定，也更加坚定了他们做音乐的决心。

经纪人合约签订没多久，乐队专辑的录音也被提上了日程。1986 年新年刚过，Beyond 就涌进了一鸣音乐中心。不过，乐队此举并非履行唱片合约，而是为了兑现"永远等待"演唱会之后的诺言——出一张自己的专辑。据《再见理想》专辑制作人张景

---

① 坏蛋调频 FM12638：《听 Beyond 经纪人聊 Beyond》，2016 年 8 月 30 日。

谦（Clarence Chang）回忆，当时这些歌曲小样还没有段落，时长均在七八分钟以上，有些甚至超过十分钟。他曾给 Leslie 听过这些歌曲小样（当时他们都是 Innovative Communication 唱片的合伙人），但 Leslie 并没有什么兴趣，因此就不难理解为何签下经纪人合约后，乐队还会继续自费独立出版这张专辑。

*

在专辑制作人的建议下，乐队大刀阔斧地对歌曲进行了删减。如果毫无头绪就贸然进入录音棚，乐队必然会因此债台高筑，因为录音费每小时 150 元。第一次长时间录音，对 Beyond 来说是个不小的挑战。虽然两年多以前家驹和世荣参加过《香港》合辑的录音，但那点可怜的经验并不足以支撑他们完成如此复杂的录制工作，而且他们早就忘得差不多了。

录音室相当拥挤，设备质量同样堪忧，当时专业录音棚所用的录音系统至少有 24 轨，这里则只有一台 16 轨的 Tascam 录音机。乐队每次只能录一件乐器，而且每个音轨常常需要录上几次。在没有伴奏音轨指引的情况下，世荣只能借助节拍器完成鼓声的录制。"我们先录鼓的部分，然后录贝斯，最后加吉他和其他东西，像砌墙一样一点点砌上去，整个过程真的很难。"张景谦说。当时家驹的英语不太好，发音也不怎么准确，唱英文歌时重录了好几次。

在整个录音过程中，乐队表现得相当挑剔，只要听到一点杂音，他们都会尽力将其消除，以确保获得更好的音质。"这已经是那种环境下能够做到的最好状态。"张景谦说，"我很喜欢《谁是勇敢》，现在重听这首歌依然觉得很不错。"

当时乐队的几名成员都有自己的正职，录音一般只能在夜晚进行。家驹和世荣偶尔会在上班路上悄悄拐到录音棚，等监制一到便立马开工。录同名曲《再见理想》当天，世荣早早来到录音棚，试着给设备调音，晚上九点，其他几名成员陆续到达后，他们才正式动工。为了尽早将专辑录完，乐队不得不通宵达旦地工作，这也导致他们第二天根本无法起床。"他们的工作方式很特别，"张景谦半开玩笑地说，"他们基本不会按时到达，我在录音室等他们的时间可能超过二十个小时。"

经过一个月的努力，乐队和监制否决了一个又一个版本，最后，他们花了110个小时总算完成了整张专辑的录音。对于一张长度不足70分钟的专辑而言，花费如此漫长的录音时间，显然谈不上什么效率。不过，张景谦表示，在设备简陋且乐队没有什么经验的情况下，录成这样已算奇迹。

除制作人张景谦外，与乐队并肩作战的还有录音室的老板麦一鸣。他为专辑做了部分混音，并给乐队提供了一些建设性意见。他了解乐队的经济状况，便每次都等他们调试结束后才开始计时。乐队最后为专辑支付的录音费是16000港币。这笔高昂的费用，大部分来自银行贷款，除此之外，他们还从朋友那里东拼西凑了一些。

录音的空档，Beyond偶尔也会去参加一些拼盘演出。这些演出不仅可以让他们放松精神，还能为推广《再见理想》助力。1986年3月8日，一场名为"解放节拍"的小型音乐会在高山剧场上演，Beyond应邀出演，阵容还包括太极、小岛、Visa等乐队。

Beyond的装扮和去年十二月那次演出相差无几——白色T恤加黑色皮衣皮裤。不过这次家驹戴了一副黑色面具，俨然一个摇滚蝙蝠侠。当晚，Beyond首次表演了《金属狂人》，尽管乐迷还相当陌生，但当世荣以密集的鼓点敲响歌曲前奏后，随即引来一阵尖叫。阿Paul卖力地弹着吉他，一连串铿锵有力的音符在空中飘荡。此外，他们还表演了即将推出的专辑《再见理想》中的几首新歌，顺势为专辑做第一波热身宣传。

由于印制黑胶唱片非常昂贵，因此乐队仅仅量产了专辑的磁带版本。专辑共收录了13首歌曲，其中包括"永远等待"演唱会《旧日的足迹》的现场版本。一年后，这首歌被重新收录在《现代舞台》专辑中。不过，两个版本存在着明显差异：新版的前奏已经从吉他演奏改为合成器弹奏，节奏也变得更加明朗。

《旧日的足迹》创作于1984年，灵感来自家驹的好友刘宏博（Mike Lau）。刘宏博出生于北京，70年代随父母举家迁往香港。1984年，刘宏博搭上飞往北京的航班，回到家乡小住了几天。返回香港后，他和家驹分享了此行的见闻和感受。没多久，家驹以此为背景写下了《旧日的足迹》，世荣完成了这首歌的歌词。乐队1988年的北京演唱会，便是在刘宏博的帮助下实现的。

《永远等待》和《再见理想》成了这张专辑的主打歌，分别被放在卡带A、B两面的首要位置，因为这两首歌包含着Beyond

三年来的心声。乐队剔除了"永远等待"演唱会上的《飘忽的她》，取而代之的是《巨人》。《神话》被收录其中是很自然的事情，因为这首早期的英文经典曲目见证了家驹和陈时安的友谊。那首带有迷幻色彩的《浪漫已死》被剪成了两部分，第一部分是纯音乐，第二部分家驹才开腔献唱。

《飞越苦海》充满着Beyond对现实的不满。那句"畜生都要飞越苦海"，便是对不公的社会现实，尤其是那些靠不正当手段平步青云之人的讽刺。然而，这似乎并不足以表达他们的愤慨，于是他们又在歌曲的开头加了一小段粗俗的独白。录好这段独白后，他们将其叠进歌曲的前面。不过，乐队并没有直接说出来，而是将这句话颠倒过来。家驹很清楚，如果在歌曲中爆粗口，这盘磁带很可能无法广泛流通，因此他们只好采取这种策略。

《再见理想》的封面拍摄于苏屋邨附近的一个废弃发电厂，美术设计由阿Paul担纲。封面看起来很简单，但这种朴素的风格正是他们想要的效果。在几年后的一次采访中，家驹和家强均表示《再见理想》的封面是他们最喜欢的一张。"那个小孩子的表情和封面照给人的感觉非常强烈。他回望的那一瞬间，跟《再见理想》的标题很贴切。"家强激动地说，"我很喜欢那个封套，以及那张黑白照。"[1]

经过大半年的努力，1986年3月底，Beyond的处女专辑《再见理想》终于发行问世。整张专辑凝聚着Beyond自1983年组

---

[1] 1991年林珊珊采访Beyond，网址：https://www.youtube.com/watch?v=jbr4rikDAck。

建以来几代乐手的汗水和心血。尽管专辑的音质、设计、制作都相当粗糙，却始终无法遮蔽他们真挚朴素的感情。由于没有唱片合约的限制，乐队也不打算取悦听众，因此，这张专辑无疑就是他们内心真实想法的结晶，也成为 Beyond 最令人怀念、最独一无二的专辑。

拥有丰富推销经验的世荣为专辑的发行做了公关。然而，当他挨家挨户去招揽生意时，却没有一家唱片店愿意帮他们寄卖。虽然 Beyond 当时已经小有名气，但也仅仅局限于地下音乐圈，普罗大众对他们依旧知之甚少。残酷的现实令世荣深受打击，但他还是继续穿梭在大街小巷，有时遇到热情的店主，他便趁机求情，希望能在店铺里放一些乐队的卡带。在他的反复游说下，终于有几家店铺同意为乐队代售。但意想不到的是其中一家没几天便关门大吉了，那些卡带从此一去不返。

与此同时，家驹也开始向外界毛遂自荐。有一次，遇到在商业电台做 DJ 的朋友陈海琪，他就把一盘标有"再见理想"字样的磁带递给对方，并用略带恳求的语气说："你回电台看能不能帮我找个机会播一下？""到现在我都没有忘记他的表情，"陈海琪说，"从他的眼神里可以看到他真的非常渴望得到一点帮助。"陈海琪把卡带带回商业电台后，发现音质非常差，而且由于当时电台一般使用黑胶唱片进行推播，磁带很难播出，但陈海琪还是想方设法帮家驹推出《再见理想》那首歌。没多久，家驹就从电台听到了自己的歌曲。之后陈海琪和乐队的关系越走越近，甚至成了乐队的御用司仪。

尽管乐队不遗余力地为专辑的销路做推广，但几个月之后，这张专辑也仅仅售出一千多盒，距离收回制作成本遥遥无期。不过话说回来，乐队制作这张专辑的初衷并非赚钱，而是为了完成夙愿，就像去年夏天的演唱会一样。最重要的是，三年来 Beyond 对音乐的执着追求有目共睹，乐队两次 DIY 的经历已经让那些死忠乐迷深深折服，同时也巩固了乐队在地下音乐圈的地位。

作为创作者之一，家强也表达了自己的真实感受。"《再见理想》是乐队几年的心血，为此我们花掉了全部积蓄。出版这张唱片意味着我们迈出了第一步，就是这种力量推着我们往前走，虽然唱片无人问津，我们还亏了不少，但这件事让我们终生难忘。"

"在穷得叮当响的时候，我们依然录了一张唱片，并且还和一群志同道合的朋友玩那些很先锋的音乐。"家驹说，"虽然我们常常食不果腹，但我们真的非常快乐，因为我们所做的一切都很有意义。"

尽管没能在这张专辑上赚到一分钱，但录制过程还是令 Beyond 受益匪浅。一方面，他们录音的技巧和知识都得到了提高，为下一张专辑打下了坚实的基础；另一方面，他们也收获了友谊，学会了协作互助。

当然，出版这张唱片除了了却心愿，乐队显然还有更高远的理想。多年后，阿 Paul 重新解释他们当初的想法时说："我们不仅希望其他人能听到 Beyond 的音乐，还希望能推进香港音乐的进程。我们一直在为此努力，但有的乐队什么也不做，自以为只要做出好音乐便万事大吉。我们并不那样想，既然我们能写出优秀的作品，为何不将它推广呢？为何不去推动香港乐坛呢？"

《再见理想》收获了不少赞誉，但也有人批评专辑中的大部分歌词过于消极灰暗。面对这种论调，家驹显然不敢苟同。"我们的歌词所描述的，都是我们玩音乐以及我们在生活中的感受。我们都希望能以此为职业，既可以维持生计，又能写自己喜欢的歌曲。我们不相信闭门造车，也不能整天躲在排练室训练，对外界充耳不闻。除了玩音乐，我们也很关注海外音乐的发展，了解世界各地正在发生什么。"① 看得出来，家驹从一开始就有着非常广阔的音乐视野和胸襟。

这张专辑对Beyond而言意义重大，因为它既是理想的开始，也是理想的终结。一方面，《再见理想》的发行意味着他们正式向香港乐坛宣告Beyond的存在；另一方面，专辑发行后，他们就要开始履行新的录音合约，再也不能无所顾忌地行事。家驹说："乐队成立时，我们从未想过要以此为业。因为想通过玩另类摇滚来引起听众的共鸣是绝对不可能的，玩音乐除了热爱，更多的还是理想。所以我们倾尽全力出版《再见理想》，目的就是要实现大家的心愿。这是一个理想的终结，完成以后，再没有什么理想可言。"②

1986年4月3—4日，Beyond在文艺青年的精神家园艺穗会做了两场小型演出。他们把两晚的主题定为"剖释聚会"，向观

---

① 沈济民：《Beyond访谈》，《学苑》1987年第5期。
② 转引自黄志华、朱耀伟《香港歌词八十谈》，香港：汇智出版有限公司，2011年，第203页。

众全方位展示有关 Beyond 音乐的一切。在后来的一次采访中,世荣表示举办这两场小型演出的目的是"希望 Beyond 的乐迷更深入地了解乐队的歌曲,重新认识 Beyond;同时也希望看看听众是什么反应"。①

艺穗会有真正能够理解和欣赏他们的乐迷,在这里演出,乐队的每位成员都格外开心。这个仅能容纳上百人的小型艺术空间,连续两晚都挤得满满当当。Beyond 被眼前的情景深深触动,舞台就在人群中间,观众在台下热情地呼唤着他们的名字。除了专辑里的 13 首歌曲,乐队还演绎了一些从未在公开场合演过的作品。遗憾的是,乐队并没有现场收声,后来仅有少量的"靴子腿"(Bootleg),也就是那些从未公开发行的现场演出版本在歌迷之间流传。

演出当晚,Leslie 邀请了乐评人黄志华前来捧场。"那次演出,Beyond 的很多作品都非常冗长,平均在七八分钟以上。"黄志华回忆说,"乐队的很多歌曲,现场观众都是第一次听到,但他们不觉得沉闷,反而让人感受到粗糙之中的那份真诚。"

*

随着声誉与日俱增,影视界开始向 Beyond 抛出橄榄枝。1986 年夏天,乐队受邀为影片《恋爱季节》做客串表演,世荣的

---

① 香港数码广播电台《海琪的天空》,《Beyond 绝秘声带》,2012 年 5 月 15 日。

好友林矿培也前来助阵，担任临时键盘手。在同样不足一分钟的戏份里，他们表演了《永远等待》。

1986年初春，梁翘柏到纽约市立大学留学，他领导的浮世绘乐队无疾而终。浮世绘解散后，家驹便向刘志远张开了怀抱。"我们原来的阵容是四个人，但后来发现现场演出时，家驹需要兼顾的事情实在太多。他要一边弹吉他，一边唱歌，非常忙。"世荣说，"我希望他把精力放在一个地方，所以就找到了刘志远。他在现场既能弹吉他又能弹键盘，音乐会变得更丰富，家驹演唱的时候也会更舒服。"

1987年初，在接受《电影双周刊》采访时，家驹说，因为乐队想在新唱片中加强吉他的音色成分，便向刘志远张开了怀抱。无论这是不是一种托词，都可以看出家驹对刘志远才华的欣赏。虽然家驹的说法和世荣不尽相同，但他们都希望乐队能够做出更饱满的音乐。

刘志远出生于1969年3月8日，彼时是一名中四的学生。世荣向他发出了邀请，不过，直到《再见理想》的发行工作结束后，他才正式加入乐队。那是1986年6月。

在乐队中，刘志远的角色是主音吉他，他接替了家驹原来的部分弹奏角色。此外，他还偶尔司职键盘，以丰富乐队的音乐元素。自1983年成军以来，Beyond的成员一直更迭不定，但五人的编制还属首次。不过，这支五人编制的Beyond也仅仅维持了两年。1988年4月30日，在做完"苹果牌演唱会"后，刘志远便离开了乐队。

刘志远加入乐队后不久，Beyond 开始转变为半职业乐队，二楼后座成了他们经常出没的地方。在乐队多年的折腾下，从前住满房客的公寓如今已只剩一位邻居，但乐队还是经常收到扰民投诉。乐队每次排练，他都会毫不留情地拨通小区管委会的电话，然后乐队就会不间断地收到各种各样的警告。虽然他们已经见怪不怪，但他们的女朋友实在无法忍受警察经常光临。后来世荣索性将一个冰箱送给他，希望他不要再投诉，但几天后，警察还是再次找上门来。世荣很恼火，有一天趁他外出时，世荣抄起一把钳子，悄悄剪掉了通往他房间的电线。一段时间后，他实在不堪其扰，才悻悻地搬离那片嘈杂之地。

邻居全部搬走后，乐队重新给二楼后座做了装修。阿 Paul 和刘志远负责墙壁的隔音，家驹和世荣负责地面的整顿。清洗墙壁时，由于天拿水喷得太多，那刺鼻的气味差点把他们熏倒。家驹和世荣把地板铲掉后，准备重新铺上一层水泥砂浆。但这两个家伙显然对水泥的腐蚀性一无所知，居然徒手搅拌水泥，最后手被腐蚀得脱掉一层皮，还渗出了血，所幸情况不是很严重，没几天就康复了。

Beyond 全部进驻二楼后座后，排练室里总是挤满了他们的追随者。这些十八九岁的女孩总是喜欢在排练室里嬉笑打闹，有时她们也会给乐队带些便当，甚至请他们出去吃吃喝喝。练琴时，阿 Paul 并不怎么喜欢歌迷们整天围在身边，这会让他有一种被窥视的感觉。但这些女孩只要疯狂起来怎么也停不下来，排练室里全是她们的声音，阿 Paul 难以忍受，便用力拨弄吉他，试图把她们赶走。

成为半职业乐队后，Beyond 的演出频率增加了不少。1986 年 5 月 25 日，高山剧场举行了一场名为 "Music Assembly '86 沸腾摇摆五小时"的音乐节。此次演出的阵容比之前任何一次都要庞大，除了 Beyond，主办方还邀请了另外 7 支乐队。由于观众反应热烈，原定下午五点开始的演出，不得不提前一个小时开始。

"Music Assembly '86 沸腾摇摆五小时"是 Beyond 在"剖释聚会"后的首次亮相，当时梁翘柏放假回到香港，顺便为乐队做了客串。此次演出距离上回已有两个月的光景，歌迷们见到心爱的乐队疯狂不已，Beyond 在舞台上的表现也非常热烈。演出间隙，家驹语重心长地对观众说，"剖释聚会"是 Beyond 音乐生涯的分水岭。其实家驹所说的分水岭，只是想表明 Beyond 将告别地下，不再频繁出现在小沙龙，新的唱片约等着他们去履行，他们要开始学会和市场较量了。

同年夏天，台湾首届"亚太流行音乐节"发出征集令，邀请亚洲各地的乐队和音乐人共筑盛会。这是一场为期一个月的音乐会，许多当红乐队或音乐人都会参与。对 Beyond 而言，这无疑是一个大好时机，不仅能扩大乐队的名声，还将有助于台湾市场的开拓。之后，在乐队经理的安排下，Beyond 和小岛如愿成为参演乐队。

然而，天有不测风云，就在即将前往台湾之际，家驹遭遇了一场事故。1986 年 6 月的某天，家驹坐上了一辆开往二楼后座的出租车。车刚出发不久，便开始下起了小雨，出租车到达洗衣街

215号楼下时,已是大雨如注。由于出门时未带雨伞,下车后,家驹低着头匆匆忙忙朝大楼跑去,不料迎面撞上一个竹竿搭建的棚架,他的眼镜顿时碎片横飞,随后好友梁国中(Derek leung)紧急将他送到了附近的医院。

给家驹安排好手术后,梁国中打通了经纪公司的电话,随后Leslie和Jinly相继赶到医院。当Leslie见到躺在病床上一言不发的家驹时,他几乎要崩溃了——家驹鼻梁两侧有两个深深的圆印,那是被眼镜的巨大冲力撞出的,更糟糕的是,他的鼻梁多处骨折并陷了进去。

Leslie如此描述当时的感受:"我的第一个反应是:'天哪,要是不能复原,将来怎么办?'我同时注意到家驹的眼神,那是一种非常无助的状态,我从来没见过这样的一个家驹。我能看到他内心的担忧,他似乎在想,也许会因为他的受伤导致乐队无法完成下个月台湾的演出。然后我感觉冷汗从额头渗了出来,身体开始虚脱,我只好跑到外面的走廊坐了十多分钟,精神才慢慢恢复过来。"好在通过精心治疗,几周之后家驹就完全康复了。

7月22日,Beyond和小岛搭上了飞往台湾的航班。与他们同行的,除了乐队的两位经纪人、三名演出助理,还有家驹的两位好友刘宏博和梁翘柏,后者为他们友情担任此次演出的调音师。

23日傍晚,夜幕徐徐降临,Beyond和小岛乐队终于登上了"1986亚太流行音乐节"的舞台,地点是位于台北中山区民权东路三段1号的荣星公园。这两支来自香港的乐队成了当晚的主角,率先出场的是小岛乐队,四五十分钟后,Beyond的五名成员也出现在几百位观众面前。台湾歌迷的热情让他们有一种宾至如归的感觉，这令他们备受鼓舞。

为了表达对台湾歌迷的敬意，Beyond一登台便将一首名为《台湾》的纯音乐献给在场的观众。这是他们临时写的曲子，虽然没有歌词，但很快就得到了台湾歌迷的热情回应。接着，便是那首冗长的《巨人》和乐队真实写照的《谁是勇敢》。家驹深情款款地说，《谁是勇敢》是他很喜欢的一首歌，希望台湾的歌迷也会喜欢。当时虽然是夜间，但天气依旧闷热，没等这首歌唱完，身穿T恤的家驹已是大汗淋漓。

家驹尝试着和歌迷互动，但语言似乎成了难以跨越的障碍。他坦诚地对观众说自己的普通话不太好，希望大家多多包涵。观众也没有让他们失望，几十位歌迷涌到台前，欢快地打着拍子。唱到《长路无朋》的结尾时，家驹发出了最后的嘶吼，并延续了好几秒，那声音就像荒原上的孤狼，而在这孤独与绝望的嘶吼中，仍能感受到奋进的力量，这似乎就是家驹声音美学的独特之处，也是Beyond音乐魅力的奥妙之一。

《狂人》一曲唱罢，热血沸腾的家驹摇摆着双手召唤观众从座位上站起来，歌迷积极响应，涌往前台加入疯狂的队列。随后，家驹一口气唱了《另一扇门》《过去与今天》《神话》。原本唱完《旧日的足迹》国语版后，他们就准备收拾走人，但没等他们走出多远，台下观众便开始大喊"安可"（Encore）。乐队再次回到舞台，为观众献上《永远等待》的国语版。家驹热切地向观众说道："这是一个难忘的夜晚，我们非常高兴。这首歌改编自粤语版的《永远等待》，希望我能唱得更好。"

然而，作为一位土生土长的香港人，家驹确实很难把普通话说标准，更别说字正腔圆地唱出来，演出过程中甚至出现了几次忘词的情况。不过，家驹还是一脸天真、不慌不忙地跟着节奏把整首歌唱完，然后用一种可爱大男孩的语气对观众说："真的对不起，因为我说普通话的时间不是很长，希望你们原谅。"

演出临近结束时，家驹朝台下的歌迷大声呼唤："台湾的朋友，我爱你们，希望明晚还能见到你们。"很明显，家驹对台湾歌迷的反应相当满意，而且心怀感激。

主办方对他们的表现也很满意。于是，7月25日两支乐队又临时加演了一场。"尽管Beyond对于台湾的乐迷来说还相当陌生，但当我们在那里连演三场之后，想不到他们的反应如此热烈。"刘志远回忆说，"甚至在我们回到香港之后，他们仍然会写信或打电话跟我们联络。"①

Beyond表演的前两晚，台湾摇滚歌手薛岳光临了演出现场。24日，Beyond刚刚表演结束，薛岳就找到他们。那一晚，他们相谈甚欢，激起不少火花。

然而，此次台湾之行也成了乐队和经纪公司产生裂痕的开始。第二晚的表演结束后，主办方将小岛的几名成员送回酒店，但直到Beyond演出结束，司机仍未返回演出现场。随后，Jinly便将乐队带到了附近的一家迪斯科舞厅。这种未经事先沟通的安

---

① 香港数码广播电台《海琪的天空》，《Beyond绝秘声带》，2012年5月15日。

排和长久的等待，让乐队十分恼火。回到酒店，乐队把 Leslie 叫到家驹的房间，轮番质问，并把平时工作中的不满全部倾倒出来，双方的矛盾从此浮出水面。

7月26日，乐队搭上飞往香港的返程航班。接下来，他们将投入到《永远等待》EP（一种介于单曲与专辑之间的发行形式，容量为4至8首曲目，亦称为迷你专辑或细碟）的录制中去。

Ⅱ 叛徒或异军

地下时期的 Beyond 当属香港乐坛的一个异数。他们自我，不顾首任经纪人的反对继续登台演出；他们执着，不惜负债举办演唱会、独立出版《再见理想》盒带；他们激进，为推动香港摇滚写下原创中文摇滚歌曲《永远等待》。现在，即便合约在身，他们依然蠢蠢欲动，不甘心做笼中困兽。1986年第二届嘉士伯流行音乐节的上演，正好为他们提供了挣脱束缚的机会。

为了不受合同的制约，Beyond 决定分开行动。家驹、家强和鼓手李俊云、吉他手黄卓诚（Jackson Wong），以及 Jinly 的妹妹潘先丽（Kim Poon）组成了一支名为"Unknown"的乐队，并为比赛创作了一首名为《放开我》（*Set Me Free*）的歌曲，由 Kim 担任主唱。据 Kim 回忆，在排练这首歌时，她很难将几个音唱准，家驹只好在一旁反复教她。

家驹和 Kim 第一次见面是在几个月前的"小岛&Friends"演唱会上，当时她是那场演出的现场助理。Kim 记得，在高山剧场见到家驹时，家驹主动伸出手来想要和她握手，她一时不知所措，只好战战兢兢地把手伸出去，象征性地轻轻一握。那时她只是一个 19 岁的少女，这种礼节性的招呼还属首次。

Beyond 和键锋传音签约后不久，家驹就喜欢上了 Kim，随后二人便坠入爱河。尽管他们并没有公开恋情，但家驹和 Kim 的亲密关系还是被姐姐发现了。Jinly 大为光火，她把家驹和妹妹教育了一番，好在她并未阻止二人的恋情，只是提醒他们低调为好：经纪公司可不想让外界获知任何有关乐队成员恋爱的事情，因为乐队的音乐事业刚刚起步，一旦绯闻缠身，势必会影响乐队前途。

Kim 出生于香港，在西贡区调景岭长大。她的祖籍是四川省江北县（今重庆渝北区两路镇），母亲是天津人。这个普通话和粤语都讲得不怎么标准的姑娘，有着跟家驹差不多的身高。

家驹和 Kim 刚认识时，很喜欢和她们玩。然而，他们根本没有机会单独相处。不过，有一次 Kim 明显感觉到家驹对她另有意思。那是一个星辉交错的夜晚，家驹大老远跑到浅水湾和 Kim 的一群朋友玩，之后他们玩起了孩子的游戏——老鹰捉小鸡。Kim 回忆说，家驹总喜欢跑到她的后面去捉她，有时候甚至还会抱住她。在接下来的日子里，他们越走越近，并很快成了情侣。

家驹是个夜猫子，喜欢深夜创作，直接后果就是早晨根本爬不起来，于是睡懒觉成了他的一大爱好。除此之外，他还喜欢抽烟，特别是烟味很浓的那种，不过穷得叮当响的他很多时候只能和廉价烟相伴。虽然偶尔也抽万宝路，但这只是领薪水时给自己的奖励。家驹的这些习惯让 Kim 有点难以忍受，好在他们相互理解，并未因此吵过架。有时他们好不容易待在一起，家驹却不会专心享受二人世界，而是沉迷在自己的吉他声中。Kim 不仅没有因此大吵大闹，反而还很关心家驹。"我非常欣赏他，每当他弹上三四个小时的吉他时，我都不会去打扰他，甚至还会把水端到他手边。"

家驹同样会以自己的方式表达对 Kim 的关心。有段时间，Kim 在一家珠宝店上班，每当她收拾橱窗准备下班时，总会看到家驹站在外面等她。Kim 说家驹虽然不是非常体贴，但他会讲笑话哄她开心。Kim 对家驹的音乐才华赞不绝口："他真的很爱音乐，他是一个天才，一个非常努力的天才。"

在比赛这件事情上，世荣和阿 Paul 也没闲着。他们和邬林、马永基（Ma Wing Kei）组成了一支名为"高速啤机"的乐队，并创作了参赛歌曲《冲》。乐队的名字来自家驹随口的一个玩笑，据阿 Paul 回忆，当时他们并不怎么喜欢这个名字，但最后还是采纳了家驹的建议。

1986 年 8 月 31 日，第二届嘉士伯流行音乐节拉开序幕，几十支乐队登台亮相。高速啤机的表演非常出色，很快就征服了来自华纳、百代以及宝丽金等几家唱片公司的评委，顺利闯入决赛。随后，Unknown 的五名成员也登台献技，遗憾的是，乐队当天战绩不佳，演出结束就被淘汰出局了。

三周后的 9 月 21 日，十支进入决赛的乐队再次同台竞技。当天高速啤机表演的歌曲是初赛时的作品，虽然他们的出现一度让现场沸腾不已，但当评委们亮出记分牌时，他们的戏也随之结束了。

1986 年夏天，著名导演潘源良执导的《恋爱季节》开机拍摄，片方找到了 Beyond，希望他们出镜支持，给剧情增加看点。潘源良同时还是一位填词人，对 Beyond 的音乐颇为欣赏。接到消息后，Beyond 欣然接受了邀请。在这部影片中，Beyond 再次把《永远等待》搬到了片场。两个月后，《恋爱季节》在香港各大院线上映，尽管 Beyond 在片中现身的时间不足一分钟，但某种程度上还是为乐队带来了一些名声，收获不少关注。

*

鉴于录制自资专辑《再见理想》时缺乏经验，专辑中的《永远等待》过于粗糙，加之那首乐队自己看好且被视为乐队心路历程的代表作反响平平，他们始终心有不甘。现在，他们不用再负担录音费用，机会就摆在眼前，他们决定重录《永远等待》。

10 月，Beyond 开始了合约中首张 EP《永远等待》的录制。公司为乐队安排了包括欧阳燊（Gordon O'Yang）、郭荣光（Philip Kwok）在内的三名录音师，监制则由 Leslie 担纲。客观地说，这是一支经验尚浅的队伍，他们当时都没有录制过多少唱片。

基于市场考虑，乐队重新对《永远等待》进行编排，并为这首歌做了混音。他们删掉了一段过门，在前奏和中间加了一些哇音，吉他 solo 则被原封不动地保留下来。除此之外，他们还修改了歌词。《再见理想》专辑版本中的"独自在街中/我感空虚……但愿在歌声可得一切/但在现实怎得一切"以及一些比较激烈的歌词被他们删掉了，取而代之的是"愿望是努力，走向那一方"。歌词一改以往的阴郁，变得积极向上。当然，这并非乐队本意，而是公司希望他们以"健康形象"示人。

初次合作，他们不得不互相迁就。虽然乐队做出了不少让步，但在吉他的混音上双方依旧没能达成共识，比如歌曲原版带有强烈的摇滚意味，但混音时这些元素都被大大削弱。即便不能保留原本的风格，但他们还是希望尽可能留下那些重要的元素。在录音这件事上，他们不想受制于人。有时，趁 Leslie 不备，他们会悄悄将吉他音轨推高，以便获得更大的音频输出。

与市场较量需要花费的精力和耐心，让这几个刚刚登上主流乐坛的年轻乐手有点无所适从。"当时我们的想法都比较单纯，以为终于找到了自己喜欢的音乐，能够出版自己的唱片了，"世荣说，"但当我们的每张专辑都得做那些热门歌曲交差时，就会非常厌烦。通常的热门歌曲都比较商业化，我们真正想做的音乐却玩得一点也不尽兴。每天都玩同样的歌曲，自然就会厌倦。虽然那些歌都很好听，但相比我们真正想做的，还是两码事。"[①]

[①] 梁兆辉：《Beyond 给青年人见证，梦境确可成真的》，《明报》1994 年 6 月 15 日。

录制《永远等待》前，乐队接受了一家媒体采访，家驹向记者透露新唱片与上一张自资专辑将会存在一些差异。"但至于变成什么样子，很难说。我们都觉得以前玩的音乐有点久了，所以希望尝试一些新的东西。"

《金属狂人》创作于几个月前，歌词出自世荣之手。Leslie 对这首歌很感兴趣，在他的建议下，乐队决定将其收进 EP 中。当时家驹担心这首歌会给乐队带来负面影响，并没有录制的打算。一方面，歌词中诸如"兽性大发是我像狂人"的描写，难免会让人想入非非；另一方面，如此重型的音乐很难被市场接纳。进入录音室前，乐队重新对编曲做了修改。不过，在 1991 年的"生命接触"演唱会上，乐队将《金属狂人》彻底恢复成原版的面貌，甚至还加了一段更复杂的前奏，也算弥补了《永远等待》中的缺憾。

一篇关于这张 EP 的乐评如此写道："现场版本的《金属狂人》比录音室版本好得多，主唱的火力不足，最重要的前奏部分又不是重金属式的节奏组合，让歌曲变得三不像；鼓声部分还算不错，只是录得比正常轻了些，尾段的吉他 solo 倒还像样。"当然，这篇乐评也不吝溢美之词，称他们"是一支充满诚意而又真正有分量的乐队"，"至少比那些玩中文 Beat Music 的投机组合更值得期待"。

《金属狂人》"描述了一个年轻人在受尽社会压力之后，试图用激烈的方式去发泄自我的故事"，这是世荣操刀最多的一首作品。"《金属狂人》的前奏是我提议用古典乐章去做的，这种形式能呈现出一种凄惨、痛苦的感觉，和这首歌的内容十分吻合。"世荣说。

除了重录的《永远等待》和1986年初写的《金属狂人》外，家驹还为这张EP写了三首新歌，分别是《送水的男孩》(Water Boy)、《昔日舞曲》和《灰色的心》。

《送水的男孩》小样录完后，Leslie建议家驹插入一段口琴作为这首歌的引子。这对家驹来说并非难事。几个月后的"Baleno '86 Pop Rock Show"（班尼路1986流行摇滚演唱会）上，家驹便向人们展示了他那全能的音乐才华，将吉他、口琴和长笛统统演绎了一遍。除此之外，Leslie还建议加入一段木吉他，家驹也照做了。

《永远等待》上市当天，Beyond和几支乐队在香港浸会大学会堂举行了一场小型演出。表演完《送水的男孩》后，家驹向观众透露了这首歌的创作灵感，他说这首歌的名字出自台湾作家白先勇的小说《寂寞的十七岁》，歌曲讲述了一个整天游手好闲的年轻人始终无法找到生活的位置，但又不甘心向现实妥协的故事。

20年后，Leslie回忆说，家驹曾向他提及《送水的男孩》的创作灵感来自英国乐队"The Waterboys"。歌词写好后，他们发现整首歌曲似乎与"Water Boy"并不相干，乐队也无法找到适合的名字为歌曲命名。听到家驹关于歌曲创作背景的介绍后，Leslie建议直接将歌曲命名为"Water Boy"。录音时，刘志远在歌曲开头念出了"Water Boy"，这种做法似乎有些牵强附会，家驹很犹豫，但后来经纪人给了他们充足的信心，他告诉家驹从来没有人这样尝试过。听到 Leslie 的鼓励，家驹打消疑虑，照做了。无论《送水的男孩》的创作灵感和命名缘由来自何处，都可以看出乐队对同代青年内心冲突的努力捕捉。某种意义上，这也是他们的真实写照。

刘志远也开始在新唱片中发挥自身的音乐才能。家驹安排他参与到《送水的男孩》的编曲中来，并建议他独自完成自己那一部分，于是他在这首歌中加入了大量吉他 solo。刘志远表示，《送水的男孩》是他最喜欢的歌曲之一。"这首歌描述了当下部分年轻人，一边对自己的理想摇摆不定，一边又无法向现实妥协。可能是年龄的关系，我对他们的心态比较清楚。"

经过几年的历练，Beyond 的几名成员变得成熟稳重了许多，尤其是当他们走上职业乐队的道路后，不仅格局发生了巨大的变化，心态也比以往开放得多。现在的他们显然不会那么狭隘地认为只有坚持另类的道路才能做出杰出的作品。如今，他们已经不在乎乐队是什么风格，更不想画地为牢，将自己框在一个狭小的音乐空间。在一次采访中，家驹向媒体表达了自己的音乐美学观："一个音乐人很多时候根本就不清楚自己做出来的音乐将会是怎样的风格。因为一旦他满足于某个阶段的风格，就会被这个所谓的风格局限，然后不断地重复过去的东西，以至停滞不前，丝毫没有进步。"[1]

此后，Beyond 开始尝试与其他乐手展开合作。《灰色的心》

---

[1] 沈济民：《Beyond 访谈》，《学苑》1987 年第 5 期。

是他们兄弟二人首次合作的成果。曲子写好后，家驹将填词的重任交给了家强，没过多久，家强交出歌词初稿，家驹又对歌词进行了润色。录制《灰色的心》当天，小岛乐队的键盘手孙伟明和他们并肩工作，为这首歌弹奏合成器。《灰色的心》中加入的合成器，对他们来说算是一次颇具意味的突破。

家强说《灰色的心》描写了"一个生活在刻板社会中的人，企图通过幻想去逃避现实"，但不难发现，这也是一首回望与自勉之歌。主人公力图摆脱那种抑郁、冰冷、黑暗的心境，走向飘逸、空旷、自在的理想之地，弃绝俗世之争，让人感受到古代田园诗歌的悠远意境和心灵蜕变。除了在歌词上煞费苦心，家强在《灰色的心》的编排方面也投入了不少精力。这首歌的录音室版本层次清晰，轮廓分明，正得益于家强的贝斯。"这首歌的结构本身并不是很复杂，"家强说，"但为了突出每一个段落，我在贝斯上花了很多心思。"

专辑中的另一首新歌《昔日舞曲》同样耐人寻味。这首歌讲述了一个昔日醉生梦死，如今无依无靠，却依旧沉浸往日的老者的故事。家驹在歌曲中反复吟唱着老者一生的缩影，此情此景更显悲伤：

> 热烈地共舞于街中
> 再去作已失的放纵
> 到处有我的往日梦
> 浪漫在热舞中

为了恰如其分地传达老者的一生，乐队不惜动用 60 年代的怀旧编曲风格。但他们并非一味怀旧，而是同样加入了许多现代元素，以此表达乐队坎坷的经历。

作为一种营销策略，乐队为新唱片设计了别样的播放顺序。他们将主打歌《永远等待》放在了唱片最后的位置，似乎在告诉听众，千万别错过前面四首歌。

自从与键锋传音签下一纸合约，Beyond 便开始接受职业化的管理，大部分事务由经纪公司打理。除了 Leslie 负责他们的经纪事务外，Jinly 也担任起乐队的形象设计等工作。有意思的是，2013 年 Jinly 在一档电视节目中提及自己也曾是 Beyond 的经纪人时，Leslie 随即对此矢口否认，他甚至表示 Jinly 很多时候的设计工作也是找别人来替代的，因为当时她是电视台的全职艺人，根本没有时间兼顾乐队的事情。

《永远等待》的封套拍摄于新界屯门踏石角发电厂。由于第一版封面缺乏神秘感，《永远等待》再版时，便换了另一张相片做封面。不过后来他们都表示并不喜欢这个形象，因为那看起来简直就像一支足球队。

刘志远加入 Beyond 后，乐队的新歌在吉他编排上变得更加精致饱满，演奏技巧也更加多元复杂，作品整体上成熟了许多。1986 年 10 月，Beyond 开始《永远等待》EP 的录制时，刘志远还是一名刚刚升入中五的学生。他住在距九龙大约 30 公里的香港岛，乐队的录音棚却位于九龙城区，每天放学后，他都要火速赶往九龙城区，直到当天的录音结束，他才拖着疲惫的身体回到家中，继续准备第二天的课程。

家驹对五人编制的 Beyond 颇为满意，几个月后接受《电影双周刊》采访时，他就斩钉截铁地说："我们玩出来的音乐就是很好的证明。不过，随着乐队的成长，风格的转变就无法预知了。"

1986 年 10 月 10 日，Rozza 乐队集结了几支乐队和数名歌手，在高山剧场举行了一场名为"大核爆 Rozza Band In Concert"的演出。这场演出显然是对当年 4 月 26 日发生在乌克兰北部的切尔诺贝利核电站事故的回应。那次事故在 3 个月内陆续使 31 人丧生，随后的 15 年间将近 8 万人因辐射效应死亡，14 余万人饱受辐射疾病的折磨。核事故发生后，世界各地的反核运动愈演愈烈，远在万里之外的香港也不例外。"86 大核爆"的演出阵容可谓当时香港摇滚乐坛最强大的一次，主办方邀请了包括 Beyond 等在内的 10 支乐队参与演出，反核浪潮一度被推向顶峰。

年底，Beyond 收到不少演出邀请，随后一连几天都在路上奔波。11 月 28—29 日，太极、小岛、Beyond 和 Chyna 在高山剧场联合举行了两场"Baleno '86 Pop Rock Show"。第一天的主角是太极和小岛；第二天晚上，Beyond 和 Chyna 相继登台亮相。演出赞助商是一家名为 Baleno 的琴行，主持人则是年轻吉他手黄仲贤。当晚，Beyond 为观众表演了 9 首歌，分别是自资专辑中的《谁是勇敢》《神话》《旧日的足迹》，以及即将发行的《永远等待》EP 中的 5 首歌曲，另外一首则是一年后被收录在《亚拉伯跳舞女郎》中的《过去与今天》。除此之外，家驹还为观众表演了一段长笛 solo，他那非凡的音乐才华征服了众多歌迷。此后只要谈起家驹的全才，这场演出就成了人们津津乐道的例证。

在接下来的一段时间里，《过去与今天》都是 Beyond 的必演曲目。这首歌的歌词写得并不顺利，作过数次修改，第一个版本"热血的心里常跳动/谁会管失意冷风/踏破这黑暗宁与静/耀眼星光暖我心"显得有些凌乱。录音时，他们才将最终的版本确定为"谁会管失意冷风/踏破这黑暗宁与静/幻变的都市谁过问/让暖风紧靠我身"。

1986 年下半年，太极乐队的《迷途》和 Raidas 乐队的《吸烟的女人》先后登上"香港电台流行榜"榜首，香港乐队开始进入大众视野。人们把这股乐队潮流视为香港摇滚乐的一次复苏，但家驹不以为然，他说："把今天的乐队潮流看作一种革命我觉得会更贴切，因为这些乐队本身就充满了创造性，他们都是用具有本土特色的粤语演唱。以前的乐队潮流大部分都是翻唱外国歌曲，从原创的角度来说，根本没有留下什么基础。"他还表示，乐队意识已经逐渐在香港生根，这种香港本土意识很重要，也很有代表性，Beyond 将会坚持在这条道上走下去。在 1992 年"劲歌金曲"第三季的现场，当主持人问家驹何为"音乐革命"时，他也表达了类似的观点："革命就是没有什么就创造什么，比如说这里没有某种音乐我们就把这种音乐做出来。当然，做出来的东西必须是好的，要有意义，有代表性，对文化甚至新一代年轻人有启发性。"

在多方面的强力推动下，尚未发行的《永远等待》和《昔日舞曲》成为迪斯科和电台的热门歌曲，Leslie 趁热打铁给 Beyond 和小岛安排了三场小型巡演，为两支乐队即将上市的唱片宣传造势。

9 月的一天，一群人在二楼后座的排练室闲谈时，家驹表示需要一支乐队为此次巡演暖场，于是 Kim、梁俊威、黄仲贤、梁俊勇、李俊云、黄卓诚随即组成一支名为 Outsider 的乐队，为 Beyond 的巡演暖场待命。

12 月 20 日，Beyond 和小岛登上巡演第一站——新界上水北区大会堂的舞台，把他们的新歌献给当地歌迷；第二天，两支乐队继续向新界元朗聿修堂进发。一个星期后，巡演的最后一站在新界大埔文娱中心完满收官。尽管三场巡演的观众都不多，但其中也有不少忠实乐迷特地从市区赶来捧场。要知道，新界离市区有两个多小时的车程。乐迷的热情让乐队感动不已，这就是他们一直寻找的听众。选择新界作为巡演目的地，一方面是因为这里比较偏僻，新的乐迷有待开拓；另一方面是希望和更多的乐迷分享新歌，为新唱片打开市场。

1987 年 1 月 2 日，人们刚从跨年的欣喜和时间的恐惧中爬出来，Beyond 签约后的第一张唱片《永远等待》便已率先上架发售。当天，Beyond 和几支乐队参加了香港高校巡演漫会大学站的演出。在这场演出中，Beyond 几乎把 EP 中的歌曲都唱了一遍。

由于前面的乐队将现场设备弄了个底朝天，Beyond 的演出助理不得不在乐队登台时重新连接线路，进行调试。调试持续了 3 分钟后，台下开始躁动起来，甚至有观众朝他们报以嘘声。但也有部分歌迷极力维护乐队，对那些不怀好意者予以还击。家驹则绅士般地对观众说："不要让他们太紧张，否则他们会越做越慢。"然后台下才渐渐恢复平静。

表演尚未开始，台下便已蠢蠢欲动，疯狂的歌迷大喊"家驹"，有人还喊出了他们的开场曲《送水的男孩》。现场稍微平静后，伴着阿 Paul 和刘志远的吉他声，家驹从兜里掏出一支口琴，加入他们的演奏。一曲唱罢，热情的呼唤此起彼伏，家驹开始向台下歌迷介绍歌曲的创作背景："经常有朋友问我为什么这首歌取名为'Water Boy'，其实这个概念来源于我曾经读过的一本小说，作者是台湾作家白先勇先生，小说叫《寂寞的十七岁》。它讲述了一个整天游手好闲的年轻人，始终无法找到生活的位置，但又不甘心向现实妥协的故事。"然后他指着站在左边的刘志远打趣说，小说中的那个人物就像刘志远，惹得台下观众一阵狂笑。

乐队紧接着表演的是那首大热的《昔日舞曲》。一曲唱罢，家驹再次对观众表达了谢意。鉴于出场时的介绍有些凌乱，他又向观众介绍起他的队友："最左边戴眼镜的那位是我弟弟家强，低音吉他手；离我最近的是我们的新吉他手，刘志远；长头发吉他手，阿 Paul；我的死党，鼓手阿荣，我们的战友，乐队创始人之一。"事实上，此时的 Beyond 在圈内已小有名气，台下的观众大部分都是他们的追随者。

最后是那首在任何一场演唱会上都会表演的《永远等待》。歌曲在乐队的齐声呼喊中开始，又在齐声呼喊中结束。三首歌过后,乐队转身收好家伙,准备退场,台下歌迷随即大喊"安可"。随后主持人登上前台,为观众推波助澜,如其所愿,乐队终于返回舞台。面对热烈的观众,家驹显得格外兴奋,他褪去外衣,开始演唱《灰色的心》。

*

《永远等待》的发行,再次让乐队成为媒体关注的焦点。在一次采访中,记者提到了《再见理想》和《永远等待》的差异:一张满是失落、灰暗、不满与愤怒,而另一张则趋于温和;但往昔的笔触仍然依稀可见。记者问这是有意为之还是潜意识如此,家驹回答说:"我们的音乐都是发自肺腑,毕竟我们都是一群年轻人。而且我们都生于底层社会,我们的生活就是我们的音乐素材,这是自然而然的。不过我们以后的歌词内容会逐渐走向多元,也会转向温和。一方面,我们都在成长,对事物有了新的认识和看法;另一方面,我们也希望增加电台的播放率。"

唱片发行后,乐队经理将《永远等待》送到了各大电台。"很多 DJ 都惊呆了,"家驹说,"他们根本不知道如何形容 Beyond 的音乐,只是说很乐队化。"除了电台,Leslie 认为迪斯科舞厅是"最直接、最有效、最没有人际政治因素的地方"。[①] 于是,他们又将目标对准迪斯科舞厅,在那里开足马力进行宣传。当重新混

[①] 参见 Leslie Chan《真的 Beyond 历史(Vol.1)》,香港:Kinn's Music Ltd.,2013 年,第 41 页。

音的《永远等待》送到 DJ 手中后，Beyond 立即成了全城迪斯科舞厅最热门的摇滚乐队。不过，针对乐队的批评也随之而来，批评者不是同行，也不是乐评人，而是那些一直追随 Beyond 的乐迷。

"我想，可能是因为 Beyond 组建初期只玩一些实验性比较强的纯音乐，后来我们转玩歌曲了，而且还是广东话的流行曲，一些歌迷一时难以接受，自然就产生了抗拒心理。至于他们说 Beyond 只是为了迎合一般乐迷，打入本地流行乐坛，多赚点钱……这点我们承认，因为我们躲在'地下'穷得太久了，实在想赚点钱来支撑乐队继续走下去。"对于那些批评 Beyond 是摇滚叛徒的论调，家驹不以为然，他说："如果他们认为我们出卖理想，就有点滑稽！我们的理想就是玩我们的摇滚，将触到我们心灵深处的事物写进歌中。看来，这只不过是他们的理想而不是我们的理想。再者，我们玩的全是我们的原创，这种创意难道不足以证明我们的理想吗？不过他们的批评都是出于善意，我很感激他们对 Beyond 的爱护之情。"[1]

尽管 Beyond 经历了一段漫长的挣扎期，但家驹并不喜欢"地下乐队"的标签。1993 年接受一家电视台采访时，他就反驳说："我从来没觉得 Beyond 是'地下乐队'，我们只是玩自己喜欢的音乐，根本没打算拒绝任何一个听众，我们无意拒他人于门外。相反，我认为 Beyond 的音乐应该十分流行，但不知道是什

---

[1] 诺诺：《来自低下层的 Beyond》，《电影双周刊》第 206 期（1987 年 1 月 27 日）。

么原因听众却很少,所以实际情况总是让人心有不甘。另外,如何去定义'地下乐队'?不能发唱片还是无法参加大型演出?或者是故作低调雪藏自己?这些都是人们对'地下'的误解。'地下'的真正含义是游离于体制之外,不被体制接纳或者站在体制的另一面。香港没有政治意识形态的斗争,所以人们听惯了流行曲,就把难以接受的 Beyond 称作'地下乐队'。"

虽然《永远等待》的商业气息并不明显,但家驹等人也不得不承认,为了让专辑叫座一些,乐队的确做了不少改变。"以前我们的音乐比较极端,那时只求满足自己的喜好,没有任何商业的味道。但现在我们不能墨守成规继续做那些极端的摇滚,所以只好加一些商业元素。"①

发生转变后,Beyond 的音乐柔和了不少,但编曲依旧复杂,以至于有人认为他们这种追求只是标新立异。对此,家驹回应说:"我们不太喜欢一首歌中有很多重复的段落,但大部分流行曲总是在唱完两段主歌后,加一段间奏和一段副歌,非常程式化,能表达的东西非常有限。我们喜欢一首歌不断变化,所以有时候记歌词会比较麻烦。我不会写谱,作曲时需要用录音机录下来,所以有时候人们会觉得 Beyond 的音乐不协调,好像是把三首歌硬生生连在一起,但我觉得这样更充满戏剧性,像是在讲故事一样。"

乐队将《昔日舞曲》定成了主打歌曲,他们不仅在多种场合

---

① 琼琼:《放弃实验摇摆 Beyond 要"永远等待"》。

表演这首歌,还极力将其推荐给电台 DJ。经过香港电台和商业电台的轮番推播,一段时间后,《昔日舞曲》终于挤入香港电台"中文歌曲龙虎榜",并攀升至榜单第 8 位。不过 Beyond 对这个名次并不满意,因为对于一支成军四年的原创乐队来说,这个成绩显然没什么值得骄傲的。

《永远等待》自 1984 年问世以来,就频频出现在 Beyond 的各种演出现场和唱片中,由此可见他们对这首歌的钟爱。"《永远等待》代表了 Beyond 的三个阶段。首先,它是 Beyond 的第一首中文作品;其次,它是乐队的第一次演唱会;第三,它是我们的第一张唱片。"阿 Paul 在一次采访中解释说:"'永远等待'的意思就是每个人对自己的欲望都有一种强大的毅力,而我的欲望是继续等待。"[①]

《永远等待》依然延续着《再见理想》中的那种灰暗格调,失落与遗弃之感依旧充斥在他们的每一首歌里。让乐队感到矛盾的是,他们既渴望得到认可,又害怕被认可。因为一旦被认可,他们可能会失去很多东西。

对《永远等待》的评价,可谓毁誉参半。那些一直追随 Beyond 的死忠乐迷认为,乐队装束的改变是对摇滚的背叛,是在走向商业化;但在唱片公司那里,Beyond 显得一点儿也不商业。专业乐评人则能抛弃狭隘的商业与否视角来看待这支乐队,一篇乐评称 Beyond 是"中文乐队潮流中的异军"。作者在文章中说:

[①] 香港数码广播电台《海琪的天空》,《Beyond 绝秘声带》,2012 年 5 月 15 日。

"如果去听太极、凡风、小岛、Raidas 或者达明一派的歌曲，你会发现他们的音乐比较新鲜、有序，有一种明显经过精心雕琢和修饰的感觉，有一种完全大众化的倾向。Beyond 则棱角分明，修饰非常少，而且其中重型部分的编排，给人一种粗糙感，与他们英式摇滚的风格很搭。从摇滚的意义上说，Beyond 比任何一支本地乐队都来得强。""从《永远等待》EP 来看，Beyond 是非常有潜质的，也许当他们再成熟一点时，就会成为一支很出色的本地中文原创乐队。"[1]

《音乐一周》刊登的一篇乐评也表达了类似的观点。"Beyond 可以说是近年来本地摇滚乐队中最引人注目的乐队之一，同时也是最近崛起的组合中最有潜质的乐队。他们所走的路比许多新乐队要艰辛得多，正因如此，Beyond 成熟和进步的速度也相当快，他们才出道三年就已经有巨星乐队的风范了。"[2]

家驹平时很少听广播，但 Beyond 的歌曲开始在电台播出后，他便试着打开收音机，等待乐队的声音出现。面对褒贬不一的评价，家驹感受到前所未有的压力，他甚至怀疑这样的转变是否正确。

《永远等待》推出一个礼拜后，乐队又举行了一场名为"Beyond 等待之夜"的小型演出，继续为唱片宣传造势。唱片上市之前，混音版《永远等待》已经成为迪斯科舞厅的热门歌曲，但奇怪的是，任何一份榜单上都看不到这首歌的踪影。唯独《昔

---

[1] 沈怡：《乐队异军——Beyond》。
[2] Tony Jo：《Beyond 受限?》(Beyond Controlled?)。

日舞曲》打进了"中文歌曲龙虎榜"。虽然《昔日舞曲》备受电台青睐，但这首歌在榜单上的位置依旧不尽如人意。《送水的男孩》在商业二台同样有较高的播放率，但乐队依然难脱"永远等待"的命运——唱片销量惨淡不堪，即便是在上市两个月后，也仅仅卖出了比《再见理想》多一倍的数量。

《永远等待》出版后，各种演出邀请开始向Beyond飞来，有时他们还会收到一些电影的客串邀约。不过，由于乐队的声誉还仅仅局限于音乐圈，这些演出邀请大都来自一些小型音乐会。当然，媒体偶尔也会找上门来，把他们的最新计划公诸报端。

《永远等待》发行的前后两个月，乐队一直忙于唱片的录制和宣传，几乎无暇参与外界的演出，就连嘉士伯和通利琴行在伊利沙伯体育馆举行的乐队跨年演出也没能见到他们的身影。唱片的宣传工作告一段落后，Beyond才又开始频繁出现在舞台上。2月14日，太极、凡风、边界等几支乐队在澳门新口岸回力球场举行了一场"劲Band情人节演唱会"，Beyond也登台为观众表演了几首歌曲。

除了现场演出，Beyond也开始在电影中现身。2月18日，乐队就在位于尖沙咀的"里克斯"咖啡馆（Rick's Café）为电影《靓妹正传》友情出镜，并在影片中演唱了一首《昔日舞曲》。不久，从事影片制作的姐姐黄小琼给家驹打去电话，说自己正在参与一部影片的拍摄工作，需要几名乐手做客串。接到电话后，家驹立刻带着乐队和设备前往拍摄地点，为姐姐助阵。那是一部名为《肝胆相照》的影片，乐队的戏份是为女主角伴奏。回忆起这些往事，黄小琼显得有些愧疚。因为无论是在演出结束当天，还是制片完成以后，她都没给弟弟和他的乐队任何鸣谢。

2月21日深夜，Leslie如常来到二楼后座探班。得知当天正好是Leslie的生日，乐队打算为他庆祝一番，世荣等人从楼下搬来啤酒和零食，准备不醉不归。当晚，家驹的同学兼好友梁国中、演出助理梁俊勇以及黄仲贤、Jinly等都挤在二楼后座那个狭小的排练室。几杯酒下肚，气氛变得热闹起来，醉醺醺的Leslie执意要给家强来一张特写，其他成员则顺势摆出各种鬼脸，试图挤进胶卷中心。

他们一直喝到凌晨才摇摇晃晃地离开二楼后座，等天亮后又前去参加香港无线电视"欢乐今宵"的演出。Beyond在这档节目中表演的歌曲是上榜作品《昔日舞曲》。表演结束后，乐队还拍摄了《昔日舞曲》的MV，那是他们的第一个音乐录影带。28日，Beyond终于登上无线电视台"劲歌金曲"的屏幕，当晚播出的正是乐队上个礼拜录制的MV。

3月6日，也就是距离上一次登上伊利沙伯体育馆大半年后，世荣等人终于重返此地。和Beyond同台演出的乐队包括小岛、Raidas等，不过Beyond登台献唱时已是凌晨时分。

三个星期后的3月28日，Beyond再度登临高山剧场，参加一场名为"Power Station音乐会"的演出。家驹为乐队设计了一个惊世骇俗的形象——阿Paul、家强、刘志远三人身穿红色长袍，站在舞台中央，音乐响起，灯光照向他们，身着蓝色长袍的家驹赫然出现在队友中间。打鼓的世荣则身穿黑色皮夹克，坐在鼓堆里。

二十年后，阿 Paul 回忆起这场演出时，仍颇为感慨："出场那一瞬间真的很吓人，那次演出也许就是香港的第一代视觉摇滚。现在回想起来，真的很大胆。一支新晋乐队有这样的胆识面对观众，无论表现怎么样都值得加分。现在要是让我穿成这样，我未必就敢。"阿 Paul 补充说："其实早期很多类似的想法都来自家驹，他有足够的胆量去尝试各种事情。他对自己很有信心，对乐队也是如此。"

*

1987 年 4 月 2 日，家驹受邀参加商业二台举办的"饥馑三十爱心午餐活动"。活动结束后，Beyond 出席了记者招待会。月底，Beyond 在新蒲岗军营参加了"饥馑三十"的义演。"饥馑三十"是一场由一群加拿大青少年自行发起的人道救援行动，1971 年，他们在埃布尔达省卡加利市的一所教堂里，通过 36 小时的禁食感召，为埃塞俄比亚饥民募集善款。此后，该活动得到世界各地的广泛响应，香港的"饥馑三十"则是由香港"世界宣明会"组织操办。除几支香港乐队外，当天的演出阵容还包括谭咏麟、梅艳芳、陈百强等当红歌手。在后来的几年间，只要有空，Beyond 都会前去参加这场人道救援活动。

为了给《永远等待》做最后一波宣传，4 月 19 日下午，Beyond 来到"Chicago Disco"舞厅做了一场小型音乐分享会。除了新唱片中的《金属狂人》《昔日舞曲》《永远等待》和《送水的男孩》四首歌，乐队还为歌迷表演了下一张专辑中的《过去与今天》。傍晚，乐队已经疲惫不堪，虽然歌迷们依然意犹未尽，但乐队还是不得不在适当的时候结束活动，快速撤离现场。

至此，《永远等待》的宣传工作总算告一段落。但这也意味着新的开始——还有很多新的计划等着他们去完成，还有很多新的灵感等着他们去捕捉。

第四章

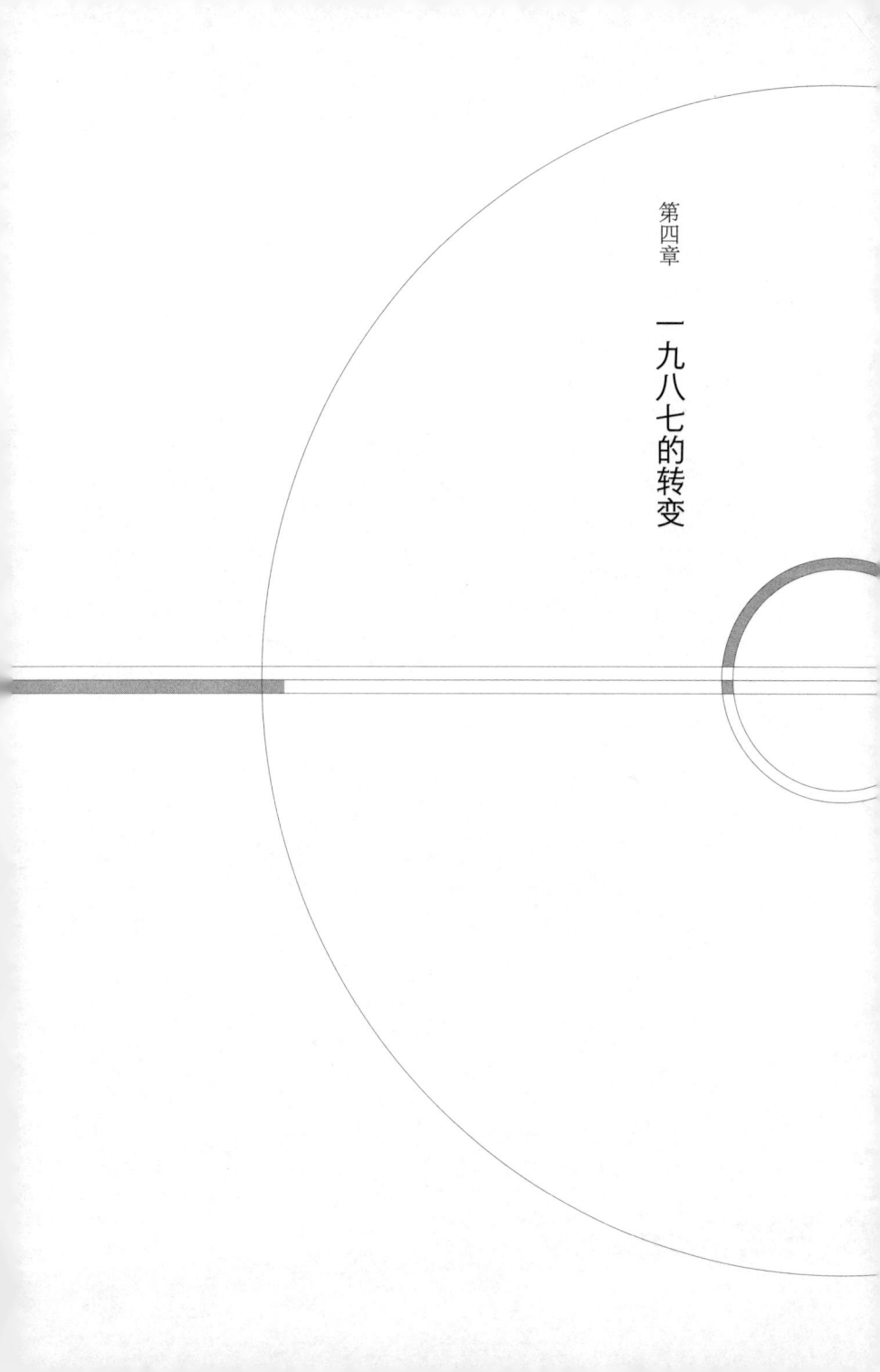

一九八七的转变

I 双重突围

在音乐上，家驹始终秉持学习的心态，对周遭的一切保持着浓厚的好奇心和强烈的求知欲。每次遇到朋友，他都会问他们最近在听什么歌，等到下一次见面，他就会和对方大谈特谈上次提及的作品。从新古典到爵士乐，从重金属到雷鬼，从西班牙弗拉门戈到印度音乐，他都能聊上几个小时。有时他们还会互借唱片，以此开扩视野。在这种如饥似渴的学习中，家驹渐渐养成了十分庞杂的音乐口味。当然，最重要的是他能将各类音乐融会贯通，运用到自己的创作当中。

受家驹影响，Beyond 的另外几名成员对印度音乐也表现出不同程度的热情。1991 年，Beyond 和世界宣明会前往肯尼亚途经印度转机时，家驹把队友们丢在候机大厅，独自溜了出去。几个小时后，他兴冲冲回到机场，带来了一把印度最具代表性的古典乐器西塔琴（Sitar）。听过家驹提供的《亚拉伯跳舞女郎》小样，乐队经理决定从作品风格和乐队形象两方面进行另类尝试，以便让人们快速记住Beyond，实现真正意义上的突围。

1987年4月底，Beyond进驻九龙油麻地的"OK Studio"，开始新专辑《亚拉伯跳舞女郎》的录制。录音师是王纪华，监制则仍由Leslie担纲。一年前收录在《再见理想》盒带内的《长路无朋》被家驹重新改编成《东方宝藏》，并由他和阿Paul填写歌词。歌如其名，改编后的《东方宝藏》充满浓郁的印度色彩。家驹利用开放式调弦法，将吉他的高音弦调松后，获得了西塔琴的效果。在其他歌曲中，乐队也加入了大量阿拉伯元素和西班牙元素。

在这张专辑中，Beyond发挥了很好的团队精神。家驹希望每位成员都能参与到创作中来，这样既能增强乐队的凝聚力和创造力，又能为他分忧，不至于每次演出都让他从开场撑到结束。最重要的是，他希望每位成员都能实现自身价值，而不仅仅是充当伴奏乐手。

确定好灌录的曲目后，家驹将《亚拉伯跳舞女郎》的填词任务交给了世荣，不出两天，世荣就交出了歌词初稿。家驹等人对初稿并不怎么满意，于是阿Paul又大刀阔斧地做了一番修改。

据Leslie回忆，在正式录制主打歌《亚拉伯跳舞女郎》之前，家驹曾找他商议这首歌的主唱事宜。家驹希望由家强担任主唱。不过，这一提议随后就因家强交出的小样未能通过验收而被否决。"直到今天，我依然不明白当年家驹为什么会提出让家强主唱《亚拉伯跳舞女郎》，"Leslie说，"虽然他非常照顾家强，但在当时准备出版第一张专辑的情况下，按理不应该有这样不明智的想法。有时候我会怀疑，这究竟是家强的要求还是家驹的意思？"①

　　Leslie 多次表示，家驹非常疼爱家强，但家强的任性有时也会让家驹忍无可忍。据 Leslie 回忆，1986 年，家驹曾在队友面前表示要将家强踢出乐队，但在世荣和阿 Paul 的劝阻下，家驹才收回了这一决定。② 关于这一传闻，Kim 则是另一种看法。她认为家驹和家强的争吵大多数只是兄弟之间的斗嘴，并没有传说中的那么严重。因为家强平时比较贪玩，有时不能按要求完成贝斯的弹奏，家驹才会说出那种气话，并非真的想开除家强。

　　然而，即便 Beyond 的几名成员之间有着兄弟般的情谊，吵架也是常有的事。"大部分都是家驹跟家强吵，他们兄弟俩脾气都很火爆，经常把家里的事吵到排练室来。"世荣说，"有一次，他俩为了一百块钱吵了整整一晚。他们吵架的用语非常搞笑，我说：'你们是亲兄弟啊！骂对方不就是在骂自己吗？'等他们吵得精疲力尽，我就说好啦，吵这么久应该饿了吧，该去吃饭了。然后他俩就开怀大笑，像什么都没发生过一样，一起出去吃饭。"③

　　尽管没能成为《亚拉伯跳舞女郎》的主唱，但家强的才华还是得到了空前的发挥。他不仅为《无声的告别》《随意飘荡》和《孤单一吻》操刀填写歌词，还与阿 Paul 合写了《沙丘魔女》的曲子。除此之外，他在整张专辑中贡献的贝斯，也是一个独特的

---

① 参见 Leslie Chan《真的 Beyond 历史（Vol.1）》，香港：Kinn's Music Ltd.，2013 年，第 82 页。
② 参见东方日报音乐组《家强曾遭家驹逐出乐队》，《东方日报》2013 年 5 月 31 日。
③ 张越：《叶世荣：家驹家强吵得凶好得快》，《羊城晚报》2013 年 11 月 5 日。

存在。阿 Paul 贡献的作品和家强差不多：他先是分别与家驹、世荣合作完成了《东方宝藏》和《亚拉伯跳舞女郎》的填词工作，然后又独自为《沙丘魔女》填写歌词。刘志远唯一的成果虽然只有《无声的告别》，但他还是为大部分歌曲提供了很多精妙的编曲构想。他和家驹合写的这首歌，不久便被拍成 MV 搬上了香港无线电视台。总之，在这张专辑中，乐队的五名成员各司其职，取长补短，正试图朝着全能的方向迈进。

在整张专辑中，家驹始终是创作核心。在 11 首歌曲中，他不仅写了 10 首曲子，还承担了一半歌词的填写工作。除此之外，他还在《沙丘魔女》中吹奏了一段笛子。Kim 也被请来为这张专辑担任和声，《亚拉伯跳舞女郎》《沙丘魔女》《孤单一吻》里那个神秘的女声，就是她献唱的。

《追忆》是一首由家驹独自完成的绝望之歌，到处弥漫着哭泣的音符，那种深深的绝望感几乎再难找到第二首。家驹平时虽然嘻嘻哈哈，但内心始终深藏着忧郁和伤感。"他写完《追忆》后，我问他为什么会写一首那么凄惨、悲伤、低沉的歌，他说这首歌是写给他去世的女朋友的。当然，这只是一个虚构的对象，内容是写晚上在她坟前一边抽烟、一边缅怀过去。"Kim 回忆说："当时我跟他开玩笑：'假如以后我死了，你要记得到我坟前来唱歌啊。'他突然脸色一变，非常严肃地对我说：'傻了吗？胡乱说！'其实，安静下来的家驹并不是我们平时所见的那样。"[1]

---

[1] Beyond：《追忆黄家驹》，香港：Kinn's Music Ltd.，2013 年。

《过去与今天》写于一年前。"小样非常棒，"Leslie 说，"我第一次听时，突然有一种太极乐队都会被他们甩得远远的感觉！"Beyond 此前曾在多个场合表演过这首歌，但进入录音室后，他们还是觉得歌词不够完美，于是家驹的朋友翁伟微又对歌词做了一番润色。

专辑录制过程中，乐队遇到了不少麻烦。由于主打歌《亚拉伯跳舞女郎》和阿 Paul 创作的《沙丘魔女》以及《过去与今天》的编曲比较复杂，在录制鼓的音轨时，世荣总是不能顺利完成，最后不得不使用鼓机替代。《追忆》吉他音轨的录制同样不太顺利，因为需要一次性完成弹奏，只要弹错一个音，他们都必须重弹一次。

为了给专辑的推广铺平道路，录制《亚拉伯跳舞女郎》期间，乐队和香港无线电视台签了一份歌手合约。该台有一档名为"劲歌金曲"的音乐排行榜节目，且设有年度"劲歌金曲奖"。签约之后，他们会在该节目上登台亮相；与此同时，电视台还将为他们录制一些 MV 在该台播放。不过，这档节目有一条并不民主的条款：任何想在"劲歌金曲"上亮相的歌手，都必须和电视台签署一份歌手合约，否则将不会获得任何参与节目录制和播映的机会，更不用说登上这档节目的榜单或角逐"劲歌金曲奖"。此外，该台还发起了竞业限制：与无线电视台签约的歌手，将不能在其竞争对手亚洲电视（ATV）上亮相。这些条款显然有失公平，但他们别无选择，只能接受。

《亚拉伯跳舞女郎》的封面仍由阿 Paul 操刀设计，后面的几张专辑也不例外。家强的职责是协助阿 Paul 完成封面设计工作，这既是公司资金短缺的结果，也是为了鼓励乐队成员发挥各自专长而采用的策略。为了让专辑封面和主题保持一致，公司特意请了一位名叫张以丰的服装设计师为乐队量身定做了五套阿拉伯服饰。

自从 Beyond 与经纪公司签下合约，除了音乐，他们很少再过问其他事务。乐队的大部分形象设计都是交由 Jinly 负责，有时公司也会为他们另请形象设计师。但很多时候乐队和公司的想法总是相去甚远，比如这一次家驹对阿拉伯酋长的造型就颇有微词，但最后还是被说服了。"团队合作过程中有争论是必然的，但我们的核心还是音乐。尽管偶尔也有意见相左的情况，却从来没有发生过什么冲突，所以我觉得合作时各执己见没有什么问题。"从阿 Paul 的言辞中，可以看出家驹的领导地位。"如果意见分歧比较大，通常都会由他来作出决定，一锤定音。"

据刘志远回忆，当时他们都觉得阿拉伯服饰的装扮非常别扭，甚至有点排斥。但出于前途考虑，他们还是勉为其难地接受了。"家驹其实并不想穿，"刘志远说，"但他是一个很有远见的人，他明白多忍受一点，可能会换来很好的回报。"Beyond 的种种不满，只有在乐队成员私下相处时才会流露出来。几个月后，这五套长服就被他们从成堆的服装里挑出来，统统扔掉了。

1987 年 5 月 27 日，专辑录制接近尾声时，Beyond 一行九人搭上了飞往新加坡的航班，为专辑拍摄封面。乐队原本打算用在苏丹回教堂前拍的相片作专辑封面，但当他们发现一家装修精美的印度餐厅时，就立刻改变了主意。在乐队经理的周旋下，餐厅不仅爽快地答应他们进去拍照，还把店内的西塔琴和手鼓借给了他们。

回到香港稍事休整后，6月5日，乐队再次进入录音棚。5天后，家驹迎来了25岁生日。队友们像往常一样为他精心准备了礼物，几位女歌迷也战战兢兢地来到二楼后座为家驹庆生。"那天大伙故意玩失踪，希望给家驹一个惊喜。我的主要任务是陪着他，把他带到二楼后座。"梁国中回忆说，"黄昏的时候，他问我为什么没有人给他打电话，我说可能他们会晚一点出现，于是我建议先到排练室小坐。然后我们离开苏屋邨，朝排练室的方向走去。到达二楼后座时，那里一片漆黑，他继续往排练室里走，当他推开排练室的房门时，里面藏着的十多个人异口同声唱起了'Happy Birthday!'，把他吓了一跳。然后他用略带埋怨的语气跟我说：'阿中，枉费我那么信任你，他们这样你都不跟我说一声？'"[1]虽然家驹的语气略带埋怨，但队友们的祝福还是让他倍感温暖。除了那个养育他二十多年的拥挤家庭，二楼后座显然成了他的第二个家。

在经纪人的建议下，Beyond的几名成员陆续辞掉了工作，以便朝着职业乐队的方向发展。Beyond逐渐意识到，只有全身心投入其中，才能做出更好的音乐。而且，他们早已没有退路，因为几年来他们就没有认认真真干过一份工作。经过慎重考虑，家驹

---

[1] Beyond：《追忆黄家驹》，香港：Kinn's Music Ltd.，2013年。

等人决定开始全新的职业生涯。尽管他们都遭到亲人不同程度的反对，但最终还是决定孤注一掷，走上了职业乐队的道路。

离职后，乐队面临的最大考验就是经济问题。此前的两张唱片销量平平，在几部电影中客串的戏份也少得可怜，何况有时还是友情出镜，所以他们根本没有什么积蓄。此前的大部分工资都已经投入乐队的建设中，几年下来，他们一直处于入不敷出的经济状态。

全部辞掉工作后，Beyond不得不像那些初出茅庐的乐队一样到酒廊驻唱，以此维持日常开销。乐队每周在酒廊有三场演出，这也是他们唯一稳定的收入来源。大多数时候乐队都是唱自己的歌，但偶尔也会翻唱披头士、深紫、U2等乐队的作品，毕竟人们都喜欢听熟悉的歌。

Beyond对这份工作并没什么好感，因为整个晚上，台下的人都在划拳、聊天，从不正眼看他们。有一段时间他们甚至怀疑这样做到底有没有意义。但无论如何，为了乐队的前途，演出还是要继续下去。偶尔有忠实乐迷前来捧场，他们也会倍感欣慰。

除了酒廊，乐队还会接外面的商演。"有一次盂兰节在戏棚做演出，那里非常偏僻，只有零星的几个观众。后来我们聊了很久，谈到大家的理想，家驹说我们一定要展翅高飞。"陈海琪说。

在此期间，家驹潜心创作，生活的细节完全被他抛诸脑后。Leslie清楚地记得有一次乐队前往桥咀岛演出，"他头发都没梳，衣服也没有整理，戴着一副厚厚的眼镜，穿着一件衬衫和一件很不搭调的卡其色外套，看起来很随意，但他并不觉得有什么问题。吃汉堡包时狼吞虎咽地咬下去,然后还竖起大拇指称赞味道很棒"①。

1987年7月初,Beyond签约后的首张专辑《亚拉伯跳舞女郎》终于问世。Leslie对这张专辑很满意,甚至将它和《再见理想》作了一番对比。"两张专辑都有一个共同特点,那就是摇滚气息浓厚,整体风格统一。《再见理想》前卫、实验性强,非常个人化;《亚拉伯跳舞女郎》则比较摇滚,有乐队的整体风格。"

乐评界同样对《亚拉伯跳舞女郎》给予了好评,但其中也不乏批评之声。不少乐评人认为专辑封面形象怪异,甚至有点造作。部分乐迷则对乐队报以臭骂。尽管乐队早有心理准备,但歌迷的强烈反应还是让他们始料不及。虽然家驹也不喜欢那副装扮,但他还是回应说:"我们都考虑过这个问题,但也想借这个全新的形象向那批死硬的乐迷和乐评人表示,这是我们的新开始,希望他们不要总是把我们硬框在'地下'的那段日子里。而且,在香港,从来没有乐队敢这样做,我们就有这个胆量。这个形象虽然效果不是很好,但起码我们愿意去尝试,突破传统的形象设计观念。"

"经过几年的挣扎,我们终于想通了。这已经不仅仅是现实和理想的冲突,我们是在学习,我们同样希望写出流行的歌曲,但这有一个过程。"家驹说,"我们不想再刻意去做那些前卫、实验的音乐,我们想成为一支很流行的乐队。"

---

① 《黄家驹不死的乐与怒 缅怀一代摇滚灵魂人物》,《东方日报》2013年6月29日。

《亚拉伯跳舞女郎》推出当月,"Beyond 国际歌迷会"亦在香港成立。几天之后,乐队在一家名为 Canton Disco 的舞厅举行了一场"超越亚拉伯派对"的小型演出。此次演出既是新专辑的分享会,也是第一波宣传热身。"超越亚拉伯派对"是乐队第一次以阿拉伯造型示人的演出,对歌迷来说颇具神秘色彩。过去的几年间,Beyond 一直在地下音乐圈冲锋陷阵,被视为香港摇滚的旗帜和异类,但如今当他们以阿拉伯风格造型出现在追随乐队多年的歌迷面前时,依然感到不安。好在乐队登上舞台时,现场歌迷并没有对他们报以嘘声,反而表现得非常热情,甚至是狂喜。

家驹将《亚拉伯跳舞女郎》里的歌曲唱了个遍,还跳起了阿拉伯风格的舞蹈,向人们展示着另一个维度的自己。然而,乐队其他成员并不怎么自在,他们大多时间都是低着头弹奏,勉强撑完整场演出。

一个礼拜后,Beyond 再次登上 Canton Disco 的舞台,把专辑中的歌曲又演绎了一遍。这次乐队以便装出场,显得精神十足。家驹一头卷发,看起来别有韵味。他的偶像杰斯洛·塔尔(Jethro Tull)乐队主唱伊恩·安德森(Ian Anderson)也有一个同样的造型。他将这个造型保持了好一阵子,直到第二年春天才剪掉。刚开始玩音乐时他甚至给自己起了一个 Ianteen 的英文名,以此向伊恩·安德森致敬。

由于资金有限,乐队不得不亲自参与专辑的宣传工作。拉横幅、发传单,每天忙得晕头转向,仿佛又回到了《再见理想》时代。功夫不负有心人,专辑推出没多久,同名曲《亚拉伯跳舞女郎》便登上了专辑排行榜第 5 位,《无声的告别》和《过去与今天》也开始受到媒体的关注。

歌迷会成立后,乐队每天都会收到大量信件。在一封写于 1987 年 8 月 27 日的信中,家强回复了歌迷的一系列问题,内容大致是问他的生日是何时、身居何处、有无女朋友之类。同年 9 月,家驹以同样的方式回复了歌迷的来信,甚至还回答了一些关于作曲灵感以及 Beyond 歌迷俱乐部的问题。乐队认真对待着每一位歌迷的来信,但回复都很简短,仿佛担心言多必失。毕竟,歌迷对乐队私生活的兴趣绝不亚于他们的音乐。

乐迷们对 Beyond 的音乐也很挑剔。他们对这张专辑的评价褒贬不一。"《亚拉伯跳舞女郎》推出后,我们收到很多歌迷来信,有的认为我们的歌曲不够商业化,另一些人却贬斥我们越来越商业化,并声称听我们的音乐一点也不过瘾。"家驹无奈地说,"在一个商业社会里,音乐的商业化根本无法避免;最重要的是我们认真做音乐,并且我相信这些音乐是可以被大部分人接受的。"

*

1987 年秋天,在拍摄《无声的告别》MV 时,家驹结识了他一生中的至爱林楚麒(Gina Lam)。Gina 有八分之一的苏格兰血统——她的曾祖父是一名苏格兰海关官员,外公是京剧大师周信芳。Gina 的中文名"林楚麒"就是来自她外公的名号和艺名。关于此次合作,多年后 Gina 回忆说:"我也不确定是家驹他们特意找我参与 MV 的拍摄，还是导演的意思。按照惯例，拍 MV 很少会找另一位歌星去演，尤其是我们并不在同一家公司。当时我也没有深究到底是谁提议邀请我的。正是因为那次合作，家驹终于和我搭上了话，不过离开时我并没有把电话号码留给他。"

初次合作，家驹便被这位才华横溢的女孩所吸引。不久，他们又共同出席了一场记者招待会。会后，家驹鼓起勇气邀请 Gina 去二楼后座做客，随后他们便坐上了同一辆车。"那天我刚好有空，就答应了家驹的邀请。我跟他说我开了车，他们可以和我一起。我让他们在大门口等我，然后便出去把车开回来接他们。就在这一天，我跟 Beyond 的五个成员正式成为朋友。我发现他们和我怀揣着同样的梦想，真有种惺惺相惜的感觉。没过多久，我们就成了很好的朋友，差不多每天都会聚在一起唱歌。我总是坐在家驹的吉他音箱上，一边哼着歌，一边看他们练习。作为好友，自然而然地成了他们的专属司机。"

多年后当 Gina 回忆起刚开始和家驹交往的那段时光，仍旧无比怀念。"感觉那段日子才是我人生中最快乐的时光，没有涉及任何男女感情，纯粹是兄弟式的情谊。那些日子对我们来说，是最美好的青春少年时！"数月之后，家驹开始对 Gina 展开爱情攻势，Gina 也顺其自然地接受了家驹的追求，因为她"被他的真诚感动了"。

其实，早在拍摄《无声的告别》MV 之前，家驹和 Gina 就已经有过一次共事经历，只是那次合作他们没能搭上话。当时家驹正在为一部名为《暴风少年之黑仔强》的影片出镜献演，担任该片女主角的正是Gina，男主角的扮演者则是阿Paul。"那是我初次接触Beyond，第一次见到阿Paul时，我非常惊讶，心想'头发怎会那么长！比我的还长！'然后我跟阿Paul开玩笑说，'我最讨厌的就是别人的头发比我的还长！'家驹很少和我同场，因为他扮演的是一个小角色，类似于江湖大哥的跟班，所以我们连说话的机会都没有。"

关于Beyond成员的恋情，乐队及其朋友一直讳莫如深，外界更是知之甚少。但实际上乐队的几名成员都有自己的女友，而且她们经常挤在二楼后座。家驹在一次采访中说："我没有时间去认真投入一段感情，只好拍散拖。"这显然是他们惯用的烟雾弹，因为恋情一旦公开，他们的个人生活将不复存在。

在专辑宣传方面，经纪公司可谓使尽浑身解数。乐队先是在6月中旬推出一张名为《新天地》的黑胶EP，又在专辑问世两个多月后，趁势发表了《孤单一吻》的单曲。这张单曲的封面也是新加坡之行的成果。那是一个露天茶座，背景多为白色，有一种简洁之美。在后来的一次采访中，家驹表示很喜欢这张单曲的封面，"看起来比《亚拉伯跳舞女郎》舒服得多"。

虽然公司竭尽全力为这张专辑宣传造势，但还是没能创造出销量奇迹。1987年即将过去，专辑的销量依然只有2万张左右，乐队的经济状况也不见好转。家驹等人的精神状态难以抑制地跌入低谷，他们甚至有了解散的念头。"虽然我们已经成为一支全职乐队，却是最穷的那种，值钱的东西就只有一间排练室和一堆乐器。"阿Paul说，"记得有一个晚上，我们拿着计算器逐个估价，烂鼓五百，烂吉他一千，就这样清了整整一晚才发现，即使我们把所有的乐器都卖掉，也不够开一间鱼蛋粉卖铺，最多能做个推车流动小贩的生意，所以我们只好打消解散的念头，继续玩下去。"①

自从 Beyond 成为职业乐队，家驹愈发勤奋，创造力如火山疾速喷涌。作为家驹一生中最重要的女人之一，Gina 对家驹的日常生活和创作习惯再熟悉不过。他们相恋的几年，正是 Beyond 音乐事业腾飞的时期，家驹的创造力也集中爆发于这一时期。"每当他抱着吉他开始作曲，我看到的不是一个人，而是一部机器，一部作曲机器。"Gina 说，"他不像一般的作曲者那样需要灵感才能写歌。他只要拿起吉他，随便弹上几下，一首新的曲子就出来了，非常令人震惊！"阿 Paul 则将家驹称作"超人"，因为他"一个晚上可以写几十首歌"。

虽然家驹没上过一天大学，也不会五线谱，但这并不影响他在音乐上的天才表现。他平时并没有写作的习惯，但有一次他竟然破天荒地在报纸上发表了一篇创作谈。"我没有学过作曲，也没有受过正统的音乐训练，只是靠平时多听、多学。"家驹在文中写道："作曲并不难，最难的是如何去修饰乐章，然后使之成为一首完整的歌曲。很多作曲家灵感来袭时，都习惯用笔记下每一个音符，但我不是这样，我是用大脑来记忆的。一旦音乐创作完成，就会保存在我的脑海中，不会轻易丢失。我也尝试过用笔

---

① 梁兆辉：《Beyond 给青年人见证，梦境确可成真的》，《明报》1994 年 6 月 15 日。

去记录这些灵感,但在修改时我深感这对再思考的限制,所以写出来之后,我索性就用录音机录下,效果比用稿子记录好得多。"

谈到编曲时,家驹表示:"编曲比作曲困难得多,因为编曲必须时刻关注社会的趋势,编出来的歌曲才具有现代感,好的编曲可以让一首歌的味道完全改变。此外,编曲也非常讲究多种乐器的配合,我们乐队有五个人,沟通起来比较困难。只有乐队成员之间配合得好,才能编出好的作品来。"[1]

*

为了给《亚拉伯跳舞女郎》做最后一波宣传,乐队计划两个月后在高山剧场举行一场专场演出。作为促销手段,发行方在唱片上附了一张价值10元的演唱会优惠竞答表格。8月伊始,乐队开始演唱会的筹备工作。9月,门票的发售工作亦随即启动。由于专辑叫好不叫座,乐队仅仅发售了高山剧场下层场馆的门票。演唱会门票由通利琴行、精富唱片公司以及《音乐一周》杂志社发售,票价60元。出人意料的是,售票工作启动没几天,门票便一扫而空。

1987年8月,正当乐队紧锣密鼓地为演出进行筹备时,磨难再次降临到家驹身上。由于长期的疲劳,他的扁桃体出现了明显的炎症,嗓子受到严重损伤,说话非常吃力。他原以为只是一般

---

[1] 黄家驹:《写曲素材随时涌现 记下每一个音符全靠脑袋》。

的炎症，但撑了几天仍不见好转。之后，Leslie 将他带到自己的医生叔叔那里。获知诊断报告后，家驹决定切除扁桃体，因为一旦恶化，将会失去开口唱歌的机会。当然，如果手术失败，也可能面临同样的结果。

手术风险很大，但家驹决定放手一搏。手术很成功，经过两三周的悉心调养，他便慢慢康复了。之后的一个多星期里，他几乎很少说话，但当他开口说话时，他发现自己的嗓音居然变成了豆沙喉。令人意想不到的是，术后的这一变化，竟然造就了他标志性的嗓音。"家驹唱歌很直率，爆发力很强，但从来没有接受过正规训练，导致他的声带磨损很厉害。"世荣说，"后来他才渐渐学会了一些演唱技巧，可是为时已晚。幸运的是，那却成了他的独特标志。"[1]

经过两个多月的筹备，10 月 4 日，乐队终于迎来出道后的第一场千人级专场演出——"Beyond 超越亚拉伯演唱会"。这场演出堪称乐队所有演出中最具看点的一场。家驹身着皮夹克、头戴黑色军帽的造型，不禁令人想起蝎子乐队（Scorpions）主唱克劳斯·梅因（Klaus Meine）。乐队五人连续秀出的 solo 是当晚最大的看点，此后人们再也看不到这样的场面。阿 Paul 表演的那段吉他 solo，则成了 Beyond 现场演出最经典的场面之一。

在这场演唱会上，乐队还首次把舞台剧搬到了演出现场。为他们伴舞的是一支名为海豹剧团的非营利性团体。三个星期后，

---

[1] 区家历：《叶世荣：家驹独特的嗓音是经过特殊训练》，《香港经济日报》2008 年 4 月 14 日。

Beyond和该剧团连演了7场名为《坏女孩》的舞台剧。值得一提的是，家驹的女友Kim还为他演唱的《沙丘魔女》做了伴舞。此外，Kim还和队友孙凯麟（Ellen Selbie）为《孤单一吻》唱了合声，后者当时也是Outsider乐队的成员。

乐队原本打算以一曲《永远等待》结束当晚的演出，但在歌迷的热烈呼唤中，他们又返回舞台表演了《昔日舞曲》和《再见理想》。虽然当时的音响设备比较简陋，但这场演出无疑是Beyond早期演出中最经典的一次。Beyond那种未经修饰的声音，深深打动着台下的每一位乐迷——他们单纯、专注、满怀激情、对未来一无所知。

遗憾的是，乐队寄予厚望的《亚拉伯跳舞女郎》并没有获得明显突破。公司决定重新对乐队形象做出调整，乐队的几名成员陆续剪掉了长发。一直以来，他们的长发形象总是不受大众待见，有时甚至被视为异类和不良青年的代表。不过后来当记者问阿Paul为何剪掉头发时，他的回答有点像托词。"剪掉长发主要是为了配合其他成员，他们都是短发，如果我留长发，会比较碍眼。当然，我们的外表越干净、整齐，唱片公司做宣传时就会越方便。"

在随后的某些场合，乐队也开始试着改变以往的处事方式，甚至放下身段参与到从前他们嗤之以鼻的娱乐节目中。在10月13日香港电台主办的"名人音乐奥运会"记者招待会上，Beyond的五位成员无一例外地穿上了围裙，每个人手里都捧着一块巨大的蛋糕，露出傻傻的笑容。昔日愤怒前卫的摇滚先锋，如今化身为"邻家大男孩",开始取悦他们曾经不屑一顾的娱乐圈。

当然,在对所谓摇滚精神的理解上,Beyond显然已经有了新的认知。"没错,长发代表一种反叛姿态,但我认为反叛的方式有很多种,并不需要局限在外表上。"阿Paul说,"当年留长发就非常受歧视,人们对此也感到害怕。有时我晚上回家忘记带大门的钥匙,别的住客都会躲开我,不愿给我开门。甚至去面试,公司也会要求我将头发剪掉才肯录用。"家驹也表示他对待音乐的心态已经变得更加开放。无论这是为自己开脱的说辞,还是音乐观念的改变,他们都在朝着有利于乐队发展的方向前行。

虽然Beyond对香港乐坛颇为不满,甚至大有怀才不遇的激愤,但在生活中,他们依然保持着嘻嘻哈哈的乐观精神。阿Paul说:"有一次我们做完表演,回到二楼后座的排练室,我和家驹、家强突然兴致勃发,搞起了恶作剧,但手边没有什么道具,后来我们刚好看到窗户旁边挂着几套阿拉伯服装,就像几个飘在空中的影子。于是我们把所有灯都关掉,装作排练室没有人。我们听到有人回来时,家驹就不停地开电视关电视,营造气氛,然后大家再断断续续地弹几下吉他,发出叮叮当当的响声。想起来真恐怖,等到我们忘乎所以的时候,突然听到楼梯口传来对讲机的声音,好像在说他们'已经到现场'。我们这才反应过来,原来有人以为盗贼闯入家中,所以报了警。然后我们不得不跑到11楼躲避警察,过了一会我们才若无其事地坐着电梯下楼。"

1987年11月14日下午,为了继续推广问世不久的单曲《孤单一吻》,乐队在Canton Disco举办了一场"孤单一吻Beyond舞会"。这场舞会也被当作家强的生日派对,因为舞会前一天正好是家强23岁的生日。乐队当天的行程安排得满满当当,下午六点舞会结束后,他们又马不停蹄地赶往香港浸会大学进行另一场演出。之后,他们又去荃湾大会堂表演了一场,直到凌晨才收工。乐队11月的最后一场演出,是两个礼拜后在维多利亚公园举办的一场音乐会,他们是开幕式的表演嘉宾。

1987年的最后一个月虽然谈不上忙碌,但Beyond还是没能闲下来。12月5日,乐队接受了TVB专访。第二天,乐队又参加了在政府大球场举行的"名人奥运音乐会"。这场由香港电台主办的音乐会,吸引了近3万名观众。音乐会阵容堪称豪华,几乎囊括了香港的所有知名乐队,除Beyond之外,太极、达明一派、Raidas、蓝战士也在受邀之列,甚至连老牌乐队"温拿"(The Wynners)也在当天的演出队伍中。

Beyond表演的歌曲是《孤单一吻》。当天设备出了点小故障,家驹献唱时,他面前的麦克风完全没有反应。但他处理舞台突发状况的能力已显示出一种大家风范。只见他不慌不忙地走到旁边的一支麦克风前,像什么都没发生过一样,继续把歌唱完。

II 最后的电音

在上一张专辑中,乐队对录音师王纪华表现出来的专业精神非常满意,于是决定继续聘用他担任新专辑《现代舞台》的录音师。

新专辑的创作核心依然是家驹:乐队为专辑挑选的 10 首歌,6 首是家驹的新作,1 首是三年前他创作的《旧日的足迹》。除此之外,他还和家强、刘志远合作完成了专辑主打歌《现代舞台》的曲子。相较于前几张唱片,家驹在这张专辑中主创的歌曲数量已明显减少。之所以出现这种情况,一方面是因为家驹希望队友们都能参与到创作中来,并亲自演绎自己的作品;另一方面,由于前途的迷茫和长期的劳顿,家驹在这一时期显得有心无力。相反,阿 Paul 的创作才能开始凸显,他不仅和家强一起写了《再一次》(*Once Again*),还首次独立创作了《午夜流浪》。

在这张专辑中,家强也有空前的贡献:他不仅参与了两首曲子的创作,还为《冲上云霄》《迷离境界》和《冷雨夜》三首歌填写了歌词。虽然刘志远在作曲方面的成果很少,但他在编曲上表现出了惊人的天赋。他所贡献的合成器音色,使《现代舞台》成为 Beyond 所有专辑中的另类存在。除了《旧日的足迹》,世荣在这张专辑中没有其他新作,但正是他的那些鼓点,敲出了每首歌的骨架和灵魂。

虽然此前乐队在许多场合表演过《旧日的足迹》,但这首歌一直没有录音室版本。收录在《再见理想》中的《旧日的足迹》也只是 1985 年 7 月高山剧场"永远等待"演唱会的现场版。《旧日的足迹》具备不少流行元素,即使受制于当时落后的音响条件,也依然无法掩盖这首歌的流畅与浑厚。家驹曾说:"条件有限,导致自资专辑中很多歌曲的制作水平严重不足。但如今仍然觉得某些歌曲很好,所以决定在有钱有设备的条件下重新演绎。"乐队原本对《旧日的足迹》抱有很大希望,但经过两年多的频繁表演,这首歌依然没有引起多大反响。乐队始终心有不甘,经纪人 Leslie 也认为这首歌具备一定的市场潜力,所以在他的建议下,乐队决定重录该作。

结果显然没有让 Beyond 失望,乐队编曲能力和技艺的提升,让旧曲新弹的《旧日的足迹》变得不同寻常。录制前,乐队决定用钢琴替代曾经的吉他前奏,他们再次邀请前小岛乐队的键盘手孙伟明为这首歌弹奏钢琴。加入钢琴的《旧日的足迹》,节奏和层次都变得比以往更加清晰。刘志远利用电子合成器弹出的音符,让这首歌趋于舒缓,大大削弱了此前的那种粗糙感和断裂感。他和阿 Paul 在歌曲末尾交错弹奏的那段吉他 solo,更是令人回味。

由于前几张唱片销量平平,公司账上的资金已经见底,乐队前途未卜;乐队在创作和录音上可以自由支配的空间也越来越小。家驹的情绪非常低落,专辑录制期间,他几乎整天都待在家中,对录音进度不闻不问,只有轮到自己时,才会踏进录音棚。尽管他作了一大半的曲,但他却把大部分填词的工作交给了队友,自己仅仅填了两首。一首是情歌风格的《天真的创伤》,另一首则是整张专辑中摇滚色彩最浓的《赤红热血》。

"我很能理解家驹的心情。其他人都打扮得光鲜亮丽,他自己却十分朴素。换作是我,同样会没激情。" Leslie 说。但即便如此,作为经纪人他也无法采取有效措施帮助家驹等人走出低谷。"当时我要兼顾专辑的制作和宣传方面的东西,因为这张专辑要是还不火,我们就无路可走了。所以我根本没有留意家驹,只是王纪华向我提起后,我才醒觉过来。不过就算察觉到,我也爱莫能助。自从 1986 年台北之旅后,我非常害怕同时面对他们四个。" Leslie 无奈地说道。

家驹操刀填词的两首歌都与女人有关。《天真的创伤》流露出无限伤感,也是在家驹已经发表的作品中主题最明显的一首。歌词中那种追忆失恋的笔调,和下一张专辑中的《喜欢你》有几分神似,因此这首歌也被视为《喜欢你》的姊妹篇。《赤红热血》的风格则完全相反,急切的鼓点和大量的吉他 solo 让这首歌充满阳刚之气,其中那段带有性暗示的歌词更是被歌迷们反复揣测:

> 酒醉了
> 迷糊乱与初相识的她倚伴着
> 冲动地拥抱着
> 犹如堕进那魔一般的火焰上

很显然，这是一段酒后激情的暗示。尽管香港是一座思想自由的城市，但受千年传统文化的影响，人们仍然很难用开放的心态去谈论性话题，因此只能写得隐晦一些。尽管如此，歌曲背后的嗓音依然难以掩饰家驹的颓废与失落。他歌声中的低沉无力，明显不同于以往的激情饱满。刘志远弹出的那些哭泣、低吟的音符，更是让家驹的感伤无处逃遁。

从乐队五名成员 1988 年春节写下的新年愿望中，同样可以看到家驹情绪的变化。他说希望自己"像鸟一样翱翔天际"。很显然，他已经厌倦俗世的羁绊，希望获得自由，按照内心最真实的想法去生活。刘志远也同样将一身的疲惫和愤怒显露无遗，他说："希望杀人不用坐牢。"可想而知，当时他也承受着巨大的压力，心中诸多不快。阿 Paul 和世荣的想法则比较浪漫，一个希望"住在海底"，另一个则祈求"可以随时隐形"。唯独家强野心勃勃，梦想"做一个世界的统治者，知晓别人的思想，延续自己的统治地位"。

《冷雨夜》是家驹为家强量身定制的一首情歌，也是家强的代表作之一。"这首歌描写了一段逃避现实的爱情经历，背景来自我的一位朋友。"家强回忆说。它不像过去那些歌有很高的音高和快速的节奏，而是舒缓、低沉、伤感，兼具一首流行歌曲的所有元素。这首歌后来被广为传唱，但当时并没有引起足够的反响。其诞生过程也颇为曲折。家强说："我很喜欢家驹写的《冷雨夜》，录音之前，他说不如你来唱，不过有个条件，就是你得自己填词。"于是，就有了他们兄弟二人合写的佳作，间奏部分的那段贝斯 solo 更是被无数乐迷奉为经典。

刘志远用电子合成器在歌曲前奏弹出的那些凄厉音符,恰如其分地营造出雨夜的冷寂。录完《冷雨夜》,他沿着歌曲尾声弹奏了一段 40 秒左右的键盘,混音时,这段独奏被剪辑出来,命名为《雨夜之后》,作为一支独立的曲子收录在专辑中。家驹很清楚,录完这张专辑刘志远将会退出乐队,而记住这位天才队友的最好方式,就是让人们听到属于远仔自己的作品。

家驹之所以让家强为《冷雨夜》填写歌词,是因为这样一来家强主唱这首歌就会显得名正言顺。但 Leslie 并不希望家强担任主唱,因为他认为"家强的唱功非常有限"。不过当家驹把这一想法告诉他时,他还是勉为其难地答应了。Leslie 坦言,如果这次仍然拒绝家驹的提议,很可能会与乐队产生矛盾,于是只好做出让步。但即便如此,后来他还是反复强调,当年同意让家强唱《冷雨夜》是一个"错误的决定"。他认为如果由家驹来唱这首歌,Beyond 的历史也许会因此"改写"。①

事实上,录制《冷雨夜》之前,家强就已经被否定过一次。家强和阿 Paul 合写的《再一次》原计划由家强担任主唱,但在录音棚完成《冷雨夜》的第一个版本后,监制 Leslie 和录音师王纪华都认为家强的唱功有待提高,便婉拒了家强主唱《再一次》的建议。Leslie 将录音情况告诉家驹后,决定启用阿 Paul 担任主唱,家驹只好接受。

---

① 参见 Leslie Chan《真的 Beyond 历史(Vol.1)》,香港:Kinn's Music Ltd.,2013 年,第 85 页。

接着，阿Paul也开始主唱他自己的作品《午夜流浪》，并正式成为乐队的主音之一。《午夜流浪》是一首描写问题青年生活状态的歌。阿Paul开腔献唱，使乐队呈现出一种崭新的面貌，一部分歌迷欣喜的同时，另一部分则表现出不同程度的抗拒。毕竟他们听惯了家驹饱满、高昂的声线，一时难以接受这种变化。

从《现代舞台》这张专辑开始，乐队内部逐渐形成一种不成文的规定，就是除家驹之外，阿Paul和家强创作的曲子基本都由本人演唱。这种不成文的规定自此贯穿着Beyond的发展历程；这既是乐队民主精神的体现，也是乐队的内驱力所在。

虽然家驹的作曲、填词能力都有大幅提升，但他依然感觉到乐队在作词方面的不足。家驹的自我怀疑与过去几张唱片不尽如人意的反响以及对前途的迷茫有很大关系，如今的他已经没有多少心思继续投入歌词的写作当中。录《现代舞台》前，家驹突然改变想法对经理说，希望邀请其他作词人为这首歌填词。家驹这一想法的萌生，终于让乐队出现转机。过去他们都不愿意其他人干涉乐队的创作，尤其是填词这种相对简单的事情。然而，故步自封已经让家驹感到前所未有的危机，他根本不清楚接下来乐队的创作应该往什么方向发展，因此只好采取更开放的态度，尝试更多的可能。

彼时26岁的刘卓辉已是香港文艺界小有名气的作词人和媒体人，两年前他曾以一首《说不出的未来》在一家电视台的填词比赛中夺得冠军，并开始在词作界崭露头角。按照刘卓辉的说法，Leslie请他为《现代舞台》操刀填词，带有某种"报答"的意味，因为Leslie曾租住在他家，他也为Leslie提供过不少帮助，他们两人保持着很好的友谊。在之后的每张专辑里，乐队都会为他留下一两首歌的位置。虽然他们之间来往很少，但彼此的命运却通过歌词紧紧联系在一起。

《现代舞台》是一首带有放克（Funky）风格的批判之作。家驹对这首歌的歌词相当满意，不过由于部分歌词的发音比较低沉，演唱颇为困难。从这张专辑开始，乐队的歌词风格发生了变化，他们终于从过去那种缥缈、内在的歌词中觉醒，逐渐向写实靠近。也正是这种改变，在很大程度上决定着乐队的前途。

家驹还请来青年词作者翁伟微为《城市猎人》操刀填词。翁伟微当时是香港电台的制作人，与家驹过从甚密，也为Beyond提供过诸多帮助。在Beyond此后的几张专辑中，都能看到他的名字。《城市猎人》的歌名取自当时的一部同名漫画，歌词受到刘宏博一首诗的影响。刘宏博是家驹最亲密的朋友之一，在那个诗歌盛行的年代，他也写一些诗。一年后，在"真的见证"演唱会上，他还为观众朗读了自己的诗。此外，合成器的大量使用，为《城市猎人》营造出一种空旷、悠远的意境，家驹很喜欢这种感觉，他说这是乐队新风格的尝试。

《迷离境界》的歌名同样来自一部同名电视剧。这是家驹家强兄弟二人再度合作的成果。在尾声部分，世荣的军鼓和刘志远的大提琴的结合，为这首歌增添了几分交响乐的神韵。

在这张专辑中，家驹和家强不仅一起写出了《现代舞台》的曲子，还各自发挥作曲和填词的强项，合力完成了三首歌，并为

《冲上云霄》共同献唱。Leslie 对他们兄弟二人合唱的《冲上云霄》如此评价道:"家驹和家强合唱的这个版本感觉非常好,不过我觉得要是后面让家驹来唱,效果会更明显。也许是调的问题,家强唱得比较吃力,他比较适合唱一些流行歌曲。"

《现代舞台》的专辑封面显然是《孤单一吻》单曲和《永远等待》EP 的延续:白色背景,以及略显僵硬地看着镜头的五个人斜站成一排。这一形象失去了往日锋芒,变得棱角全无。

虽然合成器的大量使用能够准确传达出他们的真实情感,并让这张专辑显得与众不同,但混音的结果并没有如乐队所愿,那种现场感几乎被消磨殆尽,随之而来的是一种平滑顺畅的音效。家驹说:"监制的想法基本是当下音乐潮流的反映,他能够把握大众的品位,而且有自己的一套看法。有时我们想加一些新奇的吉他效果,他就会给我们解释说,如果大家不明白声音的来源,就很难接受这些歌曲。不过他对我们也有很积极的影响,让我们的音乐得到了不少更新。很多时候他并不是觉得我们的作品不好,只是嫌编曲和音色比较陈旧,像是十年前的一样。"[1]

年底,一家名为"苹果"的牛仔服品牌找到 Beyond,希望乐队为其代言。这家品牌为乐队提供赞助,乐队则为他们宣传。随后,Beyond 穿着这家品牌的牛仔服在湾仔区一个唐楼巷子里拍了一组写真,并将黑白系列里的一张用作《旧日的足迹》单曲封面。然而,在接下来的一段时间里,这身装扮成了外界批评乐队

---

[1] Blondie:《看 Beyond:那撮旧日的理想,今日的天地》,《吉他&Players》1988 年第 6 期。

偶像化的开端。

专辑录音结束后,乐队随即投入演出当中。1988年元旦,Beyond和几名歌手在一家迪斯科舞厅举行了一场小型演唱会。紧接着1月9日,乐队又在高山剧场参加了"Band On Live"的演出。频繁的演出虽然令人疲惫,但他们总算从录音的烦闷中解放出来,去见见那些惦念已久的歌迷。一个月后的情人节,Beyond再次登临Canton Disco的舞台,在那里举行了一场小型音乐派对。

1988年2月26日,Beyond的第二张录音室专辑《现代舞台》正式推出。这张专辑在音乐圈和乐评界备受好评,可乐队却遭到了歌迷前所未有的责难。他们指责Beyond开始向市场低头,甚至挖苦乐队走偶像路线。批评Beyond是摇滚叛徒的声音从来就没有停止过,不过家驹已经不像从前那样容易受到评论的影响。"我不介意别人的批评,总不能我们做什么都要别人全盘接受。我只会坚持做自己喜欢的事,不太想让其他事情分心;我只会不断唱下去,唱到他们喜欢为止。"

支持Beyond的专业人士也开始在各种阵地发出力挺乐队的声音。乐评人黄志淙在一家杂志上撰文,回应那些指责Beyond商业化的论调。"两三年之间,Beyond已经由一支独立生存的地下乐队,转变成一支在发行和商业制度下的队伍。但这并不表示他们变了质,相反,如果在唱片销售制度下做得更好,优秀的音乐就会让更多的人听到。所以那些死硬派追随者,一厢情愿希望他们保持地下状态,一则无理,二则无见地。当然,由地下乐队转变成流行乐队的过程中,乐队本身比歌迷更需要适应,其实,部分歌迷不满的是 Beyond 的形象。"即使如此，黄志淙还是不忘对 Beyond 在音乐方面的进步大加赞赏。"新专辑《现代舞台》依然保持了 Beyond 以往的风格。他们的歌曲时常流露出年轻人的落寞情怀，但也不失积极的一面，例如新作《冲上云霄》中所言：'无谓愤世收起不理不问，成败也要试，其实有错应该一再去改。'另外他们还提出了一个大同世界观：'世界在转动，同渡困境互勉励，世界若冷酷，全靠信心共上路。'"

*

《旧日的足迹》在排行榜上的成绩并不理想。Beyond 原以为这首歌很快会冲进香港电台"中文歌曲龙虎榜"的榜单，结果两三个星期后榜单上才出现他们的名字。这份榜单诞生于 1975 年，每周发布一次最新排名，评选指标主要来自唱片销量和歌迷投票。2 月 4 日，《旧日的足迹》终于升至榜单第 7 位。然而好景不长，不到一周，其位次就下跌了 4 名。

令 Beyond 感到失望的是，1988 年 2 月底，"十大中文金曲"年度颁奖典礼结束后，他们连影子都没见着，而在此之前他们被认为是最有望斩获新人奖铜奖的乐队。Beyond 的歌迷因此结伴走上街头，张贴海报，声援 Beyond，控诉电台的不公。

1988 年 3 月 18 日，在乐队经理的带领下，Beyond 召开了抵制香港电台的记者招待会。几十家媒体前来跟踪报道，乐队在会上声明从此不再参与该电台的访问、播音、宣传以及表演等活动。消息刊出后,整个香港乐坛犹如地震,大大小小的媒体对此事进行报道、转载,乐队也终于在这一天以不公的代价换来了大量的报道。

没多久,双方便以和解的方式结束了这场弥漫香港乐坛的硝烟。6月,Beyond与太极、达明一派、蓝战士、Cocos、Fundamental以及Raids七支乐队参加了香港电台60周年庆的纪念音乐会,同唱一曲《劲Band Super Jam》,乐队之间的合作被推向史无前例的高峰。早在年初Beyond尚未跟电台发生矛盾时,这七支乐队就一起为电台灌录了《劲Band Super Jam》。

即便如此,多年后当Beyond步入星途,家驹对香港的音乐环境仍然感到不满。"平心而论,我觉得香港的传播媒介与专业音乐人之间还是有很大差距,许多作品送到电台都要因为他们的意见而加以修改。可是作为一个专业音乐人,我懂音乐,为什么要接受如此主观的批评?他们只会说'这首歌不好',却说不出所以然,就是因为他们的音乐水平不够!其实,传播媒介可以给评语,但也应该大力支持原创音乐。在这种功利主义的氛围下,我怎么敢去突破?怎样敢去创新?香港音乐人不受尊重,我真的很愤慨,可是他们不会表达自己的不满。我希望带领人们去支持音乐创作,却得不到传播媒介的支持,我们只会被嘲笑。传播媒介势力太大,导致许多音乐人畏首畏尾,电台播放的歌曲几乎每首都一样。我希望传播媒介能学习并领略专业音乐人的创作心境,否则这样下去不可能进步。"家驹还抱怨说:"做得越久,发现限制越多。来自市场和媒体的压力实在令人害怕。空口无凭的支持有什么用？有几个人会为自己喜欢的事情做出牺牲？"

3月31日，乐队在一家酒店举行记者招待会，向外界公布一个月后的演唱会消息。家驹对记者表示，此次演出将会跟以往大为不同。"这场演出我们会使用电子合成器为音乐增色，我们以前的演出都不会用太多的琴键和计算机程序，但这次会用到这些东西，这样会让音乐层次变得很特别、很丰满。"世荣表示他的负担因此明显加重，因为他不得不为此学习很多计算机技术。

4月30日夜晚，"苹果牌BEYOND演唱会"如期到来，地点在香港浸会大学会堂。现场挤满了1500多位歌迷，原计划8点开始的演出，由于音响设备故障频频，不得不推迟了半小时。两年前在第二届嘉士伯流行音乐节上夺得亚军的Fundamental作为暖场乐队，率先为观众表演了几首歌，但歌迷还是迫不及待希望Beyond尽快登台。

虽说此次演出是为新专辑《现代舞台》做最后一波宣传，但实质上也是乐队成军5年的一次总结。他们从过去的每张唱片中挑选了一两首歌来表演。开场曲是《永远等待》EP中的《灰色的心》，紧接着他们又表演了《亚拉伯跳舞女郎》中的《水晶球》和新专辑中的《赤红热血》。家驹的一段卡门结束后，《再一次》的前奏徐徐响起。阿Paul第一次在现场开腔献唱，反应虽不怎么热烈，不过他还是完美地献出了自己的首唱。

《追忆》一曲唱罢，满怀伤感的家驹顿了顿，对着歌迷们说："在不同的时期和成长过程中，我们都在不断变化，每个人都需要去改变。世界上有很多梦想，虽然都比较难以实现，但大家还是会为理想而行动。对于理想，当我们身处不同的环境时，可能就会有不同的想法，正如我们乐队中的刘志远，和我们合作差不多两年时间，现在他有一些更远大的想法要去实现，所以打算离开乐队。虽然如此，我们还是希望他能够取得更大的成就。"

家驹知道刘志远决定离开乐队时，尽管有万般不舍，但还是无法改变刘志远的去意。于是，乐队便用他们的方式完成了对刘志远的送别：五人合唱《再见理想》。这是刘志远加入 Beyond 以来的首次献唱，也是最后一次。家驹说，"因为整支乐队对这首歌都很有同感，希望大家用自己的方式去表现这首歌"，所以选择在这个特别的日子合唱这首歌。

《再见理想》对 Beyond 来说显然意义非凡，其歌词不仅由他们和朋友共同填写，连演唱也大多是以合唱版本出现。这首歌仿佛成了乐队自我激励的宣言，也是团聚和分离的献诗。最后，演唱会在新专辑主打歌《旧日的足迹》中落下帷幕。

演出结束的第二天，刘志远正式离开了 Beyond。尽管如此，他依然是目前在乐队中待得最长、贡献最多的一位离队成员。此后，乐队再也没有加入过任何新成员。但刘志远万万没想到，几个月后 Beyond 会凭借《大地》走红，甚至一跃成为香港的巨星乐队。

后来接受记者采访时，刘志远表示："年轻的时候思想比较幼稚，为了一些不足挂齿的事情都会抓狂。觉得自己了不起，而且还跟队友争抢'女朋友'，便不欢而散。"然而，即便如此，他还是"庆幸自己离开了",因为凭借自己的努力,收获得更多。①

据 Leslie 回忆,其实 1986 年 7 月台湾"亚太流行音乐节"之行就已为刘志远的离开埋下了伏笔。由于当时只有三个随行演出助理,但演出装备较多,携带比较麻烦,某晚表演结束后,刘志远主动领走自己的乐器,家强见状便质问刘志远为什么要自己背吉他,并表示他们作为艺人不应该干这些收拾残局的事,应该让"下人"去处理,这让刘志远很不爽。此外,Leslie 还透露,有时刘志远排练迟到或者排练过程中都会被家强骂,诸多因素加在一起,年轻气盛的刘志远一气之下离开了乐队。

1988 年初,刘志远即将退出 Beyond 之际,身在纽约的梁翘柏正准备动身返回香港,计划重返音乐圈。"梁翘柏本来打算单飞,但当他看到达明一派已经红得发紫,刘志远又从 Beyond 退出,便向刘志远提出重组'浮世绘'。没过几天,刘志远同意了他的提议,当时我觉得很奇怪,明明说去留学,怎么说不去就不去了呢?后来刘志远才亲口说出当初离队是因为争女朋友。他是双鱼座,对名利并不怎么感兴趣。当初高中毕业无事可做,觉得玩乐队可以游遍各地,多好啊!所以他不开心时就会感觉整天被针对,便向乐队撒了一个谎,说他的父亲想让他到国外留学,但事实上他心中根本没有任何计划。"Leslie 说。

最初,家驹似乎对刘志远离队的原因并不知情。在接受媒体采访时他曾表示:"刘志远本来是打算出国留学的,但后来不知

---

① 参见 Naj《浪子回头——刘志远驰骋人生五线谱》,《星岛日报》2011 年 4 月 14 日。

何故未能成行。"他甚至解释："他和我们之间并没有什么不愉快的事情发生，他读不成书，就索性和浮世绘的一个成员玩乐队。其实刘志远现在的经纪人和我们都是同一个，有时我们也会见面。"但当他得知刘志远是因为和家强争女朋友失败才退出乐队时，他为此落下了眼泪。Leslie说，那不是遗憾的眼泪，而是愤怒的眼泪。

乐队重又恢复到原来的四人编制，家驹再次陷入手忙脚乱之中。键盘的音色依旧重要，乐队并不想去掉这一元素，于是世荣主动站出来承担起相应的工作。"因为要弥补乐队的不足，我就去学习键盘电子合成器。发行《秘密警察》之前，我对计算机一窍不通，只会用节拍器。后来我就开始学习，从不懂到懂，利用模本的东西放在唱片里面。刘志远电子合成的部分我是用节拍器来替代的，所以从某种意义上说，是我替代了刘志远。"

在选人和用人方面，家驹向来眼光独到。刘志远退出后，键盘手林矿培曾向乐队毛遂自荐，希望成为他们中的一员，但家驹并没有招募新成员的打算，因为他们都知道，增加成员，意见就会相应变多，何况四个成员有时都难以调和。当然，他也欣赏林矿培的才华，于是林矿培之后一直以客串乐手的身份与Beyond进行合作。

1988年5月的第一天，乐队初次登上了那个梦寐以求的舞台——红磡体育馆。那些红得发紫的巨星都会在这里开演唱会，登上这里也被视为一种成功的标志。不过当天的演出并非Beyond

专场，而是和太极、达明一派、蓝战士等9支乐队同台演出。那场演唱会的主题是"摇滚88大行动"（Rock Expo '88）。

同月，阿Paul和家强接拍了一部名为《秃鹰特警队Ⅲ之两代枭雄》的电影，他们扮演的角色仍然是"反叛少年"。无论阿Paul和家强愿不愿意扮演这一角色，都有意无意地加深了人们对Beyond的误解。

《现代舞台》的销量同样不尽如人意，专辑推出三四个月后，销量依然只有2万张左右，和他们翘首以盼的金唱片①销量相差甚远，甚至难以凑足下一张唱片的费用。与此同时，经纪公司的财务状况也不容乐观，备用资金已所剩无几。据家强忆述，在这期间，经理告诉他们，如果下一张专辑仍然不能大卖，将不再继续为乐队发行新唱片。面对巨大的压力，家驹也不知道何去何从，他们只好把更多的时间和精力投入到工作和创作当中，并尝试为其他著名音乐人写歌，以此寻找新的突破口。

*

经过前几张唱片销量不佳的打击，以及在排行榜问题上的不公正对待，Leslie明显感觉到电台和媒体对小厂牌存在某种程度的轻视。因此，他决定专心做好经纪人工作，不再开展唱片出版发行业务。1988年7月，Leslie将Beyond唱片的制作、发行权从

---

① 国际唱片业协会（香港会）1977年至2006年的标准为：金唱片2.5万张，白金唱片5万张，双白金唱片10万张，依次类推。

键锋传音转让给新艺宝，由新艺宝为乐队制作、发行未来的五张唱片。两个星期后，乐队到九龙乐富联合道公园为新东家拍了一组宣传照，并将签约的消息公之于众。随后，乐队接受了《明星电视》周刊的专访，并成了某期的封面人物。

基于对经纪人的信任，乐队唱片约的事情一直都交由 Leslie 处理。当然，最重要的是，他们只想专心做音乐。有一次记者问乐队唱片为何不再交由宝丽金发行时，家驹说："我们不知道，全是经纪人安排。我们什么都不知道，只要有公司乐意帮忙出唱片我们就很开心，所以签哪家公司都无所谓。"乐队此前似乎并没有意识到，经纪公司和唱片公司同为一家的情况，存在一个很大的弊端，即乐队根本没有和唱片公司讨价还价的余地，而且作为小厂牌的键锋传音，其宣传、发行能力也极为有限。

唱片发行权转到新艺宝，让乐队重新看到了希望。家驹说："我们在音乐上的成就原本可以走得更远，只可惜一直时运不济，似乎很多事情都被规限死了。"世荣则说："比如抵制香港电台这件事，对我们的影响就很大。上一张专辑原本以为能卖到金唱片数量，不料专辑出版的那段时间，所有唱片的价格都在上涨，因此我们的销量也大受影响。"但即便如此，家驹对未来依旧信心满满。"虽然我们还没有卖出过金唱片，但我们并不会因此灰心。我相信 Beyond 所拥有的实力。以前是因为资金和宣传不足，但以后再也不会出现这些情况了！"[①]

[①] 浅草：《Beyond 运滞五年，寄望九月大翻身》，《明星电视》第 154 期（1988 年 8 月）。

成为新艺宝旗下的乐队后，Beyond 开始步入音乐生涯的坦途。他们先是全部把长发剪掉，换上崭新的行头；然后在歌曲风格上作出很大的调整，收敛了以往那种粗犷、尖锐的锋芒。"我对家驹说，你们现在要在乐坛立足，风格不能太极端。合作几年，我发现其实他们几个一点都不反叛。"新艺宝总经理陈少宝说，"家驹很有思想和眼界，想法比其他成员成熟很多，写歌很有世界观。"①

在接下来的两个月里，乐队的工作日程被安排得满满当当。7月9日，高山剧场校园杂锦秀；13日，醇沙龙流行音乐世界"十星闪耀演唱会"；21日，Future Disco 小型音乐会专场；月底他们又在伊利沙伯体育馆参加了"无限爱心演唱会"的演出；7月的最后一天，Beyond、林珊珊、黄凯芹踏上了"华南夏日偶像"巡演的第一站沙田大会堂。紧接着8月6—7日，他们又分别在演艺学院和荃湾大会堂完成了两场巡演。8月21日最后一站，他们回到了起点沙田大会堂。巡演结束当天，乐队马不停蹄地从新界赶往尖沙咀的荷东（Hollywood East）迪斯科舞厅，上百位歌迷正等在那里，他们是特地为给世荣补过生日而来——两天前刚好是世荣 25 岁生日。

与此同时，7月中旬乐队也开始了新专辑的录制工作。就像一年前重录《旧日的足迹》一样，乐队重录了《再见理想》，只是他们并不打算主推这首歌。乐队邀请到三位作词人为新专辑填

---

① 《再见家驹，光辉永恒》，《珠江晚报》2013 年 6 月 29 日。

写了三首歌词：一首是年轻女演员马斯晨填写的情歌《昨日的牵绊》；一首是家驹的老朋友翁伟微操刀的《未知赛事的长跑》；一首是刘卓辉的《大地》。

Beyond 创作观念的转变，除了表现在邀请其他音乐人参与乐队创作，还包括接受别人的邀请。1988 年初，乐队先是和达明一派、小岛合作灌录了香港摇滚史上的首张混音合辑；然后又跟达明一派合录了一张《劲歌金曲 I》，并为其新专辑《你还爱我吗》里的两首歌担任和音。有一晚，Beyond 在尖沙咀 Future Disco 为《现代舞台》做宣传时，达明一派也前来助阵。这种乐队之间的合作，让 Beyond 受益匪浅，并从中看到了自身的不足。

与此同时，家驹兄弟二人还为许冠杰写了《交织千个心》，并参与了和声部分的录制。在这首歌的 MV 中，乐队成员扮演四名军官，和他们并肩工作的还有作词人梁美薇，当时她是无线电视台"劲歌金曲"节目的编导。"《交织千个心》是一首关于爱与和平的歌曲，所以在拍摄 MV 时，我和家驹都希望借一辆军用装甲车。这种想法在当时的 MV 制作行业里真的非常狂妄，基本上不可能实现。但我们都属于有勇气有胆识的那一类，我也很想帮忙圆大家的这个梦想。于是我四处联络申请，功夫不负有心人，正好那段时间有一辆装甲车在香港做劳军巡展，几经波折，终于借到。Beyond 和 Sam 非常兴奋，大家都怀着很高的士气去拍摄这部 MV，声势可谓绝无仅有。当时大家都认为不可能，但在我和家驹的坚持下，终于实现了这一创举。"

7 月 3 日，Beyond 国际歌迷会成立一周年之际，乐队在尖沙咀新世界酒店举行了一场周年庆典。两个月前的5月11日，乐队还特意前往九龙火车站和红磡体育馆外为歌迷拍摄了一些相片。当天的开场时间比原定时间晚了10多分钟，现场的200多位歌迷却一反往常的躁动，规规矩矩地等待乐队的出现。但几个月前，情况可没这么乐观。那次同样是在这家酒店，由于乐队迟迟未现身，歌迷便开始砸桌子、扔东西抗议，并挤破了酒店的一扇玻璃门。酒店服务员见势不妙，随即给警方打去电话。当警察赶到后，Beyond也到达了现场。主办方向警察承诺活动结束后照价赔偿酒店损失；在乐队的呼吁下，歌迷也逐渐平静下来。事后，主办方兑现诺言，赔偿酒店将近2万元的损失。在媒体的大肆渲染下，Beyond及其歌迷从此被视为不良青年的典型代表。

　　后来有人质疑Beyond的歌迷大多是些青少年学生，也许并没有真正理解乐队的音乐。家驹则回答说："他们欣赏什么并不要紧，只要是Beyond做出来的就可以。我希望他们在感兴趣之余，慢慢学会欣赏。"

　　内地的情况则和香港形成了鲜明对比。当时内地并没有多少人认识他们。6月，Beyond到深圳一家迪斯科舞厅做了一场演出。姗姗来迟的家驹准备入场时，一个家伙在门口把他拦住，问他是否想要买票，家驹反问对方是否知道由谁演唱，对方说不知道。"就是我呀！"家驹笑哈哈地说。

第五章

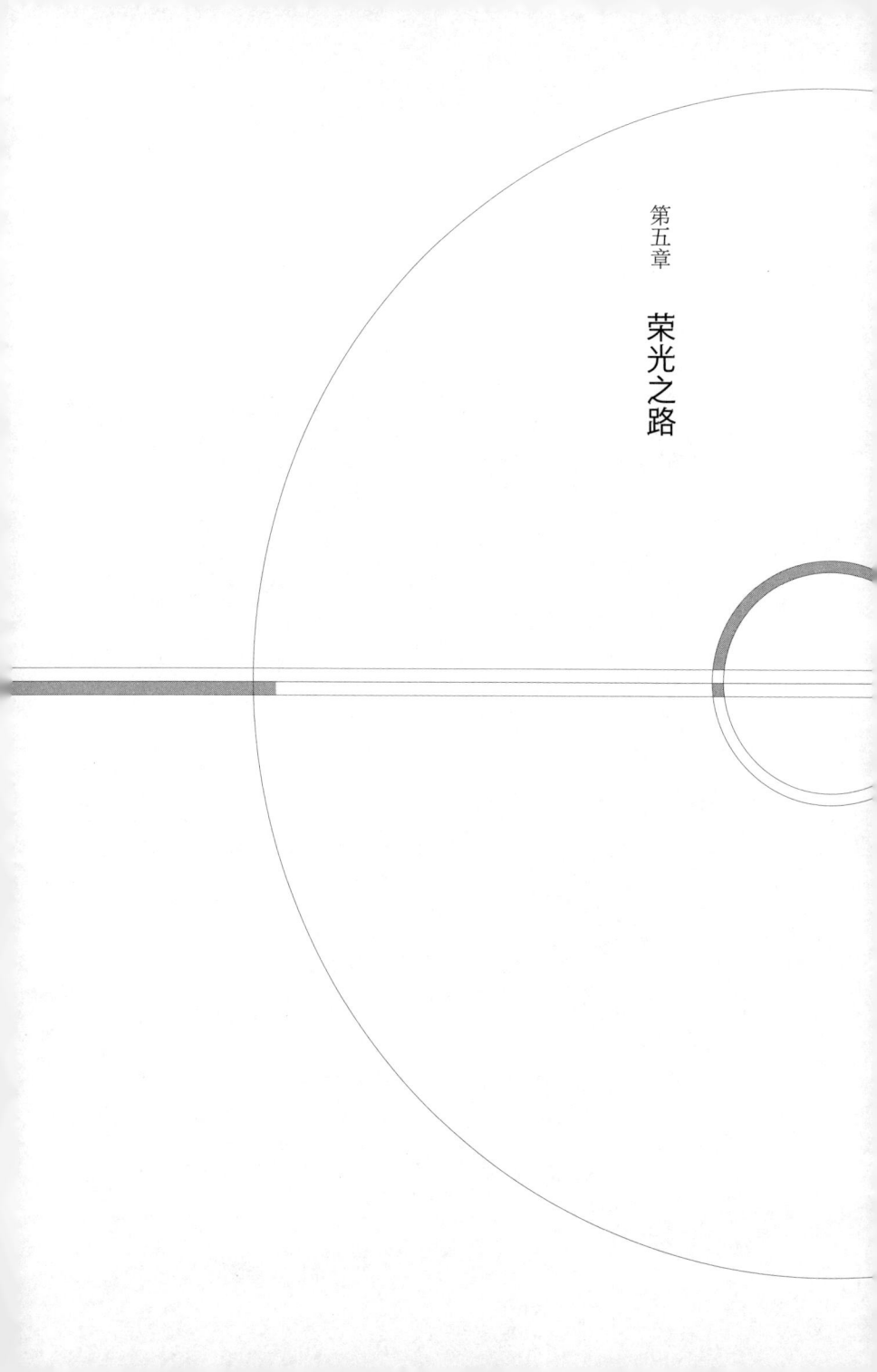

荣光之路

I 大地上的秘密警察

1988年9月6日，Beyond正式推出第三张专辑《秘密警察》。这也是新艺宝为乐队发行的首张专辑。相较于前几张唱片，这张专辑算得上制作精良。一方面，制作经费相对充足，录音经验也越来越丰富；另一方面，乐队总算有了掌控自己作品的机会，虽然作为乐队制作人，王纪华依然是专辑的主导。从某种层面来说，他更注重音乐的表达，而不怎么关心歌词。比如乐队原本在《大地》的间奏部分读了两句诗，但他认为没有必要刻意强调那种中国韵味，只好删掉；乐队在《愿我能》的结尾加了一段合唱，试图营造一种凄怨的氛围，他觉得太夸张，因此也被割弃。

Beyond转投新艺宝后，Leslie和Jinly的搭档关系亦随之画上句号：Jinly退掉了键锋传音的股份，同时卸下了乐队形象设计一职。彼时，他们的恋情已经终结两年之久。Jinly离开后，《秘密警察》的形象设计暂时交由家强，请人帮忙处理。为了与专辑的基调保持一致，Leslie 建议用黑色西装拍摄封面照。然而，最终摆在他眼前的却是四套奶白色麻布休闲服。Leslie 对此极为不满，但由于公司资金有限，加上时间紧迫，也只好如此。

本以为新的合作会有新的突破，但新专辑的封面与其主题相去如此之远，丝毫看不出"秘密警察"的神秘感。二十多年后，当 Leslie 再次谈及这张专辑的封面设计时，依然抱怨说："如果他们按照我的要求去做，一定比现在的版本好得多。"① 他认为"封面的服装设计是一个败笔"。

幸运的是，这张不尽如人意的封面照，并没怎么影响专辑的销路，不到一个月便售出了两万五千多张，Beyond 从此一跃成为金唱片乐队。当然，这一切都离不开新艺宝的助力、经纪人的巧妙安排以及林矿培在《大地》中贡献的编曲才华。三位新晋填词人同样功不可没，尤其是刘卓辉填写的《大地》，更是加速了乐队的新征途。

"很精彩，"家驹说，"我们没有他的那种笔力。"他甚至表示"完全没有想到刘卓辉会填得如此恰如其分"。不过，也有人指出了其中的不足，认为相邻的两句歌词都挺好，但作为一个整体，似乎缺乏某种连贯性。②

家驹的歌词美学观可以说是一种朴素的美学观，因为他喜欢那种"比较直接而且容易发音"的歌词，文学性太强或者过于文

---

① 参见 Leslie Chan 的微博，2013 年 1 月 29 日。
② 参见黄志华、朱耀伟、梁伟诗《词家有道：香港 16 词人访谈录》，桂林：广西师范大学出版社，2010 年，第 147 页。

雅的反而不合他的胃口。这显然跟他的平民背景有很大的关系，虽然他偶尔也读读小说，但这并没有让他变成附庸风雅的音乐人。"我很喜欢唐书琛作的词，她用字浅白，含义却极其广泛。"Beyond与其他作词人的合作，明显强化了家驹等人对现实的关注。这种写实的风格也因此成了乐队的独特优势，并为他们的音乐之路开辟出更广阔的空间。

在《秘密警察》专辑中，乐队又恢复了那种昂扬的斗志。家驹嗓音的爆发力在《冲开一切》《秘密警察》等歌曲中，均有非常明显的表现。即使在柔情似水的《喜欢你》《心内心外》中，他的款款深情和声线的饱满程度也从未减少。另一方面，乐队的自主权也得到了前所未有的尊重，他们的某些想法被很好地保留了下来，因此整张专辑拥有比过去更多的吉他独奏，更大的音频输出。

新的环境和新的编制让这几个一路挫败的年轻人重新找到了信心。正如他们在《冲开一切》中宣告的那样："纵有挫折困苦不可不可将我绑/我不须忠告 这刻只知道/法则于今晚放开/让生命冲开一切/我要接触新的希望/骄傲的心宣布/现实就是像游戏"。如Beyond所愿，《冲开一切》很快成了电台的热门曲目，并在不久之后登上了商业电台"叱咤乐坛流行榜"冠军的宝座；虽然在无线电视台"十大劲歌金曲"榜单上的成绩不是很理想，但也爬到了第10名的位置。

阿Paul在这张专辑中仅唱了三首歌，但风头大有盖过家驹的趋势。他主唱的《大地》受欢迎程度不亚于《冲开一切》。这首歌不仅在"叱咤乐坛流行榜"的榜首停留了两周时间,而且毫无悬念地飙升至"十大劲歌金曲"的冠军位置。与此同时,乐队与香港电台亦破冰重燃,《大地》得以在该台播放,并取得了第3名的榜单成绩。

按照 Leslie 的说法,阿 Paul 主唱《大地》,"一半是天意",一半是他的刻意安排。① 这首写于两年前的歌曲原名《黄河》(*Yellow River*),当时家驹本想将其收进《永远等待》EP 中,但 Leslie 认为这种好歌不宜在乐队刚刚出道时发表,因为他们没有足够的名声,公司也没有足够的宣传能力,于是,他们雪藏了这首歌。直到 Beyond 转投新艺宝,Leslie 觉得时机成熟,才准备发表这首歌。

据世荣回忆,家驹录好《黄河》的小样后,曾给他听过。世荣记得,当时歌曲小样里有一段扬琴,他非常好奇,便问家驹那是什么。家驹没有直接回答,而是满脸得意地问他,这首歌"是不是很有中国韵味?"②

然而,令人意外的是,正当他们为新专辑挑选曲目时,那盘录有《黄河》小样的磁带却怎么也找不到了。十多天后,专辑录音已完成一半,那盘发黄的磁带才被家驹翻了出来。当时专辑的曲目已全部敲定,如果将这首歌收录其中,就必须从中删掉一首,因为乐队与新艺宝合约中每张唱片的容量是 10 首歌。家驹不想删掉任何一首,不然这将导致事先分配好的歌曲发生变化,

---

① 参见 Leslie Chan 的微博,2012 年 1 月 30 日。
② 四川卫视《围炉音乐会——叶世荣专场》,北京市丰台体育中心现场,2017 年 5 月 28 日。

引起某个队友的不满。不过家驹最后还是听从了 Leslie 的建议，删掉了阿 Paul 的《勇闯新世界》，用当时还仅仅是小样的《黄河》替代。与此同时，Leslie 还建议他将这首歌交由阿 Paul 演唱。尽管他极不情愿，但还是没有拒绝这一请求。Leslie 清楚地记得家驹走出他办公室时的落寞神色，对此他也心有愧疚，多年后回忆起这件事，他说，唯一对不起家驹的事情就是没让他演唱《大地》。

阿 Paul 似乎并不清楚让自己主唱这首歌背后的原因，因为接下来 Leslie 和家驹都给他打了电话。刚开始他对经理的安排十分不解，直到家驹亲自把这一重任交给他后，他才完全释然。多年后回忆起这一决定性的决策时，他更多的是将其归功于家驹的魄力。"当时乐队正在考虑由谁来演唱《大地》，家驹认为我最近在拍电视剧，人气比较高，容易被接受，所以决定让我来唱，这样无论是对歌曲还是乐队知名度的提升都会有帮助。刚开始被我拒绝了，但后来他又摆出一堆理由，比如几个人主唱声音会有所不同，能让人耳目一新。虽然我不太情愿，但最后还是答应了。现在回想起来，不得不佩服家驹的远见。"[1]

专辑录制期间，乐队的几名成员都相当辛苦，他们不仅要定期到酒廊表演，赚钱维持日常生活开销，还要时不时参加一些公开演出。更重要的是，他们得不停地写歌、排练，写歌、排练，如此循环往复。家驹表示，虽然自己是个工作狂，但如果仅仅是为了生活而工作，一切都将毫无意义。尽管他们所做的工作难免

---

[1] 参见《黄贯中：佩服家驹有远见》，《晴报》2011年12月8日；亚洲电视本港台《Eva 会客室》第 27 集，2011 年 12 月 10 日。

会陷入重复之渊,但事实上每一次都是创造性的历险,每一次都会通往不同的地方,那就是他们梦中的音乐。

为增加收入并扩大乐队的影响力,阿 Paul 还单独接了一部电视剧。"我早上 7 点就要匆匆赶到片场,然后一直拍到晚上 10 点。结束后又要回录音棚和乐队一起录音。有一次我连续工作了 5 天,一下瘦了 30 磅,累到吐血。因为我非常希望乐队能尽早红起来,所以做什么我都愿意。"

《大地》取得的骄人成绩让乐队名利双收,同时也引发了人们对家驹是否限制了乐队其他成员发展的疑问。不过,他们显然多虑了,这支兄弟乐队内部虽然存在竞争,但还不至于为争夺话语权走到怒目相对的地步。"家驹从来没有限制过其他人的发展,相反,他一直鼓励和支持他们独立创作,尤其是家强。"Leslie 如此说道。尽管其他三名成员一直推举家驹为乐队的领导者,对家驹的才华仰慕不已,但家驹并不这么看,他甚至强调:"在我们乐队中,没有所谓的领导者,只是因为我最年长,所以他们都让我负责发言。"

重录的《再见理想》有别于两年前的版本,乐队重新为这首歌做了编曲,并将它改成了合唱版本,世荣也献出了自己的首唱。合唱版本不仅赋予了《再见理想》新的生命,也让乐队的整体关系得以强化,逐渐形成四位一体的乐队形象。每个人都展现出自己的重要性,这显然是一个很好的开端。

自《喜欢你》问世以后,人们对那位神秘缪斯的猜测就从未停止过,但也从未出现一个有力的结论说服那些好事的歌迷。有人认为这首歌是写给 Kim 的，也有人说是为 Gina 而写，认为是家驹献给初恋的同样不在少数，但很多时候他们总是把 Kim 与家驹的初恋混为一谈。直到 Gina 和 Kim 站出来后，这首歌的来历才算有了一个清晰的轮廓。Gina 说这首歌的灵感并非来自她，而是家驹的初恋女友。① Kim 同样否认了自己的缪斯身份，但她承认自己见证了这首歌的诞生。那天在她的公寓里，家驹抱着吉他边弹边唱，努力为这首此前已经写出一半的歌曲寻找新的感觉。不一会儿，家驹便完成了后半部分。② Kim 说，如果非要认为这首歌跟她有关的话，她最多是第一个见证者和聆听者。

对家驹而言，为音乐忍痛结束四年的初恋虽是自由的开始，但随着时间的推移，他的自责也日渐增多。因为每一次新的恋情既是天堂也是地狱。Leslie 说："家驹的歌曲大部分都挺伤感，即使是比较流行的《喜欢你》，都会让人越听越伤感。他的内心有许多苦楚，他不会轻易说出来，我们也很难察觉。虽然他平时总是嘻嘻哈哈的，但他内心深处藏着许多伤感的故事。这种感觉谁也无法模仿。"这首伤感的情歌深受歌迷欢迎，在电台榜单上也取得了不俗的成绩，甚至爬到了"叱咤乐坛流行榜"第 2 名和"劲歌金曲榜"第 3 名的位置。

当然，在享受赞美的同时，乐队也没少挨批评。"摇滚叛徒"和"商业化"的论调不绝于耳，一些铁粉转为陌路，投入刘德华和黎明怀中。媒体在这件事上大做文章，并试图让家驹就此发表

---

① 参见 Gina 微博"林楚麒 HK"，2015 年 3 月 18 日。
② 据 2017 年 9 月 30 日 Kim 直播及左安军 2018 年 1 月 24 日采访 Kim 内容综合。

看法，家驹则用他一贯的思辨回答说："刘德华、黎明和 Beyond 的风格根本不同，他们是'被动式'的，既没有参与创作也没有担任监制。但作为一支乐队，Beyond 自弹自唱并亲自监制，生命力不同于他们。"然后他又自信满满地向记者宣称："当然，长得好看是要优胜些，但我始终认为艺人的才华最重要。我不想为其他事情分心，我只会不断唱下去，直到你喜欢为止。"①

那些将 Beyond 的情歌视为向商业低头的论调显然过于刻薄，因为爱情一直以来都是艺术的永恒母题，从来没有哪支乐队不写情歌，也从来没有哪支乐队拒绝爱情，更何况那是家驹的真情流露。多年后，乐评人冯礼慈就 Beyond 主流化与商业化的论调回应说："他们玩非主流的音乐而能红起来，在一定程度上改变了香港乐坛的面貌，引导了很多歌迷的音乐口味，开拓了香港本地青年的听觉领域，这些都是大家看不到的贡献。"

世荣也认为这些批评过于简单化。"不能说 Beyond 是对商业化运作的妥协，只不过是我们的想法比以前更明确了：音乐就是要让更多的人认可并接受。我们希望在旋律和歌词方面一定要有足够的吸引力，但在编曲和演奏上我们可以任意发挥，满足自己的兴趣。"

《秘密警察》上市之前，乐队便开启了一系列的宣传攻势。他们先是在 8 月上旬完成了几场为专辑热身的巡回演出，又在 9 月 2 日香港电台"夏日乐逍遥"的演唱会上表演了新专辑的主打

---

① 张琬：《谈到刘德华黎明，黄家驹说：长得漂亮是优胜些》。

歌《冲开一切》。专辑上市后一周,乐队到 Future Disco 做了一场小型演出,将新专辑中的大部分歌曲分享给听众。

专辑上市几周后,《大地》《冲开一切》《喜欢你》都成了电台的热门曲目,Beyond 也随之成为众人瞩目的焦点。9 月 26 日,乐队再次登上了无线电视台"欢乐今宵"的舞台,并在节目中首次穿上了中国传统长衫。在这个所谓的"丝竹管弦金曲夜",为他们伴奏的是一支业余的管弦乐团。这支乐团的水平着实令人担忧,演奏拍子杂乱无章,参演歌手根本无法找到进唱的地方。Beyond 也不例外,勉强把关正杰的《近代豪侠传》唱完后,《大地》的表演也遇到了同样的问题。他们四人面面相觑,极为尴尬,过了好一阵才终于追上乐团,勉强把整首歌唱完。"这场演出大概是 Beyond 有史以来最痛苦、最不能控制的表演。看着他们的神情,我的天哪,真是要命!好在阿 Paul 中间的时候追上了拍子,但没想到家驹也显得六神无主。"Leslie 说。

10 月 7 日,Beyond 在新地歌迷俱乐部办了一场小型聚会。参加聚会的歌迷有 30 多人,大多都是女孩,安安静静地坐在一个露天台阶上,家驹抱着木吉他唱起了那首伤感的《昔日舞曲》,歌迷们被他歌声中的热情所感染,陆陆续续加入合唱中。聚会结束后,乐队和歌迷照了一张全家福,然后挨个为歌迷签名;一些歌迷要求单独为他们拍照,都被应允了。

一周后,为专辑宣传造势的演出正式开启。此行的目的地是北京。同行人员包括乐队经理 Leslie,新任制作人王纪华——此次演出的调音师,演出助理李俊云,以及《大地》的词作者刘卓辉。演出商并未给予乐队应有的重视，甚至大有玩弄乐队的意思。前往北京途中遇到的波折，刘卓辉在关于此行的日记中有详细描述。13日下午，乐队从香港出发，经过火车转飞机，飞机转长途汽车，第二天晚上八点多终于抵达北京。到达下榻的酒店后，乐队决定罢演，并取消了当晚的场馆踩点计划。直到双方把返程直飞机票的事情谈妥后，乐队的愤怒情绪才得以平息。

15日中午，乐队终于来到首都体育馆。场馆外到处贴着演唱会的宣传海报和横幅。不过，家驹等人发现，在主办方绘制的宣传海报上，居然有五个人的头像——他们显然不清楚半年前刘志远就已经退出乐队。宣传文案甚至声称家驹为张国荣和谭咏麟写过歌，但事实上家驹兄弟二人仅仅为谭咏麟两个月前发行的《拥抱》专辑写过一首《千金一刻》，而他们和张国荣的关系顶多是隶属同一家唱片公司。

演出场馆非常宽阔，那是 Beyond 当时见过的最大的场馆。然而，调音时家驹发现这些设备不仅音质差，用起来也很不顺当，好长时间都没有调出理想的效果。音响工程师态度糟糕透顶，他甚至声称那台无法调出正常音色的扩音器是家驹弄坏的，要求赔偿。家驹大为光火，并和对方理论起来，最后对方招架不住只好以清场为由让家驹先行离开。但家驹并不买账，坚持调好才肯离开。经过他的据理力争，对方终于找来两台质量完好的扩音器，并把所有线路提前布置好。

这些问题之所以能当场解决，不仅在于家驹性格强硬，他的能言善辩也起了重要作用。"家驹善于交际，能言善辩，他的一言一行都很有说服力，他总喜欢为自己的观点据理力争，所以我们都喜欢叫他'黄伯'。"阿 Paul 说，"他独到的见解更是令人敬佩，别人无法看到的东西，他都能有条不紊地讲清楚。"Leslie 也表示，如果家驹不做音乐，可能会是一个很好的律师。

家驹"黄伯"的雅号不仅是因为能说，另一个原因是他和队友见面时总是慢条斯理。他常常工作到深夜，早上起得很晚，集合的时候常常迟到。队友和朋友对家驹的第一印象就是"滔滔不绝"，作为弟弟，家强的感受可能比任何人都深。"他年纪轻轻就像个老伯一样，什么都管，而且话很多，一个人能说两个多小时。他喜欢大谈人生道理，甚至告诉别人应该做什么，不应该做什么。所以我们都尽量不去招惹他，不跟他争论，否则他会无休止地说下去。另外就是他做什么事都不会着急，那时候我们都是年轻人，容易冲动，他却从来不急躁。所以我们又给他起了个'老油条'的外号，而且是不脆的那种。有一次他迟到了一个小时零七分钟，然后我们就骂他，结果他还是那种腔调：可以了，算了，没问题的。所以我们就叫他'黄伯'！"

乐队调音时，崔健也来到了场馆外。由于忙于调音，家驹迟迟未能现身，崔健只好先行离开。不过晚上正式演出时，他又出现在了观众席上。他很欣赏 Beyond 的演出表现，一年后在广州开演唱会接受媒体采访时他还高度评价了 Beyond："我看过 Beyond 的演出，我很喜欢他们。大家都是拿着吉他在台上唱歌，更重要的是，Beyond 在用心、用力写歌，不单单是为了商业市场。"

下午六点左右，观众陆续入场，好奇的家驹跑到场馆外转了一圈，不料又遇到了兜售演唱会门票的黄牛党。家驹问他是否知道谁在演出，对方的回答依然是"不清楚"，家驹哭笑不得。

虽然没拿到多少演出费，但成为第一支站上内地大型舞台的香港乐队，这对 Beyond 来说显然是个很好的开始。半年前接受记者采访时，家驹就曾表示他们最大的理想就是做世界巡演。

然而，由于彩排时间不足，加上第一次在如此巨大的场馆演出，乐队并没有发挥出很好的控场能力。刘卓辉回忆说，不到半场的时间观众就走掉了一半。不过 Leslie 表示，传闻过分夸大了演出的惨淡情况，观众并没有跑掉一半。事实上当晚刘卓辉并没在演出现场，因为他约会去了。总之，观众的反应并不怎么令人满意。"很多人都是抱着好奇心而来，"世荣说，"他们大概只是想看看'香港乐队'以及'香港摇滚乐'是什么样子。"

"当时舞台设计不太好，正面的观众离他们很远，背面的确很近，就在舞台下方；音响也不太理想，音质很差；而且他们从来没有在那么大的场馆里做过专场演出，所以种种因素加在一起导致乐队放不开。"Leslie 回忆说。

黑豹乐队的鼓手赵明义也在当晚的观众席上，他同样认为那场演出并不怎么成功。"一个原因是当时他们演唱的都是粤语歌；二是像我们这些专业人士都是 1989 年到 1990 年才开始接触摇滚，他们实在太新了。他们的音乐对当时的听众来说太'冲'，当时的中国人还陶醉在'西北风'的旋律里，Beyond 来得太早了些。"[1]

---

[1] 李玉龙、赵明义：《"黑豹"归来：一个经纪人的独白》，《经纪人》（北京）2004 年第 7 期。

鉴于观众的冷漠反应，第一晚演出结束后，乐队当即决定让刘卓辉赶写《大地》和《旧日的足迹》的国语版歌词。第二天开演后，观众终于不用再全场忍受那些听不懂的粤语歌和英文歌。在《大地》的间奏部分，乐队的几名成员各自表演了一段 solo，现场氛围才终于被调动起来。下半场开场时他们甚至还搬出了《东方红》，但随着几首粤语歌和英文歌的出现，现场重又陷入沉寂。当家驹唱出一两个月前刘卓辉向他们推荐的《一无所有》后，① 台下才再次沸腾起来。之后，乐队唱出了演唱会的收官曲《旧日的足迹》，观众的情绪再次被感染，演唱会结束后仍然迟迟不肯离去，按照惯例，原本还有返场环节，但乐队回到后台没多久，那个巨大的舞台就被拆得差不多了。

两晚的演出虽谈不上多成功，但其中也不乏喜欢 Beyond 的听众。乐队回到下榻的酒店后，便发生了一件令家驹心有余悸的事情。"当时北京歌迷对 Beyond 并不熟悉，但他们非常热情。回到酒店后，就在家驹正准备洗澡时，房间的门铃突然响起来，家驹以为是阿 Paul 他们，就毫无防范打开了房门，结果一堆歌迷一下推开家驹冲进房间，向他索要签名跟合影。这群人里既有十多岁的少年，也有三四十岁的中年男子，他们一直在房间里吵吵闹闹，大声喊着乐队的名字。有的歌迷甚至穿着鞋在床、沙发和家驹的行李、衣服上跳来跳去，把床和沙发当弹床，像玩蹦床一样。家驹眼看房间一片混乱，便开始劝歌迷停下来，但他们异常

---

① 左安军采访刘卓辉，2016 年 12 月 4 日。

兴奋，仍然继续乱跳。那场景真的像群魔乱舞，一些人自顾自地跳着，另一些人则争相缠着家驹签名。最后家驹好不容易把他们打发走人，但回过头来却发现整个房间被糟蹋得混乱不堪。他的行李、衣服和随身携带的各种用品散落一地，到处都是踩踏的痕迹。"回到香港，家驹向 Gina 讲述了北京之行的所见所闻，其中就包括这场疯狂的奇遇。"家驹对这次经历的评价是：太恐怖了！"Gina 说。

翌日，乐队开启了北京观光之旅，目的地分别是八达岭长城和颐和园。Leslie 成了他们的专职摄影师，他们都玩得很开心。面对这些古代的宏伟遗迹，他们都有一种跨越时空的感觉，当然，最重要的是这种游历能为他们带来新的灵感。四年后那首著名的《长城》就与此次北京之旅有关。

*

10 月 18 日，Beyond 乘直飞航班回到了香港。在录音棚连续工作两天后，23 日，乐队搭上了飞往泰国的航班，准备去那里度一个星期的假。他们此行的费用全部由新艺宝承担，这是对乐队问鼎金唱片的奖励。Beyond 先在曼谷游玩一天，然后到有"东方夏威夷"之称的芭堤雅享受了三天的海滩时光。在芭堤雅，他们放空一切，疯狂购物，遍尝美食，尽情享受海风和阳光，几天的时间就长胖了好几磅。他们感叹泰国是"一个物美价廉的人间天堂"。

不过好景不长,随后的一个电话就让 Beyond 和 Leslie 的关系跌入了冰点。家驹打电话问 Leslie 乐队的唱片约是不是已经结束,索尼唱片(Sony)想签下他们。此言一出,Leslie 随即在电话中痛斥了家驹一番。"那两分钟的对话让我感到前所未有的失望,"Leslie 说,"虽然 Beyond 还没有大红大紫,但自从签下新艺宝后,大家都能感觉到成功就在眼前。我有一种被出卖的感觉,非常愤怒,多年的努力似乎即将功亏一篑。"①

其实早在 1987 年 10 月 15 日,键锋传音与 Beyond 的唱片约就已经到期,但由于那时忙于"Beyond 超越亚拉伯演唱会"的演出事务,双方均忘了办理续约手续。从北京演出返回香港后,Beyond 将他们与键锋传音的唱片约交给了在索尼唱片工作的关宝璇(Beyond 早期的队友),索尼唱片发现双方没有实际签署续约文件,便打算将 Beyond 从键锋传音挖走。为了留住 Beyond,Leslie 决定放弃唱片收入,答应乐队可以直接和新艺宝签约。就这样,1988 年 11 月 23 日,Beyond 和新艺宝签下了新的合同,继续录制剩余的四张专辑,但是乐队给出的经纪人报酬,从此前的 20% 降到了 10%。尽管 Leslie 极为不满,但他还是决定继续担任乐队的经纪人,因为他不甘心将乐队拱手让出。从此,Beyond 与 Leslie 之间便开启了相爱相杀模式——都对对方感到不满,但又舍不得放弃。

11 月 5 日,为推广原创音乐,商业电台举办了首届"百分百

---

① Leslie Chan:《真的 Beyond 历史(Vol.1)》,香港:Kinn's Music Ltd.,2013 年,第 117 页。

创作人音乐会",Beyond作为开场乐队登上了当晚的舞台。演出阵容还包括达明一派、太极、蓝战士和浮世绘等乐队。区新明首先将Beyond介绍出场后,他们合唱了那首著名的《她的心》,接着,Beyond又把《永远等待》和新专辑中的三首大热歌曲《喜欢你》《大地》《冲开一切》献给了观众。许冠杰当晚也现身音乐会,他唱的是《交织千个心》,Beyond为他伴奏。几个月前他们一起为这首歌拍摄MV的经历,早已传为佳话。

同月,年轻演员刘家勇执导的电影《黑色迷墙》(*The Black Wall*)开机拍摄,Beyond受邀担任客串乐队,并全权负责整部影片的配乐工作。Kim和她的Outsider乐队也在该片中现身,并表演了一首名为《粉碎》的原创歌曲。这首歌后来被收录在《黑色迷墙》的电影原声专辑中,也是Outsider公开发行的唯一一首歌曲。虽然Kim依旧和家驹一起共事,但此时他们的感情已经走到尽头。家驹和Gina走得太近,因此她只好退出这场没有结果的恋情。

新的爱情带来新的生机,但家驹也因此失去了自己的旧爱。和Kim两年恋情的无疾而终,并没有让他感到快乐和自由。这从他写下的《曾是拥有》就可见一斑。收录这首歌的专辑出版后,家驹请刘宏博将一张盒带转交给Kim,他们之间的交往也从此画上了句号。"曾在午夜沉醉/一切多么的美好/无奈我在惭愧这欺骗"难以掩饰家驹的愧疚之感,一切美好都已经不再。"曾孤单的心一再孤单/这一切留待记忆失去"所表露的更是一种深入骨髓且与生俱来的孤独。即使相恋的人抱在一起,也无法共享同一个灵魂。

《黑色迷墙》上映于翌年1月21日。Beyond在里面表演了一首为电影而写的同名歌曲。此外，他们还根据不同的场景为影片写了14首曲子。虽然这些歌曲都是电影的应景之作，但Beyond的音乐理念还是得到了充分表达。1990年，该片主题曲《黑色迷墙》被第9届香港电影金像奖"最佳电影歌曲"提名，和他们同在该名单中的还有罗大佑作曲、许冠杰填词并演唱的《阿郎恋曲》等。不过，彼时这首歌已被更名为《午夜迷墙》，收录在1989年4月出版的EP《四拍四》中。

几年前家驹就怀揣着一个小小的电影梦，但因为忙于写歌、排练、演出，根本没时间也没机会实现这一想法。如今有幸参与电影配乐，显然是接近梦想的第一步，所以他很珍视此次机会。他们既能在影片中现身说法，又能尽情演奏他们喜欢的纯音乐，可谓一石二鸟。除了阿Paul填写的主题曲歌词，片中的十多首曲子均出自家驹之手。世荣也贡献了自己的一技之长，他利用计算机将乐队演奏的各个音轨混在一起，输出最后的成品。

崛起的名声虽让Beyond争取到更多的演出机会，可他们并没有从中获得多少快乐。乐队开始被安排上那些跟音乐并无多大关系的活动，而且在形象方面也开始被朝着偶像的方向塑造。11月初，乐队先是参加了第8届"龙腾虎步上狮山"的赛跑活动，并在活动现场与众多偶像歌手合唱了一首青春洋溢的歌；同月30日，他们又在高山剧场参加了一场被冠以"偶像"之名的演唱会。种种迹象表明，乐队正渐渐失去那难得的自由，更要命的是，他们还不得不接受这种从前他们所厌恶的活动。

12月，在"新地歌迷俱乐部"为圣诞节准备的节目上，乐队更是被迫收敛个性，佯装成乖巧的邻家大男孩。平安夜那天，正当他们演唱《喜欢你》时，女歌迷们蜂拥来到舞台中央，把纸屑和丝条洒在他们的头顶，还用一块白布将家驹包裹起来，而家驹也只能满脸堆笑地把整首歌唱完。在第二天"欢乐今宵"的现场，乐队也踏出了假唱生涯的第一步，之后在各种颁奖典礼上，这种现象也就见怪不怪了。

Beyond向来厌恶这种做法，但如今他们也不得不加入其中。"以前我们演出都是现场弹奏现场演唱，可是当我们来到这些节目的录制现场，发现那么小的场地根本就不够演奏，所以觉得很奇怪。"家强说，"乐器根本没有声音，但还是要假弹，那种感觉真的很辛苦，也很不习惯，根本不知道如何去演。因为实际情况是每个动作都会对应每个音，可我们却要根据音乐去做那些动作，所以显得非常僵硬，不知道如何是好，实在令人沮丧。"

"这让我们学到了形体艺术的入门。唱歌的情况还要好些，可我们站在旁边假弹的人真的无所适从。所以到了和声部分，我们都争着唱。"阿Paul半开玩笑地说。世荣的情况更惨，因为只要鼓槌打下去就会发出声音，所以他必须控制好力度，尽量不要发出声响。他称这种动作"像是在练功夫"。后来他们终于找到了解决办法，用不插电的电鼓替代真鼓。

电视台和媒体并不在乎乐队在台上的感受，他们要的只是收视率和关注度。他们还问家驹如何看待这种情况下观众的欢呼声,家驹的答案显然让他们失望了。"也许是因为我们已经出道有一段时间,所以并没有刻意去理会他们的反应。最重要的是我们站在台上,是否享受这一过程。如果我们不喜欢或者感觉不过瘾,就算台下再怎么欢呼,我们的感受依然为零。"

1988年12月,Beyond推出了首部写真自传《心内心外》。同月26日,乐队在大专会堂做了两场名为"心内""心外"的小型音乐会,为其宣传造势。家驹在一档电视节目中透露了出版这本写真自传的缘由。"Beyond从1983年组建至今,已经有一段比较长的历史,辛酸苦辣尽在其中,有朋友认为这个题材很有意思,所以建议我们写写。"在这本一万字左右的写真自传中,乐队首次公开了他们踏上音乐之路的机缘和纯真初恋的失败花絮。歌迷们终于得以一窥乐队早期的逸闻,不过这始终未能满足歌迷的猎奇和窥探心理,因为乐队并未过多提及其他事情。

在"心内"演唱会上,乐队主要演唱了前几张唱片中的歌曲。当最后一首《旧日的足迹》的吉他声响起时,家驹将歌迷召唤到台前,很多人渐渐投入乐队的演唱,并在合唱中结束了下午的演出。"我们的音乐是需要用身体来感受的,所以我把观众唤出来,缩短彼此的距离,用心灵和身体去感受。"家驹如此解释道。

Beyond的几名成员都认为这场演出比较成功,但他们并没有自满,因为他们知道他们永远都在路上,越往前越发现自己的不足。家驹对歌迷的热情很满意,因为其中有些就是曾经批评他们的人。"我们还没有出版唱片前的那群乐迷可以说是很死硬很自私的,但现在他们中有的人已经接受我们现在的音乐,这实在令人欣慰。"

"心外"演唱会并不是很顺利。演出即将开始之际,家强迟迟不见登台现身。家驹告诉世荣等人,家强肚子不舒服,正在后台休息,但事实上家强早就溜出去取款了。"当时比较年轻,容易情绪化,我们经常要出去做小型演出,可反反复复都是唱《喜欢你》《大地》《再见理想》《冲开一切》这些歌,完全没有什么自由发挥的空间,闷到想吐。甚至有时候场地不够,就播录音带,我们上台只是拿着乐器做做样子。我心想,我们千辛万苦从地下走上来,为什么在音乐上反而开倒车了?真的令人恼火。那天实在受不了了,就出去逛了一圈。最后情绪终于恢复过来,然后又开开心心地把整场演出做完。"家强说。

家强迟迟不现身,家驹只好独自揽下全局。他抱着一把木吉他出现在观众面前,准备为他们演奏一段 solo。但他才坐下来调音,台下就开始骚乱,过了好一会儿现场依旧一片嘈杂,他只好中断演奏,朝人群问道:"你们这么大声吵闹,到底能不能听到我弹什么?"台下的歌迷齐声大喊:"能听到!"可现场并没有恢复安静,一些歌迷为家驹的演奏拍手叫好,也有一些人朝台上喝倒彩。"就算不给我面子,请给我的吉他一点面子,小声点。"然后继续埋头弹他的木吉他,但一会儿台下又传来了电话铃、说话声和笑声,有的歌迷甚至起哄捣乱。"没心思弹!"家驹愤愤不平地中止了演奏,回到后台,此时家强也终于回到了现场。"可能有人会觉得我很自私,队友在一旁等我,看我卖弄,但他们知道我的想法，知道我需要什么。"家驹回到舞台，一边调整麦克风，一边满脸无奈地说，"我们是兄弟，所以，无所谓！"

现场的混乱同样影响到阿 Paul 的情绪，他原本打算在家驹之后秀一段，但当他看到台下的反应时，只好打消了这个念头。事后家驹接受采访说："我不会把这件事放在心上，但我懂得了该在什么人面前弹木吉他。"他的确也是这么做的。此后的几年里，歌迷们再也见不到他在舞台上弹奏原声吉他，直到 1991 年 9 月他才重新在公开场合演奏。

除了部分歌迷的表现令乐队大失所望外，现场的设备也让他们头疼不已。演出进行到快一半时，阿 Paul 的电吉他突然出现故障，他只好停下来调整设备。好在世荣的一段独奏博得了全场的掌声，有的歌迷还起立向他鼓掌致意。独奏结束后，世荣将鼓棒朝台下扔去，现场又是一片骚动。

演出快要结束时，现场氛围才开始有所好转。女歌迷们纷纷为乐队送上精心准备的礼物，但由于台前被安保人员守卫得严严实实，她们只好接力将礼物传到台下，有的甚至将礼物轻轻丢到舞台中央，滚到乐队脚下。《大地》一曲唱罢，乐队准备收拾走人，但返场的呼声一浪高过一浪，于是乐队重新登台献上两首热门歌曲：《喜欢你》和《旧日的足迹》。此时歌迷们终于冲破警戒，涌到台前与乐队在合唱中结束了当晚的表演。"很高兴，不用我召唤，他们也会自己涌到台前。"[①] 家驹说。

---

① 参见霭然《Beyond 音乐会内外直击》，《音乐通信》第 130 期（1989 年 1 月 6 日）。

《心内心外》的宣传并没有就此结束。1988年的最后两天，乐队再次抵达深圳，完成了两场"心内心外连锁演唱会"的演出，为写真自传做最后一波宣传。也是在这两天，他们还另演了两场，与内地歌迷共度元旦。此次演出比几个月前在北京好得多，台下的歌迷已经能够跟着他们合唱《喜欢你》《冷雨夜》等歌曲，一些歌迷还送上鲜花，索要拥抱，这让他们有了一种回家的感觉。

除了歌迷的蜂拥追随，乐队角逐各种音乐奖的努力同样成效卓著。1989年1月16日，在商业电台1988年度"叱咤乐坛流行榜"颁奖典礼上，Beyond终于夺得了最佳组合银奖。虽说这一奖项不尽如人意，但他们总算得到了肯定。一个星期后，乐队又在1988年度"十大劲歌金曲"颁奖典礼上占据一席，入选的歌曲是《大地》；与此同时，这首歌也在"十大非情歌"的推选中名列第一。此时《秘密警察》的销量也已突破10万张，Beyond终于晋升到双白金唱片乐队的行列。

然而，当人们普遍认为Beyond已经踏上成功之路时，家驹却开始怀念起从前那种无名状态时的自由时光。他说："成功分为两种：一种是自我式成功，一种是客观式成功。以前我们做的音乐都相当自我，这是一种艺术家式的成功。客观的成功能引起广泛的关注和赏识，《大地》就是个很好的例子。"显然，家驹更看重自我式成功，但他又不得不靠所谓客观式成功与生活博弈。

进入 1989 年,乐队的事业逐渐稳定下来,家驹的恋情也发展到了可以谈婚论嫁的地步,虽然他还不到 27 岁。1989 年 2 月 14 日,在 Beyond 几位成员的见证下,家驹和 Gina 订了婚,并为彼此戴上了一枚婚戒。此时距他们正式交往有一年左右的时间。

当天 Gina 正在沙尖咀的海洋皇宫演出,Beyond 四人一起来为她捧场。演出结束后家驹邀请 Gina 和她的朋友们共进晚餐,他对 Gina 说:"反正都要摆一圈,就当订婚宴席好啦。"[1] 这个不拘小节的男人几个月前向 Gina 求爱时,同样不是打着领带捧着鲜花进行的。"那时候他们很喜欢去玩具反斗城,我抱怨他不叫我。后来有一次他终于约了我,那天雨很大,他一直在雨中等着我,我问他为什么非得让我陪他,他说只是想找个时机约我,向我表白。"[2] 这段表白的场景不久被用在了《喜欢你》的 MV 中。

家驹之所以如此喜欢 Gina,甚至和她私定终身,大概是因为她就是那个"性格爽朗、敢爱敢恨、有主见、懂音乐的混血儿"。而且 Gina 还是"第一个支持 Beyond、支持他们去追寻音乐梦的女孩"。Gina 也强调:"我从来都不是 Beyond 的粉丝,我只是他背后的那个女人。我相信我是最接近他理想伴侣的一个,否则他

---

[1] 参见梁肇宗《亲解失踪十七年之谜 林楚麒自揭曾与家驹订婚》,《明报周刊》第 2152 期(2010 年 2 月 8 日)。
[2] 参见《未亡人蒸发 15 年 林楚麒开腔:我们 89 年订了婚》,《太阳报》2008 年 6 月 8 日。

不会向我求婚。"但是，家驹似乎也惧怕婚姻。后来他在一次访问中表示："一张结婚证并不能代表什么，我宁可同居也不想结婚。如果实在非结不可，婚宴也不会太铺张。"当然，没人知道这是他面对媒体惯用的说辞，还是确实对结婚没有太多渴望。

后来有一种关于家驹的家人反对他们的恋情，甚至家强讨厌Gina的说法一直在歌迷间流传，但实际情况并非如此。"我们之间的波折并不像外界说的那样，他的家人从来没有反对，有一点点反对的反而是我的家人，可是我喜欢，他们也拿我没办法。"Gina的家人之所以反对他们在一起，大概是因为"一般母亲都希望女儿的另一半是个文质彬彬、有学问的男士，家驹在这方面有点距离"。虽然刚开始Gina的母亲周采茨（Vivian Chow）有些反对，但最后她还是许可了他们的恋情。第二年春节，他们二人就一起拜访过Vivian。家驹和Gina那张广为流传的合照，就是拍摄于Vivian家中。

关于家强讨厌Gina的说法，其实只是家驹和Gina分手后的一场误会。早在1989年初，家强就和哥哥为Gina合写过一首名为《怨你没留下》的歌曲，而且他还独自为这首歌填写了歌词。这首歌被收录在Gina同年10月推出的《这就是爱》专辑中，两个月后被Beyond改编成《明日世界》，收进他们的改编专辑《真的见证》里。

因为忙于事业，家驹难以顾及家庭和心爱的女人。虽然晚上大多数时候他都会回到苏屋邨，却很少有时间陪伴家人。他也很少给Gina送贵重的礼物，Gina只收到过他送的一个心形银坠，但即便如此,他们的生活依然很和谐,从未因为琐事发生过争执。"在我的记忆中他从来没有因为我的打扰而表现出不满,我们俩似乎有一种天然的默契,只要看到他那呆呆的眼神我就会自动走开。有时候两个人相处,一个动作或一个眼神胜过千言万语。"不过有一年圣诞节,家驹忘了给她买礼物,她显得有点不开心,然后家驹马上下车,跑到便利店给她买了几份。

像以往一样,家驹和 Gina 的恋情也是在地下秘密进行。虽然有时 Gina 会去给 Beyond 捧场,甚至和家驹一起出席活动,但他们几乎不会在公众面前表现出任何亲密举动,以防媒体大做文章。与此同时,乐队经理和唱片公司也不希望他们同台,所以 Gina 只好拒掉某些演出邀请。Gina 不禁感叹:"有时候我们谈恋爱就像做贼一样。"家驹对此同样深有感触,他在一次访谈中说:"尤其是跟艺人谈恋爱,更讲究接受。因为我们没有固定的工作时间,有时候可能一两个月才能见上一面;加上跟我们恋爱常常要回避公众,上街都没有安全感,私人空间完全被侵占。这样的恋爱生活何止是接受,简直就是牺牲。"[①]

然而,世上没有不透风的墙,不久他们的恋情还是见诸报端了。"有关我们订婚的事情,最初并不是我公开的。有一次我帮一位朋友做他的演唱会宣传,接受访问时他突然在我身后把这件事情说了出来。因为我和家驹订婚是事实,为了避免他在记者面前下不了台,我就承认了这件事,不再隐瞒我们的婚事。"多年

---

① Irene:《Beyond 谈情说爱》,《唱片骑师》(*Disc Jockey*) 第 9 期 (1991 年 7 月)。

后，Gina如梦初醒，"现在回想起来，我觉得被出卖和利用了。我很少提防别人，更何况是我的老朋友"。

恋情公开后不久，Gina渐渐淡出音乐圈，开始做家驹身后的那个女人。

Ⅱ 见证无声岁月

通过几年的曲折摸索，家驹逐渐意识到如果继续坚持自己喜欢的创作方式，乐队很难被大众广泛接受。现在，他决定改变以往那种很自我的创作心态，带领Beyond成为一支流行乐队。于是，他开始认真研究起那些伟大乐队的成功元素。这一时期，披头士就成了他重要的学习对象。没多久，他就在《随它去》(Let It Be)的启发下，创作了《真的爱你》。

据小美回忆，1989年初春的一个夜晚，家驹兴冲冲地给她打电话，说自己写了一首新歌，想给她听听，看看她有没有什么素材可以用上。接着家驹便在电话中把这首歌的旋律弹了一遍，她当即就被吸引了。在小美的建议下，家驹决定把这首歌献给母亲。

随后，家驹和小美在尖沙咀尖东的一家茶楼碰了面。家驹把曲子重弹了几遍，小美则用一张餐巾纸当草稿，边听边在上面写下歌词。"没法解释怎可报尽亲恩/爱意宽大是无限/请准我说声真的爱你"就是当晚的成果。虽然直到茶楼打烊他们都没能写出一个完整的版本，但家驹对这几句歌词相当满意。他对小美说，要是把歌词念给他妈妈听，她一定会非常开心。然后他又略带羞涩和愧意地对小美说："我很久没对我妈妈说过'我爱你'了！"小美则如此安慰家驹："那就等着我们用这首歌向母亲致谢吧。"

这就是小美记忆中《真的爱你》歌词诞生的过程。但有意思的是，乐队经理和其他几名成员并没有将《真的爱你》视为自然创作的结果，他们几乎一致认为这是唱片公司在背后操纵的结果。Leslie甚至认为家驹邀请小美为这首歌填词是新艺宝的刻意安排。[①]家强同样有类似的看法，他说："那其实是唱片公司的主意，当时唱片业也有很多政治游戏，有些词人根本不是我们选的，比如小美，虽然她也填得很好，但与家驹合作最多，也最称心如意的是刘卓辉。"

阿 Paul 也认为《真的爱你》不过是母亲节的应景之作。"唱片公司想推广我们，可是首先得'入屋'，那就写一首有关母爱的歌，哄妈妈开心，不再反对青年人听 Beyond。写这首歌的时候我们都没怎么用脑，世荣当时还责怪我边打瞌睡边弹那段独奏。讽刺的是，这首歌成了我们最卖座的一首，还进了许多音乐教材。"[②]

[①] 参见 Leslie Chan《真的 Beyond 历史（Vol.2）》，香港：Kinn's Music Ltd.，2013 年，第 15 页。

[②] 希尔德：《香港 BAND 友乐与路》，香港：香港文化馆，2011 年。

《真的爱你》传遍大街小巷后，大姐黄小琼也认为"这首歌旋律朗朗上口，很大众化"。她甚至批评家驹："你不是说自己的歌很另类吗？怎么这首歌朗朗上口！"家驹表示"因为母亲节将至，是唱片公司要求他制作的"。"他似乎在暗示并非他的意愿，我也并非你眼中那么俗套，只为了完成唱片公司的任务。他很有个性，只是现实迫使他不得不做出改变。如果非要坚持己见，成功之路只会更加遥远。"①

　　关于《真的爱你》最初的创作动机，家驹从未做出过正面回应。他仅仅是在当年5月商业电台的一档节目中谈过这首歌的主题背景："原本我们想写一首励志歌曲，但我觉得平铺直叙地写励志歌，显得没有缘由。我们经常都会听到别人说家长不希望自己的孩子玩音乐，但在我家这个问题就没有那么严重，我们比较幸运。催人奋进的不只是理想，报答也是一种力量，所以我们就加入一些对母亲的感觉，而不是单一地写一首歌颂母亲的歌曲。"他甚至强调《真的爱你》写于七八个月前，并"不是因为要出唱片了才写"。②

　　新艺宝前总经理陈少宝在一次采访中表示，以歌颂母爱为主题是家驹的意思，但录制时确实要求乐队赶工在母亲节前完成。③后来陈少宝甚至在自己的随笔集里表示："我听完这首歌的 Demo 之后，要求制作团队把所有正在录制的歌曲停下来，必须先搞定

---

① 参见香港无线电视翡翠台《不死传奇：黄家驹》，2008年1月26日。
② 香港商业二台《叱咤开咪》，主持人：区新明；嘉宾：Beyond。1989年5月9日。
③ 参见许栢伦《Beyond〈真的爱你〉纯为商业？高层陈少宝：家驹提出歌颂母爱》，香港01网站，2017年4月24日。

这一首,因为要赶着派上电台迎接母亲节。"① 综合各种说法来看,这首歌显然是家驹主导的作品;当然,为了在母亲节前推出而赶工也是不争的事实。

1989年3月底,Beyond开始了新专辑《Beyond Ⅳ》的录制工作。这是乐队直接与新艺宝签约后的首张唱片,专辑监制仍然是老搭档王纪华和乐队自己;林矿培则因为《大地》的卖座而被乐队点名参与《真的爱你》的监制。Leslie因为几个月前的合约风波余怒未消,加上乐队钦点王纪华担任监制,在录制这张专辑的过程中,他就很少到录音室探班了。

《真的爱你》并非像Leslie等人所说是唱片公司安排的结果。据小美回忆,在录制这首歌的过程中,家驹和新艺宝产生了不少分歧。因为唱片公司担心一支以摇滚著称的乐队,突然转向去演绎这种软绵绵的亲情歌曲,势必会影响专辑的销路,因此建议乐队将其从歌单中删掉。但这一提议被家驹毫不犹豫地拒绝了,他甚至还因此大发脾气,因为他们失去的已经够多,再不想事事依顺。家驹始终坚持要将这首歌录出来,不仅如此,他们还要将其定为专辑主打歌。见家驹执意如此,新艺宝只好退让。

作为这首歌的词作者,小美的忆述似乎更有说服力。"新艺宝希望写一首比较大众的情歌,但我和家驹坚持要以母爱为主题。我们这样做不仅是因为这一主题意义重大,同时也希望突破Beyond以往的歌曲格局。如果我们的想法不被接纳,家驹宁可把

---

① 陈少宝:《音乐狂人》,广州:广东人民出版社,2019年,第28页。

歌曲收回来也不会委曲求全。经过这次合作，我更加欣赏家驹勇敢无畏的个性，我们的友谊也因此加深。我一向比较欣赏有态度的人，Beyond 不甘平凡，不轻易妥协，尤其是家驹，纯粹的死硬派，他的个性和信心都展现在作品中。"也就是说，新艺宝其实希望乐队以母亲节为主题写一首情歌，但家驹和小美却写出了一首关于母爱的歌曲而遭遇挫折。陈少宝也承认歌颂母爱的概念并非公司所提，而是家驹自己的想法。[1]

家驹向来比较喜欢排练室里那种热闹嘈杂的氛围，但自从《真的爱你》爆红后，每天都有大量歌迷蹲守在二楼后座附近，严重打扰了他的生活和创作，最后他只好从二楼后座搬出来，回到苏屋邨。一方面因为 Beyond 已经声名在外，如果他们想在音乐路上走得更远，就必须要有更好的作品问世，身负重任的他压力倍增，焦虑和不安正渐渐代替从容，二楼后座那种杂乱无章的环境已无法使他静下心来创作。另一方面则是因为自从 Beyond 成为职业乐队后，他们兄弟二人就很少陪在父母身边，这不免让他深感自责，现在回去，正好可以陪陪家人，因此回到苏屋邨不失为最好的选择。

为了给乐队造势，1989 年 4 月初，新艺宝率先推出 Beyond 的第二张 EP《4 拍 4》。《昔日舞曲》《午夜迷墙》《大地》及其纯音乐版本 4 首歌被收录其中。《午夜迷墙》是《黑色迷墙》的录音室版本，乐队之所以将其更名，是因为相关人士认为原名有为

---

[1] 参见许栢伦《Beyond〈真的爱你〉纯为商业？高层陈少宝：家驹提出歌颂母爱》，香港 01 网站，2017 年 4 月 24 日。

电影宣传之嫌。在专辑封面上，设计团队并没有投入什么心思，用的依旧是和《秘密警察》同一系列的照片。

连续工作将近一月后，4月中旬，就在《Beyond Ⅳ》录制进入尾声时，Beyond给自己放了几天假。除度假外，乐队的泰国之行还有另一个目的，那就是还神。去年秋天他们到泰国旅行时，曾在那里许下宏愿，希望乐队在新的一年取得佳绩。今年，他们如愿了，所以必须去还神。乐队计划今后每年都去那里一趟。

专辑尚未发行之时，新艺宝就为《真的爱你》的打榜铺好了道路。4月底，这首歌先后成为各大电台的座上宾，并很快攀升至三个音乐排行榜的榜首，甚至在榜单上停留了12周。两周之后的母亲节当天，这首歌更是被到处播放，一时间《真的爱你》似乎成了母亲节的节日之歌。乐队一跃成为众多年轻人心中的偶像。从此以后，那些认为Beyond不务正业，断定玩乐队没前途的家长们，突然改变以往的偏见，不再训斥自家玩音乐、听摇滚的孩子。

这首歌的广泛传播为他们赢得了不少拥趸，那些青春萌动的少女，随即对他们展开疯狂的追逐。乐队成员的生活因此备受影响，他们明显感到属于自己的那点自由空间被挤压得所剩无几，因为歌迷们常常会扒光他们的隐私，然后公之于众。为了避免被歌迷认出，一向喜欢到影院看电影的家驹，从此不得不改为租影碟在家中观看。

但是，乐队的回避不仅未能打消歌迷追逐的热情，反而勾起了他们的无限遐想。大部分歌迷都希望见到偶像，并拿到他们的签名与合影。二楼后座附近常常徘徊着一群东张西望的少年——他们都是为等待 Beyond 的出现而来。这虽然满足了乐队成名的渴望，但被监视的感觉也在莫名滋生。"有时我们不得不使用调虎离山之计，"家驹说，"比如乐队要进排练室时，遇见歌迷在路上等候我们，我们就先驱车离开，然后兜一会风，等到他们差不多离开之后，我们再返回排练室。"当然，与歌迷周旋也有快乐的一面。当乐队因为工作太久而疲劳不堪时，这种捉迷藏的游戏无疑让他们感到特别轻松。"我们平时的生活非常紧张，偶尔跟歌迷玩一下躲猫猫，也不失为一种乐趣。"阿 Paul 说。

有一次在屯门时代广场演出时，观众的疯狂表现令乐队惊讶不已。据陈海琪回忆，没等乐队出场，台下就已尖叫不断，演出过程中，乐队的声音完全被一浪又一浪的尖叫声淹没。离场时她甚至还被挤掉了一只鞋子。后来她和乐队快速穿过一家饭店的后门，才终于逃脱歌迷的追逐。

然而，乐队在享受掌声和鲜花的同时，质疑和批评的声音也随之而来。一些乐评人和歌迷抨击他们背弃摇滚理想，走大众路线，丧失自我。虽然这样的声音并不是第一次，但那些斥责《真的爱你》庸俗不堪的言论让乐队再也无法继续沉默。"我不明白赞美母亲有什么庸俗的，相反某些人成天无所事事到处瞎逛，或者一会儿和那个恋爱一会儿和这个劈腿就很光彩了？我并不打算讨女孩子的欢心，我只是通过歌曲表达对母亲的真实感受，并且这是我唯一的表达方式，难道要我去写一本书吗？很遗憾，我不是作家。如果非要批评，香港的很多歌曲都不能幸免，然而可笑的是乐评人从来不会批评那些无厘头的歌曲，偏偏对太极、达明一派、Beyond、Fundamental、Blue Jeans 等乐队百般挑剔。他们总是喜欢拿乐队的能力、演奏技巧和唱歌方式开刀，却从不会挑剔个人歌手。到底是他们没有挑剔个人歌手的能力还是这些歌手已经不值得挑剔，或者是这些歌手已经很完美？"家驹愤愤不平地说。

"一些默默为香港音乐努力、斗争，并且希望香港有属于自己音乐的人，不仅没有得到乐评人的支持，反而还会遭受他们的批评和攻击。"家驹对某些乐评人的品味和责任感表示怀疑，一口气吐出了积压已久的不满。"他们总是会说这个歌手好，那个歌手好，总之，只要国外的都会大肆赞美一番，甚至还会称赞监制挑歌挑得好，他们对翻唱歌曲的肯定远远超过本地原创，但我并不认为香港音乐比国外的差。诸如伦永亮、周启生之类的都有很好的音乐功底，可他们却无法得到应有的尊重和支持。反观西方，即使格莱美音乐奖颁奖典礼上的那些资深音乐人早已被遗忘，但他们曾经为音乐做出过贡献，观众依然会起身鼓掌，并且他们还会这样说：'没有你们前辈开路，就没有我们年轻人的今天。'可香港乐坛是如何对待这些人的呢？'你已经老了，不要挡我们年轻人的路，抢我们的饭碗。'香港乐坛尊重过创作人吗？答案是否定的。"家驹对香港的监制失望透顶，他甚至不想谈论这群人。"香港最好的监制就是选歌选得最好的监制，他们的初衷从来都跟音乐无关，只会去迎合市场。"

经过大半年的精心筹备，Beyond 的第四张录音室专辑

《Beyond Ⅳ》终于在 1989 年 7 月初问世。在这张专辑中，Beyond 打破了过去谁作曲谁演唱的惯例，取而代之的是一种开放式合作方式。他们相互配合，尽情发挥着自己的长项，其中表现最为突出的当属世荣。他不仅为阿 Paul 作曲的《最后的对话》贡献了自己的填词才华，还首次交出了令监制满意的曲子——《摩登时代》。在这张专辑中，乐队同样邀请了三位填词人操刀填词，《摩登时代》的歌词就是出自翁伟微之手，甚至连正与家驹热恋的 Gina 也加入了专辑的录音队伍，为《摩登时代》担任和音。

《逝去日子》是家驹为阿 Paul 和家强出演的电视剧《淘气双子星》所写的主题曲，词作者是刘卓辉，家驹在这首歌中献唱了和声。五个月前新艺宝安排 Beyond 参加无线电视的试镜时，一向被公认为是乐队中最帅气的世荣和最有领导才能的家驹都因为"看起来不像学生"而被淘汰出局，家强和阿 Paul 则顺利拿下电视剧中的两个重要角色，阿 Paul 甚至和年轻歌手李克勤成为剧中的"双子星"。

这部仅有 10 集的连续剧于 1989 年 7 月 10 日开播，每个工作日晚上 7 点 35 分和观众见面，每次一集，持续两周。除此之外，家强演唱的《与你共行》也成了该剧第 8 集的片尾曲。尽管主题曲《逝去日子》在电视剧的助推下很快成为电台的热门曲目，并进入当年"十大劲歌金曲"第三季度的预选行列，但最终因为榜单成绩只爬到第 4 位而无缘任何奖项。

接拍电影和电视并非乐队所愿，因为当时乐队的宣传权基本都掌握在新艺宝手中。尽管这些工作为他们带来了高于从前数倍的收入，也扩大了乐队的影响力，但他们对此始终没什么好感。"我们刚开始玩音乐的时候没有感到任何压力，因为我们只需把精力专注在音乐上。但当我们开始出版唱片，走上职业乐队道路的时候，就要做很多和音乐毫不相干的事情。一般的宣传通告根本不会提及多少有关音乐的东西。最初的时候觉得非常难受，感觉我们好像被逼迫着去做一些无关痛痒的事情。"家驹说。

可是，当一支乐队分散去拍电影或电视剧时，外界就会对他们议论纷纷。在区新明主持的一档节目中，阿Paul被问及如果有一家大公司愿意高价将他从乐队中挖走他是否愿意的问题。阿Paul当即否定了这种假设。他说："如果是为了赚钱，我根本不需要做音乐。我做音乐很大一部分是出于兴趣，因为我喜欢玩乐队，而且从小就是如此，所以做一个独角歌手，我完全不会考虑。"在歌迷随后的来信中，乐队同样被问到了类似的问题，不过阿Paul的回信很快就打消了歌迷的顾虑："别开玩笑啦，乐队才刚刚开始有点成绩，怎么会这么快退出呢？你们不用太紧张。"当天，区新明问他们要成为一支成功的乐队应该注意什么时，家驹毫不犹豫地说，作为乐队的一员，应该要有"不是乐队需要你，而是你需要乐队"的觉悟。"你不能没有乐队，但乐队可以没有你，"家强说，"因为乐队随时可以找一个人来替补。所以你必须这样想：如果我离开乐队，就不知道何去何从。那么你就会忠心为乐队效劳。"因此，Beyond成员并没有单飞的打算。

第三首由其他人填词的歌曲就是那首家喻户晓的《真的爱你》。这虽然是小美与Beyond的初次合作，却为乐队开了个好头。按照 Beyond 过去的演绎方式，如果《真的爱你》不是他们非常重视的歌曲，他们显然不会出动整支乐队来演唱，因为两三年前的《再见理想》和《永远等待》就是这种操作方式。

尽管《真的爱你》在商业上取得了极大的成功，但围绕这首歌的争议也不曾停息，因为它几乎使用了与披头士的《随它去》相同的和弦走向。虽然 Leslie 强调这并非抄袭，家驹只是借用其和弦结构巧妙地写出了另一首歌，[①] 但关于《真的爱你》原创性的质疑却尘嚣日上，区新明甚至直接在电台节目中向家驹提出，其副歌部分"是你多么温馨的目光"的旋律与陈百强和关正杰1987年发行的《未唱的歌》中"未唱的歌不算是首歌"相似的疑问。家驹对此并没有做过多辩解，他只是说："我并不怎么留意香港本土音乐，不是我觉得不好，而是我主要听国外的歌曲。"[②] 家驹的这种观点似乎并不能自圆其说，因为之后他用同样的说法回应类似的质疑时，就被对方问住了。

那是1992年，当时 Beyond 正向日本乐坛进军，他们因为批评香港乐坛和媒体而与媒体关系破裂后，媒体对他们便不怎么客气。商业电台"叱咤903"的主持黄云妮（Vani Wong）在一次访问中，就影射过乐队抄袭的问题。家驹听到这一问题后，突然变得有些吞吐。"以前我们就争论过原创性的问题，就是特意去研究原创性的东西，如果你要告别人抄我的歌，除非是四个小节

[①] 参见 Leslie Chan《真的 Beyond 历史（Vol.2）》，香港：Kinn's Music Ltd.，2013 年，第18页。
[②] 香港商业二台《叱咤开咪》，主持人：区新明；嘉宾：Beyond。1989 年 5 月 9 日。

（bar）的旋律（melody）一模一样才叫抄袭，如果只有三个小节相同，最后一个小节不一样都不能判成抄袭。"

黄云妮继续追问："如果是这样，能否跨过自己的心坎。"家驹回答说："这就要看创作人自身的感觉了，从我的立场来看：这个世界上没有什么特别原创性的东西，全部都是经过我们零碎的记忆组合而成的。当你听到世界各地越来越多的音乐时，你就会发现没有一首特别的或者从未出现过的歌曲。而且我发现如果收音机或者流行音乐听得太多之后，就容易被这些音乐牵着走。我听很多香港作曲家说，他们写歌的时候，会拿些古典音乐来听，古典音乐就会激发创作灵感。但我在作曲之前不会去听音乐，通常我的创作灵感是来自练习吉他的时候。要让我坐在那里写歌，我实在做不到。"[①] 家驹的这种说法正好印证了此前他在创作谈中提及关于如何写歌的过程，也证实了 Gina 忆及只要家驹抱着吉他，就是一台作曲机器的说法。因为他既不会使用五线谱，也没有直接用简谱作曲的习惯。

其实关于从古典音乐汲取灵感甚至直接使用古典音乐家曲谱的例子，在很多西方乐队的创作中都屡见不鲜。黑色安息日（Black Sabbath）的主唱奥兹（Ozzy）就曾自爆，他们发行于 1981 年的专辑《狂人日记》（*Diary of a Madman*）同名曲就是从莫扎特那里偷来的，虽然经过改编后再也听不出和莫扎特有任何联系。披头士也从他们的同代人鲍勃·迪伦（Bob Dylan）的作

[①] 黄云妮 1992 年采访黄家驹音频，网址：https：//www.youtube.com/watch？v=LoB0PVmYPVw。

品里汲取过灵感。鲍勃·迪伦则直接照搬过很多民间歌曲的歌词和旋律。事实上，这种艺术家与艺术家之间的相互影响，在各个领域都极为常见。当然，重要的是他们能够从中创造出新的东西，并找到自己的方向。

除了原创性争议问题，《真的爱你》还引发了人们对 Beyond 家庭观的好奇之心。两个月前这首歌正在热播时，他们就被记者问及什么样的家庭才最理想。世荣说："最重要的是两代人之间能够在思想上进行沟通，因为一家人如果能互相了解、体谅，摩擦自然就会减少。总之，和睦最重要。"尽管阿 Paul 声称父亲是自己的偶像，但他还是希望自己的遭遇不要在下一代身上重演。"如果我现在就有孩子的话，我一定不会对他们严加责备；也不会把外面的烦恼带回家，让他们受罪。"家驹兄弟二人则表示，虽然他们一家的性格比较冷淡，家人之间缺乏沟通，有问题只会自己消化，但他们还是觉得这种生活方式比较适合自己。①

《原谅我今天》的小样原本是家驹演唱，阿 Paul 只是在里面担任和声，但当阿 Paul 填完歌词之后，家驹还是决定让阿 Paul 来唱，毕竟他对演唱自己歌词的情感把握会更准确。当然，另一个原因就是阿 Paul 作曲的《与你共行》被分配给了家强，否则这首原名为《冷雨夜续集》的《原谅我今天》大概就会由家强来演绎。

尽管家驹和 Gina 因为相互欣赏，很快坠入爱河并订下婚约，

---

① 参见龙猫《Beyond 被指背弃音乐理想 受追随者无情指责》，《大众电视》第 733 期（1989 年 5 月 13 日）。

但他依然对半年前与 Kim 的不辞而别深感歉疚,所以分开后不久,他为 Kim 写了一首懊悔之歌——《曾是拥有》。这首爱情的哀歌显然是这张专辑中最令人心碎的作品。它淋漓尽致地展现了家驹伤感、孤独、无助的一面,同时也体现出他既放荡不羁又固守传统的矛盾性格。

专辑中另一首由家强主唱、其他几名成员担任和声的歌曲《我有我风格》可以看作《永远等待》的终结和开始,因为此时他们已经尝到了成功的滋味,但依旧不得不继续前行。正如家强在歌词中所言:"我有我风格/坚决心/找理想/尽力地去做/不放松/不醉倒/用学习态度/终于今天被接受/须知艰辛是昨日/不追究/成就靠一身本领/踏着步伐冲开新领域。"Leslie 也认同这种观点:"他们的成功是一步步走出来的,没有半点侥幸的成分。"遗憾的是,《我有我风格》并没有引起什么反响,除了在几个月后"真的见证"现场表演过,就几乎绝迹了。

乐评人和歌迷对这张专辑的评价可谓毁誉参半。尽管《午夜迷墙》《爆裂都市》延续着 Beyond 一贯的风格,但批评他们商业化的声音依然不在少数。虽然自打乐队出道就没怎么被外界待见,但当越来越多的批评指向他们时,迷茫和孤苦无援的情绪便涌了上来。"在过渡时期受到别人的批评或攻击,并不怎么好受。我常常反问自己:为什么一直支持你的朋友会突然这样批评你?以前我们纯粹是为自己而做,并不是希望获得什么认同,更不是因为签过什么合约。仅仅是想做就做,等事情完成得差不多,我又开始打算做别的东西,就是这种状态。刚开始的时候我们都为此感到难过，但同时我们也认为音乐不应该受到某种外力的限制。如果早早就设定一条音乐路线，很多东西都会因此受到束缚，无法尽情发挥乐队的创造力。"家驹说。

家强也辩解说："商业与否其实难下定论，何况受欢迎并不代表没有自身的风格。一首好歌一定要有大众的支持才可能成为一首成功的作品，所以接近听众的口味并不一定代表商业化。"① 他的这种观点便是家驹所说的"客观式成功"。现在他们需要的显然是商业上的成功。三个月后，他再次强调了这种观点："我们知道什么是好音乐，什么是坏音乐，但要有人听才最实际啊！"② 他们对外宣称乐队"仍然会坚持自己的风格，绝不会受任何环境的影响"。能够"在自己的风格下，走向歌迷喜欢的路子，可谓一举两得"③。

《Beyond Ⅳ》和《淘气双子星》在 7 月相继问世后，铺天盖地的批评终于惹怒了 Beyond，他们将这些批评视为"恶意中伤"。他们唯一能做的就是对批评进行反击，毕竟他们不可能承认乐队商业化的事实或者公开指责东家。"所有人都觉得 Beyond 越来越商业化，这种一厢情愿的看法实在可笑。仅仅通过一两首歌曲就自认为已经了解 Beyond，只有香港的乐评才会如此无知。听完整张唱片，你才有资格下定论。"④ 阿 Paul 愤愤不平地说。

---

① 参见龙猫《Beyond 被指背弃音乐理想 受追随者无情指责》，《大众电视》第 733 期（1989 年 5 月 13 日）。
② Nikki：《大地带来希望·Beyond 述说前世今生》，《新时代》第 147 期（1989 年 8 月 5 日）。
③ 桑雅：《Beyond 坚持风格 绝不因任何环境改变》。
④ Nikki：《大地带来希望·Beyond 述说前世今生》，《新时代》第 147 期（1989 年 8 月 5 日）。

但十多年后,Beyond 三子在无数采访中都否定了他们年轻时的看法,开始用一种反思的态度去回望这段历史。"早期的很多歌曲都是为了迎合大众,因为做摇滚的必须向市场妥协,"家强说,"比如《真的爱你》就是很流行很商业的歌曲,《大地》《冲开一切》《喜欢你》也不例外,都是为了获取认同。只有得到认同后,我们才可以做自己真正喜欢的音乐,但刚开始的时候,我们实在无能为力,只有妥协。"[1]

"香港娱乐圈和香港乐坛只是一部机器,一部消灭自尊心的机器。它让所有的艺人失去自尊。一旦你心甘情愿抛开自尊去做,做得太多的时候,你都会从梦中惊醒,不期然地问自己,你究竟是一只鸡还是一个音乐人?"阿 Paul 把乐队的成功归功于忍辱负重,能屈能伸。"我们不得不把所有的自尊放进贮物箱,为此我们遭受了不少屈辱。甚至有一段时间,我们四个大男人,根本不敢大声说'我是一个音乐人'。"[2]"当时无论我们说什么,都会遭受人们的质疑。到了今天,大家都能明白以前我们所做的一切都只是一种手段,我们希望把乐队推向更高的地方,所以现在我们才会获得人们的认可和欣赏。在香港玩摇滚,如果你渴望成功,并且希望你的音乐对社会产生影响,那就需要手段。让更多的人认识你,是唯一的途径。但同时还要不忘初衷,清楚自己在做什么。虽然身边总会有这样那样的声音:一些人说你是摇滚叛

---

[1] 参见黄长洁、丁妍《黄家驹逝世 15 周年:Beyond 三子忆家驹旧日》,《南方都市报》2008 年 6 月 9 日。

[2] 《黄贯中愤怒控诉香港娱乐圈乐坛 Beyond 放下自尊受尽屈辱方成功》,南方网,2002 年 10 月 22 日。

徒，另一些说不是，一边有新歌迷加入，一边有老歌迷离去，但我们始终很清楚我们背负的是什么。"

不过，阿 Paul 认为乐队所受的批评是值得的，因为他们的付出在某种意义上起到了启蒙和普及的作用。"以前我们经常出现在电影和电视里，所以即使是那些一般的歌迷也开始来听 Beyond 的音乐，并从此追随我们多年。然后当他们接触到国外的英文歌曲，他们就会慢慢发现 Beyond 没那么好听了，于是他们开始组建乐队、创作歌曲，所以从这个意义上说，Beyond 扮演了一个非常重要的角色，也就是一种启蒙。歌曲可以很流行，旋律也可以朗朗上口，但我们会在吉他和鼓的编排上使用非主流的思路，那完全是乐队的方式。"

只有极少数的声音夸赞《Beyond IV》。"第一次听到《午夜迷墙》时，我简直惊叫了起来，这不就是 Beyond 所要追求的吗？一种成熟、丰厚、多元，并且有着 Beyond 性格特质的音乐。现在他们就是这样做的。当然，你不能再强求乐队初期的那种原始味和阿 Paul 紧闭着嘴，致力于 solo 的那种愤怒，那已经是过去的事情了……"这篇乐评继续写道："我深信即便《真的爱你》不在母亲节推出，也一定会火。尤其是家驹在喉咙刷出那微微沙哑的声音，就如同因感动而哽咽的声音，直击心底。尾声那段深厚挚诚的和音以及吉他的弹奏虽然还是传统的摇滚格局，但我喜欢。"

关于专辑封面，乐队得到的更多是差评。"唱片封套的设计实在不敢恭维，难道非要像玩接龙一样才能展示出 Beyond 是一支乐队吗？而且在化妆方面，脂粉味相当过分。虽然他们仅仅是将眉毛加粗加黑，抹上深啡色粉底——极其男性的化妆，但我喜欢的恰恰是浅妆淡抹的 Beyond。看见他们同样的粗眉，同样拘谨的面部肌肉，以及手插裤袋的姿势，像企鹅一样，实在可笑。"①Leslie 也认为这张专辑的封面"是 Beyond 所有唱片封面里最没有个性，最远离 Beyond 的一张"②。

《Beyond Ⅳ》的专辑名同样饱受诟病。人们都在质疑它与新艺宝母公司宝丽金旗下的三人组合"草蜢"刚于上月发行的《Grasshopper Ⅲ》专辑名颇为雷同。但乐队解释说这仅仅是一个巧合，因为专辑录好后他们无法找到一个适合的名字，所以只好用罗马数字替代，"Ⅳ"仅仅代表乐队的第四张专辑，"并没有什么特别的含义"。

批评 Beyond 的声音从未间断，但《Beyond Ⅳ》在市场上的反应却出奇地好，专辑发行不到两个月，销量就达到了 10 万张。这是乐队从未取得过的好成绩。

专辑之所以能大卖，不仅是因为其中有《真的爱你》《逝去日子》《爆裂都市》等热门歌曲，同时也得益于新艺宝为他们设计的宣传策略。先是阿 Paul 和家强参加《淘气双子星》电视剧的拍摄，并且在电视剧开播前几天推出专辑，以此带动专辑的销售。然后 6 月份，新艺宝又安排他们与"草蜢"拍摄一集《够

---

① Tunbo、齐啡：《重拾 Beyond 旧日点滴情怀》。
② Leslie Chan：《真的 Beyond 历史（Vol.2）》，香港：Kinn's Music Ltd.，2013 年，第 19 页。

Hit 斗玩 Beyond 加草蜢》的音乐特辑，由无线电视台播映。尽管他们都觉得在特辑里扮演的"天使"角色"令人作呕"，但还是照做了。他们厌倦这一切，但无法拒绝这种曝光的机会。一股强大的力量正推着他们往前走，那就是商业的力量、捆绑在身的合同以及对成名的渴望。

Beyond 与其他艺人尤其是宝丽金和新艺宝旗下歌手的合作，也为乐队的专辑销量打开了一个通道。继《千金一刻》之后，家驹再次为谭咏麟 1989 年 8 月发行的《忘情都市》专辑写了一首曲子。这首专辑同名曲经陈少琪填词后，成了专辑的主打歌。备受导演青睐的阿 Paul 也开始与乐队以外的艺人合作，彼时艺名被改为王靖雯的王菲在 1989 年 11 月推出的《王靖雯》专辑里，就收录了他与王菲合唱的《未平复的心》。作为新生力量，彼时王菲正强势登陆香港乐坛，这种合作，显然能为双方带来好处。

《Beyond Ⅳ》问世后，乐队就被贴上了偶像的标签。虽然乐队并不这么看待自己，甚至从内心深处厌恶这种称谓，但至少在唱片封面和最近几个月的形象设计上，就是如此。于是媒体采访他们时，便开始要求他们摆出各种造型，甚至让他们扮得可爱一点。"我真的不知道怎样才叫可爱，不是我不配合，是我从来没有练过如何把自己扮演得可爱。我会弹吉他、会练习微笑，但可爱，我真想知道从哪里可以学到。"阿 Paul 说。即便如此，他们还是尽量满足那些将他们奉为偶像的歌迷和媒体，摆出各种造型。但他们始终不是偶像的料，因为这些造型显得极其僵硬，甚至做作。名声虽然能满足他们对虚荣和金钱的需要，但眼前的一切似乎早已偏离轨道，向着与他们的意志相反的方向驶去。

片约开始源源不断地向 Beyond 飞来。乐队先是被邀请到杜琪峰执导的贺岁片《吉星拱照》里客串，并为影片写了一首歌；然后又为五集短剧《香港云起时》编写主题曲《无悔这一生》。

虽然 Beyond 还在继续履行着他们的唱片合约，但扭曲天性的工作以及被当作工具使唤的状态，让他们感到不满。香港狭小的音乐空间同样令人窒息，因此他们萌生出三年后进军美国市场的想法①。5 个月前，在商业电台的采访中，家驹表示将来可能会暂停或放缓乐队的脚步。"其实我有另一个想法：就是当 Beyond 到了某种阶段，比如我们四个人在音乐上已经非常默契，做出来的音乐有那种融为一体的效果，我们就会暂停下来，做一些乐队以外的工作。比如阿 Paul 去做纯音乐唱片，我投身电影幕后工作，乐队的唱片可能就会每两年出一张。其实我很期待这一天的到来，因为大家并不是为了利益分开，只是合作太久之后，感到有一点沉闷，仅此而已。那么如何度过这个瓶颈呢？就是找一个时机，让我们各自去做一些平时没机会做的事。"② 不过，他们始终坚信乐队不会解散。"名利的冲击并不能动摇我们的友谊，金钱买不到真挚的友情。"家驹说。

---

① 卡交：《Beyond 定三年计划半隐退赴美深造音乐开拓市场》，《明星电视》第 214 期（1989 年 10 月 18 日）。
② 香港商业二台《叱咤开咪》，主持人：区新明；嘉宾：Beyond。1989 年 5 月 12 日。

*

北京演出归来后，乐队再没做过大型演出。于是，新一轮的演出计划被提上日程。一家名为大名娱乐的公司接下了乐队的演出计划。当时，登上红磡体育馆的舞台几乎是每个音乐人的梦想，但由于当时该馆的档期已经排到下一年，且 Leslie 认为乐队"在大舞台上的经验仍有不足之处"[1]，上一年在首都体育馆演出的情况就是一个例子。基于以上因素，乐队经理建议选择年底有空档的伊利沙伯体育馆。虽然家驹对这一安排感到失望，但面对媒体时他们还是表现得很和谐。在两三个月后的记者招待会上，当乐队被问到为什么会选择伊利沙伯体育馆而不是红磡体育馆时，家驹就回答说这是乐队的意思。"如果在红磡体育馆开，人数肯定会更多，可场地太大就不能与歌迷近距离接触，这并非我们所愿。所以选择在仅能容纳 2500 人的新伊馆更合适不过；而且我们纯粹是为了寻求音乐知音才开的演唱会，并非只顾钱包。"[2]

最初，乐队向外界发布的演出消息仅有三场，但当 10 月初售票工作启动后，七千多张门票即在一周内销售一空，速度之快令人难以置信。乐队经理和演出商见形势大好，决定临时加售两

---

[1] Leslie Chan：《真的 Beyond 历史（Vol.2）》，香港：Kinn's Music Ltd.，2013 年，第 25 页。
[2] 作者不详：《Beyond 拣新伊馆开演唱会 为了更加接近歌迷》。

场演出门票，结果五千张门票又很快售罄。可他们依然没有停下来的意思，而是决定继续加演两场，于是演唱会的时间被提前了两天。

与此同时，新艺宝希望乐队录制一张新专辑与演唱会同步发行，但 Leslie 认为时间紧迫，重录一张全新专辑会耗费乐队过多的精力，何况他们还有影片拍摄任务和演唱会要准备。于是他建议乐队将为别人所写的歌曲收回重新编曲灌录，因为那些作品的版权大部分都在新艺宝和键锋传音手中，重新灌录自然很方便。

1989 年 9 月，Beyond 开始录制乐队的第五张专辑《真的见证》。新艺宝启用旗下的制作人欧阳燊参与专辑的监制工作。他为专辑中的《无悔这一生》做了编曲，并弹了一段合成器。在下一张专辑里，他甚至直接替代了王纪华，成为 Beyond 的专业制作人。

另一位为专辑弹奏合成器的是家驹的好友周启生。家驹很欣赏周启生，曾多次邀请他合作，但由于团队意见不一，一直未能如愿。《Beyond Ⅳ》大卖后，家驹终于获得更多的话语权，于是紧紧抓住这次机会，一口气和周启生合作了四首歌。乐队的前队友刘志远和邬林也被邀请前来为《无名的歌》弹奏部分 solo。

除五集短剧《香港云起时》的主题曲《无悔这一生》和《吉星拱照》影片插曲《午夜怨曲》外，收录在《真的见证》里的歌曲都是 Beyond 的旧作，他们仅仅为《明日世界》重新填写了歌词。虽然《勇闯新世界》从未发行过，但也是一年前的作品了。

Beyond 对这张旧曲新编的专辑十分满意，因为《Beyond Ⅳ》

的成功为他们争取到了更多话语权。他们几乎全权控制了整张唱片的构思，尽情发挥着被压制已久的摇滚精神。吉他的音量被推到最大，solo 比以往更多，鼓点如暴雨般从前奏延至尾声。为了给《勇闯新世界》制造一种现场感，他们甚至特意将半年前许冠杰在政府大球场举行的"十万人大合唱"现场实况剪辑到这首歌的前奏和尾声部分，家驹在演唱结束时的两句谢词，更让人笃信它就是来自现场实录。在这张专辑中，他们最喜欢的歌曲是欧阳燊初次担任监制的《岁月无声》，他们甚至在很多场合都表示那才是乐队的心声。这是继《大地》之后另一首表现出强烈家国情怀的作品，它凝聚着无数人奋勇向前的愿望。

挑剔的歌迷和乐评人总算闭嘴了。虽然专辑封面依旧没有什么特点，甚至看起来像是《秘密警察》的正宗版本，但乐评人还是对这张专辑给出了好评。"原曲中不太协调的部分，经过 Beyond 的重新编排后，形成了一致的声音。重新编奏的作品偏向重型，乐器的演奏多了许多，这是 Beyond 在这张专辑中做得最好的一点。"

但专辑叫好不叫座，上市两三个月后就再也卖不动了，销量停留在 3 万多张。榜单上的成绩同样不怎么理想，更别说为他们揽下任何奖项。即便是好评如潮的《岁月无声》也只爬到了无线电视"劲歌金曲榜"的第 6 位；《无悔这一生》和《午夜怨曲》则是得益于短剧和贺岁片的热播，分别攀升至该榜单的第 3 位和榜首。但在其他排行榜上，它们连前 3 名也未能进入。

整个 1989 年夏天，Beyond 都是在繁忙中度过的。《Beyond

Ⅳ》7月出版后,紧接着就是一连串的宣传和采访。8月的每一天同样被安排得满满当当:拍电影,接受访问,参加小型演出,为杂志拍摄封面,为新专辑填词、编曲,甚至为"香港小姐"选美大赛做舞伴。[①] 有一天,乐队出席的活动甚至多达7场,其中现场演出就有3场。

接踵而至的工作几乎占据了他们全部的时间,根本找不到空闲停下来休息,想出去游泳或者度假都成了奢望。他们只能偶尔开车出去兜兜风,或躲在家里打游戏,但无论如何都逃不出城市的喧嚣与繁忙。这样的生活显然不是他们想要的。"金钱虽然能让人获得安全感,满足欲望,坐享其成,但我觉得最重要的是时间。有时间可以没有钱,但有钱却没时间就没有什么用。"家驹感叹道。

由于长期的疲劳和失眠,晚睡晚起成了家常便饭,但真正令其他成员苦恼不已的是家驹慢条斯理的性格。他们常常指责他:"你明明知道要迟到就别再磨蹭啦,一会要弄头发,一会又要收拾衣服,总有做不完的事情,快点出门吧。"这种时候他会不慌不忙地反问道:"如果我不收拾好,蓬头垢面提前一个小时到达会场也没什么用,你们不如等一下啦。"家强等人以为将约定的时间提前他就不会再迟到,但情况依然如故。终于有一次他提前到达了会场,但家强却因此遭到一顿臭骂。之后他们只好定下规矩:迟到一次罚款一百元,罚款所得用作乐队的日常开销。然

[①] 参见黄贯中《明星日记》,《明星电视》第205期(1989年8月17日)。

而,他的表现仍然令其他成员感到无奈,因为他宁愿交钱也不愿早早奔赴现场。有一次演出,他姗姗来迟,刚踏进房门,焦急的队友便对他指指点点,结果他拿出100块钱说:"吵什么吵,钱在这里。"

迟到的事情见诸报端后,家驹才渐渐变得守时起来。一些人认为这是一种成名后摆架子的表现,但家驹随即否认了这种揣测。"迟到的只有我,他们三个都很守时。因为工作繁忙,精神紧张,虽然很累却睡不着,可是第二天还有很多工作等着去做,所以只好吃安眠药,不料因此睡过头。现在我索性不吃了,眼睁睁等到天亮。"

自从上次合约风波之后,Leslie和乐队之间就出现了深深的裂痕,乐队成员基本不会和他谈论心事,因此Leslie对家驹服用安眠药的事情一无所知。后来当歌迷们问他,家驹是否会跟他谈论心事时,他说:"早期的时候不多,因为大家了解不深,而且我是他们的经理,谈心还是找朋友比较合适。后期稍微多一点,但都不是很深入。七八年来,我们的关系更多的是艺人和经理的关系。"[①]

虽然媒体的大肆渲染帮家驹纠正了迟到的坏习惯,但他的睡眠状况并没有因此好转,焦虑和不安依然占据着他的内心。"感觉夜晚真的很短,总是不够用。我通常喜欢在晚上听歌,如果无法入睡,我就会思考一些问题,或者想一些糗事吓唬自己。睡觉

---

① 参见Leslie Chan的微博,2011年12月5日。

最好是做梦，这样就能反映出生活的另一面。我自己就会经常做梦。那些梦非常强烈、非常荒诞，好像我的生活中隐藏了一些东西。"之后他开始操练起养生技巧，叮嘱自己多吃维生素 C，喝凉茶，或者在浴室里冲上个把小时——因为那里不仅比其他地方清静，长时间泡澡还能帮助快速入睡。

10 月中旬专辑的录音告一段落后，乐队重新回到了公众视野。20 日傍晚 6 点，九龙城区黄埔花园上演了一场名为"新艺宝群星演唱会"的演出。Beyond 作为当晚的压轴乐队直到 8 点左右才现身。虽然此前黄翊、柏安妮、浮世绘、王菲等都先后登场亮相，但 Beyond 的出现还是引起了一阵骚动。成群的歌迷涌上前去将他们团团围住，高喊着乐队里每一个成员的名字，甚至试图拉住他们索要签名，乐队一度被堵在商场门口。一个星期后，新艺宝为他们举行了"真的见证"演唱会的记者招待会，并在当天与大名娱乐签署演出合约。就这样，忙碌的十月伴着尖叫与批评迅速溜走了。

零零散散花了十多天完成新专辑的后期工作后，Beyond 于 11 月 23 日上午飞去了台湾。乐队此行的目的是参加台湾宝丽金"永远的朋友"的演出。这是 Beyond 第二次到台湾参加演出，乐队的处女秀是在 1986 年夏天的"亚太流行音乐节"上。三年不见，当地歌迷依旧热情未减。Beyond 登台时，天空中飘起了蒙蒙细雨，歌迷们掌声不断，跟着乐队一起欢呼。当晚 Beyond 表演的是《大地》《你知道我的迷惘》两首国语歌曲。后者是《真的爱你》的国语版本，歌词出自刘卓辉之手。最后，乐队和所有歌手一起合唱了演唱会的主题曲《永远的朋友》。翌日上午，乐队匆匆返回香港，然后一头扎进排练室，继续挑灯工作，因为10天之后还有7场演出等着他们。

*

12月5日，万众瞩目的"真的见证"演唱会终于在伊利沙伯体育馆拉开序幕，两千五百个座位无一虚席。乐队的新专辑《真的见证》也在当天同步上市。一个星期前的11月28日，乐队的第二本写真传记《真的见证》率先问世。这本传记记录了乐队六年的音乐之旅，以及他们各自的心灵感悟，比一年前的《心内心外》丰富得多。不过由于乐队忙于排练和录音，传记的大部分内容只得由 Leslie 执笔。

乐队的演出嘉宾是梁翘柏和刘志远组成的浮世绘，他们表演的歌曲是《忧伤都市》和《想和你共度两个良宵》（*Want U 2 Nite*）。为乐队伴唱的是年轻女歌手袁凤瑛和李安琪（Unique）。时年19岁的 Unique 出生于音乐之家，虽然刚刚出道，但家驹还是大胆邀请她参加乐队的演出，两年后的"生命接触"同样如此。前 Outsider 的鼓手李俊云和乐队的老搭档林矿培也加入演出的行列，甚至连 Gina 也前来为乐队担任临时化妆师。一切能用到的人脉都被用上了，这样既能保证演出效果，又能节省不少开支。

第一天晚上，家驹的家人全都来捧场了，此情此景令他们深受感动。过去家人并不看好他们在音乐上的前途，可如今他们做到了。周润发夫妇也光临了演出现场，他们还在乐队准备收拾乐器结束演出之际，加入了歌迷呼唤乐队返场的行列。

让乐队意想不到的是，现场除了无数青年男女和学生，还有不少十来岁的孩子和年长者。家驹后来表示，如果不是演唱会亲眼所见，他根本就不知道 Beyond 的追随者包括老、中、少三代人。不过，平时来参加乐队各种聚会的歌迷，依然是学生居多。"大概只有学生才会有这么多时间来参加我们的歌迷活动，其他人平时不得不打理家务或者工作挣钱，根本没有空闲。"阿 Paul 说，"不过演唱会就不一样了，至少他们能真正欣赏到乐队的演出，这比参加歌迷活动来得过瘾，而且他们也能体验到现场的那种热闹和震撼，这完全不一样。"[①] 媒体的一份民意调查显示，Beyond 已经成为一支深得民心的乐队。他们得知这一消息后都惊讶不已，完全不知道 Beyond 会如此受欢迎。

即便如此，第一场演出还是状况连连。登台前阿 Paul 发现他的拾音器不翼而飞，于是只好打电话紧急求助，让工作人员跑到他远在九龙的家中把备用拾音器快马加鞭带回来。可他根本没有充足的时间把设备调到理想状态，以至于弹奏《逝去日子》的过门时出现了失真。家驹的拾音器同样令人担忧，他甚至因为听不清反馈而弹走音。刘宏博在《大地》间奏时的突然出现，更是让观众感到莫名其妙，因为他们根本无法听清他所念的旁白，直到

---

① 作者不详：《Beyond 坚持开演唱会，不会牵扯太多商业利益》。

第二天晚上人们才得知那是一首诗，其中几句是这样的："像一枚迷失的种子/从它生根的地方/返回它诞生的土壤/大海，切不断它深延的根/高山，挡不住它望乡的眼。"

事后家驹如此评价第一天的演出："这场演出最令人不满的就是音响效果，乐队本来就要靠台上的拾音器来获取演奏回馈，但我根本听不清自己在弹什么。所以在这种诚惶诚恐的情况下，我只能小心翼翼地弹下每一个音符，自由发挥的机会受到极大限制。"

当然，令他们不满的还有现场的安保情况。场馆原本设有一些站位，乐队希望歌迷能够随歌起舞，但整个演出过程中他们却被禁止跳动，甚至连舞台也不允许接近。而9个月前，来自英国伯明翰的乐队杜兰·杜兰（Duran Duran）同样在该体育馆开了两场演唱会，家驹和几千名歌迷一起狂欢，站到椅子上边跳边看。可现在轮到他们登台时，情况就完全不一样了。"歌迷的互动比我们想象中的少，以前每次公开演出，歌迷都会争相涌到台前为我们鼓掌、欢呼，但这次就没有看到这样的场面，也许是台前的栏杆吓到了他们。"世荣说。

第二天的演出渐渐步入正轨，观众的反应也比前一天热烈。但家驹的手指不慎被伤到，两三天后才康复，所幸并没有影响到他的演奏。世荣从家驹那里吸取了教训，用药水胶布把指头一个个包起来，以防打鼓时伤到手指。①

---

① 参见《Beyond 后台》(Beyond Backstage)，《顶端》(*Top*) 1990 年 2 月号。

乐队最满意的是第三场，只可惜歌迷依旧不被允许靠近舞台。直到第七晚，乐队终于和保安谈妥，允许歌迷在演唱会接近中段时靠近台前。但由于前几天的严格戒备，即使家驹在唱完《秘密警察》后就暗示他们"今晚我们将会一直唱下去，只要你们不走，我们也不走"，观众的反应还是不太热烈。"我们已经连续玩了六晚，今晚是第七晚，但我始终感觉每场演出好像才开始几分钟，就结束了。也只有当我唱完的时候，才可以认认真真地看一下歌迷的表情，去揣摩他们的感觉。我不希望今晚像往常一样，等我们即将离开舞台，才可以亲眼看到他们的感觉。"家驹一阵长篇宏论之后，观众仍站在原位。经过好几次努力，观众才慢慢涌到台前，氛围也渐渐开始高涨。然后他语重心长地说："乐队今年的音乐之旅给我们留下了深刻印象，接下来的两首歌，送给每一个流着中国血，或者为中国流过血的朋友。"他们唱的是《一无所有》和《大地》。

最后一晚演出临近结束时，Beyond上演了惊心动魄的一幕。家驹和阿Paul抡起吉他，相互砸了起来，阿Paul甚至还在台前的音响上来回拉动吉他，观众都被他们惊呆了。"我原本觉得那是一件很有意思的事情，但全场歌迷突然安静下来，瞪着我们直看。"阿Paul说。随后他们二人纷纷将吉他砸烂在舞台上，但演出并没有就此结束，他们还有最后一首歌——《昔日舞曲》。家驹对观众的反应显然有些不满，开唱之前，他说："我们不是破坏，我们是用理性去宣泄压抑了很久的感情，对吧？我们是守规矩守秩序的，对吧？为什么要怕我们呢？"

事实上，当演出即将结束的那一刻，家驹的心情比谁都复杂。因为自从《秘密警察》大获成功并直接签下新艺宝之后，他们自我支配的权利就被压缩到极致。他们内心都有一肚子苦水，砸烂吉他也许就是对这一切的抗议。

邬林回忆说："演唱会结束后我们回到排练室，他拿着那把断了一半只剩下琴头的吉他笑，很兴奋的样子，但他的笑容里带着尴尬，似乎有些不舍。开心的背后好像藏着一些很隐晦的东西，一个吉他手将自己心爱的吉他砸烂会是什么感觉呢？"家驹砸烂的这把吉他，正是他积攒了几个月工资才买到的那把红色芬达，也是他的第一把电吉他，经他和邬林改装后，一直陪伴他至今，他对它倾注了太多的感情，现在他亲自将它毁掉了。"当我看到他在台上将这把吉他打烂时，我的感觉非常复杂，既可惜又兴奋，因为要将一把很有纪念性的吉他砸得粉碎，需要进入一种热血沸腾的忘我境界。作为一名吉他手，我就没有这样的勇气。"

经过7天的通力配合，"真的见证"终于完满收官。几天下来，他们都瘦了一圈，不过并没有感到特别疲惫，因为他们都沉浸在演出的快乐中，这比待在录音室好多了。虽然总体情况不尽如人意，但他们总算"做了自己想做的事"，并且"给了现场歌迷一个交代"。

每天前来跟踪采访的媒体络绎不绝，他们几乎成了整个香港乐坛的焦点，因为还从未有过哪支乐队或哪位歌手连续举行过场数如此之多的演出。虽然他们在公众面前已经有点偶像派的意味，但"真的见证"无疑奠定了Beyond作为香港摇滚现场表演之王的地位。从此以后，媒体也开始对他们不吝溢美之词，认为他们"前途无量"。不过，家驹还是谦虚地说："演唱会只代表Beyond的阶段性成果，不能说是成就，因为将来的路还很长。"毕竟这还远远没有达到他们的目标——"成为一支顶级乐队"。

"真的见证"结束第二天，演出商为 Beyond 举行了一场庆功宴；之后他们稍作休息，便投入到《吉星拱照》的宣传中。经过一年马不停蹄的工作，乐队的努力终于开花结果。刚刚发行 20 天的《岁月无声》进入了平安夜揭晓的本年度第四季"十大劲歌金曲"的名单；翌年 1 月 18 日《吉星拱照》上映后，他们为影片所写的插曲《午夜怨曲》也出现在了榜单上。虽然乐队在商业电台颁发的"叱咤乐坛最佳组合"中只得了银奖，但《真的爱你》却为他们斩获了"十大中文金曲"和"十大劲歌金曲"两项大奖。虽说结局并不完美，但未来仍有无限可能。

"几个小时之后我们将会踏入九十年代，并且面临着未来很多大时代的变迁。我们会积极面对将来的变化，以年轻人的冲劲、毅力和恒心去迎接未来的所有问题。"在一场跨年摇滚沙龙上，家驹如是说。接着，1989 便在他那沙哑的歌声中渐渐遁入历史。

第六章

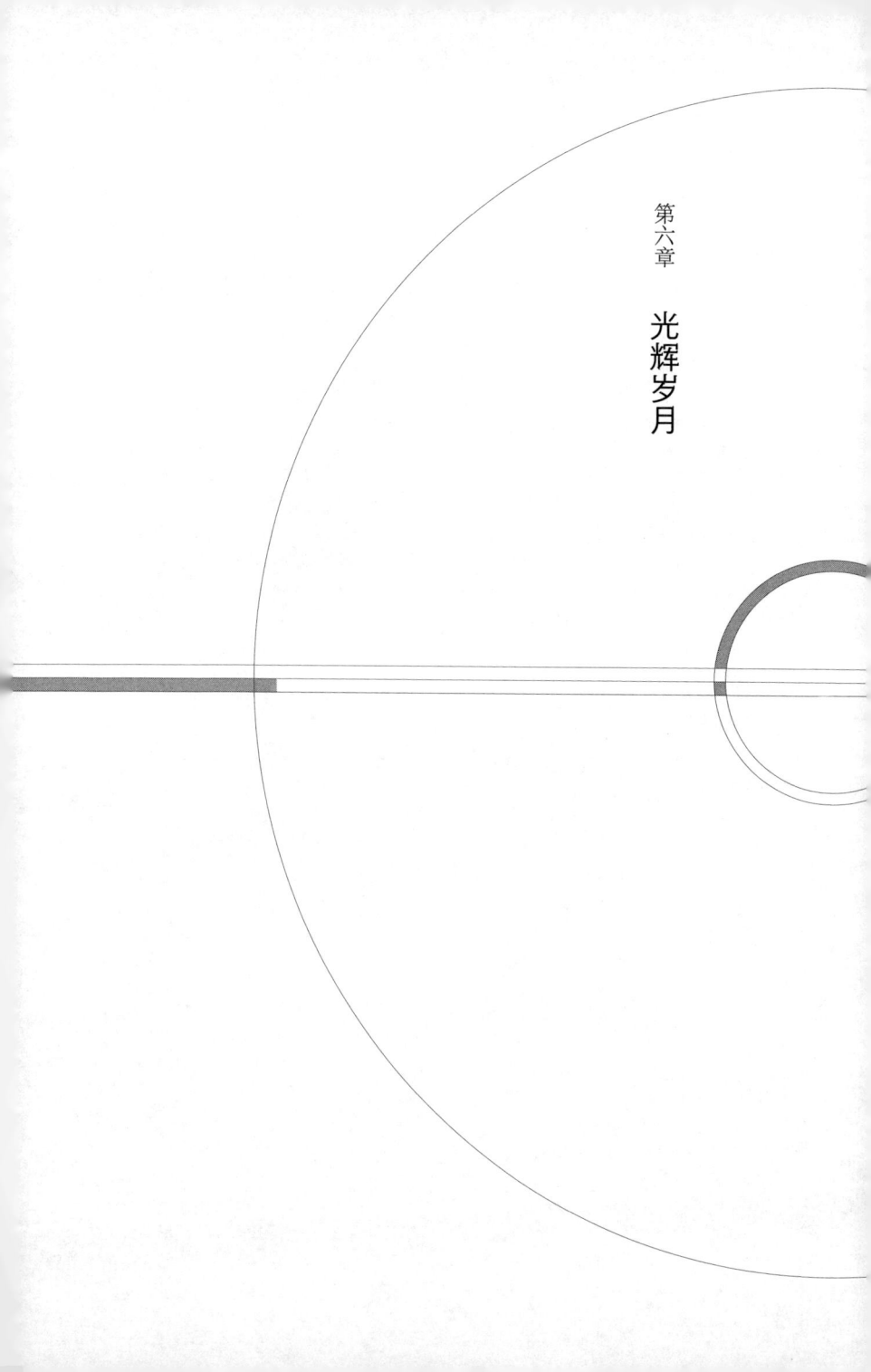

光辉岁月

Ⅰ 爱无疆界

对 Beyond 而言，20 世纪 90 年代的第一个年头注定是不平凡的一年。这一年可以说是乐队的影视之年，他们和著名导演黄百鸣签下了为期两年的三部影片约，还推出了一部自传音乐特辑。家驹则因为新几内亚之行，思想发生巨大转变，这种变化则直接影响着乐队今后的创作。

Beyond 蒸蒸日上的发展态势，吸引了大部分导演的目光。他们先是受邀为电视剧《笑傲在明天》创作了主题曲《谁来主宰》和插曲《无泪的遗憾》，然后又在一个星期内为杜琪峰导演的电影《天若有情》写了《灰色轨迹》《未曾后悔》《是错也再不分》三首深情的歌曲。同一时期，嘉禾电影公司还邀请他们为引进的动画片《忍者龟》配音。虽然是初次配音，但 Beyond 并未感到不适，相反，他们都很享受这一过程。"配音和演戏一样，都很有趣。不过配音是待在配音室里进行，没有人看着自己，也不用对准摄影机，所以会更加放松，配音也会更自如。"家驹说。他们仅仅用了五天时间就完成了全部的配音工作，嘉禾开出的价钱也很公道，家驹表示愿意继续为其工作。

《开心鬼救开心鬼》（*Happy Ghost IV*）是乐队三部新片约中的首部电影。影片为他们所扮演的角色各安排了一位女友，于是，开机前，乐队发布了一则招募四名"女友"的广告，要求是"希望她们头发有长有短、有卷有直，身高不要超过"他们。消息一经发出，应征资料像流弹一样飞来；可烦恼亦随之而来，因为4000多份报名资料大都来自歌迷。她们中的一些人信以为真，连自己的三围、爱好等资料都统统寄了过来，甚至每天还有无数询问是否被选中的来电。影片最后启用的女朋友是"开心少女组"的四名成员，被选中的几位女歌迷仅仅充当客串的角色。男一号和女一号则分别由黄百鸣和年轻女演员杨宝玲担任。资深词曲作家黄霑也为该片友情出镜，扮演一名法官。

虽然Beyond的志向是音乐而非电影，但此次合作还是非常愉快的。连同为影片量身定制的主题曲《战胜心魔》和插曲《文武英杰宣言》，他们总共拿到了50万元的酬劳。这几乎是他们过去大半年的收入。电影带来的好处是让他们更加广为人知，同时获得不菲的收益。他们都很清楚，只有先牺牲一些时间赚到足够的钱，才能全身心投入音乐当中。

Beyond打破了摇滚乐队在黄百鸣心中的刻板印象，让他认识到摇滚并不仅仅只有愤怒和呐喊。"我们合作的第一部电影是《吉星拱照》，不过当时他们的戏份不多。拍《开心鬼》第四集时，我突然改变想法打算找几个年轻人来拍，于是我找到了 Beyond，因为前三集都是'开心少女组'。以前人们总以为摇滚歌手很难搞定，但恰恰相反，在整个合作过程中，他们的表现出乎我意料。他们非常守纪律，而且非常努力、谦虚，一点架子也没有。尤其是家驹，他成熟稳重，有很强的责任心和领导力，其他成员都把他当大哥。如果有什么事情要和他们商量，只需要找家驹，他一个人就能搞定。"

该片导演高志森对家驹也有类似的评价。"无论什么事情，比如几点有通告、几点进录音室或几点拍摄，只要给家驹说就行。即便是很复杂的事情和要求，三言两语他就能理解。他话不多，反应常常是'没问题''一定尽力''搞得定'，从来不会推脱。""你以为他漫不经心，但事实上并非如此。在《开心鬼》里家强有一个被钢丝绑住倒吊在露台外逼供的镜头，当时我一叫'Cut'，家驹就奋不顾身一个箭步冲上去，大半个身子扑到窗外将家强拽回来。我被他的举动吓得目瞪口呆，心都快要跳出来了。我明白他爱弟心切，担心发生意外，但那也实在太危险了，我非常感动。他表面上很冷静，反应平淡，实际上他是个很上心的人，尤其对他的几个哥们爱护有加。"[1]

1990年初夏，新艺宝唱片成立5周年之际，该公司旗下的歌手共同出版了一张名为《新艺宝五周年纪念》（*Cinepoly 5th Anniversary*）的专辑。除家驹为纪念活动所写的《唱不完的歌》

---

[1] 高志森：《领导者黄家驹》，《明报》2006年10月29日。

外，专辑还收录了王靖雯的《不可多得》、黄翊的《我已坠入爱河》（*I'm In Love*）以及 Beyond 的《太阳的心》等十首歌。两个月后，《太阳的心》跻身香港电台"太阳计划"活动的主题曲。虽然此时 Beyond 已是新艺宝乃至香港乐坛的王牌乐队，但他们并未得意忘形。"没有新艺宝，就没有 Beyond 今天的成绩。"阿 Paul 说。尽管两年中有些事情让他们有失尊严，但他们和公司，特别是和陈少宝的感情日渐深厚。年初陈少宝被调至母公司宝丽金担任新职务，家驹在"十大中文金曲"颁奖典礼上就表达了不舍之情。他满怀深情又半开玩笑地说："感谢刚刚抛弃我们，不理我们，不再和我们玩的陈少宝先生把这个奖颁给我们。"此后由于跟新任总经理的理念分歧较大，乐队的发展不再像前两年一样顺风顺水，甚至已是危机四伏，致使双方之间的续约不再成为可能。

  但其中最主要的原因，还是台湾滚石唱片的介入。开辟台湾地区、东南亚、日本乃至美国市场一直是乐队的梦想，上一年参加"永远的朋友"演唱会后，台湾终于成为他们实现梦想的第一站。Leslie 与滚石唱片达成协议，为后者在香港"成立并管理一家新的经纪人公司"，于是劲石娱乐（Kinn's Management Ltd.）顺势而生。随后，Leslie 将键锋传音旗下所有的艺人全部转签到劲石娱乐，键锋传音与新艺宝随即出现合约纠纷。作为 Leslie 手中的王牌乐队，在这场纠纷中，Beyond 难免受到牵连。[①] 不久，

[①] 参见 Leslie Chan《真的 Beyond 历史（Vol.2）》，香港：Kinn's Music Ltd.，2013 年，第 44 页。

浮世绘也因为不满新艺宝新任领导的处事风格，提前解除了合约。

　　三年前成立的 Beyond 国际歌迷会不尽完美，并且由于该歌迷会负责人即将移民离港，因此乐队决定改组歌迷会，以便更好地和歌迷进行沟通。1990 年 4 月 8 日，"Beyond 歌迷俱乐部"正式成立，在当天的典礼上，乐队为歌迷献唱了几首歌。整个四月，除了参加"饥馑三十"的活动外，他们都在拍电影，每天的日程都被安排得满满当当。

　　5 月 13 日母亲节当天，商业电台为倡导"回归音乐大自然"推出限量版《绿色自由新一代》合辑，并于同月 26 日在伊利沙伯体育馆举行了一场"绿色自由新一代音乐会"。该活动的发起者是商业二台 DJ 黄志凉和区新明等人。他们都曾是乐手，对原创音乐满怀尊重和期待，日益恶化的生态环境也是他们尤为关心的现实问题。唱片收录了 Beyond 为活动量身订制的《送给不知怎去保护环境的人（包括我）》，几个月后，这首歌被重新改编成国语版收录在乐队的首张国语专辑《大地》中。参与此次活动的还包括太极、达明一派、浮世绘、Fundamental、City Beat、草蜢等九支乐队组合，唱片同样收录了他们的作品。

　　6 月，家驹和队友们一起出席了第六届嘉士伯流行音乐节的记者招待会以及浮世绘的音乐会。月底，乐队新专辑的录制工作正式启动。

　　整个 1990 年夏天，Beyond 几乎成了香港乐坛的焦点。收录有 Beyond 三首歌曲的《天若有情》电影原声 EP 于 6 月中旬推出，5万张唱片很快被一扫而空，家驹主唱的《灰色轨迹》在几个排行榜上亦表现不俗。月底，《开心鬼救开心鬼》播出后，Beyond再次成为荧幕焦点。在当月25日创刊的同名杂志《开心鬼》（*Happy Ghost*）上，Beyond毫无悬念地成了创刊号的封面人物。影片的配乐《战胜心魔》EP也于7月强势推出。这首歌虽然有一种阴森、恐怖之感，却备受欢迎，很快攀升至"劲歌金曲"榜单第3名的位置，并成为该榜单第三季"十大劲歌金曲"唯一入选的乐队歌曲。

然而，这个夏天也是Beyond最劳累的一个夏天。他们不是在排练，就是在片场、电视台和录音棚之间穿梭。电影的卖座和频繁的发片并未给他们带来足够的快乐，他们甚至心生厌倦，因为这些工作占用了他们太多时间，乐队的创作量大不如前。另一方面，他们已经整整一年没有休假，每个人都疲惫不堪。家驹说他希望抽点时间"环游世界"，他"最想去的是欧洲、印度、埃塞俄比亚等拥有神话传统的地方"。这种倦态在年龄最小的家强身上表现得最为明显。"放假，"家强说，"最大的目标就是放假。"三个月前，阿Paul在26岁的生日会上，也表示最大的愿望就是放两个月的假赴欧旅游。

乐队主演的第一部电影《开心鬼救开心鬼》于6月30日在香港上映，三个星期之后又相继登陆台湾、新加坡和马来西亚等地的各大院线。收录12首粤语歌曲的精选专辑《昔日今日明日》也在新加坡和马来西亚同期发行。在影片的强势助攻下，这张精选集卖出了将近10万张。7月26日，Beyond一行八人飞抵新加坡，他们在那里探访军营、会见歌迷、接受采访，竭尽全力为电影和专辑宣传造势。

虽然 Beyond 在音乐方面一直以反叛著称，但每次外出宣传、演出，他们都不会像西方摇滚乐手那样趁机和女歌迷厮混，或趁机吸食违禁物品，而是一心一意把工作完成，然后抽空在当地度假。他们比谁都规矩。"在新加坡宣传时，当时我们已经化好妆准备上电视，然后家驹掏出香烟说：'我想抽支烟。'电视台职员说：'我们电视台有吸烟区，但很远，不过如果你们去后面的楼梯间，我可以假装看不见。'但家驹却说：'我们去吸烟区。'几分钟后，我看到了一个这辈子又好笑又难忘的画面：从高处往下看去，几个家伙站在一个小白圈里吸烟聊天。新加坡电视台就在空空荡荡的偌大的露天停车场尽头，那个小白圈只够站三四个人，圈内就是吸烟区。整座电视大厦的人都能清清楚楚地看到谁在吸烟，画面非常搞笑。我终于明白职员为什么会提出在后楼梯间吸烟的建议。然而我却深深感受到家驹的教养：理性、守规矩、尊重他人。"高志森说，"我和他就是剧组与 Beyond 的唯一接头人，我最欣赏他替人着想、不吵不闹、不搞对抗、不挑动仇恨。"[①]

在新加坡逗留了两天后，28 日早上，Beyond 直接飞去了吉隆坡。让乐队感到意外的是，虽然他们从未到过马来西亚，也从未在这里发行过唱片，马来西亚的拥趸却如此之多。很多歌迷早

[①] 高志森：《记 Beyond 家驹一件事》，高志森脸书，2020 年 3 月 12 日。

早来到酒店前台,排队签名,献上礼物。在这个华人聚集的国家,他们有一种宾至如归的感觉。

乐队每到一处,总是人山人海,总有鲜花和礼物。在金河广场宣传时,舞台所在的底层大厅被挤得水泄不通,一楼到三楼的楼梯和走廊站满了各色各样的学生,他们甚至挤破了大厅里一块巨大的玻璃镜,部分店铺不得不提前打烊。第二天在槟城的情形更加疯狂。阿Paul说:"我们在一家商场开了一场小型记者招待会,竟然引来几千名影迷围观,当地护卫竟然要出动枪械和藤条来驱散人群,那种场面实在太夸张了。我们只好提前结束聚会,以免再度引发骚动。"[1]

宣传工作于7月30日告一段落,乐队终于如愿以偿给自己放了假。当天家驹回到香港,带着Gina飞去了东京,阿Paul等人则继续留在新加坡休假。媒体对家驹的恋情一直穷追不舍,但他从未正面回应过此事,要么以认错人搪塞过去,要么放烟雾弹转移话题。有一次被问及是否正在和Gina恋爱时,他先矢口否认,接着便大放烟雾弹。"我是一个非常情绪化的人,和我谈恋爱的女孩都会很不幸,所以根本没有哪位姑娘喜欢我,除非她是那种具有中国传统美德的人。"记者问他是不是眼光太高了,他却说:"其实我们挑选女孩的眼光并不高,只要她懂得尊重和体谅我们所做的工作就可以。但恋爱之后难免就会失去自由,所以这是一个很麻烦的问题。"[2]

---

[1] 乔哀斯:《Beyond成员驿马星动一再外出》。
[2] 《Beyond公开成功之道》,《青春》1990年第6期。

电影带来的最明显的效益就是金钱和名声。过去三年半，乐队共计出版了六张唱片，30 万左右的销量为他们带来了大约 120 万的收入，人均每年只有 9 万左右，跟写字楼文员没有什么差别，但进军影视圈后，情况就变得完全不一样了。

虽然乐队的经济状况有所改善，但他们并没有人们想象的那么富裕。家驹半开玩笑地说，即使将全部收入归于一人，也仅够买两层楼。钱包变鼓唯一的快乐是花钱不用再蹑手蹑脚，可以随意购买喜欢的乐器，而他们最不吝啬的就是在乐器上的投资。家强说："最明显的变化就是生活质量的改善，买乐器再也不用像以前那样羞涩。很多人蜂拥在我们周围，并没有给我们带来太大的喜悦。当然，得到他们的支持我们都非常开心，尤其在演唱会上看到他们时，我们会很高兴，因为演出时他们会和我们互动，那真是一件非常令人高兴的事，所以我们会卖力演唱。"

成名后，Beyond 依然保持着朴素的生活作风。从他们以往的相片中不难发现，一两年间他们都穿着同一件衬衫；饮食方面也是如此。"每晚做完演出，家驹都很喜欢去他家附近的一间饭店吃饭。他喜欢吃普通的饭菜，尤其是盒饭，这可能跟他的平民出身有关。"乐队 1989 年至 1991 年间的助理龚建中（Daniel Kung）回忆："家驹一点架子也没有，脾气很好，从来不会骂我们。倘若他不同意你的看法，他会坐下来和你慢慢大谈道理。他永远都很有想法，虽然他学历不高，却非常敏锐，最重要的是他会将这些想法在歌曲中表达出来。"阿龚还兼任乐队的司机，只要有工作，他首先去接的就是家驹。"很多时候我都会坐着等他换衬衫，然后和他东拉西扯，感觉就像一个老朋友。"

除此之外，家驹也格外关心香港乐坛的发展，尤其是新晋乐队的生存状态。"家驹认为香港不应该只有 Beyond 和太极两支乐队，因为这样的音乐生态很不健康，所以他一直希望振兴香港乐坛。四五年来一直自掏腰包资助那些有志投身摇滚乐却缺乏资金的年轻人，他希望帮助他们达成理想，也为乐坛出一份力。"雷宇扬说，"他热爱音乐、尊重音乐，是一个真正的音乐工作者。最难得的一点是，他淡泊名利，从不计较是不是山珍海味，就算只有一个面包，也可以过一天。"[1]

雷宇扬和家驹相识于无线电视台的"劲歌金曲"节目，彼时他是该节目的一名新晋主持人。虽然隔三差五都会因为工作见到彼此，但真正拉近他们距离的是某次"欢乐今宵"的录制现场。"因节目需要，那天晚上我把脸涂得漆黑，由于是直播，所以换妆的时候我飞奔着跑进化妆间，正当我到处寻找纸巾和卸妆膏时，家驹突然从我背后把这些东西递过来，还帮忙擦拭。"家驹的举动让雷宇扬深受感动，没多久他们就成了好朋友。有一次吃完饭，在座的一位朋友顺手拍下了一张他们的合照。家驹很喜欢那张合影，他还特地把相片洗出来，将旁边的人都剪掉，然后送给雷宇扬。在那张相片里，雷宇扬做着鬼脸，家驹则满脸轻松地坐在他身后。为此家驹常常半开玩笑说："我当然要坐在你后面，我要做时代的见证人，看着世界改变。"

---

[1] 完治：《每次解囊不少于五位数字 常掏腰包资助年轻音乐人》，《明报周刊》第 1286 期（1993 年 7 月）。

令雷宇扬佩服的还有家驹的气度。虽然此前传出过家驹成名后摆架子的新闻，但事实并非如此。"通常我们都是表演结束才会去吃饭，会很晚，有时甚至是晚上十点半左右。那时我刚刚认识家驹不久，有一次，我们做完'劲歌金曲'的节目，一起去尖沙咀的一家五星级酒店吃饭，权当宵夜，家驹点了一碗一百多块钱的牛肉面。吃完之后才赫然发现汤里面有一只指甲般大小的蟑螂。然后一片哗然，唱片公司的中高层都说，有没有搞错啊，五星级酒店，然后开始抱怨起来，并声称要把服务生叫过来。家驹却说：'算了吧，都已经吃了，不用骂他啦，不关他的事，算了吧。'我突然觉得，哇，什么叫大佬，这才是大佬。从这件小事你可以看出他的度量非同一般。二十多岁的年轻人很少能做到这样。从那天开始，我就觉得跟这种人做朋友一定会获益良多。而且他又帅，又有型，在音乐上我们也做不到像他那样好。"[1]

成名并未让 Beyond 获得多少快乐，他们甚至有点为名声所累。家驹就曾抱怨："我们已经没有了私生活，即使是平时，也需要精心打扮才能出去，穿短裤上街的日子一去不返，真的很麻烦。"此外，他们还不得不按照唱片公司的要求写歌，出席各种无意义的活动。在这些令人厌恶的斗争中，唯一的收获仅仅是"在音乐上学到了多种表达情感的方式"，但也因此"失去了一些自我"。

令人头疼的还有歌迷和影迷的骚扰。二楼后座和乐队所在的

---

[1] 2013 年 6 月纪念家驹访问，网址：https://v.qq.com/x/page/g0323ijlfrq.html。

录音棚附近，常常能看到三五成群的狂热拥趸，实在等不到他们出现，就在墙壁上画满各种涂鸦和祝语，甚至偷走乐队排练室的钥匙，顺手牵羊把一些小东西拿走当纪念品。由于歌迷的打扰，Beyond不得不频繁转移阵地，但即便如此，没几天歌迷还是会找上门来，最后他们索性不再搬家了。

家驹向来喜欢在深夜工作，有时候半夜还会接到歌迷让他盖好被子的电话。而当他还在睡梦中时，一些不明来历的电话又会把他吵醒，有些人甚至接通电话后什么也不说，傻笑一阵便将电话挂掉。更离谱的是，有些女歌迷还会在世荣家门口守上一天一夜，跪下来求他和自己在一起。"通常人们可能都会觉得鼓手比较豪迈，但阿荣私下说话总是细声细气，非常斯文；尤其是当他对女孩说话时，完全就是另一个人，语调变得很温柔。只要看到阿荣变成这样，就能判断有女孩在附近。经常有很多女孩子围着他转，她们见到他会表现得非常开心。真是令人嫉妒。"阿Paul说。

然而，当阿Paul遭遇类似的事情时，就没那么浪漫了。有一次他等出租车时被一位女歌迷认了出来，对方便冲上去将他紧紧抱住。阿Paul试图摆脱，但发现她的力气实在大得惊人。最后在路人的帮助下，才挣脱那位女歌迷的缠绕，然后悻悻地逃走。"这件事让我既难堪又愤怒，我希望歌迷爱护我们的同时也要学会自爱。"某次忆起此事，阿Paul仍心有余悸，他说："歌迷对Beyond的拥护和爱戴，我们非常感激。乐队能做的就是尽力做好音乐去回报。不过，我们也非常希望歌迷能给我们一点私人空间，我们也是人，有自己的隐私权。"

为此，乐队不得不在报刊上发出抗议，呼吁歌迷"最好把查地址、打电话、在录音室附近徘徊的时间花在学习上"。因为他们中大部分都只是十五六岁的学生。"歌迷支持我们，我们同样爱护歌迷。但我们并不希望他们耗费过多的时间在这些无谓的事情上，更不希望因此影响到他们的学业。尽管如此，还是有歌迷告诉我们，他们逃课仅仅是想见我们一面。"家强说。虽然他们深知没有歌迷的支持就没有乐队的今天，但他们还是表示，"我们真正渴望的是那些热爱并懂得欣赏 Beyond 歌曲而不是给乐队带来烦恼的歌迷"[1]。

声明并未起到任何效果。只要他们出现，依旧是围追堵截和蜂拥而上；就算他们驱车快速离开，歌迷仍然会狂追不舍。其中有个体型彪悍的女歌迷给 Beyond 留下了深刻印象，她被他们称为"炮弹"，常常出现在乐队的演出现场，也是那群追车族里最能冲锋陷阵的一个。"她有个坏习惯，"世荣说，"她会利用她的身形，像保龄球一样撞向其他歌迷，很轻易就能把别人弹开。"

眼见歌迷的种种疯狂行为，家驹等人不仅没得到什么快感，反而心生怜悯。"有一次，'劲歌金曲'颁奖典礼结束后，他们顺道载我一程，"黄志淙说，"坐上车后，我们发现一群歌迷在后面狂追不舍。然后家驹小声说：'不要追了啊，小心车撞到你们。'其实隔着玻璃，外面根本听不到。他真是一个很有爱心的人，当

---

[1] 莎莲娜：《Beyond 盼歌迷勿太热情》，《玉郎电视》第 675 期（1990 年 9 月）。

时他已经是一个超级巨星,却很怜惜那些歌迷。"

Beyond当年的一位女歌迷同样证实了这一点,她说:"每次见到家驹我都会向他告状,我在看演出时不是被人撞就是被人骂,他总会劝我说,要是非分明,最后简直说到我无地自容。有段时间我们一群歌迷常去二楼后座等Beyond现身,但出入那栋楼的人鱼龙混杂,家驹很担心我们的安全,每次都发疯似的让我们赶快回家。有时我也会去他住的苏屋邨,同样会被他骂得狗血淋头。他真的是用心良苦,非常关心歌迷的安全。"①

有一次家驹忍无可忍,终于把那群举止粗暴的歌迷臭骂了一顿。"那天我们演出完准备上车离开,可是歌迷很疯狂,"家强说,"他们一起撞车,把车身都撞凹进去了,甚至有人爬到天窗那里想要进到车内,另一些则准备把车抬起来。结果他一下打开车门,就开始骂,样子很凶,手指四处点:'你们知不知道危险?你们是想把别人公司的车撞坏,是吗?'那些歌迷看上去都受到了惊吓,很害怕的样子,然后我们才得以上车走人!"②

由于Beyond的歌迷走到哪里就破坏到哪里,因此很多场馆都拒绝为他们提供场地。乐队定于11月举行的歌迷会,就是出于这样的原因最终只得到香港演艺学院勉为其难的肯允。乐队下一年计划在政府大球场的演唱会申请同样遭到了拒绝,理由是歌迷会踩烂球场的草坪,于是他们只好移师红磡体育馆。"我们快

---

① 《唐宁动真情喊揽大哥哥》,《太阳报》2008年6月8日。
② 黄长洁、丁妍:《黄家驹逝世15周年:Beyond三子忆家驹旧日》,《南方都市报》2008年6月9日。

要被列入黑名单了，"家驹无奈地说，"无论在什么场合，我们的歌迷都会造成混乱，似乎 Beyond 乐队最不听话。"① 更疯狂的是，为了维护彼此的偶像，Beyond 的歌迷和草蜢的歌迷不惜对骂，甚至大打出手。奉劝无效后，乐队只好不再理睬那些多事的歌迷。"我们很能理解歌迷崇拜偶像的心理，因为我们也是从那个阶段过来的。但如果歌迷不能自律，将会非常令人失望。"② 家驹说。

*

1990 年 8 月 2 日，家驹随"爱心第一旅"飞去了巴布亚新几内亚首都莫尔兹比港。该计划的发起者是香港电台和香港世界宣明会，其宗旨是帮助那些贫困地区的人们。家驹便是受香港电台之邀与他们一同前往。经过 9 个多小时的长途飞行，探访团一行十人终于在翌日清晨抵达目的地。放眼望去，全是陌生的黑色面孔。"突然感觉自己来到一个完全没有归属感的地方。"③ 家驹说。

莫尔兹比港虽是新几内亚的政治、经济、文化中心，但贫民区仍然随处可见。这里的一切都深深地冲击着家驹的内心：饥饿、贫穷、疾病、死亡，如影随形；然而他们并未被生活击垮，生命的热情依旧强烈。每当探访团抵达贫民区、学校、医院和教堂中的每一处，人们都用最热烈的仪式欢迎他们，用最好的饭菜

---

① 猫儿：《Beyond 成名的代价》，《新电视》第 848 期（1990 年 4 月）。
② 《大地拼凑时代凌乱的音符》，《青春快递》1991 年 11 月。
③ 黄家驹：《我在新几内亚的日子》，《青年周报》（香港）1990 年 8 月 16 日。

招待他们（虽然只有一点点肉末和青菜）。每个人的眼里都流露出真挚、好奇的神色；尤其是那些穿着破烂的孩子，他们的天真感染着家驹。他仅仅弹唱了几首歌，他们就被深深地吸引了，然后如影随形地紧跟在他身边。那些在香港稀松平常的事物，在他们眼里都成了稀世珍宝。

触动家驹的，还有教堂里的拥抱。他为他们弹唱完《真的爱你》后，他们逐个走过来和他拥抱，这令他错愕不已。那种和另一个国度、另一种肤色的人的拥抱，那种触电的感觉，击中了他的灵魂。"他能感觉到人与人之间的那种关怀。"Leslie说，"家驹看到我的时候，很自然地过来抱着我，那一刻我感觉和家驹之间的误会完全消失了。我真的很感动，至今我还清楚地记得跟家驹的这个拥抱。"[①]

远离尘世的喧嚣，家驹终于有机会和自己独处，安安静静地感受和思考身边的一切。过去，他几乎每天都生活在群体之中，和同样的人共事，但现在不同了，他不必再为自己的身份所累。虽说他还不至于把自己看成他们中的一分子，但饥饿、贫穷、疾病和死亡已经刷新了他对生命和世界的看法。关于未来，关于音乐，关于人与人甚至国家与国家之间的关系都被打开了，他知道，他的生活并不仅仅属于他自己。

家驹收养了六个当地的孩子，分别用"Beyond"的六个字母为他们取名。他将连续为他们提供资助，直到他们成年。除此之

---

① 《黄家驹不死的乐与怒 缅怀一代摇滚灵魂人物》，《东方日报》2013年6月29日。

外,在 Leslie 的提议下,Beyond 决定成立"第三世界基金会",以帮助"第三世界"的贫民。虽然行动最初都是为了树立乐队的慈善形象,带有一种宣传色彩,但他们的的确确在行动。因为爱不是口号,而是有血有肉的付出。1990 年 11 月 11 日,"第三世界基金会"正式成立,其宣言是:"献出爱心,关怀人类,热爱生命,关注未来。"

"到现在为止,我仍然无法忘记非洲国家那些贫苦人民。与他们相比我们实在太幸福了。如果幸福不是偶然的,那我们就应该好好利用我们的资源去帮助那些需要我们伸出援手的穷苦人民。"家驹说,"以前总以为人生有许多东西要追求,但当你每餐都受到饥饿的威胁、死亡的紧逼时,你就会发现,其实人生并没有什么大道理,能保住生命,才是最重要的。"①

基金会的资金来源包括乐队的演出、写真版税以及歌迷会。其中歌迷会是最有望带动的广泛力量,如果他们能"把买礼物、鲜花送给乐队的钱存起来捐给'第三世界'的儿童",那就再好不过了。家驹说:"我倒是希望借歌迷的爱慕之心,带动他们为社会做一些有益的事,这样一来还能让我们的社会更重视年轻人!"不久,《再见理想》的母带也被乐队捐给了基金会,这张由劲石娱乐重新发行的唱片,为基金会筹到了 600 多万的善款。

---

① 大乔:《Beyond 不敢碰爱情》,《大众电视》第 800 期 (1990 年 8 月)。

*

8月6日家驹回到香港后,还没来得及休息就再次扎进录音棚为新专辑工作。他们的自传体音乐特辑《Beyond 劲 band 四斗士》也在同期开拍。这部原名为《青春无悔》的音乐特辑呈现了 Beyond 从"地下"到万众瞩目的奋斗历程,常常被当作快速了解 Beyond 的入门指南。其中还穿插了对陈少宝、刘志远、达明一派、泰迪·罗宾以及家驹姐姐黄小琼等人的采访,不过最让歌迷们激动的还是那段关于家驹前女友谈论他们分手原因的内容。由于她仅仅露出了一个模糊的身影,因此很多人都误以为她就是家驹的初恋女友 Gari。但家驹告诉 Gina,那其实是请来的女演员。

当然,片子并没有停留在回忆甚至虚构过去的层面上,他们还关心着香港乐坛的未来。当他们在影片结尾谈到各自的音乐理想时,家强说:"我希望我们的音乐能被接受,同时希望香港乐坛不要再滥用外国歌曲,重视一下本地原创。""香港应该有自己的原创音乐,因为只有原创才能代表自己。"世荣补充道。阿 Paul 则希望有朝一日能听到别人说"我是听 Beyond 的歌长大的!""如果香港歌迷能够以喜欢歌星或尊重歌星的心态来对待音乐创作人,那我们就很满足了。"家驹说。

《Beyond 劲 band 四斗士》10 月 19 日在无线电视翡翠台播出后,果然达到了回应质疑、鼓舞年轻乐手、宣扬 Beyond 音乐思想的效果,同时也满足了歌迷的好奇心,其作用"比回一百封信的效果还要好"。不过片中关于 Beyond 与 Leslie 初次相遇的时间和地点，却误导了不少观众。因为 Leslie 第一次观看他们的演出是在 1985 年 12 月"小岛& Friends"的演唱会上，而不是同年 7 月的"永远等待"演唱会；地点是高山剧场，而不是坚道明爱中心。然而，后来的诸多报道，都无一例外地把《Beyond 劲 band 四斗士》当作依据，以至于错误频出。

*

Beyond 的第六张录音室专辑《命运派对》于 1990 年 9 月正式推出。专辑名显然是对那些决定命运的派对的暗讽，娱乐圈的虚假与无聊尽在其中。作为专辑主打歌，《俾面派对》则直接向娱乐圈开了火。在这个圈子里，出席与缺席，是得到与失去的利益置换，是能否给面子。Beyond 对此深有感触，因为他们就曾在录音时被叫去参加一些陌生人的宴会。他们厌恶这样的聚会，却无力拒绝。这首歌一经问世，便引起强烈反响，娱乐圈泛滥的各种恶俗交易，一直无人敢言，如今 Beyond 终于唱出众人的心声。

《俾面派对》在榜单上的成绩同样出人意料：先是斩获"叱咤乐坛流行榜"亚军，后又攀升至"中文歌曲龙虎榜"第一的位置，并以榜首的佳绩斩获当年"十大中文金曲奖"。"他们都出身于社会底层，加上热爱摇滚，因此他们的作品中一直充满着愤怒和不满，当他们将这些社会性的歌曲唱出来时，就会产生很大的影响。"DJ 梁兆辉说，"跟其他歌手相比，他们年轻、有激情，还一直坚持原创，而且香港也没有多少乐队，他们具备很多有利的因素，所以 Beyond 成功是理所当然的。"

专辑中的另一首经典曲目《光辉岁月》是家驹向曼德拉致敬的作品，也是他的音乐观走向成熟的标志。这是一首关于政治人物的赞美之歌，但绝不只是政治之歌，因为家驹关心的并非政治而是被政治左右的东西。家强说："家驹只从人性的角度去抒发自己的感情，他关心的只是和平、人权、平等、爱。曼德拉虽然是一个政治事件，但他的原意一点也不政治，他只是为黑人的人权而战，他的要求很简单。家驹只是在祝福和赞美他。"[1]《光辉岁月》所展现的世界眼光与人类胸怀，为家驹赢得了当年"劲歌金曲"的"最佳填词奖"，他也表示这是他所写的歌词中"最满意的一首"。

Leslie 同样对这首歌赞不绝口，他说："家驹填词的功力进步很快，在短短两三年的时间里能写出《光辉岁月》这样的歌词，真的非常难得。这也许跟阅读有关，不过他读书的时间不是很多。他学历不高，在学校时成绩一般，所以早期填词时显得比较吃力。但他很聪明，在音乐方面天资卓越，正因如此他的歌词总是恰如其分。"[2] Beyond 的成功并非偶然，而是经过无数次失败后努力的结果。乐队功成名就以后，并没有自我满足，因为他们知道，即使自己拿出一百分的成绩，别人也可能只会给出八十分的评价，因此，他们对自己的要求越来越高，也正是这种高标准

---

[1] 鞠晶：《我的哥哥黄家驹》，《博客天下》2013 年第 22 期。
[2] 参见 Leslie Chan 的微博，2011 年 7 月 18 日及 2011 年 12 月 5 日。

促使他们在各方面飞速进步。

《相依的心》呈现出一种患难与共的友谊。这首歌一个月后被导演午马用在了他执导的《西环的故事》中。这里有一个关于他们之间的小故事：家驹的司机名叫马得邑，常被他们称为马仔，结果有一次打电话，因为没听清声音，家驹把他们给搞混了。"有一天我像往常一样到苏屋邨去接家驹，他上车后一边系安全带一边对我说：'马仔呀，昨天我本来想给你打电话的，但是打到午马那里去了。他接到我的电话我就问，马仔呀？他说是，然后我说是家驹，接着我跟他讲了一大堆话后，才发现频道不对，那时候才知道他是马叔，不是你……'"马得邑说。无论是家驹的队友，还是助理和幕后人员，在 Beyond 从籍籍无名到名满天下的过程中，都扮演着极为重要的角色，这首歌也因此成为他们之间友谊与爱的最好诠释。

经过一年多的频繁亮相，人们已全然接受 Beyond 的形象，不再对他们横加指责。有关乐队的评价已从外形转移到音乐上，他们的歌词也被外界热烈地讨论。尽管家驹写出了《光辉岁月》这样的作品，但歌迷和乐评人仍然认为他们的歌词不够完美。"在不断发掘多元题材时，我们也注意到歌词方面的问题，但我们绝不会过分雕琢，使歌词失去青年人应有的特色。"家驹说，"也许会有人认为 Beyond 的歌词比较鄙俗，但我们关心的是能否表达出内心真实的声音，我们不想让听众感到拘束。"[①] 当然，即

---

① 《Beyond》，《唱片骑师》1990 年 11 月号。

便他们已走向成熟，但家驹还是承认乐队的不足。因为他深知，要走得更远，只有不断推陈出新。

《命运派对》总算找到了摇滚与流行的平衡点：其中不仅有写实和批判的《送给不知怎去保护环境的人（包括我）》《俾面派对》，以及自我激励的《战胜心魔》《无泪的遗憾》，也有表现友谊之爱的《怀念你》《相依的心》和情意绵绵的《两颗心》，充满人类关怀的《光辉岁月》《可知道》更是将专辑提升到一个新的高度。专辑封面也不再像从前那样单调乏味，四位一体的形象被紧紧凝聚在一面镜子中，那只悬置的眼球同样颇具深意。

Beyond 的成熟不仅仅表现在歌词方面，他们的音乐观和世界观也同样被打开了。他们不再忌讳谈论自己的精神导师，开始公开推崇平克·弗洛伊德、U2 等乐队，甚至在"劲歌金曲"第四季的节目中模仿披头士、吻（Kiss）以及性手枪（Sex Pistols）等。他们也坦言写歌需要兼顾歌迷和市场，世荣甚至表示他们就是一支做流行音乐的乐队。

这一年，香港乐队潮流也正式谢幕。虽然入围 9 月 8 日第六届嘉士伯流行音乐节决赛的乐队多达五十余支，但始终没有一支能走到舞台中间。虽然 Beyond 作为决赛嘉宾为观众表演了《灰色轨迹》《战胜心魔》《俾面派对》等几首歌曲，但也未能扭转香港乐坛沉寂的态势。一个月后，达明一派在红磡体育馆连开三场演唱会，旋即宣告解散；浮世绘、蓝战士、Fundamental、City Beat 等也相继终结转向其他领域。

毫无疑问，在这种末日景象中，Beyond 也受到了不同程度的影响。关于乐队发生内讧和解散的谣言漫天飞扬,不过那只是唱片公司之间竞争惯用的伎俩,而他们的如意算盘显然是打错了:流言只会让 Beyond 变得更加团结,随着乐队的回应,这些阴谋不攻自破。"现在我们共同的目标是希望再攀上另一个演艺事业的高峰,"家驹说,"所以我们既不会自满,也不可能钩心斗角或相互猜忌。而且多年来我们在创作上所形成的默契已密不可分,所以我们是不会轻易解散或者单飞的。"

"Beyond 没有我,并没有什么大不了的,随便找一个玩音乐的人就可以替代,可是如果我离开乐队,我无法想象我能不能经受失去 Beyond 的打击。Beyond 从组建至今所经历的那段艰苦岁月,是我们四个共同拥有的经历,一旦分开,就会变得一无所有,这些都是金钱无法弥补的。"[1] 家驹说。

想挖走阿 Paul 的公司也不在少数,甚至有一家唱片公司许诺满足他任何要求,让他离开 Beyond 与他们签约。"我条件都没提,一口就拒绝了他们。"阿 Paul 说。因为离开 Beyond 将是他"一生中最痛苦的事情"。尽管那时他们都已名利双收,但相较于兄弟间的情谊,金钱显然不是万能的。家驹说:"我们有八年的友谊,从无到有;我们从落魄一步步开始尝试到成功的滋味,这些都是我希望和我的朋友们一起分享的,如果离开乐队,我相信我的创作之路会很快终结。"除此之外,家驹也很清楚自己与 Beyond 的关系犹如鱼之于水。"我们只要一去演出就感到非常开

---

[1] 大乔:《有很多人想他们拆伙……Beyond 可共富贵,唱到过咗九七,永不言散!!》,《大众电视》第 816 期(1990 年 12 月)。

心，因为我们几乎是四位一体，所以有人企图想挖走我，是高估了我的能力。其实是我需要Beyond，我无法离开这支乐队。"

10月3日中秋节当天，Beyond放了一天假，第二天便飞去了台湾，乐队的首张国语专辑《大地》刚刚在那里上市。在接下来的一段时间，他们总是穿梭于香港和台湾之间，哪里有需要就飞往哪里。专辑收录的十首歌曲均改编自过去发表的作品，只是全部重写了歌词。不过，由于Beyond普通话水平有限，专辑的填词工作便交由他们的老搭档刘卓辉、马斯晨、刘宏博以及台湾宝丽金旗下的何启弘和周治平等人完成。除了《大地》以外，其余九首歌都换上了新的歌名。比如《灰色的轨迹》成为《漆黑的空间》，《未曾后悔》成为《短暂的温柔》，《战胜心魔》成为《和自己的心比赛》。

Beyond一直对台湾的市场前景充满期待，那里不仅有数倍于香港的市场，而且歌迷和媒体都很尊重原创音乐。"其实这非常重要，如果原创作品没有人支持，就会直接影响创作者的创作热情，那他们还不如直接翻唱改编歌曲。"家驹说，"台湾的市场前景很好，如果能够进入台湾，对我们来说无疑是一个新的挑战。"[①] 专辑的反响果然没让他们失望。乐评人将其称为"新写实摇滚"，并给予极高的评价。

语言是Beyond攻入台湾市场的主要障碍，他们不是说得不标准，就是不会说。录音时可以在录音室里重录多次，但当他们

[①] 大乔：《Beyond四只开心鬼》，《大众电视》第777期（1990年3月）。

接受采访时,就常常闹笑话。有时记者不得不提示他们如何发音,才能顺利完成对话。尽管如此,台湾歌迷对 Beyond 的热情并没有降低。相反,他们对这几个年轻人相当宽容,还常常被逗得捧腹大笑。

虽然 Beyond 在那里有一些追随者,但一切都要从零开始。宣传手段和在香港没有什么区别,同样是上电视、出席会议、接受采访、拍摄 MV 等。有些节目甚至比香港的还要极端,比如在电视上扮演古装女人。虽然宣传人员告诉他们,那档节目在台湾收视率很高,但他们还是拒绝了这一安排。"我们都认为应该拒绝这件事,因为我们有我们的底线。那种节目既不好看也不好笑,只会让我们觉得羞耻。"家强说。他们的宣传工作在那里做得并不顺利,《真的见证》封面图竟然被重新用于《大地》的宣传海报,专辑最后也只是叫好不叫座,仅仅卖出了 10 万张左右。

1990 年 12 月 8 日,为纪念约翰·列侬逝世十周年,黄志淙在维多利亚公园操办了一场小型纪念音乐会。家驹也参加了当晚的纪念活动,他表演的是列侬的《想象》(*Imagine*)。"当时我们邀请了很多朋友来参加纪念晚会,包括罗大佑、岑建勋这些乐坛前辈,Beyond 也在场。那晚我的心情比较复杂,也比较难受,因为要纪念列侬。"黄志淙回忆说,"我很欣赏家驹,他总是能用很恰当的语言跟观众进行分享。他会像大哥一样向大家讲述他是如何欣赏列侬的,那种大哥并不是指江湖大哥,而是一种带着爱意的领导者。他那种挥洒自如的状态非常令人难忘。"

然而，这一年，Beyond 的大部分精力都投到了电影事业中，他们根本没有时间去完成一场大型演出。无休止的工作几乎占用了他们的全部精力，连前往台湾过圣诞节的计划也不得不取消，因为还有一堆工作等着他们尽快去完成。1990 年的最后一天，乐队仍在演出的路上，但这一切都是值得的。随后，《光辉岁月》和《俾面派对》分别夺得了 1990 年度的"十大劲歌金曲奖"和"十大中文金曲奖"。唯一让他们感到失望的是，原本有望拿下的"叱咤乐坛组合"金奖，却被草蜢摘走了，而这一尴尬局面直到 6 年后才得以扭转。

II 生命接触

如果说刚刚过去的一年是 Beyond 的丰收之年，那么 1991 年便是他们职业生涯的高光时刻。

这一年，随着 Gina 的离开以及乐队将发展目标转向日本后，无论是家驹的个人情感还是乐队的未来，都已从过去的明朗变为暗淡，并渐渐滑入低谷。虽然没多久家驹就跟一位被称为"简小姐"的神秘女士坠入爱河，但"简"的出现也没能填补 Gina 在他生命中的空缺。虽然他从未公开承认过与 Gina 的恋情（其他几段恋情也不例外），Gina 却是唯一与他有过婚约的恋人。

虽然日本有着成熟的制作团队和广阔的音乐市场，但语言的障碍和陌生的环境，无时无刻不在限制着他们的拳脚。他们原本可以不用冒任何风险，只需四平八稳地待在香港录唱片、拍电影、上电视，等到赚够养老金，便可以早早地过上惬意的退休生活。但这显然不是他们想要的人生。他们都希望把生命献给音乐，献给和平与爱，因此他们决定走出香港这块弹丸之地，去寻找梦中的乐园，去发现人性的光辉。

新几内亚之行给家驹带来的震撼，使他意识到有必要让 Beyond 的所有成员接受一次心灵的洗礼。因此，当世界宣明会再次向家驹发出探访邀请时，他便决定带上队友一起前往。"你要有那种感受才能写出更深刻的东西来，我去了新几内亚之后，就深有体会。"家驹说。虽然此行同样被认为是一种宣传，但他们并不在乎，因为他们原本就在为慈善而努力。"只要我们所做的问心无愧，对人对己都有益，何必计较别人的评价呢？"[①] 家驹如此回应道。

和上次一样，宣明会依然只能提供一部分费用，然而 Beyond 希望四位一体，因此乐队经理决定为他们寻求赞助。大名娱乐的经理被 Leslie 的构想打动了，因为那时他们刚刚接下 Beyond 第二年的演出计划，此行将被作为演出主题搬上舞台，探访过程中的素材同样大有用处，于是，大名娱乐决定资助乐队其他三名成员此行的费用。

---

① 大乔：《Beyond 善心日记》，《大众电视》第 841 期（1991 年 6 月）。

乐队依旧忙碌着。新的一年和过去没什么两样，依旧是被无尽的工作淹没，根本没有时间停下来休息。前往肯尼亚（Kenya）的前一天，乐队甚至还在参加"为了一个世界多面体群星音乐会"的演出；乐队的第二张国语专辑《光辉岁月》也在几天前开始录制；在各种年度颁奖晚会以及演出上同样能看到他们忙碌的身影。

1991年1月31日，距农历新年仅有两个星期时，Beyond与宣明会一行十人飞去了肯尼亚首都内罗毕（Nairobi）。这一趟的行程比上次曲折得多，虽然家驹早已做好心理准备，但其他几名成员还是状况不断。他们根本吃不下那里的饭菜，几天下来瘦了一圈，而且由于睡眠不足，出行也变得不再准时。第六天回到酒店时，家强差点被出现在房间里的蛇吓个半死，幸好他迅速将酒店备好的硫黄撒到地上，才赶走了那条蛇。更惊险的是，有一天他们外出取景，汽车在中途抛锚，刚好有上百只骆驼从身旁经过，当他们准备下车拍下这一壮景时，突然冲出一群挥舞着长矛长棍的土著，向他们索要拍摄骆驼的费用。那群人高声叫喊，杀气冲天，家驹和队友却什么都听不懂。好在探访团领队也是一名土著，很快就为他们解了围。但他们还是乖乖地交出了1000先令（Shilling），才得以继续拍摄。然而，事情并没有结束，没几分钟，那群土著又唤来了更多的同伴，并让骆驼将他们团团围住，他们想走也走不了。于是只好再乖乖奉上3000先令，然后愤愤不平地拍下他们想拍的一切。

不过，这些小插曲都是发生在最后几天，刚开始那几天他们的主要任务是去内罗毕的贫民窟探访。内罗毕人口密集，贫富分化严重，一些人过着奢华的生活，另一些人则长期挣扎在温饱线下。当地贫民缺乏基本的生活技能和健康常识，饥饿和艾滋病到处蔓延。要摆脱这种恶性循环的生存状态，教育才是根本。宣明会决定在那里创办学校，修建妇幼医疗院，以帮助他们解决最迫切的问题。探访团的最后两站分别是马西尔族游牧部落和内罗毕城乡接合部，目的同样是教授他们生存技能，以及如何预防疾病、提高生活质量。除此之外，宣明会还出资捐助1700名儿童，帮助他们改善饮食。Beyond同样收养了8个孩子，那是他们能够做到的最直接的事。

除了探访以外，出版一本《Beyond第三世界写真集》并将收入捐给基金会也是乐队此行的目的之一。不过由于工作繁忙，写真集的出版时间被一推再推，等到他们终于空闲下来，出版社却以照片像素过低为由，放弃了该书的出版。之后乐队经理又找到新艺宝、Amuse以及华纳等唱片公司，但都被拒绝了。这本写真集的首版时间是在两年半以后，即1993年7月，但那时出版方的动机已不再是为Beyond完成捐赠第三世界的愿望，而是想借机捞上一笔。

对家驹而言，肯尼亚的一切虽然不再新鲜，但那里的贫穷仍然刺痛着他的心。为生存而战是他们每天的必修课，他们表现出的求生欲令Beyond肃然起敬。乐队希望身体力行，用实际行动做出表率，号召其他艺人尽量参与到慈善事业当中，并通过音乐向世界传达这片土地所需要的关怀。"他们的生活停滞不前，与千百年前根本没什么区别,实在令人痛心。很多人听见要做'善事'就会打退堂鼓,但他们并不知道非洲所需要的帮助,就是我们平日所忽略的微小事物,譬如一件衣服,一块面包。"家驹说,"非洲给人的感觉一向是贫穷落后,我们觉得微不足道的东西,在他们那里可能会变得非常有意义。我们探访第三世界,并不是去旁观他们的贫穷,而是从人类的良知出发,去反思和改变这种状况。世界在不断发展,他们的生命状态却停滞不前,实在令人惋惜,只要我们愿意多付出一点,他们同样可以迎接未来的美好。"

"说来可悲,每天只需要花几块钱就能救回一条生命的事情,在那里却难以实现,"家强感叹说,"他们什么也没有,除了能吃饱,有睡觉的地方,别的什么都没有。没有水利设施,没有医疗保障,很多孩子不能上学。"肯尼亚贫民的生活现状对阿 Paul 和世荣的冲击同样不言而喻。阿 Paul 说:"在香港,美食随处可吃,很难体会到实实在在的饥饿感,但在非洲,当你看见一群孩子吃的所谓营养餐时,就会明白贫穷的可怕。世界在不断进步,非洲人却活在一个自治的国度,卫生环境之差令人咋舌。那里的婴儿死亡率居高不下,就是因为没有卫生观念。"

有鉴于此,Beyond 希望用音乐和行动去唤醒社会,吸引人们关注第三世界。在肯尼亚的第三天,家驹写下了那首著名的爱与和平之歌——《阿玛尼》(*Amani*)。当时海湾战争已接近尾声,但战争造成的创伤并未消退,尤其是儿童问题,深深触动着家驹的悲悯之心。肯尼亚的孩子们虽能免受战争之苦,但他们的生活跟那些战乱中的儿童并没有什么两样。

同行的梁俊威记得,当天收工后,他们住进一家小旅馆,家驹随后就在那里写下了《阿玛尼》。"晚饭后,大家相约到家驹房间外的阳台上联谊。聚会中,除了聊天、抽烟、喝冷饮外,也有人在拍照、玩当地的手工小鼓。家驹一向吉他不离手,他从房间取出木吉他坐在一旁闲弹着。可能是愉快的气氛和音乐声的关系,团队里的成员开始聚集过来,之后,几名旅馆的工作人员也加入了我们,他们有些就是当地土著。过了一会,家驹跟我说可否问那些职员'和平''爱''我爱你''友谊'这些词用非洲土语怎么说,不一会儿,他们就递过来一张写着'Amani''Nakupenda''Nakupenda We We''Tunataka We We'的纸。然后家驹又继续沉醉在他的自弹自唱中。没几分钟,他就完成了《阿玛尼》的副歌部分。"

不过,关于这首歌的创作情景,家强的回忆和梁俊威的似乎不太一样。他说:"当时我们正在车上,里面坐满了一大群人,我们问工作人员,一会儿如何跟当地的孩子们进行沟通。工作人员回答说,噢,大家就唱下歌吧,你们讲话他们听不懂,他们讲话你们也听不懂。结果我们就想,那就唱歌啰。但家驹的反应就不一样,他问工作人员,当地人如何说'和平与爱'。结果他马上就开始谱曲,不到十分钟,副歌部分就已经大功告成,真让人惊叹。'Amani'是肯尼亚当地的语言,我们用这些语言唱歌,那些孩子就知道是什么意思了,沟通也就不成问题了。"

尽管家强与梁俊威说法不一,但都能从他们的表述中窥见家驹惊人的创造力以及他对音乐的无限热爱。作为弟弟，家强对家驹的才华满怀敬佩，但他从来不会神化家驹。"他很有才华，但也非常努力。"家强说。同行的摄影师水禾田也发现家驹强大的好奇心。"家驹非常热情，充满活力，总能给人们带来启发，真的是一个充满爱的艺术家。"他说，"当我们准备拍摄时，一整天都没见到他的踪影，后来才知道他是去收集资料、买乐器，他回来的时候带着很多当地的乐器。"家驹不辞辛苦地将乐器从万里之外带回香港，不仅是因为他对那些稀奇古怪的乐器感兴趣，更重要的原因是他对音乐质量的追求。"当你用最好的乐器来弹奏时，你会发现那种极其美妙的声音与一般的大路货弹出来的声音有着天壤之别，所以你以后一定不会多看那种廉价的乐器一眼。"家驹说，"乐器的音色直接影响着歌曲的质量，而歌曲的质量又直接影响我们的音乐事业，所以怎能不用最好的乐器呢？"家驹如此重视自己的音乐，因为那就是他的生命。

*

2月8日，探访团结束了为期8天的探访行程。回到香港，Beyond继续投入国语专辑的录制中。在度过一个星期的春节后，他们又开始了日夜颠倒的生活。在香港这块弹丸之地，如果不是出去巡演，每年基本都在重复着相同的事情。幸运的是，电影还能为他们调剂一下生活的色彩。他们先是在3月初开始了带有自传性质的励志电影《Beyond日记之莫欺少年穷》的拍摄和反吸毒广播剧《拒绝再玩》的录制，然后又为《忍者龟》的第二部做了配音。与此同时，阿 Paul 还单独接了一部名为《老豆唔怕多》的喜剧。而这也成了媒体揣测 Beyond 是否即将解散的根据，但家驹的回答显然让他们失望了。他说，虽然 Beyond 的共同追求是音乐，但绝不会限制乐队成员在其他方面的发展，更不会为一己私利丢下乐队。

阿 Paul 成为离群小鸟后，乐队改变了以往的录音方式。他们会在自己空闲的时候进入录音棚，把自己的伴奏音轨录好，等所有音轨录好后再由混音师混音。这样一来，乐队的工作效率就高了许多，不用像从前那样，只有等队友到齐才会开工。"我们的艺术生命有限，可以赚钱的机会不多也不长，所以能做的时候，尽量多做几份工作。"① 世荣说。他们都有一个共同的理想，那就是创建一间属于乐队自己的录音室。

《Beyond 日记》成了乐队最愉快的一次拍摄经历。这不仅是因为影片的喜剧氛围，最重要的是他们收获了新的友谊。由于王菲在片中扮演世荣的女友，他俩便成了乐队时常打趣的对象。"拍电影很好玩，我们可以从音乐以外学到很多东西，那种感觉不同于做音乐。做音乐既可以收敛个性，又可以很个性化。但电影对人与人之间的关系要求很高，它是一群人合作的结晶，而且可以容纳很多东西。"家驹说。

世荣在这部影片中正式献出了他的首唱。插曲《完全的拥

---

① 小婉：《Beyond 共同理想：开录音室》。

有》就是他的作品。过去在兼任和声的过程中，他发现自己也能唱歌，因此希望做一次主唱，"一次足矣"。于是，他将家驹写的曲子填上歌词后，便如愿以偿地成了这首歌的主唱。此外，家驹还为影片新写了两首歌，歌词均出自乐队的老搭档之手：一首是刘卓辉的《谁伴我闯荡》，一首是小美的《不再犹豫》。

  影片的结尾同时也是该片的高潮，Begin 乐队中的林世荣（叶世荣饰）因为未来岳父嘉伦医生的威逼打算放弃当晚的演出，但经过乐队其他三名成员的激励后，他决定戴着面具登台演出。然而演出过程中嘉伦医生的出现，再次让世荣落荒离台。最后在家驹等人的鼓舞下，世荣终于摘掉面具回到鼓堆当中，发出反抗强权的声音。那首歌就是《不再犹豫》。

  《不再犹豫》的内容恰好契合了电影中的 Begin 和现实中的 Beyond，仿佛就是为他们量身定做的。小美说："家驹希望歌词能表达出 Beyond 的自信和不屈不挠的摇滚精神，我自觉对他们还算了解，所以当天只用了半个小时就完成了这首歌的歌词。'问句天几高心中志比天更高，自信打不死的心态活到老！'跟 Beyond 的状态真的非常贴切，这就是他们那种敢说敢做的精神。"人们一直谈论的 Beyond 精神，似乎也可以用他们对世荣所说的那些话来概括：摘掉面具的诚实、面对生活的勇气以及为音乐献身的决心。

  《Beyond 日记之莫欺少年穷》于同年 8 月 29 日正式上映。虽然 Beyond 对此满怀期待，但票房并未达到他们的预期。家驹自我安慰道："在拍摄上我们已经尽力了，还算对得起自己。至于票房成绩，是由观众的喜好和当前的影视行业趋势决定的，如果片种不合大家的胃口，即使台前幕后的工作人员怎么努力，也无济于事，所以我并不会为此感到沮丧，也不会有什么压力。"

在那两三个月期间，由于乐队忙于电影的拍摄和国语专辑的录制，基本没有登台露面，很多人都以为他们消失了。媒体更是以此大做文章，不断宣称黎明等新人的势头就要盖过他们。这让乐队烦不胜烦，因为媒体总是喜欢拿他们和其他偶像歌手进行比较。而当两个月后Beyond终于从摄像机中挣脱出来，频繁出现在各种舞台上时，媒体又开始大写特写，宣称他们这样做是为了挽回失去的歌迷。家驹不得不站出来回应："如果仅仅是为了挽回乐队的声势，格局就太小了。现在香港乐队接二连三地宣告解散，实在令人心痛，所以我们特别希望能鼓励更多的人组建乐队，至少是要唤起人们对乐队的兴趣。"有一次记者问他如果中了六合彩，奖金打算用来做什么时，他就毫不犹豫地说："我会把这些钱全都投到音乐上，开一家录音棚，做一些冷门的本地音乐，扶持新晋乐手。"然后继续说道："我想强调的是乐手而不是歌手，我会很尊重本地的音乐创作者。"

虽然这些争论能将大众游离的视线拉回音乐圈，可每当谈及香港乐队的生存状况时，Beyond都无一例外地表现出某种程度的失望。弹丸之地的香港能容纳无数偶像明星，却无法容下几支乐队。媒体对乐队则是苛刻至极，他们既不会为乐队提供帮助，也很少报道正面消息。事实上媒体的焦点很大程度上左右着大众的注意力，从多年见诸报端的种种言论来看，他们关心的并非音乐，而是那些和艺人有关的花边新闻。正因如此，一支乐队想在香港生存下去，总是困难重重。

4月初，在拍摄电影的当儿，家驹抽空参加了香港电台举办的"海峡两岸摇滚音乐之未来"研讨会。虽然崔健、伍思凯和张学友等音乐人都出席了会议，但家驹对这场研讨会所能起到的作用仍不抱多大希望。他指责香港乐坛常常会取悦歌迷，在歌曲上做很多修饰，导致其失去原始韵味。媒体和歌迷很少支持香港摇滚，却大肆追捧海外的乐队，不过，他认为最主要的问题还是香港摇滚缺乏本土特色。他同样对香港乐坛的集体失声感到失望。因为只要那些拥有一定话语权的歌手站出来，就完全可以改变香港的音乐生态，但他们始终没有那样做。"如果他们非新歌不唱，坚持要唱全新的原创歌曲，唱片公司敢说不吗？"① 家驹愤愤不平地说。

尽管香港乐坛的翻唱之风正在死灰复燃，但Beyond依旧在原创的路上充当表率。不仅如此，慈善方面他们也在身体力行。4月13—14日在维多利亚公园举行的"饥馑三十"筹款演唱会，Beyond是闭幕表演嘉宾。演唱会的口号"生命接触"，便是肯尼亚之行的宗旨。Beyond作为代言人，肩负的责任更加重大。黄志淙回忆说："那天晚上下起了暴雨，最后主办方建议暂停演出，因为很危险。但Beyond，尤其是家驹却坚持不暂停。他说他们一定要给其他人鼓舞、打气。然后他们又建议用塑料袋套着麦克风，就那样拿着唱。我是那场演出的主持，真的觉得非常危险。

---

① 《Beyond失踪之谜?!》，《大众电视》第870期（1992年1月）。

不过看见大家士气高涨，我们就见机行事，和他们一起唱下去。"

5月16日，乐队又飞到东京参加了"亚洲儿童救援行动"（Children's Aid For Asia）的演出。同样是在这一年夏天，中国内地华东地区的十多个省市遭遇特大水灾，400多人在洪灾中遇难，200多万人无家可归，大量桥梁、道路被毁，疟疾四处蔓延。7月17日，香港演艺界举行"华东赈灾筹款晚会"义演，为难民筹集善款，Beyond在晚会上演唱了那首爱与和平之歌《阿玛尼》。十天后的"演艺界总动员忘我大汇演"，他们同样没有缺席。8月，他们还参与了喜剧《豪门夜宴》的义演拍摄。这一切都表明，Beyond不仅是一支优秀的乐队，也是心系世界的人道主义者。

*

1991年4月，Beyond在台湾推出了他们的第二张国语专辑《光辉岁月》。专辑内的10首歌曲均改编自过去的几张粤语唱片，其中最大的变化是重写了全部歌词。尽管Beyond的普通话水平依旧有限，但家驹和世荣作出大胆尝试，各自写了3首歌词，剩余的4首则分别由刘卓辉、小美、Gina以及一位名叫郑淑妃的作词人完成。这对Beyond来说显然是一种突破，因为在第一张国语专辑《大地》中，歌词就全部出自别人之手。现在的他们，既不想坐等援助，也不想继续失声，所以决定亲自上阵。

录制这张专辑期间，Gina和家驹依然处在热恋之中，《曾经拥有》的歌词就是出自她的手笔。然而，由于时间紧迫，Gina根本来不及把它修改到自己满意。"如果多给我一点时间，"多年后Gina回忆说，"我相信会更好。"尽管如此，家驹还是采用了她的版本。说来奇怪，这首歌似乎成了家驹两段恋情终结的见证。因为粤语版本《曾是拥有》就是在Kim离去之后为她而写，而如今Gina写出《曾经拥有》歌词没多久，他们二人的恋情也随即走到了尽头。

一直以来，关于家驹与Gina分手的原因众说纷纭。Beyond的几名成员和朋友一直讳莫如深，遭受无数恶意揣测和攻击的当事人Gina同样不愿透露半点细节。不过，Gina曾反复强调："其实我们俩从来都没有说过分手，我只是用行动表示我的立场。我也绝没有辜负过家驹，相反我已经为他付出了我的所有。"

跟家驹分手后，Gina几乎从乐坛消失了。虽然她一直保持着单身，但关于她与家驹分手的流言蜚语并未停止。2010年重回舞台后，针对她的谩骂更是此起彼伏。其中被歌迷奉为铁证继续围攻她的，是家强关于她的评价。"是她对不住我哥哥才分手的。我哥哥恨她，所以我也很恨她。"而家强斥责Gina扮演"未亡人"的话，Gina也未作过多解释，她只是说她从未说过自己是"未亡人"，那都是媒体的胡说八道。她之所以一直不嫁，是"因为在坚守一个承诺"，一个关于她和家驹的承诺。[①] 然而，在大部分歌迷中，Gina的坚守常常被当作话柄，一部分歌迷认为她这样做是为了弥补自己的过错。"我一直坚守就有那么多人觉得我不好，

---

① 参见Gina微博"林楚麒HK"，2016年9月6日。

如果我真的像他那些女友一样都嫁人了，我能想象她们会把我说得更加不堪。不过我并不是介意别人说什么才选择不嫁。至于家强，他的问题是个性冲动没了解清楚，外人就更不用说了。"

二十多年后，当 Leslie 眼看 Gina 饱受歌迷的肆意攻击，并不断有歌迷询问家驹和 Gina 分手的原因时，他终于站了出来。"这个问题我想了很久才决定回答，"Leslie 说，"因为有点敏感。我为什么要回答呢？因为我想给林小姐说句公道话。歌迷间流传的是林小姐做了对不起家驹的事，事情的前因后果我都知道，不过我是先知道结果，才得知原因。有一次家驹在办公室里对我提起这件事，当时只有我们俩。他说话的时候没有激动，没有生气，也没有要追究的意思，只是有点惘然。听他讲完，我觉得有点奇怪，为什么林小姐会这样做？为什么家驹对这件事没有强烈的反应？1999 年在我即将移民悉尼前，我跟以前的一位助理见面，无意中聊起这件事，我问他知不知道事情的原因，他说知道，而且还把整件事的原因讲给我听。我才明白当时林小姐为什么会那样做，为什么家驹当时好像有些难言之隐。这位助理和家驹很亲密，所以我相信他说的是事实。我并不是在评论林小姐是否做得正确，我只是想让大家知道这件事有它的前因，才有这样的后果。具体是什么事情，我就不必交代了。我相信家强是不知道前因，只知道后果。因为家驹是他哥哥，所以每次提到林小姐，他的反应都比较激动。"[1]

---

[1] 《关于家驹——陈健添答歌迷问》，未名空间网站，2015 年 8 月 19 日。

虽然家驹从未透露过和 Gina 分手的原因，但在几个月后的一次访谈中，他就如何处理分手表达了自己的观点。他说："如果两个人分开是因为性格不合，那么只能接受现实。即使不是性格方面的问题，而是双方缺乏信任，最好的办法同样是分手。因为容忍越大、拖累越久，到最后分开时，抱怨和愤恨就越多。"[①] 尽管家驹对 Gina 有万般不舍，但最终还是免不了分道扬镳。不过 Gina 并未离他而去，她教会"简小姐"如何照顾他，并默默地为他提供帮助。家驹同样没有忘记 Gina，因为她送给他的挎包和她花高价从别人手中买回的十二弦琴，他一直带在身边。

国语版新专辑《光辉岁月》推出不久，Beyond 便奔赴台湾为其宣传造势。不过家驹因为在出发前不慎弄丢入台证，未能与世荣等人同行。5 月 11 日，乐队再次抵达台湾，在那里举办了一场名为"光辉岁月"的小型演出。虽然他们已经快一年没在台湾活动了，但那里的歌迷依旧热情不减。原定下午五点半的入场时间，观众在上午十点就来到了场馆外。下午时分，不少歌迷悄悄来到乐队的排练室外，静静地看着他们排练。"台湾的歌迷感性、纯真，但不会盲目崇拜，他们会真正去了解音乐。"家强说。

乐队唱过三首国语版歌曲后，便和歌迷们互动起来。歌迷们问家驹，之前他曾表示一定会在 30 岁前结婚，但即将而立之年的他依然不见任何动静，甚至一再宣称自己还是单身。然后他半开玩笑地说："那个不是我，那是另一个黄家驹。"随即引来满堂

---

① Irene：《Beyond 谈情说爱》，《唱片骑师》第 9 期（1991 年 7 月）。

大笑。

当时乐队正式进军台湾已近一年,但他们的普通话依然蹩脚,即便是说得最好的阿 Paul 也带着浓浓的香港口音,家驹则如履薄冰。《光辉岁月》一曲唱罢,他想说点什么,却难于表达。"非常感谢你们的支持,但我的普通话实在很糟,我需要费很大的劲才能说得出来。"然后他自嘲道:"实在很笨,不会说话,唱歌好了。"《大地》的前奏旋即响起,几分钟后,当晚的演出便在《午夜怨曲》中完满收官。

"光辉岁月"是 Beyond 在台湾的首个专场。原本去年年底在嘉义县就有一场表演,但因为当天现场供电不稳定,演出被迫临时取消。Beyond 对"光辉岁月"的演出效果颇为满意。"气氛和演出过程都很新鲜,很棒。"家驹说。歌迷的热情也让他们备受鼓舞。"真的让我大吃一惊,我们到台湾的时间并不长,但歌迷的反应竟然如此好,这让我待在台湾的意愿更强了。"世荣说。他们之前在电视上的表演大多是对口型,既不能满足歌迷的现场感,也不能满足自己的表演欲。所以能做一次真正的现场表演,尤其是用普通话演唱,对他们来说既是一种挑战,也是一种享受。

*

《光辉岁月》的宣传结束后,乐队并没有停下来,他们随即又投入无线电视台打造的综艺节目《Beyond 放暑假》中去了。与此同时，乐队也开始了新艺宝旗下最后一张专辑的录制。他们每周用在拍摄节目上的时间仅有三天，但每次的工作时间都长得要命。高强度的工作将他们弄得疲惫不堪，不过只要进入录音室，他们就又活过来了。"虽然辛苦，"家驹说，"但我们非常享受作曲和录音制作的过程。"

在此期间，失眠问题再次成为家驹的困扰。由于压力过大，睡眠不足，掉发的现象越来越严重。但他已经不打算像从前那样使用药物辅助睡眠，于是只好靠打坐来让自己放松。

每一集《Beyond放暑假》都有一组特邀嘉宾，这些人包括谭咏麟、伊能静、李克勤、周慧敏、刘德华、黄翊等。乐队原本打算通过节目向大众普及音乐，教他们弹弹吉他或者与嘉宾们聊聊音乐，但无线电视台却把节目做成了无厘头的打趣。讽刺的是，当节目在7月9日正式播出后，Beyond马上成为少男少女心中的偶像。

专辑的录制也与乐队最初的想法背道而驰。他们原计划做一张14首歌曲的"第三世界"双唱片概念专辑，家驹甚至还为此新写了几首纯音乐，但进棚前他突然改变想法，决定搁置这一计划。因为当时他们和新艺宝已是貌合神离，公司的宣传和公关都让他们感到失望，所以他们既不打算续约，也不想白白浪费乐队的心血，于是只好按以往的方式录制最新唱片。不过这张唱片似乎有些交差的意味，乐队既没有收录自己最喜欢的作品，也没有灌录几首新歌，其中有6首就是现成的影视配乐。而且《阿玛尼》早在两个月前已是各大电台的热门曲目，专辑推出前就占据了"中文歌曲龙虎榜"和"劲歌金曲"榜单的冠军位置。

《阿玛尼》的单曲是乐队从肯尼亚回来后不久录制的。家驹非常重视这首歌，他甚至专门请来一群孩子参与和声录制。"那天下午，家驹和梁国中将圣基道儿童院的小朋友接到了录音棚，孩子们安安静静地坐在休息室，过了十多分钟，还是非常安静。然后我就问家驹，什么时候开始教孩子们唱歌。他说大家都是在等我，吓我一跳，他事先并没有给我提过这个安排。幸好我曾经参加过儿童合唱团，还记得导师是怎么教我们唱歌的，然后连教带唱，最后花了两个多小时，才完成了录音。其中有一个小朋友怎么都无法把音唱准，但我们又不好意思叫他出去。因为一群小朋友都在里面，只叫他一个人出去，感觉怪可怜的。但无论如何我们都要把录音完成，然后我们反复录了几段，同时竭尽全力将走音的部分减小。"专辑监制欧阳燊回忆说。

虽说这张专辑并不全是乐队喜欢的作品，在选曲上甚至存在交差的意味，但他们还是坚持把专辑做到最好。"如果听起来有明显的不妥，仍然要强行验收通过，然后制成唱片发行，这不是自欺欺人吗？"阿 Paul 说，"虽然有些瑕疵外行人未必会发现，但如果知道存在问题却不去完善，我可办不到，必须得改。"[1]

Beyond 的第六张录音室粤语专辑《犹豫》于 1991 年 9 月 6 日正式推出。专辑封面拍摄于香港湾仔船街 55 号的一座古宅。古宅融合了中西方的建筑风格，外墙由红色砖瓦砌成，上面画着

---

[1] 莎莲娜：《Beyond 叹知音人少》，《玉郎电视》第 730 期（1991 年 10 月）。

各种涂鸦，因此这里被人们戏称为"鬼屋"。Beyond坐在屋外的台阶上，似乎想着什么，一种"犹豫"和迷茫的气息弥漫其间。虽说唱片发行前《Beyond日记之莫欺少年穷》和《Beyond放暑假》都已成为热播作品，《阿玛尼》在榜单上也取得了不俗的成绩，但这张专辑还是没能大卖，几个月下来也仅有十多万张的销量。Beyond对此颇为失望，但无论如何，生活还在继续，更重要的任务还在等着他们。

进入8月，Beyond便开始紧锣密鼓地为"生命接触"演唱会做起了准备。虽然唱片销量不尽如人意，但三场演出门票很快被一扫而空，于是主办方又追加了两场。为了避开歌迷的骚扰，乐队悄悄把排练据点移到了通利琴行在九龙新建的录音室。然而，一切都显得徒劳，歌迷很快又盯上了他们。和Beyond一起排练的还有阿Paul的弟弟黄贯其，他是亚龙大乐队（Anodize）的吉他手，当时亚龙大正在参加嘉士伯流行音乐节的比赛。

9月7日，正在排练中的Beyond抽空来到嘉士伯流行音乐节总决赛现场，为亚龙大助阵。而亚龙大亦不负众望，将桂冠揽入怀中。音乐节的表演嘉宾是来自内地的黑豹乐队，他们为观众表演了《无地自容》和《别让我伤心》(*Don't Break My Heart*)等成名作。当时黑豹因为在"深圳之春现代音乐演唱会"上的惊人表现被Leslie看中，并签到劲石娱乐旗下，成为Beyond的同门，此后黑豹乐队很快风靡香港和内地。

经过两个月的精心准备，1991年9月19日，Beyond终于登上了红磡体育馆的舞台。三年后，那场标志着中国摇滚里程碑的

"摇滚中国乐势力"同样在这里上演，当时的阵容包括来自内地的"魔岩三杰"，唐朝乐队也以嘉宾身份加入演出。

Beyond在红磡体育馆连演5天，可以说是香港摇滚绝无仅有的奇迹，也是Beyond职业生涯的一个巅峰。

Beyond对此次演出极为重视。为保证演出质量，他们特地从日本买回了一批新的乐器；大名娱乐还为他们租下香港最大的一个投影屏幕，用来播放在肯尼亚拍摄的写真和录像。Leslie特地邀请了东京Amuse公司的老板大里洋吉（Yokichi Ohsato）前来观看乐队的演出，而这也正好为他们进军日本乐坛创造了契机。四个月前Beyond到东京参加义演时，在左永然的引荐下，他们曾到大里洋吉的家中做客。当时Leslie就问过Amuse是否愿意签下Beyond，结果得到了一个否定的答案。但当大里洋吉目睹"生命接触"的第一场演出后，便被Beyond震撼住了，签约也就变得顺理成章。

此次演出的形象由阿Paul担纲设计，他为他们换上了新的行头，看起来比过去有型得多。他甚至重操旧业，用圆珠笔为家驹勾勒文身。阿Paul说："他经常想文身，每次演出他都喜欢脱去上衣，无论如何他都会脱掉。然后他说，'我总觉得有文身才够摇滚'。可每当他这样说，都会被全体成员否决掉。因为可能会刺伤身体，而且文上去后无法清掉。我说画上去也一样，于是我就用圆珠笔给他画上去了。"

"我问他想要什么样的文身，他说要喷火的骷髅骨，我就照做了。然后又在右边画上一道闪电。其实早期的一些演出现场，同样能看到他身上的文身,那些都是我帮他画上去的。"不仅如此,家驹还把自己收藏的各种首饰也用上了,打算彻彻底底地将内心最真实的一面展现出来。但他是这样解释的:"乐队和个人歌手的差别很大,乐队的主要吸引力是音乐,我们不会像流行歌手那样把奇装异服搬到舞台上,但我们希望让台下的观众看清楚乐队,所以我们只能戴耳环和项链之类的。"家驹最喜欢的饰品是钻石,但由于钻石比较昂贵,他只好戴些金饰明志。

家驹喜欢佩戴诸如手镯、戒指、项链甚至骷髅之类的饰品。引发人们兴趣的常常是他胸前的那个十字架项链。不少歌迷一直误以为家驹是个虔诚的基督教徒,但实际上他感兴趣的是佛教文化。从肯尼亚回来后,他就曾向媒体透露,等到时机成熟,他们可能会沿着丝绸之路去朝圣,一睹敦煌的伟大盛景。

当然,让观众能看清楚他们只是其中的一个目的,制造一种与众不同的感觉才是家驹最想要的效果。"生活中我觉得自己和观众并没有什么区别,但当我登上舞台,面对观众时,我首先要给自己建立一种信心,让自己感觉和台下的人不一样。当然,这并不是说我高人一等,我没有这种虚荣心。我是希望能营造一种氛围,一种与观众在空间上的距离感。"[①]

按以往的传统,乐队一般都会邀请嘉宾助阵,但这次 Beyond 并没有这么做。"我们今晚的特邀嘉宾就是红磡体育馆的全场观众!"家驹激动地对着上万名歌迷说。两年前"真的见证"演唱

[①] 1991 年林珊珊采访 Beyond 音频,网址:https://www.youtube.com/watch?v=jbr4rikDAck。

会，浮世绘曾为他们友情演绎过几首歌，可如今香港乐队大多都已解散，根本没有适合的乐队担任表演嘉宾；最重要的是他们并不想落入俗套。但 Beyond 并不是孤军奋战，他们请来了不少朋友担任临时乐手和伴唱。这些人都曾在"真的见证"的舞台上出现过，比如林矿培、Unique、梁翘柏、李俊云等。

除了最后一场家驹的吉他弦断掉外，演出并没有出现什么状况，但压抑的场馆设计还是令他们感到不满。歌迷被安排在离舞台很远的地方，台前还安装了铁栅栏，现场没有设置任何站位，人人都是正襟危坐，仿佛在观看古典音乐剧。但歌迷们显然不甘如此。当演出渐入佳境，规则便被抛诸脑后，他们纷纷从座位上站起来，甚至站到椅子上。眼看现场越来越混乱，家驹只好停下来劝他们坐下，几分钟后才渐渐恢复平静。但当人群中传来女歌迷高喊保安打人的声音时，氛围又变得紧张起来。似乎大家都期待着家驹表态，然而，他既没有放弃保护歌迷，也没有怒斥保安。他竭力控制着全场的秩序，一边对歌迷说要体谅保安的辛苦，一边又朝保安说希望对歌迷温和一点。"我们可以冲动，可以愤怒，"家驹说，"但不能真的疯掉。"

劝诫并没有起到多少效果，最后一场演出即将接近尾声时，歌迷们突然推倒前排的座位，冲破安保人员拉起的人墙，纷纷挤向前台。演唱会结束后，场馆一片狼藉，17 张椅子在混乱中被毁。"我们为此感到抱歉，但我们也相信不会再出现这种情况。我们对歌迷有信心，他们中大部分都是有秩序、有教养的人。"与此同时，家驹也为歌迷们辩护道："Beyond 的歌迷不像其他歌手的歌迷一样能上台献礼，因为他们一上台就被安保拦住了，我想他们破坏椅子只是为了发泄心中的不快。如果因此而指责歌迷，对他们来说并不公平。"

"其实歌迷反应热烈是一种很好的现象，每个站在舞台上的歌手都希望能让现场活跃起来。只是需要用恰当的方式让歌迷产生热烈反应，又不至于引起骚乱和破坏。出现这种状况不能把责任都推到歌迷身上，毕竟主办方的舞台设计和安排都会对现场秩序产生影响。如果明知道歌迷非常想进入某个场合，而且人非常多，你却只开一个狭小的通道，那必然会引起不良后果。作为歌手的我们和歌迷都有责任，但不至于承担全责。我还要强调的是，歌迷疯狂绝对是一种很好的现象。"阿 Paul 说。

"Beyond 是一支摇滚乐队，我相信现场的观众都不是抱着欣赏爵士、话剧或者古典音乐的心态来的。"家驹说，"音乐是要用身体去体验和感受的，听过之后就会有感应，台下的观众同样会被当时的氛围所感染。试想你是台上的一名乐手，如果无法引起观众的共鸣，感受不到他们的反应，那么演出就没有意义了。"

媒体总喜欢在这件事上过度渲染，他们大写特写并不是要表明场馆设计不合理或者演出氛围浓烈，而是意在强调 Beyond 歌迷的疯狂与无序。这种报道已经不是第一次，Beyond 对媒体的选择性失明非常不满。"那些外国乐手在本地演出根本不理会这些，歌迷可以站到椅子上，骑到肩膀上，但媒体从来不会说他们，难道就因为他们是老外？"阿 Paul 愤愤不平地说，"我对这一点非常不满，为什么我们会受到区别对待？虽然我们的肤色不同，可我们都是香港的乐队，我搞不明白为什么媒体要如此压制我们。"

演唱会最后一晚，家驹还为歌迷弹了一段木吉他独奏。正式演绎前，他又回忆起几年前他弹琴时歌迷起哄的情景："我记得有一次我用木吉他弹 solo 的时候，有一群人骚扰了我，他们似乎很不满，当时我就在想，以后我再也不会在现场弹 solo 了。"然后他话锋一转，继续说道："但话又说回来，我可不想因为一小部分人让更多人无法再听到我弹 solo，所以我还是遵从了自己的想法。今晚希望大家成全我，安安静静地听我弹奏，太吵的话会听不清。这把吉他是我专程从很远的地方带回来的，音质非常棒。"接着，他便为满怀期待的歌迷献上了一段独奏。

家驹似乎总有说不完的话，每次演出，他都会停下来说上几句。演唱会进行到一半时，他百感交集地谈起了 Beyond 的经历和香港摇滚的处境，他说："Beyond 能从 1983 年走到如今，我相信绝对是得益于歌迷的支持。我们经历了很长的黑暗时期，既有愉快的时刻，也有沮丧的事情，我们想把这些经历录进唱片，但在香港这块土地上，不能容纳的东西太多了。我们一直积极地做着音乐，希望用我们的音乐来反映香港的文化。过去香港音乐一直都是外国音乐的'副产品'，所以我们希望做出属于香港这片土地的音乐。在未来的路上，我们将会积极创作，并且希望告诉世人，香港有属于自己的音乐种子！"

"我真的很佩服家驹，因为巨大的名声通常都会葬送一个人的前途。掌声和欢呼声总是容易让人上瘾，那种力量比任何毒品都要大。一旦被千万人追捧，到处都是欢呼声，然后登上红磡体育馆的舞台连续开几天的演唱会，可能就无法再回过头来看清事情的真相。但家驹不是这样，他依然很清醒，他知道自己真正想要的是什么。"阿 Paul 说。

演出临近结束时，家驹深情款款地向乐队经理表达了谢意。"在这里我要特别感谢一位朋友，他一直和我们并肩作战，直到此时此刻。我不知道他今天看到 Beyond 在一个如此盛大的场馆演出是什么感想。我们和他一起的日子里，有过愉快和不愉快的经历，甚至还发生过争执，但自始至终，我们都是以朋友之心相待。他就是 Beyond 的'船长'，我们的经纪人 Leslie。"

*

10 月底，家驹带着简女士和乐队的几名助理飞去了芭堤雅，在那里度过了一个星期的轻松时光。Leslie 则往返于香港和东京之间，为 Beyond 和 Amuse 签约的事忙碌着。

乐队把巡演的范围扩大到了东南亚。不过，由于新加坡和槟城的大场馆均已被政府活动占用，最后他们仅仅拿到了吉隆坡国家体育馆一天的档期。Beyond 抵达吉隆坡的时间是 11 月 22 日。虽然一年不见，但那里的歌迷依旧热情不减，他们早早就守在酒店门口。Beyond 现身后，又出现了那种时常上演的混乱场面。24 日当天，情况更甚，演出尚未开始，口哨和尖叫声便此起彼伏，记者被涌到台前的歌迷挤到各个角落，站到椅子上的人同样不在少数，情况比在香港还要混乱。

面对失控的现场，安保人员不得不向家驹请求支援，乐队只好暂停表演，要求歌迷回到座位上。家驹发出号召后，一部分歌迷仍然不断尖叫着拼命往前挤，家驹只好朝台下大声说道："如果你们不回到各自的座位，今晚的演出就到此结束！"此言一出，歌迷们只好乖乖回到座位上。演出结束时，骚动再次出现。世荣把手中的两根鼓槌抛到台下，结果鼓槌降落的地方立即乱成一团。

回到香港后，乐队又开始为年末的各种演出忙碌起来。新艺宝推出了"生命接触"的现场专辑，却没花多少心思进行宣传；在台湾发行的两张国语唱片，也远未达到预期的销量。因此，他们决定暂时放弃主攻台湾市场的想法，把目标转向日本。香港的发行权则由华纳唱片接棒。1991年12月23日，乐队和Amuse签下一纸合约，正式开启进军日本乐坛的摇滚之路。一个月后，他们飞到日本，着手录制合约中的第一张唱片，在那里一住就是70天。

第七章

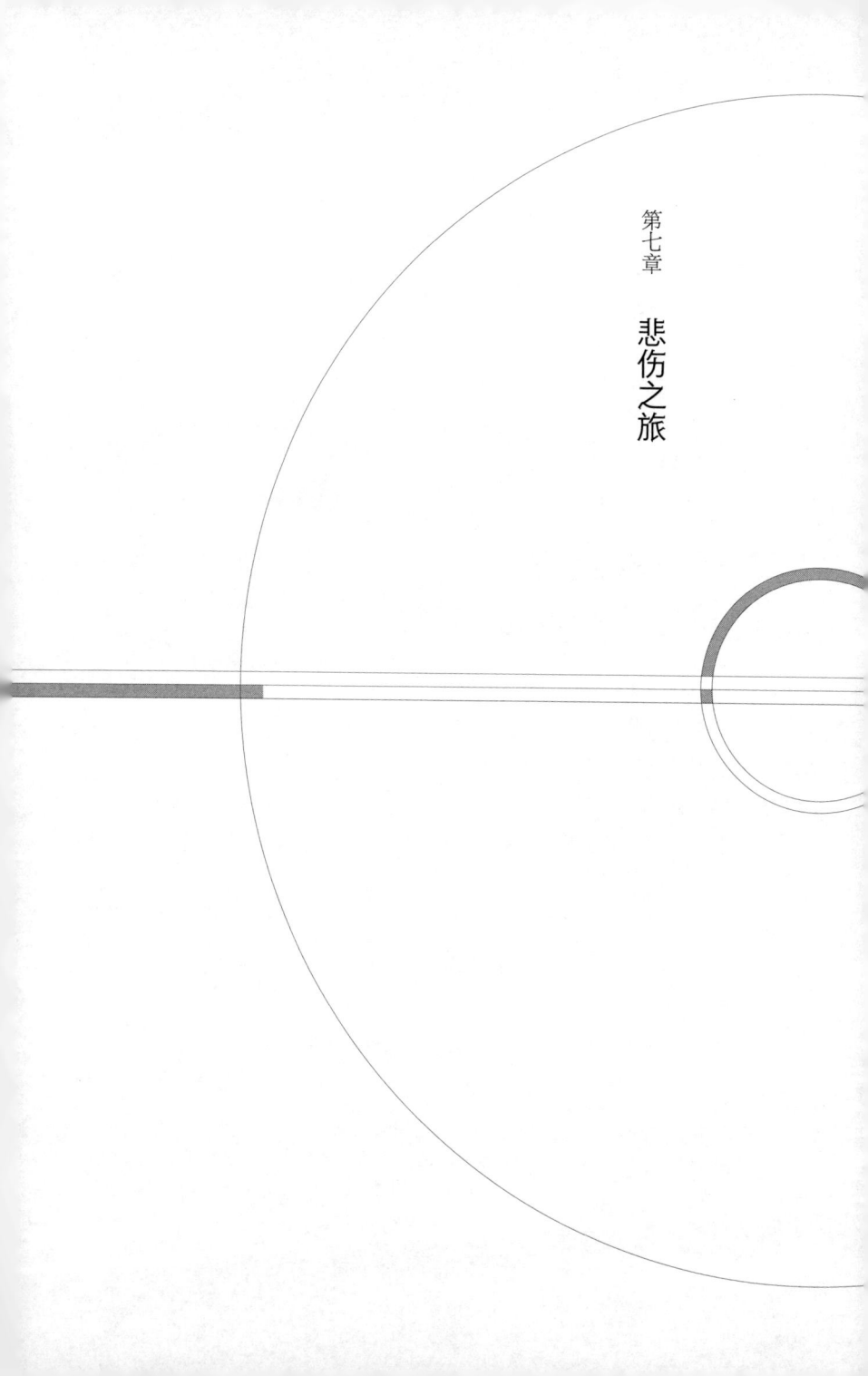

悲伤之旅

Ⅰ 孤独的异乡人

作为世界第二大音乐市场,日本有着成熟的运行机制和广阔的市场空间,这正是吸引 Beyond 的地方。乐队将以此作为跳板和过渡,为后续打入美国市场做准备。但是,进军日本乐坛无疑是一次巨大的冒险。一方面,Beyond 的四名成员对日语一窍不通,和唱片公司沟通非常困难;另一方面,乐队在那里根本没有听众基础,影响力基本为零。来到一个如此陌生的环境,一切都要从头开始,难度可想而知。

Beyond 在日本的生活谈不上风光,甚至只能用清苦来形容。初来乍到,他们根本无法和别人交流,更别说融入其中。那种身处人群却无力抓住任何一个的感觉,比被抛到荒岛还要令人绝望。事实上他们也的确身处荒岛:Egg 录音棚所在的位置并非闹市,而是人迹罕至的山梨县山中湖村半山腰。富士五湖中最大的山中湖(Lake Yamanaka)就坐落在山下。虽然推开窗就能将富士山尽收眼底,但每到冬天,那里就格外冷清,几乎看不到人。

刚到山中湖时,乐队的四名成员满怀欣喜,对那里的一切充满期待。但随着时间的推移,生活日复一日地重复,每天都做着相同的工作,和仅有的几个人相处,他们开始感到厌倦,于是思乡的情绪蔓延开来,这种情绪不到一个星期就因为春节的到来而被放大。那是他们第一次在外过年,既不能和家人团聚又不能和朋友相逢,心情难免有些复杂。香港的一切都让他们思念不已,家驹的《遥望》、阿Paul的《温暖的家乡》、家强的《厌倦寂寞》就是在这种背景下诞生的。尽管三首歌的主题不尽相同,但那种孤独的感受和思念的情绪都无一例外地贯穿其间。

乐队每天的时间都被工作挤占得满满当当,但他们还是闷得发慌,因为实在找不到人交流,酒店里就只有新的制作班底和几个服务员。而且他们从未经历过如此寒冷的天气,那时的山中湖已被白雪覆盖,一间酒店孤零零地立在树林里。世荣说,那种感觉"挺阴森的"。

录音之余,Beyond唯一的乐趣就是读书或看电视。当然,互相耍宝也是他们苦中作乐的惯用方式,有时他们会在路上打雪仗,捉弄彼此,此前他们可从没亲眼见过雪。在日本的两个多月,他们仅仅抽空到东京巨蛋看过枪花乐队"运用你的幻觉世界巡演"(Use Your Illusion World Tour)的一场演出,其余时间都在排练、录音或写歌。

乐队正在筹备的新专辑,大部分作品便是写于那期间。"我们几个都在不停地写歌,写好之后又不停地在排练室里练习,然后修改。基本上每天都没有什么娱乐活动，唯一的娱乐就是玩乐队，在排练室里练习。"阿 Paul 说，"我们从不喝酒，偶尔抽抽烟。我们全部的时间基本都倾注到了音乐上。也许有些人玩音乐会有很多不同的想法，一会想做这个，一会想做那个。但我们不会这样，我们只有音乐。我们的路只有一条，我们就向着这条路走。"

Amuse 为 Beyond 安排了一位名叫梁邦彦（Ryo Kunihiko）的制作人。专辑录制期间，Beyond 常常和梁邦彦以及翻译助理 Ben Lee 待在一起。梁邦彦 1960 年出生于东京，其父母均是侨居日本的朝鲜人。Ben Lee 则来自香港，曾留学日本，是个粤语和日语通，因此他成了 Beyond 和日本乐手沟通的唯一桥梁。不过，由于 Ben 不怎么懂音乐，Beyond 和乐手们沟通起来还是颇为困难。

到日本后，家驹开始努力学习日语，因为除了交流的需要，他们还得录制日语歌曲。家驹非常努力，坐车时也不忘翻看日语书籍。他就是这样一个人，发现不足就尽力弥补，力图把事情做到最好。因为他深知，Beyond 不仅仅是一支乐队，还代表着整个香港乐坛。

在与日本制作团队合作的过程中，Beyond 获得了一种完全不同于香港的体验。新团队成员都有很强的时间观念，从来不迟到，而这正是家驹在香港时的毛病；最重要的是，他们独具专业精神，做事极其认真。"日本人对待工作的态度很好，他们彼此尊重，就算只是负责按键过带的工作人员都有乐谱看，不像香港只有总监一个人有乐谱。而且在香港，有时我们想尽力做到的东西因为时间比较紧,他们都会求其过关,或者歌迷可能不懂的东西,也会作罢!在日本就不同,虽然我们沟通比较困难,但他们能感觉到我们想要的东西。所以总会一试再试,直到大家满意为止。他们会花很长时间来完成一件看上去并不怎么重要的事,不会像香港人图快图省时间。"家驹说。

Beyond原本就是那种自我要求比较高的乐队,但与日本制作团队相比,他们也要自叹弗如。"我们对音乐的要求从来都相当严谨,但和他们的录音师一比,才发现我们有很多东西都需要改进。"① 不过刚开始梁邦彦修改他们的编曲时,他们并没有那么乐于接受。他们想做重型音乐,但经过前者大刀阔斧的修改后,歌曲变得柔软了许多,整个风格跟原版大相径庭。这种被干涉的创作方式令Beyond难以接受,为此双方还发生过不少争执。"我们那时候比较年轻,火气大,稍微改变一点自己的想法就不能接受。"世荣回忆说,"后来录音的时候才发现,他做出来的效果特别好特别美,对我们音乐的帮助也挺大。"②

除梁邦彦外,著名音乐人、作曲家喜多郎(Kitaro)也参与了这张专辑的创作。《长城》的编曲就是由他和Beyond共同完成的;不仅如此,他还为《长城》和《农民》两首歌演奏合成器。《长城》那段苍凉、旷远的前奏,以及《农民》中晨曦般升起的琴音,就是出自喜多郎之手。喜多郎一直是Beyond所敬仰的音乐大师,与他合作,他们都感到很高兴。在Beyond尚未正式进

---

① 大乔:《Beyond获益良多!》,《大众电视》第891期(1992年5月)。
② 雷旋:《Beyond日本"乐与怒"》,《音像世界》2006年第7期。

军日本之前，他们就曾和喜多郎有过一次小聚。那是1991年初夏，他们到东京参加"亚洲儿童救援行动"的演出，事后大里洋吉招待他们时，就邀请喜多郎一起共进晚餐。家驹对这两首歌都相当满意，尤其是《长城》前奏所表现出的强烈的东方神韵，让他称赞不已。他说："找喜多郎帮我们配乐是明智之选，他曾多次到访中国，对中国有一定的了解。我喜欢他音乐中的东方韵味，《长城》就是试图表达中国人的命运，这一主题恰好能和他的配乐遥相呼应。"

《长城》在榜单上取得了不俗的成绩，先后攀上了"叱咤乐坛流行榜""中文歌曲龙虎榜"以及"劲歌金曲榜"三家榜单的冠军位置，并成功入选同年第三季度的"劲歌金曲"。当然，这一切除了得益于梁邦彦、喜多郎所贡献的非凡才华外，刘卓辉的歌词无疑赋予了这首歌最核心的灵魂。彼时，刘卓辉于1990年创办的大地唱片公司已被香港智才集团收购，但他仍担任着该厂牌的经理职务，在北京做版权引进工作。刘卓辉与Beyond的合作方式依然像往常一样，从不交流也从不讨论，乐队只需把歌曲小样寄给他，然后他根据临时歌名和小样填好歌词，再用传真将歌词传回。尽管很少见面，但他们之间的合作越来越默契，几乎每一次都那么恰如其分，每一次都能创造经典。

收到这首原名为《长城怨曲》的歌曲小样后，刘卓辉便知道家驹想写一首关于长城的歌。"旋律很适合，于是就照着这个方向写了下去。"但最后歌名被他改成了《长城》。写这首歌的头两句时，他还借鉴了《龙的传人》的写法。① 其中那诗歌般的想象力和对历史的反思精神，令这首歌散发出不朽的魅力，使其成为Beyond最杰出的作品之一。

几个月后，当家驹在"继续革命"演唱会上唱起这首歌时，他语重心长地对歌迷们说道："在香港做音乐非常困难，你们作为乐迷可能并不清楚其中的情况。其实每一个歌手和作曲人都会经历这样一个艰难的选择，也就是在作曲和演绎时要做很多过滤和修饰。一首歌出来后人们可能觉得很精彩，但仔细反思，其实少了很多新的想法和原本的立场，因为我们要迁就香港的音乐市场。大家平时听我们的歌，可能会很喜欢；但对Beyond来说，这却和真实想法存在一段距离。所以在我们创作时，常常会担心是否跟当下的流行歌曲存在距离，如果乐迷不喜欢会怎样？最近我们常常会有一些关于国家未来建构方向的疑问，为何会这样？为何会那样？所以在《大地》《岁月无声》之后，我们写了《长城》。"

家驹继续解释说："中国人比较喜欢怀念过去的辉煌史，因为我们有五千年的历史。当今天的国人被耻笑不思进取时，我们可能会说，我们有长城，有这样有那样，你们有吗？提到的都是几千年前的伟大建筑。我绝不希望我们中国人永远活在缅怀辉煌历史的记忆中。这些都已成过去，我们应该创造未来的辉煌，应该为将来做好准备，我相信我们中国人一定能做到。"这就是家驹想要表达的想法。不过由于他对这方面的题材没有足够的把

---

① 参见黄志华、朱耀伟、梁伟诗《词家有道：香港16词人访谈录》，桂林：广西师范大学出版社，2010年，第154页。

握,所以只好将这一任务交给刘卓辉,而刘卓辉正好写出了他想说却未能说出的部分。

此外,家驹对刘卓辉填词的《农民》也十分满意。这首歌不仅塑造了一个与世无争、默默耕耘的农民形象,还开创了此类摇滚题材的先河。事实上,《农民》并非乐队的新作,早在两年前就曾以《文武英杰宣言》之名出现在电影《开心鬼救开心鬼》的插曲中。不过,经重新改编和填词后,那种欢快、嬉皮的感觉已完全消失,取而代之的是沉重和寂寥。

因忙于学习日语,还要写些新歌交差,家驹便把填词的任务交给了队友和搭档,仅仅为新专辑填写了两首歌词。除了刘卓辉,填词人、专栏作家林振强(Richard Lam)也开始和 Beyond 合作,《早班火车》就是此次合作的成果。阿 Paul 和家强则分别填了三首,比重大幅提高。世荣虽然在专心打鼓,但他也不甘落后,亲自为《可否冲破》填写了歌词。《可否冲破》算是《冲开一切》的延续,只不过面对新的环境,他们已经没有了以前那种"让生命冲开一切/我要接触新的希望"的激情与乐观,而是多了"可否冲破眼前这装扮/可否冲破以前那颤抖的岁月"的疑惑。虽然他们重又陷入对未来的迷茫,但那种自我的信念却从未减少。

录音进度比原计划慢了不少,除了编曲的分歧和交流的障碍,弹奏同样遇到了问题,比如家强的一轨贝斯就重录了很多次。[1] 但真正影响录音进度的还是语言障碍。尽管 Amuse 为 Beyond 安排

---

[1] 参见 Leslie Chan《家驹一直不满家强的表现》,Beyond.com.hk 脸书,2014 年 9 月 17 日。

了翻译助理,家驹也请了一位日语老师为自己授课,但问题并未因此得到解决,尤其是日语歌曲的录制变得相当困难。为此家驹常常跟暴风乐队(Bakufu Slump)的队长末吉觉开玩笑说,想请他给自己介绍一个日本姑娘做女友,帮助学习日语。当然,另一方面也可能是出于孤寂,因为到日本后,家驹和简女士的恋情也渐渐走到了终点。

暴风同样是 Amuse 旗下的乐队,Beyond 到日本不久,经纪公司就把他们引荐给了对方。"第一次见面时,他们都瞪大了眼睛,因为他们发现我的中文竟然说得比他们还流畅,然后我们的距离一下子拉近了许多。"① 末吉觉回忆说。早在 1990 年,他与朋友到北京旅行时,偶然看到黑豹乐队的演出,深受感动,于是他扔掉第二天返程的机票,决定留下来和黑豹一起玩乐队,之后便长期旅居在中国大陆。语言上的便利,让 Beyond 和他变得非常亲密,尤其是身为鼓手的世荣,他们的共同话题颇多。而他偶尔也会带他们去一些爵士俱乐部,或者邀请他们到家中做客。

*

在山中湖暂留了两个多月后,Beyond 完成了新粤语专辑和几首日语歌的录音。1992 年 4 月 7 日,乐队终于回到了告别已久的香港。

---

① 末吉觉:《Beyond——日本国内的"中国"》,高知新闻,2014 年 3 月 25 日。

在日本的 70 天里，除了一开始与 Beyond 一起抵达山中湖，Leslie 仅仅到那里探望过他们两次。尽管 Leslie 在将 Beyond 从劲石娱乐转让到 Amuse 的合约中，保留了自己的经纪人身份，但转让合约一生效，Amuse 对待他的态度便发生了一百八十度的转变：他们都对他原有的歌曲版权虎视眈眈。他与 Beyond 的关系也因为即将动身前往日本前的一次谈话重新滑向冰点，而这种脆弱的关系在 Beyond 回到香港后不到一个月便完全破裂了。

由于家驹的单纯和说话不慎，在乐队、Amuse 和 Leslie 召开的一次三方会议中，Leslie 被 Amuse 定义成乐队顾问，而不是乐队经理。第二天，愤怒不已的 Leslie 在电话里将世荣和阿 Paul 训斥了一番，接着他和家强在电话中的对骂则完全终结了双方六七年培养起来的信任和感情。之后，Amuse 拒绝他参与 Beyond 的任何活动，但依然对他手中的歌曲版权穷追不舍。Amuse 对他软硬兼施，一边不断向他发送带有威吓意味的传真，一边试图通过谈判买下他手中的 Beyond 歌曲版权。被拒之后，Amuse 强行解除了他的经纪人身份。

1993 年 4 月，在 Amuse 的操纵下，乐队向香港最高法院提起诉讼，请求判令乐队与 Leslie 及其负责的键锋传音的所有合同无效，返还乐队所有的歌曲版权。之后，三方展开了长达一年的诉讼拉锯战。Leslie 在其关于 Beyond 的传记中对诉讼和解的过程做了详尽描述。尽管这件事一年多之后以和解收场，但无论如何，当时的纠纷还是让乐队尤其是家驹身心俱疲。

从山中湖回到香港后没几天，Beyond 便参加了无线电视举办的"十大劲歌金曲"季选演出。当晚他们献唱了许冠杰的《半斤八两》，以此向后者致敬。彼时许冠杰正在各地做告别巡演，巡演结束后，香港乐坛将不会再看到他的身影。

事实上，在该季度的"劲歌金曲"榜单中，并无 Beyond 的大名，甚至没有任何一支乐队入选。Beyond 对此深感遗憾，同时也颇为失望。因为老一代音乐人正渐渐退场，而新生力量却被肤浅的情歌紧紧裹挟。除了稍后的《长城》以大热之势挤进"劲歌金曲"第三季度的榜单，再没有任何乐队出现在该排行榜上。

此后，"中文歌曲龙虎榜""叱咤乐坛流行榜"以及"劲歌金曲榜"等榜单基本被情歌占据，而这些情歌大多翻唱自日本和韩国的歌曲。Beyond 对此愤怒不已，虽然他们大可保持沉默，对这一切视而不见，但他们实在做不到，尤其是当偶像之风横行，乐队不受重视时，他们就再也坐不住了。家驹批评说："他们既是靓仔又懂得唱歌跳舞，非常受欢迎。可他们却不会用自己的影响力和号召力去做一些有内容、有意义的歌曲。其实以他们现在的吸引力，他们唱什么歌迷都会接受。所以总唱情歌，让人觉得非常浪费。"阿 Paul 同样对此深感失望："以前我对香港乐坛还存有一丝期待，但近来的心情就像家驹说的那样，期待了这么久，不仅没有起色，反而有倒退的迹象，实在令人失望。"

演艺圈的虚伪同样让 Beyond 感到厌倦。"做人最重要的是真诚，"家驹说，"但奇怪的是，很多艺人在什么场合都能笑脸迎人，遇到不熟悉的人时，他们也能相互拥抱假装亲热。也许他们真的身不由己。但我做不到，我不能像木偶一样强颜欢笑，因为音乐人的职责是贡献优秀的音乐。"

当初他们之所以决定远赴日本,不仅是因为那里的音乐生态吸引着他们,香港乐坛的腐化也成了他们出走的重要原因。家驹说:"在香港,如果别人认为你的音乐不够流行,就没有市场,就不会得到人们的支持。所以当初我们决定先往外发展,时机成熟后再回香港。"① 后来家强也解释了他们为何会离开香港:"我们都考虑过是不是非得去日本那么远的地方,但我们还是觉得香港乐坛已经无药可救,难以改变,即使用心去做音乐也得不到应有的尊重。"

随后,当家驹在一次采访中愤愤不平地说出那句振聋发聩的"香港没有乐坛,只有娱乐圈"时,香港媒体便集体沸腾了,一连好几天都在用他这句话大做文章。反击的声音亦随之蜂拥而至,一些人甚至批评 Beyond 没有资格发表这番言论。一年后,当 Beyond 接受马来西亚的媒体采访时,记者问他们当时是否害怕这些话得罪人。"不会怕,"家驹底气十足地说,"这并不是什么得罪,我觉得自己身为香港乐坛的一员,香港乐坛有问题时,我就应该提出意见。如果这都叫得罪的话,那么香港乐坛就没救了,它就这么沉闷了。"然而,香港乐坛的确就是这么沉闷,他们很快被孤立,并为此付出了惨重的代价:不少媒体拒绝报道他们,愿意播放他们歌曲的电台也减少到仅有一家。

在香港逗留了一段时间后,Beyond 便飞去了日本。乐队此行

---

① 黄庆升:《Beyond:为信念孤军奋战后,脱颖而出》,《荧幕偶像》第 13 期(1992 年 12 月)。

的目的是给暴风乐队的演出做表演嘉宾。他们即将推出的第二张日语单曲《可否冲破》，歌词就出自暴风乐队的主唱中野裕贵之手。不久，暴风乐队翻唱了这首歌，并将它收进同年出版的黑胶唱片中。

在接下来的两个月里，Beyond 的主要行程就是往返于香港和日本之间。6月7日，乐队在香港开了一场歌迷会，世荣则因为训练时不慎受伤，未能出席当天的活动。6月15日，Beyond 再次飞到东京，宣传攻势由此开启。他们先是在那里做了一场小型演出，与歌迷们分享即将发行的新歌；紧接着 Amuse 便为他们召开了一场隆重的发布会，正式将他们介绍给日本乐坛和媒体。1992年7月，Beyond 在日本录制的首张粤语专辑《继续革命》由香港华纳唱片正式推出，随后该专辑相继在新加坡和马来西亚等地发行上市。

不言而喻，《继续革命》的专辑名既传达了 Beyond 在音乐上不断"超越"的美学追求，也凸显了他们敢于接受挑战的冒险精神。Beyond 的确做到了这一点。这张专辑无论是歌词、编曲还是演唱，都比过去丰富、华丽得多，甚至可以说三者的结合堪称完美。"很多人都觉得非常棒。"世荣说。可《继续革命》叫好不叫座，即便《遥望》和《长城》在榜单上成绩不俗，几个月后专辑的销量也未能超过5万张。

也许这张专辑的内容对于蜗居一隅的香港人来说，很难引起共鸣。无论是表现思乡之苦的《温暖的家乡》，还是以恋人和歌迷为歌唱对象的《厌倦寂寞》和《遥望》，都弥漫着浓浓的乡愁，甚至连追忆童年的《快乐王国》也散发着时间的愁绪。而《继续沉醉》又太过于自我。独具历史反思精神和悲悯情怀的《长城》和《农民》也试图看向远方：一种人类的乡愁，一种普世的关爱。

描写列车爱情故事的《早班火车》虽能勾起年轻人的幻想，但《可否冲破》中的倦态以及《无语问苍天》中的失望情绪，无疑给这张专辑平添了些许颓废。批评娱乐圈的《不可一世》和《拜拜》（*Bye Bye*）则是前所未有的猛烈，后者更是直接向香港娱乐圈说了拜拜。

《不可一世》中那段激烈的歌词"今天的他/呼风可改雨/不可一世太嚣张/乜哥乜哥/多么的讨厌/We don't need you anymore/Go to hell"，似乎激怒了大多数艺人和媒体。很多温和的人都认为 Beyond 太过偏激，但另一些同样对香港演艺圈不满的人却认为他们批评得不够彻底。对此家驹回应说："我觉得我并不是愤怒的那种人，我只是忠于自己，把所看到的说出来而已。事实上，其他歌手也有不满情绪需要宣泄，但问题是他们不敢发声，或者不懂得如何去发声。相反，Beyond 懂得怎样去表达这种不满。如果只是一味唱情歌，对我来说会相当乏味。"

几个月后，当记者问 Beyond 为何只唱自己的歌时，家驹说："因为我们都是热爱音乐的人，都有自己的话想说，都有自己的东西想在音乐里面讲。而且我们希望听到的音乐在香港没有，所以我们就自己唱，自己做给自己听。"[①] Beyond 一直不希望别人

---

① 北京音乐广播（FM97.4）《香港风景线》，1993 年 1 月 14 日。

干涉乐队的创作，除非当他们难以把握某一类题材时，才会向他们的老搭档——比如刘卓辉——求助。

尽管Beyond并未放弃香港市场，甚至表示"希望有华人的地方就有我们的音乐"，但自从与新艺宝结束合约前的一两个月，到签下Amuse前往日本录音，乐队已经大半年没怎么抛头露面，而且他们将大部分时间和精力转向日本市场，香港的宣传已大不如前。种种迹象表明，专辑销量的下滑似乎都在情理之中。

《继续革命》推出当月，附赠有粤语版《无语问苍天》的日语单曲《长城》，亦由Fun House在东京正式推出。7月29日，乐队回到东京，开始为这张单曲开启为期10天的宣传之旅。乐队马不停蹄地为专辑的宣传而奔波，每天工作十二三个小时，可单曲的反响却不尽如人意。其实他们都清楚，要打入日本市场，尤其是融入当地文化，何其困难，但他们依然对那里充满向往。毕竟，一切才刚刚开始。

在香港，《继续革命》的宣传也在进行着。1992年8月11日，"继续革命音乐会"在荃湾大会堂举行，一千五百位观众全是他们的忠实歌迷，乐队原本希望在小场馆里和歌迷近距离接触，不料场馆方又在舞台前加装了一道金属栅栏。Beyond对此大为不满，这成了他们和歌迷之间的屏障，导致现场体验大打折扣。

当晚最令人难忘的是家驹对歌迷不厌其烦的劝导。歌迷们总是那么疯狂，一些人甚至试图涌到台前。因此，在唱《冷雨夜》之前，家驹向歌迷提出了一个小小的要求。"接下来是一首慢歌，让我们先来适应一下慢歌的氛围,坐下来安安静静地听,希望没有那么多叫声和口哨。"一曲唱罢,家驹发现依然有不少歌迷在叫喊。他无奈地说:"你们给我一种特别的感觉,无论我们唱抒情的还是劲爆的,你们的反应都非常相似,以至于我们会想:我们现在究竟在做什么?"一番苦口婆心的劝导后,歌迷们终于渐渐安静下来。

在翌年5月"我哋呀"不插电的演出采访中,家驹在表达完类似的感受后,又开始不厌其烦地教导歌迷们如何欣赏一场演出。"我们的音乐大多不是用来娱乐,而是用来欣赏的。对于听众来说,学会尊重音乐就足够了,不需要明白什么是爵士,什么是摇滚之类的。""我们希望台上的人安静表演时,听众也能用安静的心态去欣赏;台上的表演激烈时,台下也能有激烈的反应。而不是永远都在下面叫喊,影响其他人。"[1]

歌迷们总是让人爱恨交加。虽然Beyond厌恶那些喜欢给乐队找麻烦的歌迷,但那些不断往山中湖写信、寄送礼物的举动却让他们倍感温暖。深情款款的《遥望》就是为此而写的。演唱这首歌之前,家驹又开始了他一贯的健谈。"我们远去日本录音,有非常多的感触。我们希望在外面能为香港乐坛和香港乐队争光,并且为香港乐坛做出一些贡献。所以我们才有这样的冲动和勇气,去那么远的地方发表我们的音乐。""那里有很多优秀的乐手,而且那边的市场也很难打进去。我们之所以有胆识跟他们竞

---

[1] 香港电台《Beyond 我哋呀 Unplugged 音乐会》,1993年5月2日。

争,完全是因为香港有一群像你们这样忠实的歌迷支持着我们。曾经有人问,'你们去那么远不害怕吗?那边的乐队很厉害'。我们当然害怕,都知道日本的歌手很厉害。但有一样东西一直感动着我们,我们在那里录音时,香港的很多歌迷就会给我们寄礼物和书信。我想,可能很多歌迷担心我们去了日本就不再回来。但我们怎么会不回来呢?我们不可能不回来。我们根本就舍不得你们,而且我们有勇气去日本发展都是因为你们的支持。所以请放心,无论我们走多远,最后都会回到这里。因为我们代表的是一支香港乐队。"这个坚强的男人此时已有些哽咽,他那因为追寻音乐之梦的辛酸似乎全在当晚流露了出来。

*

马来西亚的宣传工作也提上了日程。9月10日下午,相隔十月之久,Beyond再次来到吉隆坡。乐队此行的另一个目的是为《长城》拍摄MV。由于航班时间严格保密,Beyond抵达机场时并没有出现那种被大批歌迷围追堵截的场景,仅有几个小歌迷和一堆记者在那里等着他们现身。

翌日上午,Beyond先是在吉隆坡的一家酒店举行了一场记者见面会,向媒体公布最新进展和此行计划,下午便去了吉隆坡乐圣岭天后宫拍摄MV。由于歌迷的蜂拥追赶,拍摄工作进行得并不顺利,直到傍晚七点左右才全部收工。Beyond所到之处依然尾随着大批歌迷,司机试图甩开他们,但一点效果也没有,以至于开工时间比原计划晚了两个小时。然而，当晚 Beyond 却把三个与他们共进晚餐的小歌迷逗得乐呵呵。"做梦都没有想到"，"除了开心还是开心"，小歌迷们如此表达见到偶像时的心情。

第二天下午在前往摄影棚为一家杂志拍摄封面途中，阿 Paul 的肚子突发绞痛，司机不得不拉着他们四处寻找药店，结果又比约定的时间晚到了半个小时。所幸在开拍之前，阿 Paul 的症状基本消退，他们花了二十分钟就完成了拍摄任务。但乐队依然马不停蹄，因为下午三点和晚上八点还有两场不同地点的歌迷会等着他们。

原定 9 月 17 日、19 日分别在怡保英迪拉慕丽亚体育馆和吉隆坡国家体育馆举行的两场演出，因为下一年马来西亚将会作为乐队 10 周年巡演的站点之一，而被临时取消。9 月 14 日上午，Beyond 提前结束了马来西亚的宣传之旅，并在当天启程返回香港，因为第二天香港华纳唱片成立十五周年的庆典还等着他们去献唱。

这个九月似乎是 Beyond 这一年来最忙碌、最丰收的一个月。乐队不仅在月初和月末分别发行了第二张日语单曲《可否冲破》和首张日语专辑《超越》(*Beyond*)，拍摄于上一年年底、家驹领衔主演的电影《笼民》也于当月 16 日在多伦多电影节首映。

《笼民》是一部反映香港底层社会的写实影片，家驹在该片中扮演一位名为"毛仔"的出狱青年。毛仔先是在利益的蒙蔽下诱骗贫苦的室友们签名搬出"笼屋"，当他弄清自己被利用后，幡然悔悟，决定和众人一起守住唯一的家园。"当时我想找一个很反叛，但同时又已经改过自新、对世界有自己的看法，跟一般思想保守的人有所不同的青年人。"该片导演张之亮说，"环顾四周，要找一个如此倔强，又不会遭人厌恶的青年，家驹的外形和性格都非常适合。"① 于是，家驹成了该片的主角之一。但后来家驹在一次采访中表示，其实他并不喜欢自己在这部影片中所扮演的角色，因为这个角色总是要不停地工作、赚钱，他并不喜欢这种状态。

《笼民》在多伦多电影节亮相后并没有马上在香港公映，而是直到两个月后才和观众见面。该片上映后好评如潮，斩获了1992 年度"香港电影金像奖"最佳影片、最佳导演、最佳编剧和最佳男配角四项大奖，它也成了家驹一生中最后一部影视作品。

9 月底，由 Fun House 在东京推出的日语专辑《超越》，共收录 11 首歌。严格来说，《超越》并非一张纯粹的日语唱片，因为粤语版的《农民》《早班火车》《无语问苍天》也囊括其中，专辑甚至还收录了一首改编自《继续沉醉》的国语版《爱的罪过》，日语歌曲只有 7 首，而且都是由《继续革命》中的作品重新填词而来。月初发行的日语单曲《可否冲破》同样显得有些凌乱，因为它还附赠了一首粤语版的《早班火车》。这种将两种语言甚至三种语言的歌曲混在一张专辑中的做法，似乎并不高明。因为这样一来专辑就失去了核心，日语歌曲和粤语歌曲都未能得到凸显。

---

① 刘玉芬：《是终结也是开始》，《壹周刊》第 174 期（1993 年 7 月 9 日）。

1992年秋天，Beyond飞到东京，正式久住下来。直到年底国语专辑《信念》（$Belief$）发行后，他们才再次飞回香港，然后前往台湾宣传国语专辑。

*

Beyond在东京的待遇完全不同于山中湖时期。他们到达东京的第一天不是进棚录音，而是四处寻找安身之所。几经奔波后，他们终于看中了富士电视台附近的几家私人公寓。尽管那几个房间又破又旧，但他们还是决定先住下来。因为东京尤其是富士电视台附近的房租高得要命，先安顿下来显然比什么都重要。

Beyond的四名成员并没有住在一起，但他们的住宿条件都相当差。阿Paul的卧室小得"可以用脚碰到任何地方"，第一个晚上因为没有床只好睡在地上。世荣的房间隔音效果很差，"隔壁洗碗的声音都听得见"，以至于他在打鼓时常常被邻居老太太投诉，即便他换上一套电鼓，也还是有警察找上门来。家驹的遭遇同样很窘迫，有一天他正呼呼大睡，突然一个老太婆走进来四处张望，她不停地对家驹说话，但家驹完全听不懂，最后才弄清她就是房东。

尽管Beyond努力配合Amuse的宣传计划，但愿意为《超越》买单的歌迷并不多。这张唱片在日本和香港两地的销量加起来还不到3万张。阿Paul不禁感叹道："我们原以为会受到欢迎，没想到市场的考验如此现实、如此残酷。"

在山中湖时虽然苦闷，但他们都有很高的创作热情。然而当他们转到东京后，状态却变得很差。虽然乐队获得了更多的创作空间，却没能写出多少新歌。他们深深感到自己像是被抛弃了一样，因为再也没有像 Leslie 那样能为他们揽下日常事务的经纪人了。Amuse 甚至严格控制着他们的出行和受访安排，在乐队得知被商业电台列为 1992 年度"本地创作人音乐会"的致敬乐队，并准备返回香港参加活动时，却遭到了 Amuse 的拒绝。① 最令他们失望的是 Amuse 对他们的冷落。世荣患了重感冒，全身酸痛，吃药后在家躺了几天也不见好转，然后他跑到录音室和阿 Paul、家强唱和音，结果一群人都病倒了。他们看医生，吃药，但还是未能很快康复。他们给公司安排的助理打电话，对方却说星期天不上班。

阿 Paul 回忆说，家驹的情绪非常低落，弹吉他的兴致都没有了，他甚至一连几天都懒得去碰吉他。家驹显然"有一种寄人篱下的感觉"。阿 Paul 同样找不到任何归属感。"醒来根本不知道自己身在何处，我不停地问自己，'我到底来这里干嘛？'"他试图通过酗酒来麻醉自己。"回家把鞋一脱，手摸到的都是酒瓶，杯子都不用，就这样一瓶干下去，希望让自己早点入睡，不要胡思乱想，因为第二天还有很多工作要做。"没有工作的时候就躲在家里看电影。"好像被关在监牢里，"他对记者抱怨说，"每天的生活跟印刷出来的一样。"家强则是靠玩电动游戏打发

---

① 参见《家驹对 Amuse 颇有微言》，《东周刊》第 37 期（1993 年 7 月 8 日）。

日子。①

世荣的状态稍微好一些，因为他要比他们乐观得多。最重要的是，他是他们中最惹女人喜欢的一个，他在那里很快就和一个日本女孩好上了，所以并不会感觉寂寞。但那期间他也开始学起了抽烟，而且再没断过。"平时录音唱和声时，麦克风就摆在中间，我们围着唱，他们三个都会叼着烟，边唱边录。我就很惨，熏得眼泪鼻涕都出来了。然后他们劝我也抽抽，我就说试试吧，没想到就免疫了。"②

末吉觉的家也是他们消遣的地方。他们在那里唱歌，喝酒，玩游戏，甚至叫嚷着让他帮忙介绍女朋友，所以有时他还会叫上几个女孩陪他们玩游戏。家驹成了他们中最受宠的人，但每次都是家驹先喝醉，结果他们几个只有世荣交到了女朋友。

尽管和朋友们在一起很快乐，但家驹并未因此从失落中走出来，相反，越是狂欢，独处时越感到空虚，因为他根本就没有什么创作热情。《无尽空虚》显然是他这一时期的写照："无尽空虚/似把刀锋静静穿过心窝"，里面有他太多的痛苦与挣扎。他试图通过爱情来为自己疗伤，可偏偏又是爱情的失意令他痛苦万分："期待的爱/怎么一生总不可碰到。"每一次希望都如此绝望。要知道，他已经是一个经历过四段恋情的男人，却未能有一段修成正果。

---

① 参见雷旋《Beyond 日本"乐与怒"》，《音像世界》2006 年第 7 期。
② 邹金灿：《叶世荣：80 岁都会有人跟我提 Beyond》，《南方人物周刊》2014 年第 38 期。

*

　　1992年11月，国语专辑《信念》录制完成后，Beyond率先到台湾预热宣传，紧接着12月底专辑便在台湾上市。虽然前两张国语专辑在台湾的反响稀松平常，但滚石唱片签下他们的意愿并没有因此减少。"我们等Beyond很久了，"董事长段钟沂(Johnny Tuan)说，"滚石对音乐质量一向要求很高，也特别注重个人色彩的音乐类型，所以我们选择了Beyond。"加盟滚石唱片的仪式于12月16日举行，他们在台湾的宣传工作一直持续到年底。

　　《信念》发行当月，Beyond在香港同步推出了粤语EP《无尽空虚》。虽说是张EP，但也只收录了三首歌，其中还包括五个月前已经问世的日语版《长城》；另一首《点解·点解》同样在几个月前已为听众所熟知——当时是电视剧《兄兄我我》的主题曲。虽说家驹这一时期的创作量大不如前，但总体水平却提高了不少。无论是歌词，还是编曲，都比过去流畅、独特得多。《无尽空虚》就是很好的例证。"这首歌是家驹一贯感伤的作品，"Leslie说，"结尾有一段De-De-De-De……那是他喜欢用的创作方式，感觉像是进入另一首歌。我相信是因为家驹的灵感太丰富，一曲未完一曲又起，新的旋律不断从他的脑袋里涌出来。其实《孤单一吻》也是类似的结尾——突然多出一段新的旋律。我问他为什么要这样写，他说不希望在结尾处一直重复，那样会显得死板，他希望多一些变化，多一些惊喜。"

在过去的三四年间，每到年底，Beyond总有揽不完的奖项，总有无数的表演要去应付，但这一年，几个音乐奖的颁奖典礼上，他们都成了缺席者。他们仅仅拿到了那个手都快要起老茧的"叱咤乐坛组合"银奖。不过正是这个奖项，让他们在距北京首秀五年之后得以重返首都。

1993年1月14日演出当晚，Beyond作为开场乐队在北京工人体育馆为观众表演了两首歌：国语版《大地》和最新发表的《点解·点解》。但电视台仅仅转播了《大地》的演出，另一首歌的现场风采至今无人得见。歌迷中流传着这样一个说法：那段被雪藏的影像就是《海阔天空》。但事实上，《海阔天空》的创作时间要稍晚一些，那时他们正在全力为新专辑准备录制的歌曲。

Beyond此行重温了北京的一些景点，他们甚至登上了天安门城楼。他们热爱这里的一切，同时也在反思它的不足。他们并不像大多数香港人因为"九七"将临而迷茫无措，虽然他们也有失落的情绪，但他们还是盼望香港早日回归。阿Paul随后在其操刀填词、影射香港与中英关系的作品中，那句"爸爸请你归家休息吧"，就表明了这一立场。他们都希望名正言顺地称自己是一支"中国乐队"[1]，而不仅仅是香港乐队。

在接受北京音乐广播《香港风景线》采访时，记者问他们为何香港的乐队大多都已解散，Beyond却依然如故。阿Paul半开

---

[1] 参见Beyond《Beyond》，《壹周刊》第196期（1993年12月10日）。

玩笑地说："关键是我们不能做别的工作，也没有其他工作，所以不做音乐就没有事情可以做。"家驹接过话茬补充道："另外，如果我们要解散，其他地方也没有我们喜欢做的事情，但在 Beyond 乐队里，我们可以找到自己喜欢的东西。"家强也表达了自己的观点："如果我们解散了，其他年轻人就会觉得玩音乐没有前途。所以我们觉得坚持下去，会给他们一些希望。"世荣则认为感情是将 Beyond 紧紧联系在一起的东西。"我们能相处十年，说明我们有很深的感情，所以不容易解散。"

虽然每年嘉士伯流行音乐节都能聚集很多新乐队，但这些基本都成了短命乐队，即便是那些摘得桂冠的佼佼者，也难免昙花一现，更别说进入公众视野，取得商业上的成功。在新生乐队中，只有亚龙大稍微有点希望，Beyond 和太极成了香港硕果仅存的两支老牌乐队，到 1993 年，成军超过十年的乐队则只有 Beyond。"中国人组乐队，要延续特别困难，Beyond 已经十年，他们一直做原创，尤其是在香港这种地方做原创，更是难上加难。"罗大佑说，"能坚持做自己想做的音乐，是不多的。如果能把这些有信心和意图的力量集合起来，那将会是二十一世纪的中国人音乐。"周华健也感叹道："任何事情超过一个人的时候，就会产生麻烦，Beyond 十年光景，不简单啊！"

虽然寻梦之路有诸多不顺，但 Beyond 从未退缩，因为音乐就是他们生命的一部分。"只有在音乐中我才能找到答案。"家驹说。他们都希望 Beyond 能够一直走下去。

十周年巡演的计划也提上了日程：圣诞节后，他们将花上一个月的时间，从香港红磡体育馆出发，沿着新加坡、马来西亚、台湾地区、日本和中国大陆进行巡演。"Beyond 十周年是一个非常难得的机会，就算是朋友之间维持十年的友谊也极为不易，更何况是乐队，所以我们非常珍惜这段缘分和感情，我甚至觉得 Beyond 能持续至今是上天的恩赐。"[①] 世荣说。音乐是他们共同的语言和梦想，而友谊才是将他们凝聚在一起的内核。就算没有音乐，他们也能彼此相伴。

II 绝唱：人间的乐与怒

1993 年 1 月底，Beyond 再次登上飞往东京的航班，开始投入新专辑的录制。此次录音工作预计持续三个多月，以至于想念儿子的黄国文夫妇，在家驹等人抵达不久，便随旅行团来到东京，在那里和家驹、家强小住了几天。

东京的时光依旧苦闷。白天有干不完的工作，晚上则是无尽的寒冷。好在经过一年断断续续的短居，他们已经渐渐适应了那里的生活。在香港时想念日本，在日本时想念香港，Beyond 如此描述对日本的感情。音乐、女人和酒，依旧是他们生活中重要的

[①] Pauline：《Beyond 举行十周年巡回演唱会》，《100 分》第 179 期（1993 年 5 月 29 日）。

组成部分。

在中野裕贵的引荐下，Beyond和金属摇滚乐队"圣饥魔Ⅱ"（SEIKIMA-Ⅱ）成了朋友。Beyond对这支乐队极为推崇，在家强和世荣最喜欢的乐队名单中，"圣饥魔Ⅱ"赫然在列。末吉觉的公寓则依旧是他们经常出没的地方，只是家驹不再像从前那样孤寂。尽管未能如愿找到一个日本女友，但徐敏儿（Rita）的出现，点燃了他冰冻的心，并使他的创作热情渐渐恢复。

去年夏天成为Amuse香港分公司的主管后，Rita便开始接手Beyond的管理工作，之后她和家驹的接触逐渐频繁起来，几个月后他们便走到了一起。尽管她和家驹的恋情同样是在秘密中进行，但有关他们相恋的传闻偶尔还是会见诸报端。那些经常蹲守在家驹公寓外的歌迷，甚至还看见她半夜走进家驹的公寓。[①]

《乐与怒》的录制工作于2月初正式开始。经过上一张专辑的合作，制作人梁邦彦与Beyond已经有了很好的默契。虽然他也参与编曲，但毕竟Beyond掌握了整张专辑的主导权。他不再强行修改乐队的编曲，而是用协商甚至支持的态度去对待他们的构思。《海阔天空》那震撼人心的钢琴，就是由他创作并弹奏的。这首歌之所以用Beyond不常用的钢琴作为伴奏乐器，正是受它最初的歌名——《钢琴曲》（*Piano Song*）的启发，而这也成了Beyond作品中最具标识性的声音。

新专辑的制作成本比上一张专辑《继续革命》高出了许多。

[①] 参见《两个女人 楚麒与Rita》，《东方新地》1993年7月4日。

录《爸爸妈妈》时，为了达到那种戏谑的效果，乐队雇用了几位小号手，梁邦彦甚至还为他们请来一支由25人组成的管弦乐团参与《海阔天空》的演奏。世荣回忆说，当几十位乐手坐在录音室里齐声演奏时，那种气势恢宏的感觉非常震撼，让人浑身泛起鸡皮疙瘩。在这之前，他们从没见过如此浩大的阵势，更别说跟一支如此庞大的乐团并肩录音。

Beyond一如既往地认真对待每一首歌。录音过程中发现有不妥的歌词，他们依然会反复修改，甚至会因为一个字的发音而录上数十遍，直到满意为止。比如《海阔天空》里的"原谅我这一生不羁放纵爱自由/也会怕有一天会跌倒，oh no"，最初的版本是与之相反的"oh yeah"。家强听到家驹录唱时，觉得这句歌词既不恰当也不吉利，于是又做了一番修改，才确定最终的版本。①比如唱《走不开的快乐》时，家驹就因为没能找到唱"忐忑"二字的感觉，而重录了很多次。

相较于以往的几张专辑，无论在筹备、演唱还是制作方面，《乐与怒》都要充分得多。在日本制作团队的影响下，Beyond的要求也越来越高，总是力求达到最好的效果，于是《乐与怒》成了Beyond耗时最长的一张专辑，直到4月底，专辑的录音才告一段落。"非常开心"，家驹如此描述录音时的心情。他们依然为制作班底的专业精神所感动。"日本乐手和制作人的工作态度，让这张专辑的水平得到了很大提升。"家驹对马来西亚的

---

① 参见香港无线电视翡翠台《不死传奇：黄家驹》，2008年1月26日。

记者说,"在日本录音期间,我发觉他们有着非常令人敬佩的专业精神,他们大多数对待工作的心态,都是要么不做,要么就做到最好。但在香港就未必能像他们那样贯彻始终。这可能是由于时间关系,也可能是香港制作团队人手没日本多。在录音室里,香港的监制往往身兼数职,一会要按控制台的按钮,一会要兼顾录音的仪器,完全不同于日本,负责录音工作的至少就有四五个人,每个人都各司其职,所以他们能专心处理工作。"①

1993年5月,《乐与怒》正式推出前,Beyond回到香港,开启了为期三周的宣传之旅。第一波热身宣传是5月2日在香港电台1号录音室举行的"我哋呀"不插电小型演出。当天,Beyond总共为歌迷演唱了9首歌,其中5首出自即将发行的粤语专辑。乐队重新改编了这些歌曲,甚至做了一个"地下"时期都不曾做过的大胆举动:弹奏一首长达14分钟的纯音乐。当天的演出很轻松,家驹抱着一把双头琴,不时召唤歌迷们加入表演队列,他想看看他们的"音乐感有多强"。

人们都很好奇,Beyond为何会突然做一场不同寻常的不插电演出,尤其是在专辑尚未发行时便毫无保留地将其中的歌曲分享给歌迷。其实答案很简单,Beyond,尤其是家驹,早就厌倦了商业上的条条框框,他们现在要干的就是做回真正的自己。"曾经有段时间,我们做了一些迎合市场的音乐,那些音乐并不完全是我们想要的。"家驹说,"后来我们突然发现,如果做自己真正喜

---

① Kitty:《开口闭口日本好》,《生活电视》(马来西亚)第453期(1993年5月)。

欢的音乐，也只不过是失去一些歌迷，但同时也会获得一些新的歌迷，既然如此，那为什么我们不做真正的自己？我想现在是时候了。"[1]

事后，雷宇扬问他们为何会如此大胆地要搞一场回归自然的演出，是不是希望人们不要整天盲目崇拜偶像。家驹说其实并"不是很大胆，玩音乐本就应该这样"，然后又略带讽刺地说："做偶像才大胆呢，又唱又跳又玩，什么都做齐了。"但事实上他们只是希望在音乐的道路上返璞归真，何况家驹原本就钟爱原声吉他，做一张纯音乐专辑一直是他的梦想。"回归自然的东西，而不是那种大制作，感觉会更简单一点。没有那么多花哨、华丽的东西傍着，我觉得舒服很多。"家驹说。

虽然一年多来 Beyond 在香港的声势有所减退，但他们并未因此感到焦躁，因为家驹明白自己想要的是什么。在接受香港电台记者采访时他就表明了自己对待音乐的态度。"最重要的是清楚自己的定位，如果你把自己当作艺人的话，你就会迷失，但我们始终坚持自己是做音乐的。音乐以外的东西，如果是迫不得已为了宣传，我们会勉强自己去接受那项工作。但如果可以的话，我们会专注在音乐上。"然后他反复强调："我是一个音乐人，我应该尊重音乐。"

此时的家驹已不再是一年前那个意气风发的青年，现在的他，成熟、稳重了许多，也似乎多了几分沧桑。他依旧像从前那

---

[1] 《Beyond 写真篇：是成员各抒己见》，《金电视》第 935 期（1993 年 7 月）。

样健谈，但嗓音中却透着些许倦意。一个月前，Beyond 刚刚和 Amuse 把 Leslie 推到了被告席上，官司的事情正让他头疼不已。尽管他并不愿意打这场官司，甚至还在媒体面前否认起诉 Leslie 的事实，但他们终究还是走到了对簿公堂的地步。

在香港的三个星期，除了接受电台、杂志采访，或偶尔上上电视，Beyond 还专门为《爸爸妈妈》和《海阔天空》两首主打歌拍摄了 MV。这两首歌在榜单上的成绩都不尽如人意，虽然《爸爸妈妈》很快登上了"中文歌曲龙虎榜"的榜首，但《海阔天空》经过两个星期的艰难爬行，才勉强打入前三；而在"叱咤乐坛流行榜"上，它们也只分别取得了第六和第七的成绩。《海阔天空》甚至在两家电台都遭遇了冷落：商业电台曾一度要求华纳将它换下，香港电台则是眼看成绩不佳很快就将其停播了。[1]

《乐与怒》于 1993 年 5 月 26 日正式在香港推出。Beyond 对这张专辑十分满意，家驹甚至声称这是他们"最好的一张"专辑。乐评人也不吝溢美之词称它为"近年来香港乐坛不可多得的佳作"，更有甚者评价说专辑内的歌曲"几乎首首佳作"[2]。然而，这张专辑也是叫好不叫座，上市两三个星期销量就停在了两万张左右，在专辑排行榜上也很快跌出了前十名的位置。

《乐与怒》的专辑名显然蕴含着双重意义：它既是"Rock And Roll"（摇滚）的音译，也是 Beyond 喜怒哀乐的见证。换言

---

[1] 参见雷旋《〈海阔天空〉25 年：超越时代的黄家驹绝唱》，BBCNews 中文网，2018 年 6 月 30 日。
[2] 参见《Beyond——乐与怒》，《音像世界》1993 年第 8 期。

之，无论在形式上还是内容上，这张专辑都是 Beyond 最彻底、最真实的一张。尽管 Beyond 在各方面一直都力求新变，但这张唱片的封面跟伪善者乐队（The Pretenders）1980 年发行的专辑《伪善者》（*Pretenders*）有几分神似。这到底是 Beyond 有意为之，向这支朋克摇滚乐队致敬，还是仅仅为一个巧合，无人得知。

《乐与怒》不像上一张专辑《继续革命》那样华丽、风格统一，而是呈现出一种题材庞杂、风格多样的形态。这正好印证了家驹在"我哋呀"不插电演出结束后，回答记者关于何为音乐时的音乐哲学观："音乐应该有很多种类，应该有很多不同的性格、色彩、感情和文化在里面。音乐本身就是一门艺术，包含着很多可能和虚幻的感觉。"

的确如此，这张专辑在情感表现上，既有愤世嫉俗的《狂人山庄》和《我是愤怒》，也有温声细语、如泣如诉的《情人》和《全是爱》；既有《无无谓》中的嬉皮，也有《和平与爱》里的严肃。在题材上，既有追求个人自由理想的《海阔天空》，也有关注社会现实的《爸爸妈妈》。在风格上，既有雷鬼风格的《无无谓》，也有蓝调神韵的《妄想》；《爸爸妈妈》更是将放克和说唱融为一体。在乐器搭配方面，钢琴、小号、长笛、管弦乐团等的加入，也增强了整张专辑的辨识度。简言之，《乐与怒》的绚丽与丰富，都是 Beyond 以往专辑中不曾有过的景致。

《海阔天空》显然是这张专辑中最具深意的一首，在之后的岁月中，它被人们反复解读，并延伸到各种领域。Leslie 甚至将其称为"世纪之歌"①,也就是一个世纪才会出现一首。乐评人冯礼慈则认为这首歌是"经典中的经典"。25年后家强在接受BBC访问时说,每当唱起这首歌,就好像有一种"能将一口怨气吐出来的感觉";而这首歌的奇特之处就在于它能在困境中赋予身体和心灵一股强大的力量。"如果人没有理想,没有自由,其实就不是真正地活着",家强说。

专辑中另一首广为传唱的歌曲《情人》,词作者是乐队的老搭档刘卓辉。当时刘卓辉正与出生于辽宁的女歌手艾敬相恋,后者一年前刚被他签到自己掌舵的大地唱片公司,不久两人便坠入爱河。虽然因为工作的缘由,刘卓辉经常往返于北京和广州之间,但香港与内地的特殊关系,还是给他们的恋爱带来了诸多挑战。"是人是墙是寒冬/藏在眼内/有日有夜有幻想/没法等待"里的"墙"——地域和文化差异,成了他们之间无形的阻隔②。《情人》似乎是家驹为刘卓辉量身定做的,因为当时歌曲小样有一个非常具体的名字——《大陆情人》。尽管他们很少联系,但家驹显然对刘卓辉正在恋爱的事情略知一二。而在这之前,艾敬也以一首《我的1997》,表达了类似的苦楚:"他可以来沈阳/我不能去香港",并迫切希望香港早日回归。

《乐与怒》里的那首赞美诗《命运是你家》,其灵感来自自封为"九龙皇帝"的曾灶财。曾灶财1921年出生在广东肇庆一个

---

① 参见左安军2018年4月27日采访Leslie Chan,以及2018年5月香港"Beyond传奇35周年展览"。
② 参见黄志华、朱耀伟、梁伟诗《词家有道:香港16词人访谈录》,桂林:广西师范大学出版社,2010年,第148页。

叫莲塘村的地方，16岁起便一直定居在香港。后来在整理祖辈遗物时，发现九龙曾被赐封给祖先，于是他开始了长达半个世纪的抗争，在九龙的各个地方挥笔涂鸦，宣示自己对九龙的"所有权"，并自封为"九龙皇帝"。虽然他因此无数次进出警局，甚至妻离子散，但从未停下抗争的脚步。他那种不屈不挠的精神深深感动着Beyond，于是他成了他们歌颂的对象，因为他的一生似乎也是Beyond音乐生涯的真实写照。

对和平的追求以及对人类的爱，一直是Beyond最崇高的理想之一。他们不仅用行动（再次探访非洲的计划正在酝酿），而且用作品诠释关于这一理想的真实含义。由阿Paul作曲、家强填词的《和平与爱》，便是最直接的呼声。Beyond一直很喜欢披头士，尤其是家驹，踏上音乐之路后深受列侬的影响。早在1969年，列侬就曾和妻子小野洋子做过两次名为"床上和平行动"的行为艺术，宣扬他们关于"爱与和平"的理念。列侬甚至还写过一首名为《给和平一个机会》（Give Peace a Chance）的反战歌曲。但《和平与爱》显然不像《给和平一个机会》那样直白，而是通过营造诗意的幻境，呼吁维护人类的美好家园。

纵观《乐与怒》整张专辑的歌词，无论是驾驭语言的能力，还是思想的纵深，都达到了Beyond前所未有的高度。乐队四人在《海阔天空》《爸爸妈妈》《走不开的快乐》《无无谓》中，发挥了各自的最佳水平。尤其是家驹的《海阔天空》，终于突破了以往的桎梏，第一次使用了"雪"的意象。纯熟的象征手法不仅带来了多重解读的可能，预言般的"跌倒"更因为家驹的意外离世而增加了神秘色彩。

*

结束香港的首轮宣传后，Beyond 于 5 月 26 日，也就是《乐与怒》发行当日，飞去了吉隆坡。下午两点多抵达下榻的酒店后，还没来得及稍作休息，他们便在那里开了一场记者招待会。第二天的工作则是接受媒体采访，然后到马来西亚国家室内体育馆进行彩排，晚上将有一场正式的演出等着他们。

除了删掉的《再见理想》和那首冗长的纯音乐，Beyond 当晚表演的歌曲跟三个星期前完全一样。家驹将当晚的收官之作《海阔天空》献给了"Beyond 组成的十年"——"一段虽然很长，却不是那么重要的十年"。他深情地对歌迷说："今晚到场的朋友和现场的反应，真的给了我们很大的支持，我们十年的努力没有白费。"但 Beyond 在意的显然不是过去的辉煌，而是对未来的渴望。"明年我们会再开个更加大型更加精彩的演唱会，"家驹满怀期待地对着意犹未尽的歌迷们说，"1994 年后见！"

接下来的两天，Beyond 依然马不停蹄地为新专辑宣传着。接受电台采访，举行歌迷俱乐部派对，甚至奔赴柔佛州新山市开歌友会。此前马来西亚歌迷中不断传出当地歌迷俱乐部可能面临解散的问题，引发不少忧虑，直到家驹在派对上对这一传言予以否定后，歌迷们悬着的心才终于平定下来。

马来西亚的歌迷虽然疯狂，却懂得遵守秩序；他们八卦，但也关心音乐。有的歌迷还会抓住时机和 Beyond 探讨摇滚面临的困境。在电台采访的电话连线环节，一位歌迷问他们："在这个摇滚已死的年代，你们搞摇滚乐队有没有可能？"家驹立刻反驳道："你千万别这么说，其实摇滚并没有完全死去。"电话那边依然传来否定的声音："不过你们在亚洲其实很难很难，可以说摇滚在亚洲已经死了。""所以我们要让它复生。"家强抢着回答。阿 Paul 则认为不是摇滚已死，而是"还没有正式出生"。家驹也赞同阿 Paul 的观点，并补充说："摇滚在亚洲的确还没有正式出生，甚至根本没出生。因为亚洲摇滚在全世界还没有一个代表性的乐队，没有确立一个正式的地位。"

那位歌迷继续追问道："在这种情形下你们有没有可能做到呢？"家驹说："我们不会去想有没有可能做到，而是会继续做下去，即使有一天我们年纪很大了，或者不再玩乐队的时候，可能依然没有出现我们想要的那种情形，但下一代人会延续我们所做的事情，我们最主要的是希望影响到下一代人。"十多天前接受香港《壹周刊》采访时，家驹也表达过类似的希望。他说："我们不是学院派出身，十多年来在家人的反对下仍然坚持玩乐队，对音乐的热诚影响了下一代，不少乐迷开始懂得音乐。有时候我们弹错了，他们会写信骂我们，也有乐迷写信，寄录音带、录像带咨询我们的意见。Beyond 以后存在与否并不重要，重要的是我们播下了种子，并且已经开始发芽。"这次家驹更是开门见山地对马来西亚的记者说："Beyond 的宗旨，就是试图提高香港的音乐文化。"①

---

① 《他们会比温拿更长情》，《生活电视》（马来西亚）1993 年 6 月。

马来西亚的宣传结束后，5月30日，Beyond回到香港继续做了一个星期的宣传，然后6月6日再次启程去了东京。他们的第三张日语单曲即将在那里上市，新的宣传工作已经排上日程。4天后，家驹迎来了31岁生日，但他们并没有停下来庆祝，而是继续埋头工作。

日本的宣传方式和香港大同小异，唱片发行之前，打榜工作便已步入正轨。《完全地爱吧》的日语版《我想夺取你的唇》和《海阔天空》的日语版《遥远的梦》在电台播出后，取得了不错的反响。有时他们会在一些唱片行和录像带店铺听到自己的歌，甚至走在路上也会被人认出。可是，Beyond并没有因此获得更多的快乐，因为频繁的采访和出镜，尤其是参加那些他们厌恶的游戏节目，让他们感觉多年的努力显得如此苍白无力。与此同时，乐队的形象也正在被朝着偶像的方向打造，即将发行的日语唱片封面和MV便是如此。尽管他们在《我想夺取你的唇》的MV中努力扮成邻家大男孩的样子，但那些动作就像幕布后的皮影，时刻被人操控着。在唱片封面上，满脸堆笑的他们一起望向镜头，仿佛又回到了《Beyond IV》的时代。

所有这一切，都是他们从前所批判的，如今他们却成了自己批判的对象，再次落入俗气的圈套。"真的非常讽刺，我们以为逃离香港音乐圈，到日本就是天堂了，但谁知道那里比香港还要恶劣。"多年后，阿Paul愤愤不平地说，日本只是一个"比香港大几十倍的翻版"。

Beyond试图拒绝那些他们不想做的事情，甚至为此每天跟经纪公司发生争吵，但最后他们还是会被各种各样的理由说服。一种肉在砧板上的感觉，这就是他们共同的感受。尽管有太多的不满，但他们还没有强硬到撕掉合同走人的地步。于是令人厌恶的宣传工作仍然继续着。

半个月后，身心俱疲的家驹终于再也忍受不住。在 6 月中旬的一次乐队会议中，他提出等 Beyond 十周年巡演结束后，将乐队的活动暂停一段时间，各自去做自己想做的事情。[①]"我听到这个决定时，感觉很突然，"阿 Paul 回忆说，"但我也很清楚他的想法，我得尊重他的决定。不过话又说回来，这一切都是他说了算。他的意思并不是彻底放弃音乐，只是想暂时放下乐队的事情，因为他对音乐圈的一切深感失望，他已经受够了。"[②] 虽然他们都理解家驹内心的痛苦，但还是完全没有料到他会提出暂时解散乐队的想法。

世荣也记得有一次在东京的录音室里，家驹突然对他们说想暂时离开乐队，去做自己的专辑。因为他有很多个人化的作品，并不适合 Beyond 去演奏[③]，而且现在乐队的方向越来越偏离他的初衷，所以就更加坚定了他暂时解散乐队的想法。家驹的前私人助理阿龚的忆述再次证实了这一点。"他希望 Beyond 四个人都有自己的专辑，因为每个人都有自己的想法，可以各出各的作品。"阿龚说，"他提过几次。"

---

① 参见雷旋《Beyond 日本"乐与怒"》，《音像世界》2006 年第 7 期。
② 参见 Now 香港台《生活愉快》(Have A Nice Day) 第 10 集。主持人：林珊珊；嘉宾：黄贯中。2009 年 2 月 15 日。
③ 邹金灿：《叶世荣：80 岁都会有人跟我提 Beyond》，《南方人物周刊》2014 年第 38 期。

家驹的无助和痛苦在6月23日似乎变得无处躲藏，于是当晚他给最好的朋友刘宏博打去电话，聊了四五个小时。虽然Beyond进军日本已经有一年半，但让他真正有归属感的还是香港，所以很多时候他都会给远在香港的朋友和家人打电话。"我们开始先是拉家常，后来家驹越说越气愤。"刘宏博回忆说，"家驹觉得这一年多他们受到的限制很多，他怕那样做下去会违背他最初做音乐的心愿。他宁愿选择回到香港做一些自己喜欢的音乐，哪怕是纯音乐也好。在日本这段时间，对他整个人来说是一个很大的转变，他觉得自由是那么重要，作为一个创作人，一定要有一颗奔放的心去自由思考和创作。"刘宏博说家驹身上似乎有一种"无休止的压力"，家驹甚至"说着说着就有点想哭的感觉"[1]。

在2005年告别巡演的现场，阿Paul透露说："家驹临走前的一段时间其实很不开心。"他对着台下成千上万的歌迷回忆说，当时家驹"对很多事情似乎都已经心灰意冷"。他并不希望受到歌迷的盲目追捧，而是认为他们应该去"接受更好的东西"[2]。

尽管家驹的内心极度痛苦，并且对曾经向往的日本乐坛感到失望，但在媒体面前他还是表现得很积极。在事故发生前六小时，他甚至还对一家杂志的记者说，他们"已经适应日本的生活，今后会很努力地去做"。然而，随着6月24日凌晨的跌倒，那些真假难辨的希望便都戛然而止。

当时Beyond的四名成员正和同台的八名表演者在富士电视

---

[1] 雷旋：《Beyond日本"乐与怒"》，《音像世界》2006年第7期。
[2] 参见《廿二年血与汗 Beyond告别控诉》，《壹周刊》第778期（2005年2月3日）。

台的 4 号录像室里录制一档名为《小内小南的 想做什么 就做什么》（ウッチャンナンチャンのやるならやらねば）的节目，分组游戏进行到十五分钟后，舞台被水池中的水溅得湿漉漉，加上对决双方相互推挤，导致家驹和另外一名主持人滑倒并冲向舞台的围板。[1] 但谁料那块挡板只是一块用于电影拍摄的道具木板，轻而易举就被冲开，致使家驹和主持人从三米高的舞台跌下。家驹后脑勺先着地，伤势严重，跌倒后一直昏迷不醒，而那位胸部受伤的主持人很快就康复了。

事故发生后，家驹被紧急送往东京女子医科大学病院进行救治。在通往医院的路上，家驹的情况变得极为不妙，血不断从他的耳朵里流出来[2]，甚至还出现过一次心搏骤停的情况。医院给出的诊断结果是"急性内出血及脑挫伤"。之后，家驹被转移到重症监护室，但由于伤势过重，主治医师一直不敢贸然动手术。

意外发生后，惊慌中的家强立刻拨通了香港的电话。然而，接下来母亲的话却让他感到晴天霹雳，因为母亲说："今天是端午节，很难出事的，他一定没了……"随后家驹的五位亲人，以及刘宏博，前蓝战士乐队主唱单立文都赶到了东京。家驹遭遇意外的消息传开后，香港也在铺天盖地报道，甚至还有几家电台的员工亲自飞到东京探望。

日本的情况则截然相反，刚开始的 5 天，Amuse 和 Fun House 不仅没有发表任何声明，甚至还在事故发生后的第二天推

---

[1] 参见重庆卫视《超级访问》。主持人：李静、戴军；嘉宾：Beyond。2005 年 5 月 11 日。
[2] 参见许宝莉《黄家驹昏睡离人世》，《壹周刊》第 173 期（1993 年 7 月 2 日）。

出了乐队的日语单曲《我想夺取你的唇》。与此同时，Amuse 也在极力封锁有关家驹病情的消息，直到唱片发行当天才有一家体育小报用头条大幅报道了这一事故，但大部分笔墨都聚焦在那位受伤主持人的身上。

勉强维持了两天后，家驹的病情开始恶化，血压不断下降，晚上，主治医师告诉家驹的父母，家驹"已经没有希望"[①]。在黄国文夫妇跪地痛哭的哀求下，主治医师才改变了关掉生命维持系统的决定，继续对家驹进行救治。家驹的母亲一直紧握着家驹的手，之后家驹的生命迹象开始增强，直到 27 日病情才趋于稳定，但之后的几天家驹依然昏迷不醒。

在香港和东京，每天都有成千上万的歌迷自发聚集起来为家驹祈福，他的家人和朋友也在想尽一切办法进行救治，但沉睡中的家驹还是未能醒来。6 月 30 日，也就是家驹昏迷后的第 7 天下午，他的病情急转直下，直到东京时间下午 4 点 15 分，脑电波和心电图渐渐归零，他的生命永远停在了 31 岁。死因是"急性硬膜下血肿、头盖骨骨折、脑部撞伤及急性脑肿胀"。那个胸怀博爱且一生都在为香港原创音乐努力的天才，就这样告别了世界。

7 月 2 日，家驹的遗体被一架专机运回香港，三天之后的 7 月 5 日，在成千上万的恸哭声中，载着家驹遗体的灵车渐渐驶入通往将军澳华人永远坟场（Junk Bay Chinese Permanent Cemetery）的公路。随后他被安葬在该坟场的 15 段 6 台 25 号。和他一起入

---

① 参见《Beyond 日本经理人评叶世荣实践家驹遗愿》，《东方新地》1993 年 7 月 4 日。

土为安的还有他生前最喜欢的那把马丁（Martin）D-28十二弦原声吉他。墓碑前翻开的石头之书上写着他的墓志铭："生命不在乎得到什么，只在乎做过什么。"

*

家驹的离去，对他的家人和朋友而言都是致命的打击。守在家驹身边的世荣看到心电图归零后，马上就晕倒了。在这之前，他曾为家驹祈祷："只要他康复，我一生吃斋。"阿Paul也表示家驹昏迷的那个星期是他"人生中最长的七天"，一直抱着家驹醒来的希望，可最后还是破灭了。

虽然跟死神搏斗了一个星期还是没能醒来，但家驹的朋友们都相信他走得并不痛苦。世荣说，家驹走得"很安乐"[1]，他只是去了一个很远的地方，他们都会到那里去相聚，只是时间的早晚。悲痛万分的刘志远也表示"家驹对自己的生死一向看得很轻，相信这次会是十分轻松地辞世"[2]。

是的，正如家驹所说，"在最光辉灿烂的时候把生命一下子玩到尽头，就是永恒"。他也的确成了永恒，在他逝世后的三十年间，他的作品在华人地区越传越广，哪里都能听到他的歌声。他不仅没有离去，而且永远年轻，永远和他所爱的人以及爱他的人同在。2018年5月，一颗以黄家驹的名字命名、编号为41742

---

[1] 参见《Beyond日本经理人评叶世荣实践家驹遗愿》，《东方新地》1993年7月4日。
[2] 参见《刘志远闻辞世心情激动》，《明报》1993年7月1日。

的小行星被正式公布，从此他就像夜空中的星宿，用自己的余光，照亮那些迷失在黑暗中的人。

家驹去世后，整个香港演艺界的反应，令 Beyond 三子非常失望。那些曾经嘲笑、讽刺 Beyond 的人，现在都纷纷出来赞美他们，甚至还"突然冒出很多素不相识的朋友"。市场的反应同样如此。乐队从前的唱片价格被抬高到数十倍，尤其是家驹亲笔签名的物品，更是贵得离谱。再版的唱片和关于家驹的纪念品、书刊源源不断地出现；而之前滞销的专辑《乐与怒》，销量很快就突破了 30 万张。

Amuse 和滚石唱片的安排同样令 Beyond 愤怒不已。乐队返回香港不到一个月，Amuse 就打电话对他们说，是时候发片了。于是 Fun House 在 7 月 25 日率先推出了原计划出版的双专辑《这就是爱》(*This Is Love*) 中的 7 首歌，专辑中的另一部分则随着家驹的逝世而被永远搁置。没过多久，滚石唱片也把他们三个召进录音室，录制《妄想》和《完全地爱吧》的国语版。紧接着，滚石唱片便在台湾出版了一张东拼西凑、三种语言混在一起的专辑《海阔天空》。

Beyond 的踟蹰和无奈在阿 Paul 演唱的《身不由己》中显露无遗。虽然这首歌的词作者并非阿 Paul 本人，但刘宏博显然很清楚他们内心的痛苦。"是是非非让人疲惫/装作无所谓/身不由己的影子转呀转不停"便是 Beyond 当时的处境。尽管多年后阿 Paul 回忆起这些事情时依然有一种"当时要是我有机枪我就拿出来开杀了"的愤怒，但他们还是不得不接受这些安排。

Beyond 三子始终难以抵挡因家驹的缺席带来的痛苦和情绪波动。家强感觉"整个人都没有希望"[①]；阿 Paul"连拿起吉他的力气都没有"；世荣则是"每次在排练中看到他用的乐器，站的位置"，都会"想到他，很难受"。没多久，他们都产生了解散乐队的念头，阿 Paul 甚至直接做出了解散的决定[②]。因为"家驹不在，一切都没有意义了"。悲痛和迷茫中的家强完全不知道如何处理眼前的剧变，只好同意让乐队暂时休息一下。

休整期间，他们三人基本没有见面，因为只要见面就会想起家驹，所以只好想方设法各自逃避。世荣每天通过不停地打鼓，让自己累到爬不起来。家强则是陪在家人身边或者找朋友聊天，那段时间他"非常害怕一个人独处"，非常"害怕安静，害怕想起过去的事情"。他想尽一切办法不让自己闲下来，以免想起往事。他根本不敢去碰吉他，"直到三个月以后，我才第一次拿起吉他，试试看能不能再弹，我呆了很久很久，没办法弹出一个音"。

过了一段时间，当家强的情绪稳定下来后，他终于意识到"要独立，要自立了"，因为未来的路不能再靠家驹。他开始思考应该如何应对未来，并打算重新站起来。"我问自己究竟想要做什么，问自己颓废了半年，还要颓废到什么时候，什么时候才能重新出发……我的爸爸妈妈根本无法接受家驹离世的事实，丧子之痛对他们来说已经是莫大的打击，难道我还要让他们为我担心

[①] 刘玉芬：《Beyond 依然够串够真》，《壹周刊》第 196 期（1993 年 12 月）。
[②] 参见雷旋《Beyond 日本"乐与怒"》，《音像世界》2006 年第 6 期。

吗？我不想让父母操心、失望，也不想辜负歌迷的支持。"

经过百十个日夜的挣扎后，家强给世荣和阿 Paul 打去电话，并告诉他们，希望 Beyond 重新上路。而此时阿 Paul 也改变了想法，有了继续的打算。"后来我觉得不能这样，如果那时解散的话，大家肯定会更伤心，歌迷一定更难受，"阿 Paul 说，"我也不希望 Beyond 就这样结束了。所以我们告诉自己要更加努力，要把他的音乐推广出去，完成他的梦想。"当然，原因并不仅止于此。另一方面，他们也"只有这条路可以走，根本没有其他的选择"。同时他们还有一种使命感："如果 Beyond 都没有了，可以说，香港就没有了乐队的声音。"①

7 月初，世荣甚至还向媒体表示他们会"将家驹的音乐理想继续下去"，但随着 9 月份 Rita 向外界宣布 Beyond 取消十周年演出的决定后，关于 Beyond 解散的传闻便开始四处飞扬，乐队一连几个月的隐身也加深了歌迷的疑虑。

10 月初，Beyond 三子终于回到了录音室。但他们始终觉得"少了很多东西"，每次进排练室，都感觉"人还没有到齐"，一种挥之不去的缺失感萦绕着他们。不过，他们总算慢慢克服了恐惧和痛苦，开始尝试去写歌，即兴弹奏一些曲子。虽然刚开始那几天他们都做得很慢，完全找不到感觉，但随着默契的加深，他们找回了继续做下去的信心。

在悲痛中度过了 5 个月后，1993 年 11 月 30 日，Beyond 终于

---

① 刘玉芬：《Beyond 依然够串够真》，《壹周刊》第 196 期（1993 年 12 月）。

以世荣、阿Paul、家强三人的阵容重新出现在舞台上。当晚的"创作人音乐会"除了"检阅潘源良的作品"之外，主要是向"粤语流行曲之父"周聪以及陈百强、黄家驹这三位已故音乐人致敬。在向家驹致敬的环节中，太极乐队、达明一派、亚龙大、麦洁文、林忆莲等分别演绎了Beyond的作品，王菲则唱了家驹为她作曲的《可否抱紧我》。刘志远也被邀请来为他们弹奏键盘和吉他。哭干了嗓子的家强和阿Paul虽然没能唱出从前的感觉，但世荣的一段击鼓，还是为乐队赢得了不少掌声。那些关于Beyond解散的传言，也随着世荣和阿Paul的出面表态而被瓦解。世荣说："Beyond会继续摇滚到底，直到死的那一刻为止。"阿Paul说："只要你们一直支持Beyond，我们玩到玩不动了，也会努力继续玩。"

音乐会后续的报道让Beyond深感不满，因为很多媒体对参与致敬演出的亚龙大只字不提。"我们真的非常愤怒，不是只有一两家报纸这样，好像全世界都不认可这件事。"阿Paul愤愤不平地说，"就像一盆冷水，实在令人伤心，他们真的很没有礼貌，很不尊重人。"然而现实就是如此，家驹活着的时候，香港媒体就很少认同Beyond的批判精神，甚至将其斥为偏激。但现在，到处都是惋惜的声音，到处都在赞美他的才华，对他的褒奖也铺天盖地袭来。

当初备受冷落的《海阔天空》先后被授予"叱咤乐坛我最喜爱的本地创作歌曲大奖"和"十大中文金曲奖"，香港电台甚至还为家驹补发了"无休止符纪念奖"，而在两个星期前，这个奖项才刚刚被追颁给陈百强。即便是已经很久没播放 Beyond 歌曲的无线电视，也给他们颁发了"十大劲歌金曲荣誉大奖"。然而，再多的荣誉，都已无力挽回家驹的生命；再多的奖项，也无法阻止香港乐坛的衰落。家驹的离去，宣告了香港乐坛黄金时代的终结。

第八章

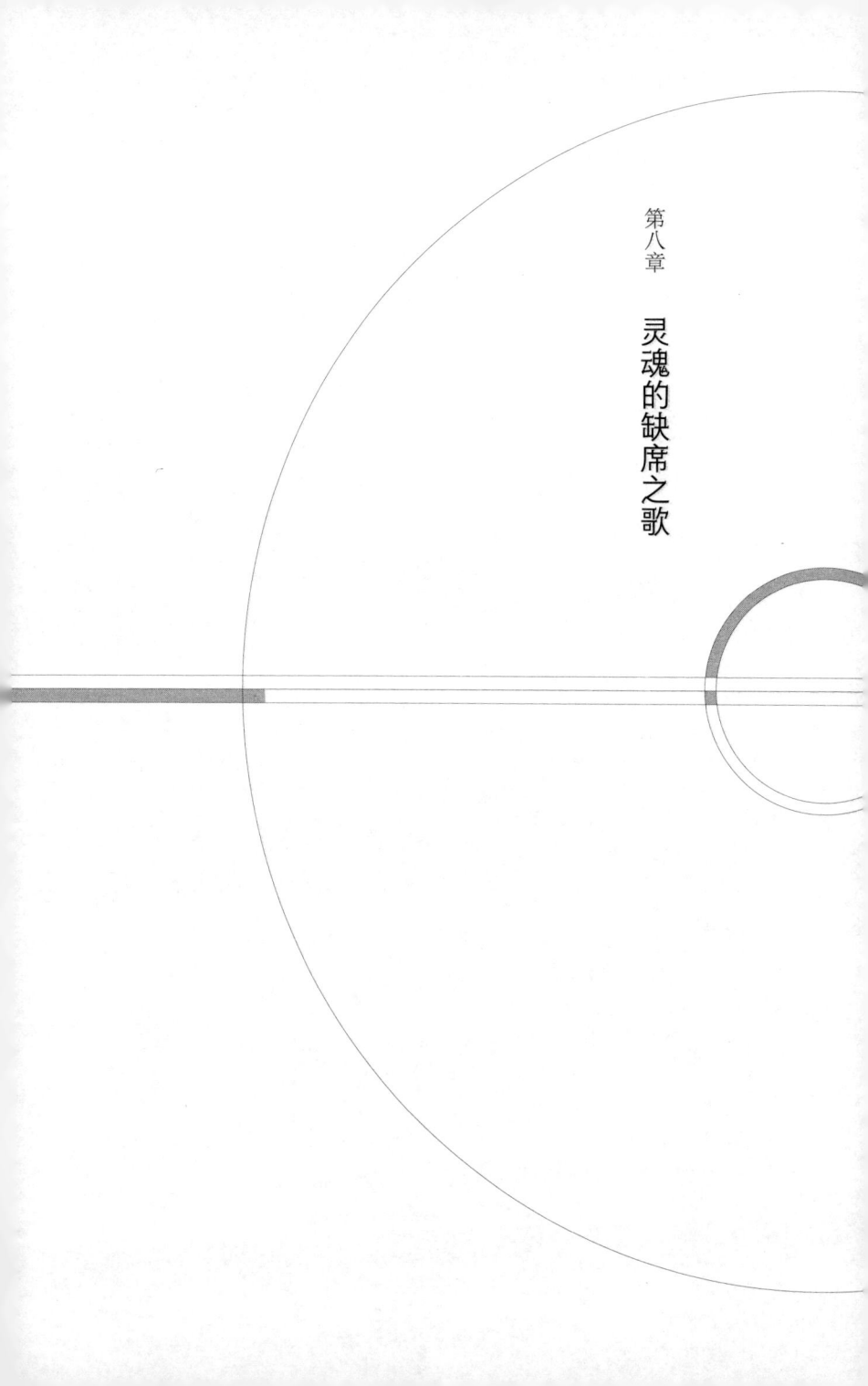

灵魂的缺席之歌

I 伤口与阴影

经历无望与痛苦挣扎的 Beyond 三子终于重新回到公众视野，但外界的很多东西依旧会时不时刺伤他们的心。媒体千篇一律的提问，总在有意无意地撕开那道难以愈合的伤口。香港人的现实，尤其是一部分人在家驹逝世后所表现出来的冷血，令 Beyond 深感失望和愤怒。人们关心的不是乐队成员的状态和未来，而是家驹的赔偿金，似乎"任何事物都可以用金钱去衡量"。当他们需要担保时，对方却认为"家驹死了，Beyond 已经走下坡路""已经快没有信用了"而拒绝为他们做担保，甚至连那些所谓的"老朋友"也不例外。

即便如此，香港仍然有值得留恋的人和事。在这段悲痛的时光里，除了家人的陪伴和安慰，歌迷也给了 Beyond 信心和力量。新专辑中的《总有爱》就是献给那些真正热爱和关心 Beyond 的歌迷的。"他们很真，因为没有利害关系。"阿 Paul 说，"看他们的信，很感动。"面对这些温暖的画面，同样会勾起 Beyond 的痛苦回忆。因此世荣说："既想见到他们，又害怕面对他们。"[1]

也有一些歌迷的态度截然相反。几个月后，当他们跟家人到饭店吃饭或者去迪厅散心时，认出他们的歌迷批评说，他们遗忘痛苦的速度太快。对此阿 Paul 回应说："我们内心的痛苦外人是无法体会的，我相信家驹并不希望看到我们三个一蹶不振，何况还有很多未完成的事情等着我们去做。"责难的声音持续了好一阵，每次接受采访时，他们都不得不重新回应。"有时候感觉生活非常灰暗，但无论如何生活还要继续，怎么样都得过，难道要整天一副半死不活的样子？随着年龄的增长，也会越来越明白现实中的的确确存在着许多令人悲伤的事情，所以我们就不再为此继续消沉，更不希望身边的人因为我们难过。"

无论如何，Beyond 总算站起来了。虽然乐队前途未卜，但他们依然要继续前行。家驹的离开，反而让他们更加坚定内心的想法，不再因为外力而扭曲自己，更不会为了取悦大众而改变创作方向。最致命的打击他们都挺过去了，还有什么可担心和害怕的呢？即便困难重重，也不会退缩半步，因为音乐就是他们的生命，"放弃音乐，就等于放弃一切"。阿 Paul 说："我有一种非常强烈的感觉，自己眼前的一切，都是不可恒久的假象，我已经做好随时失去一切的心理准备，唯一值得珍惜的，只有音乐。因为有这个信念，才会让自己变得更积极些，努力弹好吉他，做一些

---

[1] 《Beyond 再度踏足舞台矛盾绕心头》，《快报》1994 年 1 月 21 日。

真正属于自己的东西。"

新的开始,必然会面临诸多棘手的问题。由于家驹的缺席,乐队的创作方式变得大为不同。过去他们常常聚在一起即兴,很快就能完成一首歌;现在他们只能先各自创作,然后聚在一起,修改就会耗去不少时间。编曲时,他们还不得不考虑另一把吉他应该如何弹奏。由于复出之初缺乏默契,整个创作过程显得非常吃力。录音时,他们需要在香港先试录一次,然后才到东京正式开工。"虽然和以前的音乐有不少差别,但很新鲜。"唱片公司对他们提供的小样做出如此评价后,他们获得了不少信心。

过去歌迷关注的问题是没有家驹的 Beyond 能否继续下去,如今当他们重返舞台,人们关心的则是乐队会不会加入新的成员。刚开始时他们都表示不可能招募新成员,并反复强调 Beyond 是"四位一体",没有谁能代替家驹。"一支乐队的成员之间是否能相处融洽,感觉是其中非常重要的东西。我们不是为了出唱片赚钱才组乐队,我们是从小玩到大的兄弟,那种默契不是一两年就能培养出来的。香港不缺杰出的音乐人,但要找到那种心心相印的感觉,很难,甚至可以说已经不可能了。"阿 Paul 说。但不久当乐队开始为演出做准备时,他们发现三个人始终无法顺利完成演出,于是刘志远和黄仲贤开始成为他们的左臂右膀。后来阿 Paul 一改往日的态度,破天荒地表示"如果合得来,不排除 Beyond 会加入新成员"。[1] 但直到乐队解散,这个假设都从未成

---

[1] 《Beyond 忙于创作新歌 总好像缺少点什么》,《明报》1994 年 9 月 9 日。

为现实。究其原因,并不是合不来(否则后来刘志远和黄仲贤就不会经常出现在他们的演出和唱片中),而是他们内心深处始终认为没有谁能代替家驹,也不希望家驹的位置被替代,因为他们对他的感情实在太深了。

1994年2月初,Beyond启程飞到东京,花了一周时间录了4首歌的伴奏音轨,便匆匆回到香港。此前,Amuse已经和滚石谈妥,今后Beyond在香港、台湾以及东南亚等地的唱片发行工作将由滚石全权负责,乐队返港的目的就是跟滚石唱片签约。在此之前,有五家唱片公司找到Beyond,都被他们一一婉拒。1994年2月22日,基于彼此的信任和欣赏,Beyond与滚石签下了为期两年的两张唱片合约。当然,滚石为他们提供的一系列发展计划,也是他们心动的原因;但其中最重要的一个原因是滚石对原创的尊重。

同月25日,乐队再次动身前往东京,继续为新专辑《二楼后座》工作。日本的生活和过去并没有什么两样,除了"平淡"和"苦闷",更多的是孤独和悲伤。好在他们每天都埋头工作到深夜,没有太多的时间去胡思乱想,也就"没有所谓的快乐或不快乐"。阿Paul三十岁生日当天,他们也是在录音室度过的。尽管一直盼望着生日的时候能给自己放放假,但这个小小的愿望对他们来说依然显得有些奢侈。

完成专辑的粤语和日语录音后,Beyond于4月30日回到香港,为专辑拍摄封面。封面的取景地正是旺角洗衣街"二楼后座"的一间休息室。封面照展现的是一种生活化的场景,但处处流露着一种悲伤的情调：家强无力地躺在沙发上，似乎还沉浸在巨大的悲伤中；阿 Paul 若有所思地弹着吉他，仿佛要将所有的悲愤诉诸琴弦；世荣则是打着电话，试图与外界进行沟通，以便转移负面情绪。封面经虚化处理产生的眩晕感，让整张专辑的悲情色彩尤为浓重。无论是构思、取景，还是色彩搭配，这张专辑的封面都完全颠覆了以往的设计理念——他们终于从生活中找到了一种贴切的表达方式。几个月后，这张封面为他们夺得了第一届香港唱片设计大赛"传媒最热爱封面歌手奖"。

在香港停留三天后，乐队接着便飞去了台湾。原本可以在东京录制专辑的国语版，但由于他们三人的普通话水平仍然欠佳，只好绕道台湾。经过反反复复的修改，他们最终花了三个星期才完成录音工作。为国语专辑操刀填词的包括郑智化、廖莹如、厉曼婷和姚若龙等。姚若龙此前曾为乐队写过《农民》国语版的歌词。

*

Beyond 三人阵容的首张粤语专辑《二楼后座》于 1994 年 6 月 4 日正式推出。专辑收录的 11 首歌曲挑选自他们三人最新创作的 30 多首作品。虽然乐队没有明确的主唱，只是"歌曲适合谁就由谁演唱"，但事实上，除了那些共同作曲的作品，谁是作曲人，谁就担纲主唱。于是，这成了他们三人之间的一种竞争方式，这种竞争在阿 Paul 和家强之间尤为明显。不过，确定专辑曲目时，他们还是会尽量平衡歌曲分配的比例，毕竟他们都不希望因此引发矛盾。

《二楼后座》的宣传方式和以往颇为不同。专辑问世当天才开始在电台推出主打歌，在此之前，公司也没做任何宣传，他们似乎是想吊吊歌迷的胃口，特意制造一种神秘感，让外界对其保持足够的热情和期待。尽管乐队也希望电台的前期宣传能带动专辑的销路，但这次他们还是把评判权交给了歌迷。"乐迷都有自己的品位和喜好，他们同样有权对歌曲做出评价。"世荣说，"我们希望乐迷在第一时间听到这些歌曲后有自己的看法，而不是先入为主受乐评人的影响。此外，我们还希望乐迷的力量反作用于电台和电视，当这些歌曲受到听众的青睐后，媒体又怎么会拒绝呢？"

外界的确对这张专辑充满了期待。专辑尚未发行前，滚石就收到了7万张订单，另外3万张的存货，也在发行当天全部售罄。几个月后，它甚至卖出了前几张专辑都不曾达到的数量——25万张[1]。专辑的大卖早在乐队的预料之中，歌迷们必然会因为家驹的逝世而对Beyond三子的新专辑格外关注。但同时他们也担心外界会带着同情的心理购买这张唱片，而忽略了他们三人的实力。不过"后来想到只要能够把最真实最好的作品交出来，也就心安理得了"。阿Paul说。

专辑的销量虽然不错，但主打歌在榜单上的成绩并不怎么理

---

[1] 参见Denise《独家专访"香港音乐揸Fit人"Beyond》，《东Touch》第53期（1996年6月4日）。

想。虽然《醒你》分别爬到了"叱咤乐坛流行榜"第 3 名的位置和"新城劲爆本地榜"的榜首,但另外三首歌在几家榜单上连前五都未能进入。

Beyond 三子都希望能将家驹时代的风格延续下去,但他们也深知根本不可能做到,因为家驹是不可替代的。Amuse 同样明白这个道理。因此,在这种相对宽松的创作空间中,他们三人的很多想法都在这张专辑中得到了实现。《二楼后座》虽不如前两张那样浑厚丰满,层次却更加分明,同时也多了几分率性。当乐队被问及这张专辑与过去有什么不同时,阿 Paul 说:"这个问题真的很难回答,因为作者在创作过程中并不是处于一种冷静的状态,所以我很难冷静、客观地阐释自己的创作。相反,我倒是希望听到乐迷的真实感受,这样会比较实在,也比较客观。如果非要说有什么不同,唯一的区别就是缺少了家驹。"每当提起家驹,家强就会情绪激动,甚至会突然陷入悲伤。他说:"我更希望歌迷能带着纯粹的心态去听我们的音乐,感受我们的内心世界,而不是什么都拿来比较一番。谁不想四个人一切如旧,永远合作下去?但家驹离开我们已经是不争的事实,所以我们只能尽力把后面的音乐做好。"[1]

但事实上,在很长一段时间里,家强都未能接受家驹离开的现实。在多年之后的谈话中,他依然会不断重复"我一直觉得家驹并没有离开我"这句话。虽然他偶尔会平静下来谈论这件事,

---

[1] 风鸟:《Beyond 壮志不移》,《唱片骑师》1994 年 5 月。

但更多时候则是试图回避或情绪化地进行回答。从这张专辑中不难看出他对家驹的极度留恋。"我始终放不下,非常迷茫,但又很想保留一些他的东西。所以包括他的声音、风格等,能保留的我都尽量去做。"这张专辑的曲式,其实就很像家驹写的,"即使唱歌的时候,都很想跟他一样"①。经过两三年的摸索和反思,他才渐渐摆脱这种试图通过模仿去留住家驹的想法,继而以一种比较自然的状态去面对音乐和现实。

自从家驹去世后,Beyond 三子的骨子里就多了一种浓重的悲凉情绪,而且这种情绪一直伴随着他们的整个乐队生涯。《二楼后座》就是这种情绪的极端体现,它带着一种浓重的哀歌意味:无论是因为失去家驹导致的《伤口》,还是悼念家驹其人的《遥远的 Paradise》《祝您愉快》,抑或是凄美哀怨的《冷雨没暂停》,都无处不在地显示出一种缺失的悲情。特别是只有一句歌词的《我们不想没有你》(*We Don't Wanna Make It Without You*),从头到尾都像是在痛哭,如同一首哀歌中的史诗,淋漓尽致地表现出失去家驹的剧痛。

专辑中的《打救你》《醒你》延续了乐队一贯的愤怒和不满。《打救你》显示了他们告别娱乐媒体的决心,乐队随后也表示,将不会再上搞笑节目,不会再拍无厘头电影。他们现在对这些节目深恶痛绝,因为家驹就是因此殒命他乡的。但香港乐坛并没有因为家驹的离去而有所好转,那些在家驹去世时站出来批评游戏

---

① 李佩仪:《别来无恙·黄家强》,《3 周刊》第 265 期(2004 年 11 月)。

节目的歌手们,如今又继续卖命地取悦着台下的观众。震动过后,一切如旧,什么都没有改变。面对糟糕的乐坛生态,向来谦和沉默的世荣也难以抑制自己的愤怒,他甚至表示是香港乐坛害死了家驹。他说:"如果香港能容纳我们,我们就不会走,就不会失去家驹。"① 但无论香港乐坛如何不堪,它始终都是 Beyond 生长的土壤。既然无法改变这个庞大的商业机器,那么拒绝也是一种抗议的方式。"以前 Beyond 为了让更多人接受,必须不断地迁就,让人牵着鼻子走。但现在我们已经站稳脚跟,没有必要再委曲求全。"家强说。

Beyond 对乐坛偶像横行和歌迷盲目追星的厌弃在《醒你》中表现得尤为明显。它撕开了商业包装下某些偶像歌手蹩脚、做作、自大的面具,揭露了歌迷为追星荒废时光,甚至相互诋毁、斗殴的丑态。作品一经问世,便引发热议。虽然歌词并没有指明"万人迷"是谁,但人们还是对它可能指涉的对象议论纷纷,一些好事的媒体甚至直接点名对号,试图挑起事端。不过这首歌最尖锐的地方,还是对歌迷那种丧失自我的疯狂状态的嘲讽。一个月后,当 Beyond 以表演嘉宾的身份在"乐势力劲阅 Band"上演唱这首歌时,阿 Paul 甚至对台下的歌迷说:"这首就是唱给你们的!"现场一片哗然,随后他的邮箱里就飞来了大量匿名批评信。不过,Beyond 并不担心他们会因此遭受抵制。家强说:"如果要怕早就怕了,不用等到现在。我们要是担心被人排斥而随波逐

---

① 刘玉芬:《Beyond 依然够串够真》,《壹周刊》第 196 期(1993 年 12 月)。

流,那就不是 Beyond 了!"

《二楼后座》出版当月,Beyond 的日程被排得满满当当。他们先是在香港接受各种采访,甚至登台出镜;接着又分别飞到马来西亚和新加坡做了两场记者招待会(专辑亦在那里同步发行),然后于月底前往台湾为国语专辑做发行前的预热宣传。纪念家驹的两场音乐会也在香港同期上演,一场是家驹 32 周年诞辰的音乐会,另一场是"祝你愉快——家驹创作音乐会"。滚石同时还出版了翻唱纪念专辑《祝你愉快——致家驹》。

《二楼后座》上市 40 天后,其国语版专辑《天堂》(*Paradise*)和日语版专辑《二楼后座》(*Second Floor*)分别在台湾和日本问世,新加坡、马来西亚等地也同步发行了专辑的国语版。但他们只把宣传重心放在了台湾。台北、高雄的中学以及台中的百货商场里都有他们演出的身影,滚石唱片旗下的赵传等人也来为他们登台献唱。在台湾宣传期间,Beyond 还在一家小型表演厅巧遇了伍佰和他的 China Blue 乐队。他们被那种"地下"的自我状态深深打动,记忆一下被拉回到十年前,他们甚至还在盘算着什么时候与伍佰同台演出。

1994 年 12 月,Beyond 和 Amuse 结束了为期三年的合约。Amuse 计划续约,但他们开出的条件已经大不如前,因为他们认为 Beyond "现在的价值已经不像以前那么高了"。伤心愤怒的 Beyond 也再无续约的意愿,他们既感受不到尊重,也厌恶了同样偶像盛行的日本乐坛,何况那里还是一个伤心之地。他们需要休息和调整,并尽快找到共同的方向。于是,为音乐理想辗转他乡的Beyond，终于回到了开始的地方。那个曾经试图征服日本音乐市场的梦想，就这样搁浅了。

几个月前，Beyond、Amuse和Leslie三方，因Amuse的败诉得到和解，但同时乐队与Leslie也开始了不相往来的仇视生涯。"如果要说我和Beyond之间最遗憾的事，不是和他们打官司，也不是后来和三子交恶，而是没有机会完成我们一起征服日本市场的梦想。"Leslie说。从此以后，Beyond开始自己做自己的经纪人。新的音乐生涯，就按它本来的节奏，不慌不忙地向他们走来。

1995年初春，为了录制新唱片合约中的第一张专辑，Beyond飞去了洛杉矶。滚石也正式启用前皇妃乐队的主唱、吉他手李振权担任Beyond的制作人，从此开始了长达五年的合作。完成专辑的前期录音后，乐队随即带着二十多天的成果，飞到了温哥华，专辑的混音工作将会在这里进行。Beyond对此次北美之行一直满怀期待，混音的效果没让他们失望，他们对最终的成果都很满意。

专辑录制结束后的两个月，Beyond基本处于休息状态，其间仅仅参加了几场诸如"饥馑三十"之类的慈善演出；乐队多次提及的巡演也由于种种原因被一再推迟，其中最主要的一个原因是他们觉得新作品太少，不足以撑起一场演唱会。他们不想只唱家驹时代的歌。

为专辑所做的宣传于5月初正式启动，但最初仅限于接受电台、杂志采访，直到月底才开始在电视上露面。然而，也是这几次露面,让他们和无线电视的关系雪上加霜。原本时长为 6 分钟的《叹息》,"劲歌金曲"节目组却只给他们 4 分钟的表演时间,乐队不得不重新编排歌曲;当他们编排结束后,电视台又告诉他们表演时间只有 3 分半钟,乐队不得不临时再对歌曲进行改编。结果可想而知,一首被阉割的歌曲,其演出效果早已大打折扣。这件事不仅让 Beyond 非常恼怒,歌迷们对此也相当失望。[①] 另一次则是无线电视台临时变更活动内容,让乐队在节目中玩一个益智游戏,结果招致一些媒体和歌迷的质疑。[②]

鉴于上述原因,6 月初双方合约到期后,Beyond 决定不再续约。而事实上,几年前 Beyond 就对无线电视的做法颇为不满。一方面,电视台的某些节目确实令人作呕(乐队甚至为此写了《教坏细路》);另一方面,无线电视的竞业限制让他们觉得极不公平。而且在发行上一张专辑时,电视台原本答应将《醒你》作为"劲歌推介",最后却只作为挑战歌。[③] 新账旧账都翻出来后,似乎再没有什么签约的必要了。当然,与无线电视分手后的负面结果也随之而来,那就是乐队因此失去了很多登台曝光的机会。两年后,当乐队谈起这个决定时,并"没有后悔的感觉",因为"做事情最重要的是开心",他们喜欢自由自在、不受约束的生活。[④]

[①] 张润华:《表演时间两次缩短 Beyond 对无线失望》,《星岛日报》1995 年 5 月 31 日。
[②] 参见彭美施《王菲性情变 刻意避传媒》,《星岛日报》1995 年 6 月 11 日。
[③] 参见《Beyond 允演出破僵局 无线声言要守游戏规则》,《东方日报》1995 年 4 月 1 日。
[④] 参见余紫水《Beyond 封嘴唔再闹人》,《凸周刊》1997 年 4 月 18 日。

经过一年的努力,乐队一手包办的专辑《声音》(*Sound*)终于在 1995 年 6 月 15 日正式推出。这张专辑就如同 Beyond 自己评价的那样——粗犷。歌曲中即兴的成分比以往多得多,尤其是 solo 和吉他连复段(Riff)的表现,显示出他们技术上的长足进步。吉他弹奏力度的加重,更是让整张专辑充满了暴风骤雨的意味。"这次以慢的抒情摇滚居多,"阿 Paul 对台北的记者说,"但我觉得专辑不能没有快歌。快歌就像麻辣火锅中的辣椒,没有人会直接夹辣椒来吃,但麻辣火锅中不能没有辣椒,没有就不够味!"① 但即便如此,这张专辑也仅仅表达了"百分之五十的真我"②,因为他们还是不得不写一些诸如《门外看》《叹息》之类的作品交差。

《声音》的销售速度远不如上一张专辑,两个星期后才卖出了七八万张。但它在专辑销量榜单上取得了不错的成绩,连续两周成为最大的赢家③。奇怪的是,电台反应却稀松平常,除了《缺口》和《门外看》爬到"叱咤乐坛流行榜"的榜首,其余歌曲都未能挤进几家音乐榜的前三名。乐评人对整张专辑也没有太高的评价:虽然他们称赞乐队的表现比以前更出色,但也不忘指

---

① 《Beyond 台湾日记:因为有爱所以有音乐》,《滚石》第 150 期(1995 年 11 月)。
② Canase:《Beyond 退一步海阔天空》,《东周刊》第 240 期(1997 年 5 月 29 日)。
③ 《马国行大阵仗 歌迷蝉过别枝 Beyond 庆甩难》,《东方日报》1995 年 7 月 2 日。

出《缺口》等作品主题表达不清，乐队的唱功仍然"要继续努力"；中肯的评价也不过认为这是乐队的一张"诚意之作"；一些挑剔的乐评人则直接指出《阿博》的"歌词单薄"，甚至直言不讳地说《哭泣》（Cryin'）"有点无病呻吟"[1]。

在家驹离世后的两年间，尽管 Beyond 三子一直努力探索音乐的可能，但他们始终没能找到自己的位置。十多年后，当世荣回过头来评价三子时期的作品时，他说"风格很杂""没有方向"[2]。就算是大多数歌迷和乐评人引以为豪的专辑同名曲《声音》，也有涅槃乐队（Nirvana）的影子；以小人物口吻自嘲的《阿博》，同样与电台司令（Radiohead）的《蠕动》（Creep）有某些相似之处；《哭泣》中的吉他部分则明显是平克·弗洛伊德的翻版。

在后来的一次访谈中，当谈到艺术家应当如何对待生命甚至生死问题时，阿 Paul 和世荣无不流露出对平克·弗洛伊德的向往。"只有尊重生命，才是强者，"阿 Paul 说，"在我眼中，平克·弗洛伊德就是真正的强者，玩了这么久，现在变成老伯，照样出来弹，照样玩得很带劲，照样在不断改进，并且不断有新题材，这才是真正的劲，这也是我的理想。"世荣则"希望自己是戴维·吉尔摩，是平克·弗洛伊德，到五十岁都还在玩音乐"。[3]三年后的一次采访中，阿 Paul 也表达了对戴维·吉尔摩的极端推

---

[1] 曹雪聪：《收复大球场 Beyond〈Sound〉》，《壹本便利》第 187 期（1995 年 6 月）。
[2] 宋寻：《Beyond 叶世荣：不是真心的音乐我们绝不做》，《南都娱乐周刊》2009 年 7 月 27 日。
[3] Beyond：《Beyond》，《壹周刊》第 256 期（1995 年 2 月 3 日）。

崇。他说："他只要弹一个音就让人觉得很好听，就可以让人跪下来拜了！"①

作为一支胸怀远大的乐队，Beyond一直都有自己想要表达的东西。他们对现实社会的捕捉，尤其是对社会政治议题的大胆描写，无不流露出一种敢怒敢言、追求自由的音乐精神。这张专辑中既有暗讽电视媒体的《教坏细路》，也有向香港大球场官方表达对声音管制不满的专辑同名曲《声音》；"九七"问题引发的焦虑和迷茫，在《逼不得已》和《困兽斗》中同样被毫不掩饰地表现出来。

在这些歌曲中，被媒体讨论得最多的是《教坏细路》。媒体总是希望乐队和电视台之间事端不断，以便为新闻头条添加猛料，满足自身旁观的欲望。也有记者真心称赞Beyond的胆识，但阿Paul对此不以为然。他说："我们只不过是将别人不敢说的话，坦率地说出来，没有什么特别。"② 有一次他坦言："Beyond只是一支很普通的乐队，你觉得特别只是因为其他乐队太渣。真的不知道该怎样形容香港的音乐，恐怕我想一天也无法回答。"

后来阿Paul还对香港人看热闹的看客心态表达过不满。他说："我们经常感到愤愤不平。其实人人都看到当今乐坛存在的问题，但为什么每次都是我们冲在前面，等批评结束后又将我们丢在一边？我们绝对不是通过攻击、批评别人来宣传自己，我们绝对不想这样做，只是身边没人带头，但往往撩起火源的又是我

---

① 林哲仪：《Beyond的惊喜与再造经典》，《Pass杂志》1998年3月号。
② 当得仁：《Beyond仍保存四合一精神》，《成报》1995年7月1日。

们。其实摇滚乐要表达的就是这些——生活，不断地在生活中发现问题，并通过音乐去追问。如果不肯面对现实，怎么可能成事？"

家驹的离去不仅加重了 Beyond 三子的悲愤情绪，而且这件事给他们内心造成的创伤似乎永远也无法弥合。《缺口》正是他们痛失家驹最深的感受："有些声音 永远听不到/纵会有色彩/但是漆黑将它都掩盖/在人海/有些家乡 永远去不到/剩下了追忆/或是只得一些感应。"四人跷跷板上只坐了三个孩子的专辑封面，同样流露出家驹缺席带来的遗憾。而且从这张专辑起，乐队的每张新专辑都会收录至少一首纯音乐，这也是在帮家驹完成遗愿。世荣的《铁马骝》就是先河。Beyond 三子都知道家驹生前一直希望出版纯音乐专辑，但现在他们已经不需要那样做了，因为他们的"每首歌都是在向家驹致敬"。

这张专辑的宣传和以往大同小异，无外乎就是演出、接受采访和举行签售会等，然后再飞到马来西亚的怡保、吉隆坡以及槟城三座城市演出。其中值得一提的是 6 月 24 日下午在尖沙咀文化中心广场举行的"SOUND 音乐会"。商业二台和几家商场对此次演出做了实况直播，乐队则将演出收益捐给了联合国儿童基金会"战争中的儿童"筹款计划。[1]

关注第三世界的生存状况一直是 Beyond 音乐以外的道义担当，但一些不法分子利用这一点私自设立"黄家驹纪念基金会"，

---

[1] 参见《有人以黄家驹基金会名义慈善筹款 Beyond 成员全不知情》，《明报》1995 年 6 月 25 日。

蒙骗歌迷钱财。Beyond和滚石唱片发现后，不得不发表声明称这个基金会与家驹的家人、Beyond成员以及公司无任何关系，希望歌迷们学会辨别，谨防上当。

粤语专辑《声音》的宣传告一段落后，乐队于8月10日前往台湾录制其国语版专辑《爱与生活》。同年10月25日，专辑在台湾问世，但销量大不如前。事实上，Beyond的国语专辑销量一直不佳，正因如此，差不多三年后乐队才发行了另一张国语专辑《这里那里》，而这也成了乐队国语专辑的收官之作。

II 千禧暂别

1996年显然是Beyond最为沉寂的一年。除了香港和马来西亚的巡演，乐队基本就没怎么露面。在唱片方面，他们仅仅出版了一张收录5首歌曲的EP——《Beyond得精彩》。

1996年3月3—6日，Beyond在红磡体育馆一连演出了四晚。邬林的Roots Connection乐队为他们作了开幕暖场表演。当时Roots Connection刚刚和滚石唱片签约，正在录制乐队的首张专辑。之后三天为Beyond做暖场演出的是两支名为Distribution和Black and Blue的新晋乐队。事实上，作为一支名满天下的乐队，Beyond并不需要暖场乐队。这样做只因为他们希望通过这种方式,将那些有潜质的乐队推荐给乐迷。他们并不希望香港乐坛出现青黄不接的境况。

值得一提的是,乐队的前制作人梁邦彦也来助乐队一臂之力,为演出弹奏钢琴。黄仲贤和李俊云则分别担任演出的临时吉他手和打击乐手。

此次演出距离上一次大型演出已有 3 年之久,因此歌迷们对这次演出表现出前所未有的期待,更何况是三人阵容的 Beyond,他们都想知道如今乐队的状况如何。台湾、马来西亚、新加坡以及日本等地的歌迷都出现在了演唱会现场。尽管首场演出的音响效果不是很好,甚至还出现阿 Paul 弹错吉他、家强唱错歌词的情况,但歌迷的热情并未因此减少;相反,他们总是不吝啬掌声,动情处还会引发全场合唱。

在此次演出中,乐队不仅演唱了早期的作品《再见理想》,而且还加了一段不插电表演,这显然是为家驹准备的。三年过去了,他们始终没能走出家驹的阴影,而家驹也似乎一直与他们同在。演出中最令人动容的显然不是那些忘我表演的瞬间和怒砸吉他的戏码,而是家强在唱《海阔天空》时止不住的哽咽,引得阿 Paul 和世荣也瞬间神情黯淡。Beyond 成员之间的兄弟情谊,在那一刻显得那样珍贵,那样刻骨铭心。

同年 5 月 31 日,"Beyond 的精彩"巡演第二站,也是最后一站,在马来西亚默迪卡体育场迎来了数万名观众。尽管歌迷们未能实现 3 年前与家驹的约定,但他们的热情从未减少。开场不到 5 分钟就有歌迷晕倒在地,演出结束后,二十多个歌迷被送进了医院。① 其实，早在一个月前，Beyond 就领略过马来西亚歌迷的疯狂。当时他们正在那里举行门票签售会，现场很快就变得混乱不堪，乐队不得不取消当天的签名活动。然而歌迷还是冲破警戒，将他们团团围住，一些歌迷甚至做出拉扯乐队成员衣服和头发的疯狂行为。

巡演结束后不久，滚石唱片发行了"Beyond 的精彩"红磡体育馆的现场专辑。7月初做完几场专辑的签售会后，乐队进入了短暂的休息期，与此同时，他们也在断断续续地为下一张专辑创作新歌。

时隔两年左右，1997 年 4 月，Beyond 终于推出了三人阵容的第三张粤语专辑《请将手放开》。一年多以前，乐队花了两百万港币将"二楼后座"改装成了录音室，他们先是在这里完成了专辑的录音，然后到台湾完成了专辑的混音。乐队之所以将他们用了十多年的根据地装修成录音室，是因为他们希望拥有更多的控制权。"如果没有控制权，就只能是空口说白话，什么都做不成"，更不可能达到想要的效果。与此同时，他们也希望通过这间录音室帮助那些有实力、有理想的新晋乐队，把他们推出去。虽然录音室不是很宽敞，设备也算不上先进，但这完全是一个按他们自己的需求和审美打造的音乐空间，比在那些受制于人的豪华宫殿里待着舒服得多。

《请将手放开》具有很强的实验性，它将垃圾摇滚（Grunge）、

---

① 参见 Denise《Beyond 吉隆坡日记："拆天"演唱会》，《东 Touch》第 53 期（1996 年 6 月 4 日）。

迷幻、电子、说唱等各种风格熔为一炉，甚至还使用了鼓循环（Drum Loop）技巧和爵士摇滚（Jazz Rock）等风格；但从另一个角度看，这恰恰说明 Beyond 三子仍然没有找到属于自己的方向，似乎一直处在别人的影响之中。从《无助》中就不难看出平克·弗洛伊德对他们的深刻影响；《游戏》里也能听到 Yes 乐队 70 年代初发表的《拐弯抹角》(*Roundabout*) 的余韵；《回响》的副歌部分甚至跟绿洲乐队（Oasis）1995 年 10 月发表的《不要愤怒回首》(*Don't Look Back In Anger*) 如出一辙。而在题材上，这张专辑也没能突破局限，几乎都可以从以往的作品中找到与之对应的类型。

尽管专辑中不乏《大时代》《请将手放开》等关注香港社会的作品，但由于大部分歌曲都是在抒发他们个人的情感经历，以至于部分歌迷和媒体误以为他们不再关心，甚至学会逃避社会问题了。有的歌迷还指出乐队近年来缺乏书写"世界观的作品"，甚至一厢情愿地希望他们能重返非洲或第三世界，以便寻找新的灵感。但这种论调很快便被家强驳倒了。"没错，我们很荣幸写过《光辉岁月》这样的歌曲，让人们产生共鸣。但因为一首《光辉岁月》就要让我们背负'世界观'这个标签，很不公平。我们觉得这种歌不是要刻意在每张专辑中都做出来。一来我们很辛苦，二来歌迷听多了又会说很闷，真的很难搞定。"[1]

一个无可否认的事实是，在这张专辑中，Beyond 填词的比重

---

[1] 《Beyond 歌迷大逼供》，《是的》(*YES*) 第 236 期（1997 年 5 月）。

已大幅减少。而且由于一年多的搁浅，他们的填词能力也在明显下降，他们三人的歌词会被频频修改。于是乐队不得不邀请当红作词人林夕和黄伟文等人参与歌词创作，但也随之引发了更多的批评，阿 Paul 不得不承认他们填词能力的不足。一年后，他在乐队的传记中说："我有什么理由责怪别人说 Beyond 今非昔比、光辉不再呢？因为我同样有这样的感觉。不过我并不会因此气馁，即使我知道再努力十倍也无法赶上家驹的才华，但我仍然会努力做好乐队的每一件事情。"

即便如此，《请将手放开》也有值得肯定的地方。虽然乐队仍要写一两首歌交差，但创作的自主权始终掌握在他们手中。这仍然是一张遵从内心想法的专辑，充溢着强烈的个人风格。时隔 6 年，世荣再次开腔献唱，从那首温情伤感的《无助》中能明显感觉到他唱功的长进。乐队的形象同样颇具亮点，尤其是家强剃掉长发，戴上眉环，看起来多了几分朋克的意味。乐队卡通形象的封面，也是一次大胆而成功的尝试。简而言之，Beyond 三子在这张专辑中都努力探索新的音乐领域，释放本真的个性，整张专辑因此显得丰富而率真。

*

1997 年 7 月 1 日，被割裂 155 年的香港终于回归中国的怀抱，而 Beyond 也终于可以自豪地说"我们是中国的摇滚乐队"了。"九七"的到来并没有如部分香港人想象的那么糟糕，人们担心的事情并未发生,生活照旧,曾经积郁的焦虑和恐惧也在渐渐退去。

乐队随后推出的《惊喜》就是一个例子。以往的那种愤怒,在这张专辑中明显减少甚至消失了。香港回归带给他们心态上的变化是显而易见的。虽然他们言谈之间已不愿过多提及政治问题,但还是能瞥见政治对他们的潜在影响。在随后的一次采访中,世荣就说:"现在我们都是三十多岁的人了,对事物的看法和以前大不相同。摇滚变成了一种内在的东西,不一定要呐喊才是摇滚。"这种"内在的东西"似乎就是阿Paul在《回家》中所写的那样,把"沉默当祈祷"。"现在我们是比较'闷骚',其实我们并不喜欢愤怒,愤怒的感觉一点也不酷。我们都一把年纪了,也经历了很多事情,想做的事情和以前不再一样。现在我们还是会愤怒,只不过对待事情的心态已经发生变化,这就是乐队的成长。"[1]

正如专辑名一样,《惊喜》确实给听众带来了不少惊喜。键盘和合成器代替了大部分吉他的演奏,电子的成分更为浓重。为增加新元素、增强新鲜感,同时"让制作速度快一些",乐队还邀请到刘志远和黄仲贤参与制作。专辑为乐队赢得了不少好评,乐队自己也声称他们的音乐理念在这张专辑中"得到了最完美的体现",做到了"既能表达自己,又能引起听众共鸣"的效果。专辑还重新灌录了家驹的遗作《冷雨夜》的国语版本《缓慢》,

---

[1] 林哲仪:《Beyond 的惊喜与再造经典》,《Pass 杂志》1998 年 3 月号。

对 Beyond 的歌迷来说，无论是编曲的丰富还是电子风格的另类，无疑都是一个巨大的惊喜。

遗憾的是，和前两张专辑一样，《惊喜》的原创性并不高。虽然他们三人都有着强烈的求知欲，不断吸收和借鉴欧美的音乐潮流，试图与世界音乐保持同步，但他们还是缺乏一种创作的自觉性。连阿 Paul 也直言不讳地说，在这张专辑中，"可以找到 The Prodigy、Radiohead、The Seahorses 甚至 The Tea Party"[①]的影子。很显然，对任何一支乐队来说，创作的自觉性都是一种至关重要的能力。只有具备这种能力，才能引领潮流，而不是被潮流所引领。

*

1998 年新年刚过，由 Beyond 口述，乐评人、AMK 乐队前吉他手关劲松执笔的传记《拥抱 Beyond 岁月》在香港正式推出，之后该书又相继在中国内地和东南亚等几个地方出版，取得了不错的销量。乐队分文未取，把这本书的全部收益捐给了 8 年前成立的"第三世界基金会"。"这本书对我们来说意义非常大，"家强说，"时至今日，我们对每件事都有不同的感受，我个人的感触也很多，和以前完全是两码事。如果和现在相比，会发现以前自己就像个孩子，非常幼稚。"其实，除了展现个人观念的变化，

---

① 林哲仪：《Beyond 的惊喜与再造经典》，《Pass 杂志》1998 年 3 月号。

这本书对 Beyond 三子来说都有一个共同的目的，那就是纪念离开五年的家驹。

随着滚石分别在台湾和香港推出乐队的最后一张国语专辑《这里那里》和名为《回放》（*Play Back*）的精选集后，乐队整个夏天的工作都在围绕这两张唱片进行。从 3 月初到 5 月末，乐队在台湾和香港两地大大小小做了十多场演出。直到完成电影《轰天炮 4》亚洲版本主题曲《打不死》的录音后，乐队才投入新专辑的准备中去。

《不见不散》发行于 1998 年 12 月。在这张专辑中，Beyond 依然保持着对重大事件的敏锐观察，只不过"九七"已经成为过去时，他们现在关心的是人们如何面对未来，尤其是即将到来的另一个世纪。虽然他们都"不相信有所谓的末世"[①]，但《时日无多》却给专辑蒙上了一层"末世"的气氛。

这张专辑做出了新的尝试，且风格更为庞杂。Beyond 既保持着对电子音乐的热情，又不断涉猎新的领域，比如长笛在《牺牲》中营造出的中国风，颓废十足的《讨厌》呈现出的柔性北欧哥特风，等等。在技巧方面，刮擦（Scratching）、放克贝斯线（Funky Bassline）等恰如其分的使用，也为专辑增色不少。然而，正因如此，整个乐队已经没有了一体的感觉，加上他们各自主导着自己的作品，整张专辑更像是三支乐队的合集，这似乎也成了乐队解体的前兆。

[①] 袁智聪：《Beyond 飞出这世纪》，《音乐殖民地》第 105 期（1998 年 12 月 11 日）。

　　　　　　　　＊

对 Beyond 而言，1999 年无疑是一个转折之年。在这一年，乐队推出了他们的最后一张专辑《美好时光》(*Good Time*)，做完几场演出后，便宣告了暂时解散。也是在这一年，阿 Paul 邂逅了他生命中的至爱，与当红女演员朱茵坠入情网，并最终修成正果。

一向缺乏安全感的阿 Paul 被朱茵的温柔和善良深深打动，并从中获得了前所未有的安全感。"她确实很了解我，绝对是个可以跟我分享的人。""她既温柔又需要人照顾，所以很适合我。因为我是长子，有两个弟弟，成长于单亲家庭，从小就负起很大的责任，懂得照顾别人。外间常说，长子配独女最好，朱茵刚好排行最小，我不知这说法对不对，但她确实很配我。遇上她，我很幸运。"[1] 阿 Paul 不止一次向记者表达这种幸运之情，他甚至说："如果我有宗教信仰，我会感谢神，感谢神赐给我这么一个女朋友。"尽管朱茵会在一些生活琐事上和他吵闹，但在音乐方面始终毫无保留地支持着他。过去阿 Paul 的脾气总是很火爆，他俩甚至还为某本书的内容相互争论过，但后来他渐渐被朱茵感化，变得温和了许多。"她说我偏激，不过她的确让我变得乐观，脾气好。"阿 Paul 因此把朱茵称作自己的"最佳监制"[2]。

---

[1]　黄贯中：《音乐并不是我的一切》。
[2]　《有心有力 Beyond》，《壹周刊》1999 年 12 月 30 日。

乐队1999年的首场演出是在九龙启德机场的一个维修机棚里。夜幕徐徐降临后，Beyond和刘志远乘装甲车出现在了上万名歌迷面前。为Beyond做暖场表演的是独立乐队Virus和Tat Flip。后者曾在一年前以一首《傻瓜》（*Damn Fool*）斩获最后一届嘉士伯流行音乐节的冠军。Beyond第一次听到他们是在一张向Beyond致敬的改编翻唱专辑里，改编的歌曲是《吓！讲乜嘢话?》。后来世荣得知他们想借用二楼后座的录音室录制专辑时，便毫不犹豫地做出应答，甚至还签下了他们的首张专辑《吹What》。

距离上一次"Beyond的精彩"的演出，已经整整三年，所以对于Beyond的此次登台亮相，可谓万众期待。但现场的音效令歌迷大失所望，而家强在唱《旧日的足迹》时，也出现了忘词的情况。在这场二十多首歌的演出里，Beyond只唱了家驹时代的五首歌，而且重新对这些歌曲进行了改编。很显然，他们在努力摆脱过去的影子。

演出结束后，乐队休息了几个月。此时关于Beyond即将解散的流言已经漫天飞扬，但谁也不知道消息的真假。于是8月在台北市立体育馆举行"夏日高峰音乐会"时，乐队终于公开回应。"我听到香港的一些媒体说，我们Beyond要分开，你们有没有听到？"演出进行到一半时，世荣用略带愤怒的语调大声说，"我觉得完全是无聊，我现在给全世界的人讲，我们Beyond永远不会分开！"阿Paul接着说："请相信我们，我们不会分开。"于是流言才渐渐平息。

接下来，他们便开始准备合约中的最后一张唱片，并于同年11月推出了乐队自己首次担纲制作的全新之作《美好时光》。但随着12月24日在香港会议展览中心新翼做完专辑的宣传演出后，Beyond解散的争论便尘埃落定：他们正式向外界宣布了乐队暂时解散的决定。

关于乐队解散的原因流传着多个版本。家强和世荣给出的解释是乐队成员音乐理念不一样——这当然是最体面的理由。乐队基本从来没传出过内部丑闻，他们一直都是乐队最坚定的守护者，尤其是世荣，他是最会为乐队考虑的一个。"玩乐队这么久，每个成员的个性都很独立，可能有很多其他的事情想尝试、想接触，其实这也算是一个很好的机会，让每个人都有更多的空间去思考，去做自己的事情。""如果将来Beyond再出唱片，相信会擦出更大的火花。因为独立发展的过程中，每个人都有了新的认识和新的经验。所以这次分开可以说是给我们'独立进修的机会'。"[1] 多年后，世荣的解释依然如此：家强喜欢英式摇滚，阿Paul喜欢重型摇滚，而他自己则喜欢电子音乐，所以"想一个人做自己的音乐，做自己的事情"[2]。

2013年家强接受《南都娱乐周刊》采访时，也给出了类似的回答。他说："Beyond是一支乐队，不是一个连体婴。现在我们都已经长大，各有各的家庭，各有各的想法和音乐方向，所以分开发展未必是坏事。乐队需要有共同的音乐理念，但现在我们在

---

[1] 《美好时光 再见》(Good Time Goodbye)，《TVB周刊》1999年12月13日。
[2] 宋寻：《Beyond叶世荣：不是真心的音乐我们绝不做》，《南都娱乐周刊》2009年7月27日。

这方面的差别挺大，要继续合作已经很难了。"不过，当年乐队宣布暂时解散时，他给出的解释则显得有些模棱两可："到了这个阶段，无论是暂停也好，或者什么也罢，都应该是时候进入一个个人音乐的新阶段。这是一种尝试，也是一种成长，暂且放下'Beyond'这个名字，各自进入另一个历程，去做更多个人想做的事。"①

另一个版本则是阿 Paul 和家强后来经常发生争吵，导致感情破裂。阿 Paul 多年后接受采访时也没有否认这个传闻。"我会把我的意见说出来，只有这样才会化解，这就好比是将一个球踢到你脚下，你认为有问题就踢回来。接到球就会发现真的有问题，你再踢过来我会找东西砸你，这就是摇滚。""有哪支乐队不会吵架或者相互有意见呢？其实这都很正常，大家都是玩摇滚的，一定会发生这些事情。Sex Pistols 走在一起还打架呢！只要能玩好音乐，大家并不会心有芥蒂。相互不满没什么奇怪的，过后还是会继续合作，没什么大不了，小时候我们也常常这样。""有些事情不需要假装，也许人们没有发现其他乐队有问题，那是因为他们伪装得很好。他们会顾全在外面的形象，只有当关上房门时才大吵大闹，防止被外人知道，因为他们要继续讨生活。但对不起，那不是我黄贯中，也许我不懂为人处世，这是我的缺点，我会反省。但我怀疑我已经无法改变了，因为我已经反省过无数次。Beyond 其实并不是只有我和家强，我们也要尊重世荣。也许

---

① 《美好时光 再见》，《TVB 周刊》1999 年 12 月 13 日。

世荣对我也有意见，或者我对世荣也有意见，这都很正常，朋友就是这样，并不是要完全认同对方的所有，把对方捧起来才算朋友。"①

第三个版本则是家强和阿 Paul 因为版税分配问题发生争吵，导致乐队解散。不过这一传闻被世荣在 2009 年接受采访时否认了。"我们是 Beyond 乐队，不是谁谁谁的乐队，所以我们演出是平均分配。创作方面，版权的收入当然是给作者，谁写的版权就归谁。而且他们两人也没有传闻中那么不和，乐队成员之间相互有意见是肯定的，这也比较正常。7 月份阿 Paul 和家强合办了演唱会，证明他们之间的感觉仍然是好的，不好是不会同台演出的。"

最后一个版本则是 2014 年家强在其个人微博发布了一篇名为《真相》的长文，指出乐队解散是因为阿 Paul 不满收入平分，"不想再养世荣了"②。但后来世荣同样对此予以否认。

然而，无论引发乐队解散的导火索是什么，其中都有一个致命的内因：自从家驹去世后，Beyond 就失去了创作和领导的核心。尽管阿 Paul 三人都努力做到最好，但他们也不得不承认，他们的创造力和表现力都远远不及家驹。之后发行的几张专辑都处在探索甚至模仿之中，根本无法做出真正令他们满意的作品。而且，家驹的意外去世给他们三人造成的创伤，永远都无法抹平，过去几年间他们一直活在家驹的巨大阴影下，这让他们疲惫不堪。"家驹不在，对我们来说是很大的遗憾。我们做任何音乐、

---

① 香港有线电视娱乐新闻台《主播会客室》。主持人：李润庭；嘉宾：黄贯中。2008 年。
② 黄家强：《真相》，黄家强微博，2014 年 10 月 9 日。

出每张唱片都在怀念他，上台表演都会习惯给他留个位置。Beyond 是家驹成立的，我们从来不想加新成员，没有人可以取代他的位置，也不会有人想去替代。但这样就好像永远笼罩在他的阴影下，每次我们站出来，大家永远都只想听《真的爱你》，如果这样下去，我们是很辛苦的。我们心里都有个很大的包袱，觉得很沉重。我们不是做不回以前的音乐，只是怕做得不好会对不住他。即使很多时候有新想法新尝试，都不敢放手去做，因为做不好不是一个人承担，大家都不敢乱来。"①

7 年后，当阿 Paul 回忆起三人时代的 Beyond 时，他依然感叹道："其实这段路真的非常煎熬，可以说是举步维艰，我们一直活在过去的阴影中，我们试图逃出来，但永远都无法逃脱，想继续，却不知道如何继续——分明已经不能继续，但要做出来让大家觉得安心，每一步都不能随便，因为怕伤大家的心。"② 阿 Paul 甚至在一次采访中直接表达了家驹离去给他带来的那种缺失感："其实家驹离开的时候，对我来说就已经解散了。因为家驹不在，一切都没有意义了，但这并不代表他们两个的想法。可能我现在讲的话每一个人都会认同，对我来讲从跟他认识到他离开，好像我们一群人打天下，为了音乐，为了理想，一起去做，希望把音乐做好。他不在就觉得一切都没有意义了。好兄弟不在了，不管我们接下来做什么，对我来讲都像是解散了一样。"③

---

① 《非一般 Band 友——黄贯中》，《3 周刊》2001 年 7 月 14 日。
② 雷旋：《Beyond 日本 "乐与怒"》，《音像世界》2006 年第 7 期。
③ 搜狐娱乐《明星在线》，主持人：大鹏；嘉宾：黄贯中。2005 年 6 月 8 日。

1999年12月31日,千禧年即将到来的前一夜,Beyond在吉隆坡云顶云星剧场(Genting Highlands)做完"Beyond世纪末马来演唱会"后,终于放下多年的负重,开始各自单飞。虽然谁也不知道未来会怎样,但生活还要继续,道路依旧漫长,成千上万热爱他们的人都在拭目以待。

第九章

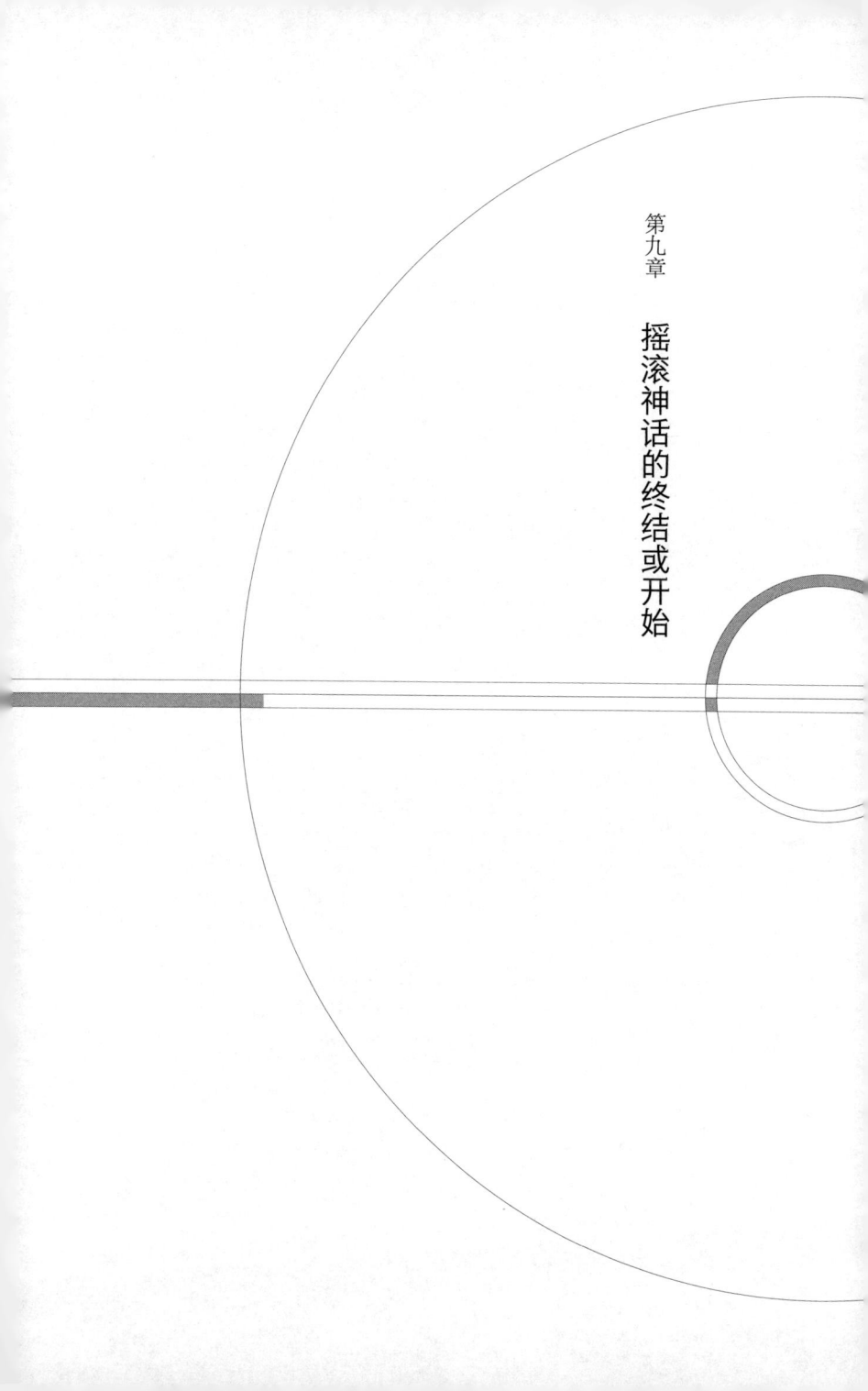

摇滚神话的终结或开始

Ⅰ 新生

一段旅程的结束，便是另一段旅程的开始。虽然无数歌迷都为 Beyond 成员的单飞感到惋惜和痛心，但作为独立的个体，分别未尝不是一件好事。作为一个整体时，他们不得不迁就彼此，做出折中的选择，而当折中做出来的音乐无法突破过去，乐队内部的矛盾也无法调和时，分开无疑是最好的选择。尽管他们都爱着家驹，爱着这支乐队，但由于多年来一直活在家驹的阴影下，他们始终无法放手大胆尝试，硬撑下去实在令他们痛苦不堪。阿 Paul、家强和世荣开始意识到，要成为自己，首先必须"抛开 Beyond 这个名字"[①]，从负重中走出来。

现在，他们总算迈出了第一步，朝着通往自己的方向驶去。从此刻起，他们就是他们自己，是黄贯中，是黄家强，是叶世

[①] 曾岁春、钟日南：《对话 Beyond：细说乐队的昨日今日与明日》，《南方都市报》2003 年 11 月 7 日。

荣,而不再是 Beyond。当然,他们并不介意别人给他们加上"Beyond"这个前缀,因为 Beyond 就是他们生命的一部分,也是他们人生中最引以为傲的经历。现在他们的首要任务是去做自己一直想做却没有机会做的事情。因此,放下"Beyond"这个"包袱"①,对他们来说,既是一种解脱,也是一次新生。

Beyond 三子单飞后,最先进入工作状态且最高产的是阿 Paul。他不仅享受着爱情带来的欢愉,还从各个领域获得了前所未有的成就感。他组建了一支名为"汗"的乐队,并和环球唱片签下了四张唱片约。专辑准备期间,他还为谢霆锋和林海峰等音乐人的新歌担纲监制,并抽出一个星期的时间去参加大型舞台音乐剧《梦断维港》的演出。工作虽然繁忙,但他很享受这种无拘无束的状态,因为他能从中获得一种前所未有的自足。

当然,最大的快乐就是拥有自己的乐队。汗乐队的成员都是阿 Paul 的老朋友和搭档。吉他手和鼓手分别是来自澳门的夏健龙和恭硕良,贝斯手则是前 LMF 乐队的麦文威。夏健龙离开乐队后,Beyond 后期的客座吉他手黄仲贤又成了"汗"的一员。

很多人似乎无法理解阿 Paul 为什么会在 Beyond 休队后另组乐队。但事实上,只要他继续做音乐,就需要乐队。拥有一支自己的乐队,无论是演出还是录音,都会方便得多。虽说他此后的专辑都是以个人的名义发表,但他还是为自己的伴奏乐队取了这个名字。"我不想身后站着一群无名无姓的人,那样对乐手太不

---

① 参见《非一般 Band 友——黄贯中》,《3 周刊》2001 年 7 月 14 日。

尊重了。我为自己是 Beyond 的一员感到自豪。Beyond 总共推出过二十多张唱片,在香港音乐史上,从来没有哪支乐队能像我们一样每年至少出版一张唱片,或者维持十五年之久。在 Beyond 之前我也玩过一些其他的乐队,到现在我已经玩了二十年了。但现在的这支乐队才是真正属于黄贯中的乐队,无论它是好是坏都是我自己来承担。"① 显然,组建自己的乐队既是为了重新出发,也是为了慢慢卸下"Beyond"这个"包袱"。

2001 年 1 月初,阿 Paul 的首张个人专辑《黄色阿 Paul》(*Yellow Paul Wong*)问世。除了动用自己的乐队班底,他还邀请日本鼓手末吉觉和日本吉他手杉原有音(Sugizo)担纲部分乐器演奏;英国 Japan 乐队的贝斯手米克·卡恩(Mick Karn)还专程飞往香港参与专辑的录制。《贯中的动物园》《香港晚安》《有路》和《废墟》四首歌中那极具辨识度的贝斯就是出自米克·卡恩之手,也是这张专辑最大的亮点之一。

专辑前期的录音工作完成后,阿 Paul 带着大半年的成果飞到了伦敦的艾比路录音棚(Abbey Road Studios)。接下来专辑的混音和母带制作将会在这里进行。艾比路创建于 1931 年,平克·弗洛伊德、披头士、滚石(Rolling Stones)、电台司令等乐队都曾在这里录过他们最重要的专辑。阿 Paul 将专辑音轨带到这里进行后期处理,不仅是希望把它做得更好,显然还带有几分朝圣的意味。因为这些乐队都是他年轻时的偶像,并对他产生过深远的

---

① 《非一般 Band 友——黄贯中》,《3 周刊》2001 年 7 月 14 日。

影响。

《黄色阿Paul》毫无悬念地展现了阿Paul那种敢怒敢言的真我个性。《乜Q报章》揭露了媒体对歪曲事实乐此不疲的丑陋嘴脸,《香港一定得》和《丢架》更是毫不留情地对当局的官僚作风和粉饰太平进行了讽刺。为此他还在封套内将一名官员的嘴巴和鼻子用红色画成小丑的样子。不过,专辑中也有像《无得比》这种充满温情的作品。在音乐风格上,这张专辑将说唱、重金属、朋克和艺术摇滚等熔为一炉,显得极为庞杂。总之,《黄色阿Paul》呈现的是一个多面的黄贯中,尽情宣泄着他内心真实的想法。

单飞的三年间,阿Paul将自己的创造力发挥到了极致。他先后出版了《黄色阿Paul》《黑白》《同根》《大声播放》(*Play It Loud*)四张录音室专辑和两张现场专辑,并在2002年11月开了两场"Play It Loud演唱会"。虽然他一直刻意远离主流市场,但他旺盛的创造力和独特的嗓音,还是为他连续揽下了2001和2002年度叱咤乐坛唱作人金奖。《黄色阿Paul》之后的几张专辑依然是以重型摇滚为核心,内容同样是继续展现他的人文关怀和批判精神。相较于三子时期的那种愤懑和自我,他在这条路上似乎走得更远更彻底。也许,这正是告别的意义。

值得一提的是,在这期间,阿Paul、家强和世荣有过一次共事。当时他们是为阿Paul《同根》专辑的同名曲编曲和演奏。在同年11月的个人演唱会上,阿Paul还邀请家强和世荣同台献唱。当然,这两次重聚都不是以Beyond的名义出现。不过,对那些热爱 Beyond 的歌迷而言,无论他们以什么样的方式出场,只要同台,都是最好的礼物。

在往后的个人生涯中,阿 Paul 既坚守自己热爱的音乐阵地,又不断开辟新的艺术领域。在音乐方面,他先是在土瓜湾开设排练和录音两用的"Polar Bear"录音棚,创建自己的音乐厂牌,之后还签下了一支名为荔枝王(King Ly Chee)的乐队,为香港乐坛培养新生力量。与此同时,他也开始尝试用普通话进行创作,并于 2006 年推出个人首张国语专辑《我在存在》。在其他方面,他先后涉足了摄影、独立电影以及写作等多个领域;后来他还重拾画笔,继续少年时代的梦想。总之,阿 Paul 一直做着自己最想做的事,用不同的方式记录着所思所见所感。正如他所说的那样:"我记录自己对这个时代的感觉,但其实我是在记录自己。"

*

在过去的十多年间,世荣是 Beyond 几名成员中创作最少的一位;并且作为鼓手,他也是最容易被忽视的一个。因此当乐队分开后,很多人都为世荣的前途感到担忧。他还会继续音乐之路吗?如果继续,是重新组建属于自己的乐队,还是加入其他乐队继续鼓手生涯,像 Beyond 时代一样默默地做一个无名的奉献者?

外界的担忧显然是多余的,因为世荣对乐队解散后的个人发展早有准备。在 Beyond 宣布休队之前,他就开始跟着两个老师系统地学习声乐方面的知识,诸如练气、发声技巧以及情绪控制等。"我发现用自己的嗓子去表现自己的旋律,是最直接的。"世荣说,"当我在舞台看到我的歌曲能引起歌迷的共鸣时,那种感觉太棒了。所以我想成为一名歌手,把自己写的旋律通过自己的声音唱出来。"世荣为此努力着,并尝试拿起吉他弹奏属于自己的音符。虽然一切尚无定数,他也承认自己的才华不及家强和阿Paul,但他仍然对未来充满信心。

在接下来的几年间,强烈的求知欲和挑战精神,让世荣蜕变成另一个人。他不仅坚守着自己作为一名新晋歌手的阵地,还不断尝试进入新的领域,先后参与电影、配乐、制作人以及乐队经理的工作。他勤奋、冷静、随和,最重要的是他很谦虚,这让他不断从别人身上汲取那些闪光的优点,促使他成为一个更加优秀的歌手和创作人。多年后,他甚至表示在音乐方面自己依然"是一个新生的孩子"[1]。正是这种不卑不亢的探索精神,让他在个人的音乐之路上越走越远,越走越宽。

跟阿 Paul 一样,2000 年也是世荣的休整期和准备期。当然,他更多的是缓冲和学习。在这一年里,他仅仅接了一部电影和一部电视剧中的一集,并写了三十多首歌曲。除此之外,他把大部分精力都投到了发展新生力量的事业上。他先后将新晋乐队 Tat Flip 和当红女词人古倩敏签到"二楼后座"旗下,并担任他们的经纪人,为他们录制新唱片。不仅如此,他还开班授课,把自己的鼓技传授给那些热爱打鼓的年轻人。

---

[1] 崔博:《"在音乐上我是一个新生的孩子"——Beyond 鼓手叶世荣访谈》,《通俗歌曲·摇滚》2004 年第 11 期。

经过一年多的准备，世荣的第一张 EP《美丽的时光机器》于 2001 年 8 月问世，标志着他从鼓手到歌手的成功转型。这张 EP 的录音完成于二楼后座，共收录 5 首歌，整体上延续了世荣在电子音乐和舞曲方面的探索。虽然世荣的作曲能力和唱功有了极大的提升，但在作词方面，他依然不能很好地将自己的想法表达出来。为此，他邀请因葵、蔡福荣等作词人参与 EP 创作，为专辑注入新的想法。旗下艺人古倩敏则为《蓝天》填写了歌词。值得一提的是，阿 Paul 的弟弟、前亚龙大的吉他手黄贯其也参与了《邻居的老管家》的编曲和录音。这首歌显然是世荣四年前《无事无事》的续集，无论是曲风、歌词还是唱法，无不显示出世荣强烈的个人风格。

"有些歌可能还不错，但感觉总是怪怪的。"[①] 世荣对自己的处女专辑如此评价道。他显然对这张专辑并不怎么满意。不过他不满意的不是别的，而是自己的声音。他说，"第一次听到自己的专辑时觉得难听得不得了"，发现自己"用声音表达时有很多问题"。于是他重新上路了，但这次的目的地不是香港，而是内地，因为内地的机会显然要比香港多得多。世荣首先到了深圳，但他不是登上大舞台，而是到只能容纳上百人甚至几十人的小酒吧演出。

作为一个拥有十多年舞台经验的资深鼓手，在打鼓方面世荣一直游刃有余，但当他独自抱着吉他站到舞台中央时，还是非常

[①] 《一个人的世荣》，《生果周刊》2001 年 9 月 24 日。

紧张，甚至两脚发抖。他担心自己唱得不好被观众轰下台，尤其是在普通话发音不标准的情况下演唱国语歌曲，让他显得底气不足。不过这种情况从没有发生过，因为每当他唱起 Beyond 时代的歌曲，台下的观众总会认认真真地欣赏，甚至会跟着起舞，加入合唱。"很多次眼泪都快流下来了"，世荣总会情不自禁地回忆起 Beyond 四个人在一起的美好时光，但如今物是人非，只有他一个人在偌大的中国内地独自前行。

为了提升自己在舞台上的胆量和表现力，世荣马不停蹄地在内地的酒吧演出。他对酒吧开出的价钱毫不在意，只希望借此机会锻炼自己的唱功和胆识。把广东大大小小的城市唱遍后，他开始一路北上，唱到最北边的哈尔滨，甚至西边的乌鲁木齐也留下过他的足迹。

一个人站在台上始终难以抵挡孤独的侵袭，但他还是坚持了下来。经过一年多的磨炼，他的唱功得到了极大的提升，并找到了属于自己的唱法，他甚至表示在任何环境下都有信心把歌唱好。与此同时，人们也渐渐淡忘了他的鼓手身份，开始接受他作为歌手的一面。

然而，正当世荣的音乐事业步入正轨时，噩梦却再次降临到他的头上。2002 年 10 月初的一天，和他相恋七年的女友许韵珊（Cynthia）在筲箕湾的家中意外身亡，世荣再次陷入无尽的痛苦和绝望之中。尽管家驹的离世早已让他参透生命的意义，但 Cynthia 的离开还是给了他致命的打击。他一直将 Cynthia 视为自己生命的一部分，但现在她也永远地离开了。"她的离开几乎让我彻底崩溃!"多年后世荣痛苦地回忆说,"无论是生活上还是音乐制作上,她对我都太重要了,她是我全部的精神支柱。每次我做一首歌出来,她都是第一个听众。每当我上台唱歌,感觉没有信心时,她总是鼓励我。她会对我说:'真的很棒!'虽然她没有专门学过音乐,但她能用一颗平常心去欣赏,而且能听出歌曲的真正内涵。我能有今天,全靠她在背后的默默支持,她是个平凡的女人,却是我的唯一。"

面对人生中最重要的朋友和恋人相继离去,世荣也曾出现过自暴自弃的念头。但他并没有真正倒下,因为他那种乐观、坚强的性格使他在即将坠入深渊时拯救了自己。每当他想到放弃时,他就会觉得对不起家驹和Cynthia,而他们在天上也一定会看不起自己。每每这种时候,他总会不断给自己打气,坚持走下去。当然,其中最重要的动力是他"心中还有理想",他要继续为理想而活。"我知道她在生时对我的支持,我没理由在她离开后就放弃。我希望她在天堂看到我成功。生离死别也很简单,每个人有一天都会死,所以趁自己还在这个世界时,尽量多做些事情令自己开心,实现一些梦想令自己开心。我觉得没有任何事比达成理想更开心。"①

作为一种理想,音乐不仅是一种生命之光,让世荣找到心灵的归宿,而且还能治愈他身心的创伤,只不过这种治愈方法带有几分逃避的意味。Cynthia去世后,世荣基本上把音乐事业的重

---

① 《叶世荣:但愿乐与怒到老》,《星洲日报》(吉隆坡)2004年8月20日。

心移到了内地,还在广州天河创办了自己的唱片公司。工作,除了工作还是工作,他不停地用工作麻醉自己,不停地到各地演出,试图以此减轻痛苦。"幸好有音乐作为宣泄,"多年后他回忆说,"不然我早就进精神病院了。"

家驹和 Cynthia 的相继离世,让世荣的心态和生命观发生了极大的变化。他对世间的一切早已淡然处之,不再计较得失,努力寻求内心的平静。他开始信奉佛法,并从此成为素食主义者。面对那些身处困境的人们,他总会心生悲悯,伸出援手;后来他还积极投身慈善事业,号召更多的人去关爱那些需要帮助的人。这一切既是他个人的心灵蜕变,也是在延续家驹和 Beyond "和平与爱"的摇滚精神。其中最具影响力的是 2016 年由他发起的"家驹爱心延续慈善演唱会"。这场演出总共筹得 240 万港币,他将这笔钱全部捐给了香港的两家慈善机构。他所作的一切,正好印证了他的生命追求。"我给别人快乐的时候,也是减少别人痛苦的时候,这就是我获得的最大快乐。"2009 年他对自己的新作《慈悲》如此诠释。

Cynthia 虽然离开了世荣,但她并没有从他的生活中退去。"她是我这一生最爱的人,我想我可能一辈子都放不下她。"一年后,世荣痛苦地回忆说,"每次回家,我都会看见当年的画面,她在走来走去,她在说话,她在歌唱,她在微笑……"她甚至还影响着他的创作。翌年 8 月推出的 EP《记得你》(*Remember You*)中,《珍惜》和《记得你》就是献给 Cynthia 的。

在 2005 年 8 月出版的《叶子红了》中,世荣甚至将 Cynthia

生前的一段录音放进了他的歌曲里。"Cynthia 一直都很喜欢唱歌，有一次我在家写了一首歌，我很想在里面加入女声，虽然当时那首歌还不完整，但我还是让她试唱并录了下来，成为她唯一一首主唱的小样。"[①] 这首歌就是对 Cynthia 流露出无限思念和爱意的《风雨》。两年前世荣曾计划出版一张 EP，将这首歌收录进去，用以纪念 Cynthia 逝世一周年，并打算将唱片的收入捐赠给慈善机构。后因故未能实现，于是他只好推迟发行这首歌曲。

世荣对 Cynthia 可谓用情至深，在 Cynthia 出殡的前一天，他甚至在双方父母的见证下和 Cynthia 举行了婚礼仪式，并为她戴上了婚戒。之后他一直以妻子之名称呼她，并帮助照料 Cynthia 的父母。在这巨大的伤痛中沉沦了四年后，世荣才渐渐走出 Cynthia 的阴影，重新开始另一段感情。

内地的生活繁忙而充满挑战。从前他觉得香港太小，现在他感觉整个中国内地的市场"大得不知道应该怎样做"。尽管如此，他还是把内地大大小小的城市走了个遍。他将内地比作"音乐少林寺"，因为这里什么样的情况都可能出现。比如正在表演时音响突然坏掉，观众高呼返场时乐队已经离场。但即使出现这些尴尬的局面，他还是会照常唱下去，直到把歌唱完。

正所谓天道酬勤，世荣的努力终于得到回报，之后的几年间他连续斩获多个大奖。例如 2005 年度亚太音乐榜"港台地区最佳摇滚奖"，2006 年粤港未来巨星娱乐周刊"最受欢迎摇滚歌手

[①] 《公开最爱遗下的声音：叶世荣三妻四妾活出精采》，《星岛日报》2003 年 8 月 16 日。

大奖"等。这一切无不是对他的肯定和赞赏，但他从未因此停歇，因为音乐就是他的生活，更多的梦想正等着他去实现。

*

独立发展后，三人中出版唱片最晚的是家强。乐队宣布休队后，世荣和阿Paul很快便投入工作当中，为单飞后的个人专辑做准备，家强则茫然无措，完全不知该往哪里走。虽然Beyond时期他写过不少歌曲，但对于单飞他依然没有做好充分准备。似乎一夜之间，身边的一切都在离他远去，一切都得重新开始。他也因此陷入"苦恼"和"完全没有信心"的状态。在单飞后的两年里，他仅仅为电影《阴阳爱》做了配乐，出演了《敌对》的主角之一，以及写了二十多首曲子。

作为音乐人，对家强打击最大的是在这两年间，根本没有一家唱片公司主动向他发出签约邀请。"感觉好像没有得到认同，自信心也一度跌入低谷。"家强如此描述这一时期的状态。其实最主要的还是他缺少主动性，因为他没有主动去找过任何一家唱片公司。时间越久，他的内心越是慌乱，因此他决定独自启程，自行录制一张专辑。机会总是垂青于行动者，他录完五六首歌曲后，环球唱片的陈少宝终于找到他，表示愿意出版他的作品。这无疑就像黑暗中的一束光，突然照亮了家强。于是他快马加鞭把余下的歌曲全部录好，并为出版发行做好准备。家强虽然签下了唱片公司，但他没有聘用经纪人，因为他"希望多一点自由空间","不想重复 Beyond 的道路"。事实上也的确如此,他们三个都不想重复 Beyond 的老路,更不想受制于人。自由的空气对他们来说太重要了。

经过两年多的摸索,家强的首张个人专辑《即刻归来》(*Be Right Back*) 终于在 2002 年 10 月问世。这张专辑总共收录了 9 首歌,其中包括一首纯音乐——《冬夜》。这显然是给家驹留出的位置。为这首歌弹奏吉他的是加拿大著名吉他手迈克尔·布鲁克(Michael Brook)。布鲁克是氛围音乐、原声音乐和实验音乐的践行者,因此家强找到了他。这首歌所营造出的空间感,正好契合了"冬夜"所特有的那种荒凉和寒意。总的来说,整张专辑的编曲别具一格,演奏也变得更加柔和,只不过在演唱方面显得有点力不从心。

家强虽然如愿摆脱了 Beyond 时期的那种摇滚风格,但他对自己这张专辑并不满意,一年后他甚至说:"现在重听某些歌曲,的确有点后悔。"[1] 因为他仅仅为专辑中的三首歌填写了歌词,其余几首则分别由刘卓辉、黄伟文、因葵和甄健强等操刀。有一首甚至还是翻唱五年前他为王菲所写的《守护天使》,词作者是林夕。虽然他们都写得不错,但这些歌词"实在不太符合自己的意愿"[2],没能表达出自己的真实想法。出于尊重,他只好听从监制的意见,照单全收。

---

[1] 《黄家强:我背得起》,《香港经济日报》2004 年 11 月 10 日。
[2] Patrick Lee:《黄家强:一次畅所欲言的音乐交流》,《头条》(*Headlines*) 第 408 期 (2004 年 11 月)。

虽然专辑的整体效果不尽如人意,但无论如何一切总算开始了。"最重要的是我从中找到了自己的方向,至少我知道不依靠别人我也能把音乐做出来。"[1] 独立,是的,独立就是当初他们寻求单飞的目的之一。只有将自己推入绝境时,才会知道自己到底有多大能力,也只有这种时候才会惊奇地发现自己的能力比想象中的要强大。

虽然家强对这张专辑的部分歌词耿耿于怀,一直强调未能达到自己的期望,但专辑的销量很可观,还为他夺得了国际唱片业协会(IFPI)香港唱片销量大奖"最畅销本地男新人奖"。不过这也是他们三个共同的尴尬,因为作为拥有二十年资历的音乐人,他们都不得不以"新人"的身份重新登上乐坛,和那些真正的新晋音乐人同台竞技。尽管他们已经不再追求奖项之类的东西,但各种评选机构还是会把他们列入其中。似乎走到哪里都是江湖,尽管他们早已置身事外。

鉴于第一张专辑录制时的局限,筹备第二张专辑时,家强开始了充分的准备。他首先签下一支乐队,并把他们当作自己的录音班底。这支名为"毕家索的马"(Picasso Horses)的乐队,没有固定的成员[2],它所呈现的是一种开放式的团队关系,这样不仅更有活力,乐手们也会更加自由。"我看到这支乐队时,就觉得他们很有发展潜力,但他们如果永远和我绑在一起,做出来的很可能只是黄家强的音乐,我不希望这样,所以我单独和他们另

---

[1] 《往事并不如烟·黄家强》,《星期一》(*Monday*) 第218期(2004年12月)。
[2] 参见袁智聪《新的开始·黄家强》,《音乐殖民地》第252期(2004年10月)。

立合约。一旦他们有自己的创作和有另外的发展机会，我希望他们去做更符合他们的东西。"

除此之外，家强还着手创建了自己的录音室。2003年初，在大角咀找到一个满意的地方后，他便开始紧锣密鼓地进行装修，年中，这间名为"White Chamber"的录音室全部装配完工。至此，他们三人都各自拥有了自己的录音室。家强的第二张个人专辑《毕家索的马》就录制于此。"之前我们一直是共享'二楼后座'，但因为大家都要录音，很难长时间连续用，所以我索性筹备一间自己的录音室。有了自己的地方，就像多了一个实验室，做起音乐来效率会更高，更投入。"家强将"White Chamber"打造成家庭式的录音室，里面有开放式厨房、微波炉、冰箱以及各种厨具，足不出户就能吃到符合自己口味的食物。① 他还在录音室里放了一尊家驹的铜像，希望在音乐的路上兄弟二人继续相伴同行。

2004年初，家强从自己的40多首小样中挑出10首歌曲，开始了新专辑的录制。新乐手的加入给家强带来了不少冲击，录制过程中他变得积极了许多。"以前在Beyond里待了那么多年，我们对彼此都非常了解，所以有时表演起来一成不变的东西太多。现在和Picasso Horses玩起来就比较新鲜，他们浑身是劲，我们会时不时擦出一些火花。"

经过9个月的漫长录制，2004年11月，家强正式推出个人

---

① 参见《家强Band房严禁过夜》，《壹周刊》第765期（2004年4月）。

第二张专辑——《毕家索的马》(*Picasso Horses*)。家强原本打算以乐队的名义发表这张唱片,但最终未能得到环球唱片的同意,于是只好作罢,把它当作专辑名。后来他甚至还用"Picasso Horses"这个名字创建了自己的音乐厂牌,几年后,他还签下一支名为 Kolor 的乐队,并担任起乐队的经纪人。

《毕家索的马》总共收录了 11 首歌,其中一首是一年前录制的《坏男人》,为《坏男人》弹奏吉他的是张亚东。如今家强将它重新填词改成国语版的《好男人》,收录在自己的新专辑里。除了《好男人》,专辑还另外收录了 3 首国语歌曲,家强希望以此扩大听众的范围,但他真正向内地进军是在三年之后——2007 年他出版了自己的第一张国语专辑《她他》。

《毕家索的马》的作曲、填词、编曲甚至监制均由家强一手包办,乐队中的黄伟勋(Stephane Wong)和 Sammy So 仅仅参与了《歪念》的编曲。因此《毕家索的马》称得上是一张完全意义上"黄家强风格"的专辑。家强之所以不再将歌词和编曲假手于人,是因为"不想再出现一些不能表达自己心声的信息"[①],上一张专辑的歌词和部分编曲就让他耿耿于怀。虽然他感觉填词"比作曲困难得多"[②],但还是一个人把它做完了。

从某种意义上说,《毕家索的马》是一张致敬专辑。因为毕加索是家强最崇敬的画家,"马"则代表家驹。虽然家驹已经离开十多年,他们三个也试图摆脱家驹的阴影,但一切似乎都显得

---

① 《黄家强:发现自我 发现未来》,《男性创意》第 49 期(2004 年 11 月)。
② 《理想的马·黄家强》,《东方日报》2004 年 10 月 30 日。

徒劳，因为只要做音乐，家驹就无处不在。他们能做的只是减轻家驹的影响，而无法真正摆脱。尤其是家强，在家驹刚去世的那段时间，会经常梦见家驹。在往后的日子里，即便慢慢走出了失去家驹的悲痛，他还是会经常想起家驹。"他现在就是我生命的一种寄托，"家强说，"尤其是我遇到困难的时候，我会向他倾诉我的心声，尽管他无法回答我，但我会很快因此获得启示。我觉得有问题时，常常会自言自语。通常在我听他的歌曲时，尤其是听他那些比较感性、缓慢的歌曲时，我常常会想起他。"

在往后的年月里，除了为家驹写歌，家强每隔几年都会做一些活动纪念家驹。其中最成功、声势最浩大的是2008年的"别了家驹十五载——海阔天空音乐会"。家驹生前的诸多好友，如梁翘柏、邓建明和刘卓辉等，都参与了这场纪念音乐会。阿Paul、世荣他们三人重新聚在一起，为纪念专辑《弦续——别了家驹十五载》编曲、演奏。在黄志淙的帮助下，他还成功举办了家驹遗物的展览和音乐座谈会。

《毕家索的马》中虽然有一半是节奏比较缓慢甚至爱意绵绵的情歌，但总体上还是倾向于摇滚风格。在个人首张专辑《即刻归来》中，家强试图摆脱 Beyond 时期的那种摇滚风格，导致很多地方未能恰当地表达出他的感情。有鉴于此，他决定在这张新专辑中回归最真实的自己，"因为我体内流动的始终是摇滚的血液"。这张专辑所呈现出来的摇滚风格，不仅仅是编曲和演奏上的全力以赴，而且发扬了 Beyond 的现实关怀和批判精神。比如放克韵味的《杀戮战场》，就是对战争和恐怖主义的抨击。家强摒弃了过去那种呼吁式的写法，改用写实手法来呈现战争的残酷无情。《大赌注》和《香港好多有钱人》则分别是对赌博合法化导致很多人沉迷赌博的现状以及香港人冷漠、爱慕虚荣的批评与讽刺。当然，摇滚并不仅仅是批评，现实关怀也是其核心精神之一，《祷告》就是如此，它是为"非典"中的医护人员而写。

尽管《毕家索的马》是一张完全意义上"黄家强风格"的专辑，但它还是没能摆脱过去所受的影响。《香港好多有钱人》还能听到绿洲乐队的影子；《失忆》所呈现出的黑暗和死亡意味，同样能窥见快乐小分队（Joy Division）和包豪斯（Bauhaus）等后朋克和哥特摇滚乐队对他的影响；《歪念》则明显是模仿他最喜爱的 U2 乐队，尤其是那种凌厉的吉他演奏和钢刀一样的吉他音色，仿佛就出自刀锋（The Edge）之手。

《毕家索的马》出版后的两三年间，除了完成翌年的世界巡演，家强开始放缓音乐的脚步，将精力投注到感情和生活上。2005 年底，他与在香港工作的日籍通译员 Makiko 坠入爱河，并很快步入婚姻的殿堂。另一方面，家驹的离开也让他体会到亲情的重要。如今，家驹世界巡演的遗愿已经完成，是时候为自己腾出休息的时间了。父母需要他的陪伴，因此即便是在宣传期，他也会尽量调整时间，回家和父母一起共进晚餐。生活并不仅仅只有音乐，家庭和爱情同样不可或缺。

Ⅱ 光辉重现

自千禧年分别之后,阿 Paul、家强和世荣首次以 Beyond 的名义重聚是在 2003 年初。当时正值 Beyond 成军二十周年、家驹逝世十周年。为纪念家驹和乐队二十年的摇滚之路,他们各自放下手中的事情,重新聚在一起,全力投入到纪念巡演当中。在乐队暂停的三年间,他们各自忙碌,基本没怎么碰面;虽然感情没有从前那样浓烈,但默契依然如故。出版唱片时他们会彼此互赠一张,然后再买一张以示支持。这次重聚让他们找到了久违的感觉,还撞出了不少火花。不过,Beyond 并不打算推出新专辑,他们仅仅是重新改编并灌录了《昔日舞曲》《灰色轨迹》和《永远等待》三首老歌,以及使用了家驹的一首遗作,发行了一张纪念 EP——《重聚》(*Together*)。

家驹的那首遗作就是后来的《抗战二十年》。这是家强特意为乐队二十周年纪念准备的惊喜,它既有团聚的意味,也代表 Beyond 永远四位一体的精神格局。按照家强的说法,事实上他一直想发表家驹的遗作,只不过没有找到适合的时机,如今恰逢乐队成军二十周年,此时发表家驹遗作再好不过。最初被邀请来为这首歌填词的是刘卓辉,但由于刘卓辉提供的文本未能表达出

Beyond 三子的心声，他们只好将任务转交给了黄伟文。

乐队二十周年巡演并不顺利。由于 2002 年底从广东顺德爆发的"非典"正在四处蔓延，香港也成了重灾区，社会陷入一片恐慌。为防止疫情扩散，很多演唱会被迫取消或延迟，即使没有延迟，大部分演出也都以惨淡的票房收场。而 Beyond 也是几经争取，才拿到了红磡体育馆 4 月底的档期。

出人意料的是，演出效果不仅没有受到疫情的影响，观众的反应还异常热烈。原本戴着口罩的观众，开场才几分钟，便纷纷摘掉口罩，加入呐喊与合唱之中。尤其是当主办方以激光技术在舞台中央投射出家驹的身影，并弹起《抗战二十年》的前奏时，现场观众无不涕泪交加。而且演出一开始，舞台中央就给家驹留出了位置，并摆上了一支空着的麦克风。

不过，关于"四人同台演出"的做法，后来他们三人均表达过不同的意见。虽然当时家强表示他们都"考虑过找一个与家驹相似的人去扮演"家驹，但多年后阿 Paul 和世荣对此却没有太多的好评。"我不太喜欢这种方式，太商业化了。"阿 Paul 说，"只要是在玩音乐的时候，Beyond 就已经连接在一起，而且我认为只要大家心中能够记住家驹就足够了。"世荣则表示，这种做法虽然感动了歌迷，主办方也能从中大赚一笔，但他们在舞台上并不好受。

2003 年 4 月 29 日至 5 月 3 日，Beyond 在红磡体育馆连演 5 天，每一场都坐得满满当当。随后，环球、百代、华纳等多家唱片公司纷纷开出高价，试图撮合他们三人重组录制唱片[①]。但这

---

① 参见《Beyond 成乐坛抢手货 环球 EMI 力邀加盟》，《快周刊》第 247 期。

一提议最终因为乐队成员没有达成一致意见而再无下文。6月，"非典"得到控制后，乐队又趁势加演三场，反应同样热烈。他们原本打算将加演场次定在家驹生日当天，但由于场馆档期已满，只能推迟。与此同时，中国内地甚至马来西亚、美国、加拿大等地的演出商，也开始向他们发出邀请，新一轮的演出正等着他们去完成。

在乐队二十周年纪念巡演的所有站点里，北京站可谓是最曲折的一站。当时北京成了疫情最严重的地方，很多演出被迫延迟或取消，Beyond北京站的演出计划也毫不例外地受到影响。而且这场演出的经纪人——黑豹乐队的鼓手赵明义，在和Beyond巡演香港经纪公司谈判时，一度因为对方的报价问题而多次败下阵来。但赵明义并未放弃，因为他一直把操办Beyond北京演唱会当作自己的梦想。不久，他们再次回到谈判桌上，最后对方终于被他的诚意打动，做出"很大的让步"①，才使Beyond巡演北京站成为现实。

这场演出让Beyond见识到了他们在内地的受欢迎程度。虽然乐队从未在内地发行过任何专辑，仅仅是在1988年和1993年到北京做过两次演出，而且1993年那场只唱了两首歌的拼盘演出几乎没有人记得，但眼前却挤满了来自全国各地的歌迷，并且每当他们唱起任何一首歌时，几乎都能引发合唱。正如刘卓辉所说，Beyond不仅没有过时，反而"感觉它始终是一支当红乐队"。

---

① 参见李玉龙、赵明义：《"黑豹"归来：一个经纪人的自白》，《经纪人》2004年第7期。

其实早在 90 年代初，Beyond 的歌曲就已经在内地青年一代中广为流传了。当时正值中国社会的转型期，焦虑和迷茫笼罩着无数青年，消费主义的盛行更是让青春激昂的理想无处安放。此间，大量盗版磁带和唱片的出现，终于让他们的心灵得到几许安慰。Beyond 歌曲中的那种理想主义和不屈不挠的精神，恰好契合了他们的内心呼唤，因此，每当身处时代洪流的青年们听到 Beyond 时，都会如获至宝。此后，随着互联网的普及，Beyond 的歌开始大面积传播开来。

*

二十周年纪念巡演结束后，阿 Paul、家强和世荣重新回归各自的生活，再次投入自己的事业当中。为了提高演绎能力，世荣继续游走在全国各地的酒吧、Livehouse 和大型舞台上。除此之外，他还和天堂乐队合作录制了一首《大话足球》。家强则深居简出，专心准备自己的第二张专辑《毕家索的马》。阿 Paul 同样也在紧锣密鼓地录制最新专辑《我在存在》。与以往不同的是，这是一张独立制作的专辑，老队友刘志远为专辑担纲监制。2004 年一整年，他们仅仅同台亮相过两次：一次是为喜剧《墨斗先生》友情出镜，另一次则是在 8 月份的"澳门音乐节"舞台上。只不过在音乐节上，阿 Paul 属于汗乐队，家强属于"毕家索的马"，世荣则没有出现。他们三人唯一一次以 Beyond 的名义出现，是为电影《无间道Ⅱ》创作主题曲《长空》——这首歌为他们赢得了当年的香港电影金像奖"最佳原创电影歌曲奖",同时也成了 Beyond 音乐生涯的收官之作。

但 2005 年才是真正告别的时刻。此前 Beyond 三子在无数的访谈中都不提"解散",而是用"分开""停下来""暂停"等词语替代。2003 年巡演开始的前一天,家强甚至表示"Beyond 永远不会解散"①。即便是在 2005 年告别巡演即将开始时,他们的用语依然暧昧不明,甚至否认"解散"的说法。当时家强是这样解释的:"不解散是因为想留下 Beyond 的精神,我们三个仍然是好朋友,不会像有些乐队因为不合而解散,我们仍然有音乐交流。"② 直到内地的巡演即将开始,乐队解散的消息传遍全国,歌迷们联名反对乐队解散时,他们才首次承认解散的事实。家强说:"即使不解散,如果没有作品、没有演唱会,跟解散有什么分别?"③

2016 年 Leslie 在一篇博文中表达了对 Beyond 在千禧年分别的看法:"'暂停'只是一个公开意义上的用词,实质的 Beyond 已是名存实亡,不直截了当地说'解散'只是不愿证实乐队成员间关系的恶化。"④ Beyond 三子的关系在 1999 年到底有没有恶化,不得而知,因为阿 Paul 和世荣从来没有正面回答过这个问题,仅仅是家强在 2005 年提到他们因为音乐理念不合发生过争执,具

---

① 罗小莉:《重聚:为了"光辉岁月"》,《南方都市报》2003 年 4 月 28 日。
② 《有时你可以自己动手》(Sometimes You Can Make It on Your Own),《牛奶》(*Milk*) 第 177 期。
③ 重庆卫视《超级访问》,主持人:李静、戴军;嘉宾:Beyond。2005 年 5 月 11 日。
④ Leslie Chan:《叶世荣的音乐路你认识多少?——"2016 引以为荣世界巡回演出"博文(二)》,Leslie Chan 微博,2016 年 3 月 18 日。

体因为什么恶化,以及恶化到什么程度,依然是一个谜。"有时会觉得放下 Beyond 来进行创作更轻松,当时因为我们之间在音乐见解上的不同而多次发生争执,甚至影响到感情。"① 这是家强就乐队解散做出的最沉痛的一次表达。

关于因为争吵而影响乐队成员之间的感情似乎是确信无疑的。在 2000 年至 2005 年期间,阿 Paul、家强和世荣三人就很少联系,即便是两次重组巡演,他们也很少在台上进行互动。尤其是阿 Paul 和家强之间,他们两个都在台前演奏,就能明显感觉到阿 Paul 对家强所表现出来的冷漠。刘卓辉清楚地记得 2005 年红磡体育馆告别巡演时他在后台看到的情形,他们三个各自沉默着,基本没有什么交流,"那种感觉非常疏离"。

乐队解散的消息传出后,全国各地的歌迷试图通过联名,让乐队收回解散的决定。在红磡体育馆告别演出的现场,歌迷们自发组织起来,四处派发传单,呼吁 Beyond 重组。但天下没有不散的筵席,每个人都有自己的路要走。而且经过几年的独立发展,他们已经在各自的道路上越走越远,享受着独行的快乐,而不愿意停下脚步,再回到 Beyond 的阴影中去。"对于我来说,乐队解散其实给了我一次新生的机会。"世荣说,"这是所有成员的共同决定,而且我们至今没有后悔过。"家强同样认为单飞是一次转机。他说:"如果不是 1999 年的单飞,就不会有今天的总结。如果没有尝试给彼此空间,而是三个人继续在一起,就不会

---

① Vivian:《黄家强:光辉岁月,一去不返》,《运动休闲》2005 年第 11 期。

有这个不能改变的事实。其实这是一件好事,不分开就不会明白,原来还有些不同的音乐取向和做事方法。在乐迷的心中,这个决定可能是一件坏事。但对我们来说并没有变得更坏,也不会后悔。"① 世荣说:"希望大家正面去看这件事,Beyond 总会有毕业的一天!"②

关于解散的原因,乐队此时做出的解释与 1999 年的说法大不一样。家强更多强调的是不希望 Beyond 走下坡路。他说:"'Beyond'就是超越,当我们感觉不能走下去时,还不如就在仍然受到尊重和爱戴的情况下结束这一切。说实话,我不想让 Beyond 变成'烂'和'落后'的代名词。自从我们三个决定单飞之后,乐队停止活动已经是意料之中的事情。我们都有各自想要表达的东西,也有新的挑战等着我们去面对。我们能聚在一起创作的时间不多,但我们又不想随便交出一些普通的作品,所以到了这个地步,我们决定停止以 Beyond 的名义发表作品。"③

阿 Paul 同样"希望 Beyond 能在最光辉的时候停下来,而不是淡出",因为没有家驹的 Beyond 始终难以为继。"到了现在,我很想老实地说一句:自从家驹离开之后,我们 Beyond 都是残废的——永远、永远、永远都是三缺一。如果不是为了要完成家驹的心愿,继续以 Beyond 的名义活动下去,我想当时就决定解散了。"④ 如今他们"想做的"和"能做的","都已经做到了",

---

① 《有时你可以自己动手》,《牛奶》第 177 期。
② 星星:《希望正面看待"Beyond 总有毕业的一天"》,《广州日报》2005 年 5 月 23 日。
③ 《黄家强:了却家驹的心愿》,《男性创意》第 51 期(2005 年 1 月)。
④ 《黄贯中:我们是残废的》,《男性创意》第 51 期(2005 年 1 月)。

因此是时候说再见了。"虽然会觉得很可惜,"阿 Paul 说,"但因为太爱这个乐队,所以才要放手。"① "为了留下美好的回忆,选择在此刻告别,也是很适合的时候。"② 世荣补充说。

巡演无疑是最好的告别方式。当大家都沉浸在 Beyond 音乐的震撼中时,琴声戛然而止,关于 Beyond 的记忆将永远停留在辉煌和感动之中。正如家驹所说,永恒就是"在最光辉灿烂的时候一下子把生命玩到尽头"。而在 Beyond 光辉岁月的尽头,才是自我之路的开始。

*

红磡体育馆的告别演唱会结束后,Beyond 休整了两个月。4月9日,乐队再次启程,开始了世界巡演首站——美国大西洋城的演出。一个星期后当乐队完成加拿大多伦多的演出后,他们重又回到了香港。再次休息 40 天后,乐队于 5 月 27 日从北京首都体育馆出发,以差不多每个月两场的频率穿梭在中国内地十一座大城市的舞台,直到 9 月 23 日在昆明拓东体育场完满收官。一路上,他们体验着各地的风土人情,感受着 Beyond 歌迷的热情和疯狂。虽然累得要命,但他们还是很享受在舞台上的感觉,尤其是当他们看到千万只手在星光闪烁的舞台下挥动并跟着他们放声高歌时,他们终于体会到生命的饱满和给予别人快乐所获得的满

---

① Boa:《黄贯中:因为爱,所以放开》,《How·好》2006 年第 11 期。
② 《叶世荣:感觉就像毕业一样》,《男性创意》第 51 期(2005 年 1 月)。

足。当然，最重要的是，他们带着家驹和他的音乐走遍世界，为他完成了世界巡演的遗愿，这是他们一路走来的真正动力。

2005年10月15日，完成"Beyond故事"（Beyond the Story）巡演终点站新加坡站的收官演出后，阿Paul、家强和世荣终于彻底放下Beyond，宣布永久解散。这意味着他们将不会再重组，即使将来同台，也不会再以"Beyond"的名义出现。至此，Beyond乐队22年的摇滚之路正式画上句号。Beyond的落幕，也正式宣告了一个摇滚时代的终结。不过，一切都还没有结束，他们各自的历史才刚刚开始，生命之书正等着他们继续用音符书写属于自己的那一页。

第十章

弦续：后Beyond时代的回响

I 怀念家驹

2008年6月10日,在香港会展中心"别了家驹十五载——海阔天空音乐会"现场,家强、阿Paul、世荣共唱压轴曲目《海阔天空》,数千名观众用热烈的掌声和欢呼致以敬意,曾经的Beyond仿佛重现本色。这是Beyond自2005年解散后,家强、阿Paul、世荣三人首次同台,虽然他们并不是以Beyond的身份出现,但这总算使万千歌迷的心愿得以了却。人们似乎并未料到,这竟成了Beyond三子时至今日的最后一次聚首。随着2013年5月阿Paul和家强矛盾的公开和白热化,Beyond三位前成员的重聚变得遥遥无期。

无论是Beyond时代,还是后Beyond时代,家驹都以其无处不在的能量,深刻影响着乐队的其他成员。从某种意义上说,家驹之于Beyond,就如同弗雷迪·莫库里之于皇后(Queen)、科特·柯本之于涅槃(Nirvana),抑或锡德·巴雷特(尽管他并不是因为早逝而离开乐队）之于平克·弗洛伊德，队友们始终难以从乐队灵魂人物离开的梦魇中醒来。独立发展的十八年间，除个人演唱会，家强、世荣、阿 Paul 的诸多活动都是围绕纪念家驹展开，尽管他的形体业已消散，但他的灵魂一直与他们同在。

纪念家驹逝世十五周年的系列活动还包括"别了家驹十五载——旧日的足迹"展览和座谈会，以及一场公益拍卖会——拍卖对象是以家驹形象制成的公仔。之后还出版了纪念音乐会的现场专辑和相关纪念册。与此同时，家强还以自己的名义出版了一张名为《弦续——别了家驹十五载》的纪念专辑。这张专辑共计收录 10 首作品，其中 5 首为家驹生前从未公开的小样，另外 5 首则是家强根据这些小样编曲、填词、演唱后完成的"安魂曲"。阿 Paul 和世荣参与了部分歌曲的编曲工作，梁翘柏、邓建明参与了部分器乐的演奏，刘卓辉则为其中三首填写了歌词。这张专辑不仅让歌迷们有机会听到家驹未经修饰的声音，领略家驹的创作方式，而且通过与一众好友的合作，家强总算再次实现了与二哥家驹穿越时空的对话。

专辑中的《奥林匹克》显然是对当年即将到来的北京奥运会的呼应。"咻一咻不说政见与纷争／跨过国界怨和恨／比一比广阔气魄胸襟"不仅很好地诠释了"相互理解、团结友爱、公平竞争"的奥林匹克精神，而且还散发着《光辉岁月》和《阿玛尼》的气韵。当然，最重要的是，这种精神恰恰与家驹身上的品质有着完美的契合。这似乎就是冥冥之中的一种应答。

对 Beyond 的三名前队员来说，2008 年的重要性绝不仅仅在于为纪念家驹而重聚，也不是见证中国首次举办奥运会，而是与亿万同胞共同面对发生在四川的特大地震。

得知汶川发生特大地震后，世荣旋即决定将5月17日的个人演唱会改为赈灾义演，为灾难中的同胞贡献绵薄之力[1]。之后，他还参与多首赈灾歌曲的录制，用歌声抚慰那些受伤的心灵。他放下手中的工作，到处找寻能够参与义演的机会。自上一年7月被某慈善机构聘为募捐大使后，他感到肩上平添了许多社会责任[2]。如今四川同胞有难，力尽所能提供援助当是义不容辞。作为一名音乐人，这也许就是他能为灾区做到的最擅长的事。

在2008年6月1日举办的"演艺界5·12关爱行动"（Artistes 512 Fund Raising Campaign）中，世荣和家强均有现身。这场长达8小时的马拉松式汇演，汇聚了两岸三地的五百余位艺人，成为香港迄今为止规模最大的一次义演。汇演的压轴节目是由众多艺人合唱《海阔天空》重新填词的国语歌《承诺》。歌曲旨在鼓励受难群众重建信心，号召全国人民团结一致帮助四川抗震救灾。香港演艺人协会原本邀请家强为这首歌操刀填词，但协会对家强提交的歌词并不怎么满意[3]，因此最终使用的是刘德华填写的版本。之后协会还发行了《承诺》的录音室版本，家强、谭咏麟、刘德华、陈奕迅等人参与了歌曲的制作。

关于赈灾义演，特立独行的阿Paul持有不同看法。他既没有

---

[1] 参见《叶世荣：做一名志愿者我很光荣》，网易娱乐专稿，2008年5月29日。
[2] 参见《中国慈善机构首次推出电子募捐行动台商捐百万》，中国新闻网，2007年7月12日。
[3] 参见《黄家强卖玩具收益捐慈善赈灾歌遭曾志伟三改》，新浪娱乐，2008年5月30日。

参与"演艺界5·12关爱行动"的演出,也没像世荣那样积极寻找义演的机会,后来成都的相关单位邀请他参与赈灾义演,也被他回绝了。彼时汶川大地震刚刚过去几天,时有余震发生,受灾群众还处在巨大的悲痛和恐惧之中,因此他认为"现阶段灾区不适宜搞音乐会","目前死者的家属最需要得到援助",但"这不是一大笔钱便可以解决"① 的问题。相较于义演,他更愿意通过义工的方式表达对灾区的关心。他希望通过自己的身体力行,与受难者站在一起,体察那些难以言说的悲痛。9月,他以设计总监的身份参与了"慈善国际泰拳赛2008"的相关工作,赛事的全部收益将用于灾区的重建。

作为家驹的昔日战友和好哥们,在单飞后的十多年间,阿Paul从未公开发起过纪念家驹的活动,但这并不表示他已将家驹遗忘。事实上,家驹一直在他的心中,只不过性格内敛的他,始终坚信把作品做好就是对家驹最好的铭记。即便做慈善,他也是以自己的名义进行,因为对于一个有着强大自我意识的人而言,他并不希望活在家驹的光环或庇佑下。但他又不得不承认,家驹强大的磁场始终影响着他人生的指南针。

在关于儿童的教育和健康问题上,阿Paul和家驹有着一种与生俱来的一致性。在独立发展后的诸多慈善行动中,他就主要专注于这些议题。尤其是2012年荣升为一名父亲之后,他就更加关注儿童教育和儿童健康问题。从小生活在单亲家庭的他,对儿

---

① 参见《黄贯中婉拒义演甘赴灾区做义工坚信"人定胜天"》,中国新闻网,2008年5月21日。

童问题感同身受，因此他决定为他们做一点力所能及的事。早在2002年，他就对甘肃静宁贫困家庭的儿童进行过一次探访，后来他将探访途中拍摄的相片进行拍卖，收益用于帮助改善孩子们的学习条件。[①] 2006年5月，他和好友恭硕良一起举办了一场慈善演唱会，为一家儿童游乐协会筹集善款，以帮助孩子们快乐成长。2013年5月，他与妻子朱茵远赴尼泊尔加德满都探访视障儿童，呼吁社会关注儿童视力问题。2016年，他又与一家杂志社开展了一系列关爱自闭症儿童的活动。

阿Paul同样对难民和贫民表现出极大的关怀。2007年8月，他与一个名为"无国界医生"（Doctors Without Borders）的组织抵达了孟加拉国最南端的边陲小镇代格纳夫（Teknaf）。此行的目的是免费为当地罗兴亚人（Rohingyas）提供医疗服务，阿Paul的任务则是用镜头记录困境中的罗兴亚人，类似于乐队1991年的肯尼亚之行。

罗兴亚人的历史十分复杂，政治处境极为恶劣，联合国相关领导者将其称为"世界上遭受迫害最严重的少数民族"[②]。早在2002年，阿Paul就曾目睹过缅甸罗兴亚人的悲惨生活，那次的组织者是"饥馑三十"。时间过去五年，他发现这个族群的生存状况不仅没有改善，反而比十六年前在肯尼亚见到的情形更加悲惨，他甚至将这里称作"人间地狱"。后来他在《目空一切》里

[①] 参见《贫童眼神触动黄贯中》，《成报》2002年7月16日。
[②] 黄莉玲：《解析缅甸罗兴亚难民危机的根源与解决之道——专访助理秘书长徐浩良》，联合国官网，2018年12月20日。

如此描述罗兴亚人进退无路的生存困境:"无去路留不低/唯可目空一切"。面对这个既没有家、也没有国的苦难民族,他有一种深深的无力感。这首歌可视为 2002 年发表的《同根》的姊妹篇。无论在缅甸还是孟加拉国,罗兴亚人所表现出来的坚韧与乐观,都令他心怀敬意。

此行的拍摄成果通过名为"狭缝十五年——活在孟加拉国的罗兴亚难民图片展"的展览展出①,主办方还为图片举行了拍卖会,拍卖所得将被捐献给"无国界医生",用于援助罗兴亚人。从孟加拉国返回香港,阿 Paul 决定将两个月前"Let's Fight"现场专辑 DVD 版本的全部收益捐给"无国界医生",以期为罗兴亚人提供更大的助力。②

两年后的 2009 年 10 月,阿 Paul 再次与一家慈善机构携手走进孟加拉国东北部的瓦巴尼普尔(Vabanipur)村。此行的议题是反常气候对贫穷地区民众生活的影响。阿 Paul 的任务同样是用镜头记录受气候变化影响的底层民众,呼吁世人关注气候变化问题和贫民问题③。大概两个月后,192 个国家和地区的谈判代表在丹麦首都哥本哈根签署《哥本哈根协议》,就未来如何应对气候变化达成二十余条共识。Beyond 在环保问题上总是先人一步,早在 1990 年,他们就曾写过一首《送给不知怎去保护环境的人

---

① 《狭缝十五年——活在孟加拉的罗兴亚难民图片展开幕礼今天顺利举行》,"无国界医生"中文官网,2007 年 9 月 23 日。
② 李培:《"国际医疗行动图片展"将揭幕 黄贯中摄影作品亮相》,《南方日报》2007 年 10 月 24 日。
③ 参见《黄贯中吁环保减天灾救穷人》,《大公报》2009 年 11 月 4 日。

（包括我）》，如今阿 Paul 在气候问题上身体力行，这大概也是对 Beyond 衣钵的一种传承。

*

话题回到 2008 年。纪念家驹逝世十五周年的活动不仅让阿 Paul、家强、世荣三人重新站在一起演绎 Beyond 时代的作品，也让阿 Paul 和家强紧张的关系得以缓和。据家强忆述，自 2005 年乐队正式解散后，他和阿 Paul 就再没联系过。[1] 曾经朝夕相处的队友和好友，在长达三年的时间里不相往来，可见双方积怨之深。直到 2008 年家驹逝世十五周年之际，家强决定做一系列活动纪念家驹，才开始主动联系阿 Paul。自此，他们双双放下芥蒂，重新走在一起。[2]

纪念演唱会上，家强主动向世荣和阿 Paul 张开怀抱，从此与阿 Paul 开启四年左右的"蜜月期"。2009 年 7 月，家强与阿 Paul 在香港体育馆合作举行"这就是摇滚"（This is Rock & Roll）演唱会，气氛热烈，歌迷们终于相信家强和阿 Paul 摒弃前嫌，未来必定还有许多值得期待的演出。2010 年 3 月，家强再次与阿 Paul 联手在广州中山纪念堂举行"一生乐与怒"演唱会；翌年 1 月，两人又在马来西亚砂拉越州的首府古晋（Kuching）加演了一场。

---

[1] 参见骆俊澎《黄家强与黄贯中兄弟断交已 3 年恩怨源自朱茵?》，《东方早报》2008 年 1 月 4 日。
[2] 参见《黄家强承认曾与黄贯中反目三年被追问和好经过》，中国新闻网，2008 年 5 月 6 日。

参与2012年4月举办的亚洲音乐节时,他们二人同台演绎了《真的爱你》。此后,阿Paul开始为7月即将到来的"Rockestra"演唱会做准备,两人的合作告一段落。

对家强、阿Paul和世荣而言,2013年无疑是至关重要的一年,因为这一年不仅是Beyond成立三十周年,也是家驹逝世二十周年的特殊年份。无数歌迷对他们三人的重聚翘首以盼,演出商也试图撮合他们一起登台表演,然而,直到年初,他们似乎都没有为纪念乐队或纪念家驹达成共识。

尽管为Beyond举办三十周年纪念演出不能成为现实,但纪念家驹始终是他们都不会遗忘的事情。

除了创作歌曲《好好》,家强还决定以个人演唱会的形式纪念家驹。这是他独立发展以来的首场个人演唱会,也是他为纪念家驹逝世二十周年而办的演出。2013年5月3日,家强公布纪念演唱会"It's Alright"的海报,阿Paul转发微博并鼓励道:"It's Alright,加油呀!"几个小时后,家强回应说:"有你撑我,我充满力量了,谢谢你。"但随着5月下旬一张图片的出现,二人的关系随即发生戏剧性转变。

演出准备期间,家强发动朋友和歌迷分享与家驹有关的资料,上传写有"今天我好好"的自拍照。5月20日,他亲笔写下一封名为《给挚爱的二哥家驹》的信,传至纪念家驹的网页。他在信中追忆了与家驹在一起的快乐时光以及家驹引领他走上音乐之路的往事,表达了对家驹深切的思念之情,读者无不为之动容。

然而，戏剧性的一幕出现后，一场恶战一触即发。2013年5月23日，记者A在微博发布了一张和家强的合照，家强将其转发至自己的账号，阿Paul在家强的微博下评论："原来你们是一伙的。"家强一脸茫然地回复说："我莫名其妙，真心痛！"尽管一些歌迷试图解释阿Paul所说的"你们"是指合照中的记者A与曾经辱骂阿Paul的记者B，但由于双方大量歌迷的加入，污言秽语漫天飞舞，局面很快失控，最终造成不可挽回的后果。

阿Paul与记者B的恩怨需追溯至上一年。2012年7月，阿Paul在香港体育馆连开两场名为"Rockestra"的演唱会，一家香港媒体记者的失实报道引发阿Paul不满，随后该记者通过脸书对阿Paul进行攻击，甚至还对阿Paul尚未出生的孩子以及家人进行诅咒和侮辱。爱护妻子和家人的阿Paul瞬间被触怒，双方随即展开隔空骂战。阿Paul表示，十年来该记者一直抹黑自己，并"挑拨Beyond成员"，"意图推翻我的事业"[①]。尽管硝烟在五六天之后渐渐散去，但这件事一直令阿Paul难以释怀，如今再度看到与该记者相关的人士，自然触发心中的怒火。

5月25日，家强在微博发布《给挚爱的二哥家驹》文字电子版，内容被越来越多的歌迷和关注此事的人读到。他表示因为自己的"无能"，"没有把Beyond守护好"，这句话给人们留下无数猜想，并为两天后Beyond前经纪人Leslie的加入埋下了伏笔。论战依然像前两日一样持续着。26日，阿Paul在给歌迷的回复中

---

① 参见黄贯中微博，2012年7月17日。

表示，家驹离开后，Beyond就成了家强的"家族生意"，家强心中"只有自己"，他甚至表示"那群记者一直是他（家强）的心腹"。

5月27日，Leslie开始发声，并在接下来的24小时内连发六篇名为《Beyond三十周年的意义》的博文，批评家强总是借家驹博宣传，并暗指因为家强Beyond才没有实现三十周年聚会[①]。随后阿Paul转发Leslie的博文，对Leslie的观点表示赞同，并表达对2008年"别了家驹十五载——海阔天空音乐会"的不满。"明眼人都记得五年前那'个唱'，"阿Paul说，"我和世荣在后台只获派唱两首，多心痛，我和世荣怒了，那不是纪念家驹吗？其实只要你少换三四套华衣，我们就可多唱几首。"[②] 之后，阿Paul继续转发Leslie的博文，并指摘家强以往的所作所为，措辞越来越激烈，双方的关系似乎已经走到末路。

然而，有趣的是，6月4日家强的"It's Alright"上演当天，阿Paul发文纪念家驹的同时，又如此说道："世荣、家强，别理外面的风风雨雨，只要好好玩你们的音乐就是了，加油！"家强未作回应。在接下来的媒体访问中，尽管家强表示只把前几天的事情当作阿Paul的"一时冲动"[③]，但在5个月后他的生日当天，阿Paul在微博上表示祝福并试图与他互动时，他同样未作回应。这一切都在表明，他们之间的裂痕已难于修复。

[①] 参见《Beyond三十周年的意义（一）》，Leslie Chan微博，2013年5月27日。
[②] 参见黄贯中微博，2013年5月27日。
[③] 《黄家强首度回应与黄贯中骂战：我当他一时冲动》，《成都商报》2013年6月8日。

演出前夕，家强和世荣终于坐下来一起接受媒体采访。自乐队解散后，他们已经多年没有一起出镜了。在这次访问中，世荣依然强调："没有家驹的 Beyond，不叫 Beyond。"[1]

和家强一样，世荣同样创作了一首纪念家驹的作品。这首名为《薪火相传》的歌曲于5月2日发布。世荣特意邀请 Beyond 前制作人欧阳燊参与编曲，并弹奏吉他。录制 MV 时，他还特意邀请香港的六支年轻乐队参与拍摄，旨在薪火相传。之所以如此，是因为他"希望能将家驹的摇滚精神传承下去"[2]，用理想之火照亮更多的地方。

7—10月，世荣和自己的伴奏乐队 Ever 分别在香港、台北、南宁做了三场"薪火相传"的巡演。虽然演出前一个多月阿 Paul 表示一定来捧场，但当7月6日的演出进行到高潮时，阿 Paul 的突然出现还是令世荣感到十分惊喜。

与家强和世荣不同，在这一年，阿 Paul 既没有创作纪念家驹的歌曲，也没有做纪念演出。但一年前他曾表示："Beyond 的演出，我随时候命。"[3]"薪火相传"巡演开始前，世荣曾在社交平台呼唤他，他显然兑现了自己说过的话。

据阿 Paul 所说，两年前收录在《A 小调协奏曲》中的《故事》就是为纪念家驹而写的作品。[4]《故事》的歌词由 Beyond 时代31首歌曲的名字和一张专辑名串联而成，给人一种时光回溯

---

[1] YouTube《黄家强 It's alright LIVE 2013》，寰亚音乐，2013年5月19日。
[2] 《叶世荣称 Beyond 私下是兄弟：常怀念家驹》，《沈阳日报》2013年10月14日。
[3] 参见黄贯中微博，2012年7月20日。
[4] 参见黄贯中微博，2013年5月27日。

之感。但后来家强在《真相》一文中否认了阿 Paul 的说法。家强表示，2005 年 Beyond 成军二十周年之际，他曾和阿 Paul 表示希望乐队能够写一首讲述"Beyond 故事"的歌曲，作为乐队成军二十周年的纪念。家强希望三人一起创作这首作品，但阿 Paul 抢先完成了关于 Beyond 故事的曲子和歌词，只把自己和世荣"当作伴奏乐手"，随后他和世荣一起否决了这首歌。[①] 在乐队的某些问题上，阿 Paul 和家强各执一词，尤其是 2013 年两人关系破裂后，这种现象就更为明显。

由于长期身处高分贝环境，阿 Paul 的听力受到严重损伤，2011 年开始恶化。这对他的演奏产生了严重影响，在后来的诸多演出中，他都曾出现过一连串弹错、走音的场面。听力的严重衰退对创作的影响同样明显，《A 小调协奏曲》出版后，尽管他还保持着创作状态，但在截至目前的十二年间，他仅仅发行了几首单曲，如《我有分数》《大英雄》《路》《何车》等，再没出过一张新专辑。当然，创作速度放缓的另一个原因，大概是女儿的出生让他开始把更多的时间和精力投注到家庭和亲人身上。

2013 年 8 月，安徽卫视举办第二届"亚洲偶像盛典"，当晚的一个重磅消息即是授予家驹"终生成就奖"。在家驹逝世二十周年之际，这显然具有一定的致敬意味。因为在上一年的首届"亚洲偶像盛典"上，并没有设置该奖项。这是内地官方机构授予家驹的第一个荣誉，也是截至目前唯一的一个。

---

① 黄家强：《真相》，黄家强微博，2014 年 10 月 9 日。

2014年9月至10月,家强开始在内地举行首次巡演,地点分别选在北京、上海、广州三座一线城市,演出日期尚未来临,歌迷反应热烈,演出商决定在重庆加开一场。尽管他和阿Paul的风波已经过去一年多,但他的每条微博下还是有少数歌迷恶语相向。10月9日,距离重庆站开演前三天,家强发完最后一条博文《真相》后,宣布退出微博这个是非之地。

在退出网络世界的日子,家强潜心创作,一有空就进棚录歌,内心无比宁静。2015年6月9日,距离上一张专辑《她他》8年之后,他终于推出个人第四张专辑《沉香》。这张专辑可谓十年磨一剑,其中还包括一张名为《情绪》(*Emotion*)的纯音乐专辑。从某种意义上来说,这总算完成了家驹的一个遗愿,因为家驹生前曾表示希望出一张纯音乐专辑。Beyond的歌迷似乎非常乐于看到刘志远参与《抑郁》(*Depressive*)的编曲,这代表他和刘志远已经握手言和,且他们的关系正因合作而更进一步。

在此期间,家强也找到了新的圈子。他和任贤齐、苏永康、梁汉文组建了"男人帮",随即引发不小的轰动。四个人的能量叠加在一起,从任何角度去解读都能引发新的爆点。这一组合类似于罗大佑、李宗盛、周华健、张震岳2008年7月组建的"纵贯线",只不过男人帮在舞台上很少演奏乐器。对家强而言,组建"男人帮"既是一种新的尝试,也是一个新的突破。他开始学习唱歌时加入舞姿,跳舞时与其他舞伴保持一致。在这个新晋团队中,四人发挥各自的专长和团队合作精神,很快便于同年9月推出同名专辑《男人帮》。

接下来，他们将在台北和香港举行五场演出，为专辑推广开足马力。2015年9月20日，男人帮演唱会即将开始之际，助理用家强的微博发文示意他将重回微博，得到歌迷的热烈回应。9月27日，家强开始自己发微博更新动态，而此前轰动一时的《真相》以及那条"告别书"随即被清空。这代表他已放下昨日纷争，准备回归网络世界。

对家强而言，2015年显然是其音乐事业的巅峰。台北两场演出结束后的空挡，他飞抵山城重庆，以个人名义参加了"青春呐喊——重庆星空音乐节"。当晚的演出被主办方称为"Beyond之夜"，"Beyond"似乎依然是这个时代最引人注目的关键词，事实证明也确实如此，当他唱起Beyond时代的歌曲时，台下总能引发尖叫与合唱。

2015年12月21日，家强在某手机品牌的发布会现场现身，为其代言。在最后的演出环节，主办方用计算机视觉技术将家驹投射到现场，与家强共唱《海阔天空》，博得一众感动。尽管家强以家驹的名义将所得款项110万人民币捐赠给中国青少年发展基金会、中国儿童少年基金会和苗圃行动三家慈善机构，其中20万元用来捐建一个儿童家园和儿童图书馆，手机品牌方也表示将捐出等额善款，以"支持家驹的精神与家强的善举"[1]，但他还是没能逃脱社会各界尤其是部分歌迷的批评，一时间"消费家驹"的言论甚嚣尘上。

---

[1] 参见《Beyond乐队成员黄家强捐建儿童快乐家园》，中国少年儿童基金会官网，2015年12月28日。

然而，这也许就是家强、世荣和阿 Paul 三人的宿命。家驹的离开像魔咒一样，永远笼罩着他们三个人的一生。对于演唱 Beyond 时代的歌曲，纪念家驹抑或是以家驹的名义做慈善之事，歌迷的看法始终处于一种分裂的状态。如果没有纪念行动，就会被批评为情义淡薄，而当他们操办相关活动时，又会冒出"消费家驹""消费情怀"这样的声音。显然，他们无法左右别人，但他们可以听从内心的召唤，做自己认为有意义的事情。

*

2015 年 9 月，世荣推出了自己的 EP《引以为荣》。EP 共计收录 7 首歌曲，部分歌曲改编自以往的旧作，其中包括 2003 年写的《一切会好》以及两年前为纪念家驹而作的《薪火相传》。《引以为荣》的风格完全不同于前几张专辑，除《薪火相传》外，其余四首粤语歌曲均为金属风格，一改往日的柔情，令歌迷惊喜不已。EP 推出当月，"引以为荣"巡演也正式开启。为世荣伴奏的是来自马来西亚的异种（Alienoid）乐队，彼时他们和世荣的经纪公司同为一家，1996 年 Beyond 在马来西亚演出时，他们曾作为演出嘉宾登台献演。在首站北京，末吉觉作为打击乐手参与了演出。巡演第二站直到翌年 4 月 1 日才正式启动。为了向张国荣致敬，他在悉尼站演唱了《风继续吹》，当天是张国荣逝世十二周年忌日。对歌迷和音乐界而言，四月之于张国荣，就如同六月之于黄家驹，每当那一天来临，人们都无比怀念这两位巨星。

"引以为荣"第三站马来西亚吉隆坡的演出结束后，世荣开始全力投入到纪念家驹演唱会的工作中。自从家驹逝世后，每年都有大量追忆和纪念家驹的活动，一些歌迷或组织甚至以家驹的名义筹款，然后捐献出去。尽管这些活动的初衷都是为了延续家驹爱心精神，但很多表现都不尽如人意，甚至还出现了诈捐的情况，因此，世荣认为有必要"做一个示范"，为延续家驹爱心精神"立一个榜样"。当然，世荣的另一个目的是希望把家强和阿Paul聚在一起，共同做一些有意义的事情。

　　此次活动原本是最有望看到Beyond三子重聚的一次，但最后家强还是以工作繁忙为由推脱了世荣的盛情之邀[1]。事实上，在2016年，除了10月将在澳门举行一场男人帮的演出外，家强有许多空挡。工作繁忙显然是一种托词，不愿与阿Paul同台才是最真实的想法，因为此前他曾在多个场合表示"不会再同台"[2]。

　　昔日队友成陌路固然令人遗憾，但这亦是人之常情，任何团队都会出现这样或那样的分歧，良好的保密工作虽然能为团队规避诸多议论，但分歧并不会因此消失。就连Beyond几名成员都非常喜爱的平克·弗洛伊德最后也难免分道扬镳，披头士同样在最鼎盛的时期分崩离析。尽管人们都希望自己喜欢的乐队能够长青，但乐队成员的音乐理念、价值取向始终是影响乐队寿命的重要因素，而且当利益分配失衡时，乐队很快就会土崩瓦解。

---

[1]《2016家驹爱心延续慈善演唱会叶世荣采访》，新地东方官网，2016年6月10日。
[2] Empty:《黄家强宣传个唱再谈Beyond：还是朋友但不会同台》，网易娱乐，2014年8月25日。

2016年6月10日，家驹54周年诞辰当天，由世荣牵头操办的"家驹爱心延续慈善演唱会"在香港会议展览中心上演。演出汇集了家驹生前的一众好友——比如太极乐队、周启生以及受家驹和Beyond影响成长起来的诸多乐队和音乐人，如异种、Kolor、Cooper等乐队和梁咏琪、卢巧音、邓紫棋等歌手，因此这场演出不仅是一次慈善义演，也是一场致敬活动。

为演唱会开场的是周启生，他率乐队演绎了自己亲自参与改编的《岁月无声》《昔日舞曲》和《喜欢你》。他显然领会到了家驹音乐的精髓，在歌曲中加入长笛、短笛、沙锤、曼陀铃、合成器、钢琴等乐器，使原作呈现出全新的面貌，也唱出了自己的风格。表演《昔日舞曲》时，尽管仅仅由两位和声女歌手演唱了"热烈地共舞于街中/再去作已失的放纵/到处有我的往日梦/浪漫在热舞中"四句歌词，但这三首歌依然是所有关于Beyond歌曲改编的最好版本。《昔日舞曲》演奏到三分之一，他深情地回忆起与家驹相处的片段，他一边说，一边在钢琴上弹下相应的音符，乐队也即兴跟上他说话的节奏。在这段长达两分半的回忆中，他用口述代替歌词，巧妙地完成了这首歌的演绎，也从另一个角度诠释了他与家驹的"昔日舞曲"。

除了《遥远的Paradise》，整场演出的歌单均出自家驹时代。压轴环节的曲目由世荣和阿Paul共同演绎，他们演唱了《灰色轨迹》《光辉岁月》《海阔天空》，以及Beyond自资专辑中的两首作品《金属狂人》和《再见理想》。表演《再见理想》时，刘志远和欧阳燊也出现在了舞台上。每次表演这首歌曲时，他们都会尽量把人凑齐，因为这是乐队的宣言、友谊的见证和内心的写照，对他们而言意义重大。大概是想起与家驹同甘共苦的日子，歌曲唱到一半，世荣的眼中泛起了泪光。

"家驹爱心延续慈善演唱会"结束后，世荣于同年10月踏上"引以为荣"巡演的最后一站意大利米兰。11月27日，他以嘉宾身份参加了阿Paul"英雄有分数"上海站的演出；12月10日，他们二人又与荣家班（Wing）、异种、Gaia等在厦门做了一场演出。经过多次合作，世荣和阿Paul的关系越来越近，同台出现的频率也越来越高。他们似乎已经发现，一个人对观众的吸引力始终有限，只有当他们走在一起时，票房才会有明显突破，也只有并肩作战，才能轻松找回昔日的温暖。

在接下来的一段时间，世荣和阿Paul互相邀请对方担任演出嘉宾，为对方给足排面。2017年6月17日，世荣在北京工人体育馆参加了四川卫视《围炉音乐会》的录制。这是一个演出过程中没有主持人的节目，由嘉宾自己控场。开场即高潮，世荣和阿Paul一起出现在舞台中央，歌迷们欢呼不已，随着他们共同唱出《海阔天空》，现场更加沸腾。当然，更大的惊喜是刘志远也出现在了舞台上。这是刘志远首次在内地公开亮相。原本1988年他就有机会登上内地的舞台，但演出开始前半年，他就退出了乐队。如今他们三位以Beyond前成员的身份在内地重聚，总算弥补了29年前的遗憾。

串场过程中，世荣向阿Paul表达了谢意，阿Paul半开玩笑地对世荣说："不用客气，以后有玩音乐的地方，尽量叫我。"果然，5个月后他们一起踏上了巡演之路。2017年11月25日，世荣和阿Paul联合举办的"冲动效应"巡演唱响深圳。2018年4月、5月、12月，他们又分别在大连、苏州、澳门做了三场。

苏州站和澳门站的间隙，阿Paul联合太极乐队邓建明、蓝战士前贝斯手单立文、夏韶声、恭硕良在香港和吉隆坡做了两场名为"摇滚大侠奏"的演出。在香港红磡，世荣被阿Paul请来共同演绎《不再犹豫》，他们一开口，现场气氛瞬间就被点燃。尽管他们从来不以Beyond的身份出现，但只要他们同台，对歌迷而言就是一份珍贵的礼物。

*

进入2017年，家强放了慢事业的脚步，用更多的时间陪伴家人和孩子，受他的影响，长子也开始学起乐器，时常用Beyond的歌曲练习。2018年，恰逢家驹逝世二十五周年，家强决定再做一场纪念活动，并将演唱会所有收益捐赠给"壹乐园音乐教室"项目，以"支持贫困地区儿童音乐教育"。"祝您愉快——纪念黄家驹25周年演唱会"的演出阵容包括太极、二手玫瑰、逃跑计划、Soler、杀手锏（Killer Soap）、四分卫六支乐队，当然，还有家强自己和他的伴奏乐队。除了太极，其余的五支乐队都曾从家驹和Beyond那里获得过教益，因此可以说这也是一场向家驹致敬的演出。

当晚最大的看点是二手玫瑰对《不可一世》和国语版《大

地》的改编，他们也因此引发了巨大的争议。二手玫瑰一直以独特的表现形式、奇特的唱法、先锋的异装形象著称，此次改编同样融合了乐队自己的风格。他们对《不可一世》做了降调处理，并以戏谑、娇嗲、懒洋洋、满不在乎的方式对其中的愤怒和勇武进行呈现，与原版形成强烈反差，芦笙的加入更是为这首歌提供了新的向度。一曲唱罢，随即响起阵阵喝彩。

然而，出人意外的是，当《大地》演奏即将结束时，凌空而来的唢呐突然惹怒台下的观众，嘘声骂声四起，甚至有歌迷高喊"滚下去"。随后部分歌迷飞奔来到二手玫瑰的微博下，大肆谩骂他们的改编是亵渎艺术，损毁家驹，还顺带对其装扮进行贬低。讽刺的是，当歌迷们高声疾呼喜欢Beyond、热爱家驹，并对二手玫瑰进行声讨时，他们似乎忘了家驹的教诲，即"音乐应该有很多种类，有很多不同性格的东西，有很多色彩，有很多不同的感情、文化在里面"。

由于设备出现故障，整场演出并不完美，但家强还是感到满意和欣喜。"家驹的音乐精神由不同的乐队风格来演绎，真的让我喜出望外，有意思，有心思，希望大家懂得欣赏。"① 但是，随着微博下出现越来越多的质问和谩骂，家强不得不发表关于改编的看法。那些如孩童般嗷嗷待哺的歌迷以为家强会袒护自己，但家强的回应突然让他们找不着北。

"这次乐队改编歌曲是我的要求，"家强在微博中写道，"他

---

① 黄家强微博，2018年6月12日。

们绝对可以演奏得跟原版一模一样,但这样又有什么意义呢?我们都是音乐人,当然有自己的风格,就好像当年我们向许冠杰先生致敬一样,我们重新改编他的名曲《半斤八两》,好坏与否这是我们的风格。把你的音乐眼光扩大一点对你有好处,如果真的不能接受,那么去酒吧听模仿者,一定像,我见过一些比黄家驹更像黄家驹的,哈哈,这样的音乐只是满足你对家驹的思念而已。"[1]

微博下展开了激烈的批评和争论,弥漫着火药味,家强罕见地做出了比往常更多的回复,然后给那些无知、狭隘的歌迷上了一堂音乐课。事实上,任何一支有想法、有抱负、有能力的乐队,都不会直接翻唱原作,而是通过改编的方式进行再创作。二手玫瑰正好做了这样的努力,而且做出了特色,为原作赋予了新的生命。

纪念演出结束后,家强慢慢淡出网络,重新找回内心的宁静,陪孩子们享受童年的时光。世荣和阿 Paul 则继续未完成的巡演,2019 年 4 月,他们从最近的佛山出发,然后于 5 月和 6 月在成都、新加坡演了两场,直到 8 月底在马来西亚收官。

2019 年 12 月,新冠肺炎疫情爆发,在不到两个月的时间里,疫情四下蔓延,无数人因此丧命,聚集性活动纷纷被取消或延迟,传播风险最高的演出首当其冲。在随后的三年里,阿 Paul 和世荣也只是偶尔出现在公众视野里,比如 2021 年阿 Paul 现身综

---

[1] 参见黄家强微博,2018 年 6 月 12 日。

艺《披荆斩棘的哥哥》；世荣在 2022 年 8 月和 11 月参加两档音乐节目直播。家强则鲜少出现在台前，2019 年 6 月之后，他甚至绝迹微博，行踪越来越神秘。

2022 年 12 月初，疫情防控"新十条"发布，社会秩序逐渐恢复正常，各地的演出活动重回正轨。世荣和阿 Paul 开始频繁出动，比如 2023 年 1 月中旬，世荣现身"2023 年山东卫视春节联欢晚会"；3 月，阿 Paul 则以特邀嘉宾身份出现在林俊杰世界巡演香港站的现场，与后者合唱《海阔天空》，同月底，他又参与了综艺《我想和你唱》的录制。

2023 年是 Beyond 成军四十周年、家驹逝世三十周年的关键之年，无数歌迷都期盼家强和阿 Paul 放下成见在此一聚，不为 Beyond，也为家驹。但遗憾的是，人们并没有等到这一天，反而是在 6 月底，家强因家驹的歌曲小样上演了一出闹剧，好在事后真相大白，一切恢复如常。

在这一年，唯一令歌迷感到欣慰的是，乐队前经纪人 Leslie 以一己之力操办了一场"致敬 Beyond 四十周年"的活动。活动包括 Beyond 前成员历史回顾、Beyond 四十周年纪念演唱会以及致敬专辑的出版。在历史回顾环节，Leslie 把世荣、阿 Paul、刘志远和邬林聚在了一起——确切地说是通过互联网聚在了一起，因为出现在坚道明爱中心的 Beyond 前成员，只有阿 Paul 和刘志远，远在北京的世荣通过视频连线加入回顾环节，移居海外的邬林则是提前录制了访谈视频。

回顾结束后，Airtub、PsycLover、Redholic X Cooper、享乐

团、异种以及 Kim 相继登场献唱。演出曲目大多是 Beyond 的作品，当然，其中也不乏原创。Kim 表演了《曾是拥有》《过去与今天》以及一首名为《你的故事》的原创——这首歌的曲子出自家驹 1991 年创作的小样《南天群星》(*Southern All Stars*)，这也将被收录进致敬专辑里。

参与专辑录制的阵容包括 Beyond 的老朋友以及受 Beyond 影响的新晋乐队等，所录作品则均出自 Beyond 创作的小样。值得一提的是，Gina 也参与了专辑的录制，但因为扁桃腺手术并未痊愈，她仅仅为一首歌献唱了和声。

从某种意义上说，"致敬 Beyond 四十周年"系列活动也是一场大团圆。世荣和阿 Paul 曾经同样对 Leslie 充满敌意，二十年不相往来，但当时光冲淡仇恨，他们也不可抵挡地老去时，突然感到人生宝贵，不应被仇恨占据，于是他们决定抛开往昔的瓜葛与不快，重续情谊，后来世荣和 Leslie 在北京的办公室还比邻而居。也许某一天，家强也会突然向阿 Paul 张开怀抱，续写昨日友情，既然 2008 年的时候他们都能够做到，谁说未来就没有这种可能呢？

II 听见 Beyond

自 2005 年正式解散，Beyond 的影响力不仅没有衰减，反而大有上升之势。回望半个世纪以来的华语乐坛，就传唱度和影响力而言，似乎还没有哪支乐队或者哪位歌手能与之匹敌。而且更奇特的是，在非粤语地区，人们不会说粤语，甚至无法听懂粤语，却能完整地唱出 Beyond 的歌。这种特殊的现象正在于 Beyond 音乐的独特性和现实意义。如果说在后家驹时代 Beyond 的影响力主要靠三子持续不断的创作和演绎来延续，那么在后 Beyond 时代，其影响力就完全来自作品本身的魅力。

人们也许不禁发问，Beyond 解散 18 年，家驹逝世 30 年，Beyond 的作品何以展现出如此强大的生命力？对于这个既复杂又明了的问题，每一位熟知 Beyond 和家驹的人都有自己的答案，但在这些答案中，必然绕不开以下内因。

首先，Beyond，尤其是家驹，善写旋律。Beyond 广为传唱的作品，如《再见理想》《大地》《光辉岁月》《阿玛尼》《长城》《海阔天空》等，大多出自家驹时代，而这些作品恰好都具有绝佳的旋律。无论这些歌曲的基调是哀怨、悲愤、欢快，还是从容、激昂、张狂，其旋律都有一个共同的特点，那就是流畅、优美、悦耳，这正好为 Beyond 打开了通往听众内心的第一道大门。

其次，编曲独特，层次分明，空间饱满。编曲是乐队创作的重要工作之一，甚至可以说是乐队之所以为乐队的意义所在。对乐队而言，一首歌就是整个团队创造力和表现力的结晶，后来家驹邀请刘志远加入 Beyond，正是希望借此增加乐队创作的可能。乐队共同创作和演绎自己的作品，比谁都更能把握其中的情感，这正是那些只靠嗓音工作的歌手或者演唱组合无法企及的地方。在这个人手一台计算机就可以独立制作音乐的时代，尽管软件系统能够模拟出大多乐器的音色，写出流畅的旋律，输出预置的节奏，完成复杂的编配，但那种空洞、干瘪、贫乏的机械感甚至塑料感，缺乏想象力的编配，永远无法与乐队的真实感、现场感相比。作品中大量独特的 solo，也使 Beyond 能够被快速识别并记住。

第三，题材多元，充满人文精神。歌词是歌曲思想的直观表现，决定着听者与歌者的情感共鸣。Beyond 作品题材呈现的多样性和广泛性，为他们找到了各种类型的听众。Beyond 创作的作品，既有自我激励的《再见理想》《不再犹豫》，也有献给母亲的《真的爱你》、歌颂父亲的《报答一生》；既有表现分离之苦的《情人》，也有表达爱意的《喜欢你》；既有颂扬争取民族自由的《光辉岁月》，也有反对战争的《阿玛尼》《和平与爱》；既有反思历史的《长城》，也有表现社会底层的《农民》；既抒写家国情怀的《大地》，也有为理想奋不顾身的《海阔天空》；既有表现异国情调的《亚拉伯跳舞女郎》，也有批判不良社会现象的《俾面派对》《教坏细路》，如此等等。这些作品主题鲜明，言之有物，蕴含浓厚的人文关怀和现实观照，符合年轻人成长过程中的心理变化。

第四，家驹声线独特，表现力强。对家驹而言，嗓音也是一种乐器。通过与队友们的鼎力协作，他将自己的声音与器乐达至完美的融合。他沙哑、饱满的声线，使 Beyond 的作品极具辨识度。他宽厚的音域、充足的气韵、坚韧的性格、强大的自信、王者的气质，使他展现出一种大家风范。越是偶像横行的时代，人们越是怀念家驹的英雄主义；越是虚假抒情泛滥的时代，人们越是钟爱 Beyond 的写实主义风格。

独立地看，这些特点似乎并不稀缺，但能同时拥有这些特点并非易事。某一个特点似乎并不足以让一支乐队鹤立鸡群，但当这些因素聚合在一支乐队身上时，必然会迸发出强大的生命力，这恰恰是 Beyond，尤其是家驹时代的 Beyond 全部拥有的要素。

当然，除上述各种内因，各行各业的传播等外因也是 Beyond 作品长盛不衰的重要因素。外因作用于听者，听者持续参与，继而强化影响，影响力发生裂变。Beyond 的作品不断被翻唱、改编和演绎，产生一种代际性的传递，甚至跨代际的延续，使更多新的歌迷加入其中。他们的音乐影响着各行各业的人，抑或是他们影响过的人相继踏入各行各业，而这些人又以自己擅长的方式致敬家驹和 Beyond，进而使 Beyond 的精神场域不断扩大。

从两组新近的数据来看，也许可以对 Beyond 的影响力有一种直观的感受。滚石唱片 2011 年 9 月 14 日传至一家视频平台的

《海阔天空》MV，其播放量在 2022 年 4 月 12 日累计达到 1 亿次[①]；同年 7 月 3 日，家驹 60 周年诞辰之际，新华网首次播出 1991 年 Beyond "生命接触"演唱会的高清修复视频，在线观看人次达 1.4 亿。这些数据表明，Beyond 的作品依然保持着不朽的生命力，人们依然深爱着家驹和 Beyond。

然而，遗憾的是，在学界，Beyond 并没有受到足够的重视。关于 Beyond 系统、严肃、深度的研究几乎是一片荒漠，与其影响力远不相称。尽管每年都会出现大量关于家驹和 Beyond 的文章，但这些文章都难逃某种通病，那就是简单重复，缺乏新意，对讹传视而不见。讽刺的是，Beyond 的影响力某种程度上又是通过音乐教育和自我教育的方式进入几代人的视野。

*

Beyond 最显著的影响主要表现在音乐领域。他们的歌曲旋律优美、和弦相对简单，是众多音乐爱好者尤其吉他初学者入门时的绝佳教材。在官方编写的一些中小学音乐教材中，就能看到《真的爱你》《光辉岁月》的身影，《光辉岁月》甚至被汕头大学重新填词、改编成《大学问》，作为该校的毕业歌；在许多非官方编写的吉他弹唱教材里，Beyond 常常是不会缺席的那一个。即便没有乐谱，很多青年乐手也会想尽一切办法去扒谱。就这样，

[①] 参见《〈海阔天空〉永垂不朽破 1 亿点击，成为 YouTube 史上第一首破亿点击广东歌》，《囧报》2022 年 4 月 13 日。

Beyond 成为越来越多青年的音乐启蒙和精神导师,而这些人也成为家驹和 Beyond 最坚定的支持者。

当这些乐迷进入音乐行业,成为该领域举足轻重的人物时,他们又会以自己的方式——通常是改编或翻唱——反哺自己的精神导师。其中为人熟知的歌手包括陈奕迅、五月天、古巨基、谢霆锋、李荣浩、邓紫棋等。改编或翻唱 Beyond 作品的歌手则不计其数,在近些年的《我是歌手》《中国好声音》《披荆斩棘的哥哥》《声生不息·港乐季》等节目中,均有乐队或歌手翻唱 Beyond 的《海阔天空》《光辉岁月》《阿玛尼》《喜欢你》《大地》《不再犹豫》《情人》等作品,动情之处还会引发全场起立合唱。

改编和翻唱,令 Beyond 的作品焕发出新的生命,并在传播学意义上扩大了 Beyond 的影响力。尤其是邓紫棋(《喜欢你》)、李荣浩(《情人》)等当红歌手的翻唱,使 Beyond 的作品再度走红,被越来越多的年轻人知晓,并因此成为 Beyond 的歌迷。在新加坡、马来西亚等华人聚集的地方,Beyond 的作品也被频繁地改编和翻唱;在西方世界,同样能看到类似的场景。当然,并非每一次改编和翻唱能都领略原作的真髓,很多时候由于对歌曲情感把握的不足、在编配和制作上的粗制滥造,都会使作品黯然失色,甚至出现"翻车"的尴尬场面。

对原作者而言,任何改编或翻唱都是一种认可和荣誉,但对于翻唱者而言,如果一直以翻唱别人的作品为生,显然没有任何前途,而且这也与 Beyond 致力原创的宗旨完全相悖。世荣在"Beyond 四十周年纪念演唱会"的回顾环节就表达了类似的观点。

因此，翻唱不应成为音乐的目标，原创才是音乐之路的开始。

影视领域的借用同样具有极佳的传播效果。在Beyond解散后的18年间，数名导演都曾在影片中使用过他们的作品。内地最早使用Beyond作品的导演是贾樟柯。在其导演的纪录片《无用》中，一名男子躺在医疗站办公室的床上，辗转之中，由分离引发的思念和孤独之情愈发浓烈，随着这段50秒的长镜头渐渐淡出，《情人》的前奏随之响起。

2013年5月，香港导演陈可辛执导的电影《中国合伙人》在内地上映，片中就使用了《海阔天空》作为插曲。同年8月，这部电影在台湾上映时，片名甚至直接被更改为《海阔天空》，彼时恰逢家驹逝世二十周年，这一举动显然具有浓厚的致敬意味。

最令Beyond歌迷激动的致敬电影也许当属2017年9月上映的《缝纫机乐队》。这是一部讲述几个小人物追寻音乐梦想的影片，也是一部向曾经热爱的音乐人致敬的作品。"我小的时候喜欢黄家驹，梦想就是可以站在舞台上唱他的歌。"该片导演兼主演大鹏饰演的程宫大学时曾是一名主唱兼吉他手，然而，因为某次演出途中被三轮车撞伤手指，不能再弹吉他，音乐梦一夜破碎，后来他转换身份成为乐队经纪人，继续从事自己热爱的音乐行业。

这部影片使用了大量来自Beyond的元素，如"海阔路""天空街""光辉街""岁月路"。影片结尾缝纫机乐队主唱在台上感谢经纪人的桥段，灵感似乎也是来自1991年Beyond"生命接触"的演出。当缝纫机乐队历经波折站上"大吉他"废墟兑现演出诺言,当地数百位乐手闻声赶来为他们助阵,在现实中,这些乐手有一部分就来自国内的知名乐队,如黑豹、唐朝、超载、指南针、痛仰、新裤子、鲍家街43号、眼镜蛇等。当《不再犹豫》的前奏响起,程宫也在乐队主唱的鼓励下登台献唱。就这样,他以一种独特的方式实现了自己儿时的梦想。

不仅如此,程宫还实现了与Beyond的"同台"。因为在合奏《不再犹豫》时,阿Paul和世荣也有客串献演。在片尾曲中,大鹏交替使用自己重新填词并演唱的《再见理想》和家驹原唱的《再见理想》,梦想得到进一步升华,由此,片里片外的梦想均成现实。

之后还有两部电影使用了Beyond的作品。一部是2018年8月上映的青春电影《摇滚天堂》,另一部则是2022年2月上映的《奇迹·笨小孩》。《摇滚天堂》的导演曾在Beyond的歌声中长大,因此这部电影也是一部致敬之作,片中使用了《光辉岁月》和《海阔天空》;《奇迹·笨小孩》则使用《海阔天空》作为陪伴曲。

*

作为一个摇滚殉道者抑或是英雄式的摇滚人物,家驹在华语乐坛引发的回响,就如同海子之于中国当代诗歌一样,尽管两者陨落的方式截然不同。对Beyond的前成员和歌迷而言,每年6月都是一个重要的月份,因为这是家驹出生的月份,也是他离开的月份。尽管家驹并不是 Beyond 的全部，但没有家驹的 Beyond，就已失去了全部。从某种意义上说，Beyond 成员的每一次纪念都是在延续家驹精神，而歌迷的任何一场纪念，既是纪念家驹，也是在向 Beyond 致敬。

每年六月，全国各地的乐手、歌迷和音乐从业者，都会自发组织纪念家驹的活动，虽然这些活动质量参差不齐，甚至存在某种程度的形式化，但无论如何，这至少说明家驹依然活在人们心中，而假抒情、假创作越泛滥，人们越是怀念家驹。

2011 年至 2012 年，在"滚石 30 周年"巡演的致敬环节，家强与众多歌手共同献唱《海阔天空》，向家驹为华语乐坛做出的贡献致以敬意。作为滚石唱片旗下曾经的乐队，Beyond 在台湾获得了足够的尊重，尽管乐队最终没能成功打入台湾市场，但那依旧是他们最愉快的合作之一。

2023 年 6 月 30 日，马来西亚吉隆坡"聚驹 3.0"汇集近 300 位歌手和乐手，合奏 Beyond 的《光辉岁月》《不再犹豫》《海阔天空》等曲目，场面蔚为壮观，他们中的绝大多数均是受 Beyond 影响开始学习乐器，然后走上音乐之路。主办方此前已经做过两场类似的纪念活动，随着时间的推移，如今越来越多的人积极加入其中。

除改编和翻唱，也有许多音乐人用原创作品向家驹致以崇高的敬意。2009 年 6 月，内地十余位音乐人和乐队，共同录制了一张名为《听着你的歌长大——致家驹》的原创合辑，成为国内首张致敬家驹的唱片。

致敬同样发生在绘画领域。许多受 Beyond 影响的青年，用绘画的方式表达对家驹的怀念和对 Beyond 的热爱。比如一位名叫严振厚的青年画家，耗费数年创作了一系列名为《光辉岁月——Beyond 乐队的故事》的油画。2009 年，该系列油画入选十一届全国美展；2010 年，这些画作在人民美术出版社《连环画报》进行连载，部分画作被当作杂志封面。经过多年的打磨，他又创作出更多关于 Beyond 的画作，2023 年 6 月至 7 月，他在北京举办了多场"别了家驹三十载"画展，用色彩表现家驹的魅力，用画布讲述 Beyond 的故事。

Beyond 作品中不妥协、不气馁的精神以及对自由的渴望、对梦想的坚持，包含着极其复杂的思想和情感，沮丧时可以用来自勉，高兴时可以用来庆祝，因此，他们的歌曲既适合戴上耳机独自欣赏，也适合用来表达公共诉求，有一种能把人心团结在一起的力量。2008 年，当刘翔因伤从奥运赛场黯然离场时，坐满四万观众的鸟巢突然响起《海阔天空》，歌声表达的既是对他失败后的敬意，也是对未来的某种期待。2013 年，广州恒大足球队夺得亚冠联赛冠军，全场数万名观众齐唱《海阔天空》，令银幕前的亿万球迷感动不已。两年后，广州恒大再次夺冠，万人合唱的场景再次上演。2022 年 5 月初，受疫情影响，许多高校的学生无法离校，广州一所高校上千学生在宿舍阳台高唱《海阔天空》，表达对自由的渴望，歌声震彻夜空。由此可见，Beyond 的音乐已经成为几代人之间的情感链接和共同记忆。

Beyond 作品中的人文关怀、对和平与爱的追求，同样扩大了它的应用场景。《阿玛尼》就是一个例子。2023年5月16日，"国际和平共处日"当天，联合国教科文组织在多个中文版官方平台援引《阿玛尼》的歌词并配上家驹的图片，呼吁世界和平共处。在俄乌战争胶着的今天，这样的呼吁虽然不能阻挡任何一枚炮弹落下，但至少说明和平共处依旧是全球化背景下的主流。每当人们试图利用歌声表达对战争的厌弃以及对和平的呼吁时，这首歌就成了华语歌曲的首选。

数十年来，人们不断通过音乐、电影、文学、绘画等各种方式纪念家驹，并向Beyond表达敬意，有的歌迷甚至以乐队的歌名开设书店、酒吧、餐馆等，并在店内使用Beyond相关的图片、海报、唱片、书籍、杂志、写真等作为陈设和装饰。无数事例表明，Beyond的作品早已经受住时间的检验，并以其"不羁放纵爱自由"的精神，超越时空、群体、语言的障碍，"走遍千里"。

家驹的陨落，给Beyond造成了无尽的遗憾，也给世人留下了无限的遐想。人们经常会问，如果家驹还活着，Beyond会怎么样？如果家驹还活着，现在他的状况又将如何？关于这些问题，没有人能给出正确答案。但从某种意义上说，他和他的队友们都是幸运的，因为他们用自己的才智，给华语乐坛留下了大量宝贵的精神财产。可以肯定地说，只要有人听Beyond的音乐，他们的故事就永不终结。

参考文献

著作

1. 林凯瑜编:《拥抱 Beyond 岁月》,北京:现代出版社,2003 年。

2. Beyond:《心内心外》,香港:友禾制作事务所有限公司,1988 年。

3. 邓炜谦:《我与 Beyond 的日子》,香港:知出版社,2010 年。

4. Leslie Chan:《真的 Beyond 历史(Vol.1)》,香港:Kinn's Music Ltd., 2013 年。

5. Leslie Chan:《真的 Beyond 历史(Vol.2)》,香港:Kinn's Music Ltd., 2013 年。

6. Beyond:《追忆黄家驹》,香港:Kinn's Music Ltd., 2013 年。

7. 刘卓辉：《卓越光辉》，长春：时代文艺出版社，2011年。

8. 刘卓辉：《灰常伤感》，南京：译林出版社，2014年。

9. 朱耀伟：《光辉岁月：香港流行乐队组合研究（1984—1990）》，香港：汇智出版有限公司，2012年。

10. 希尔德：《香港BAND友乐与路》，香港：香港文化馆，2011年。

11. 〔日〕Funky末吉：《大陆硬核漂流记：在中国大获成功的男人》，东京：株式会社Amuse Books，1998年。

12. 南都娱乐周刊：《娱乐30年——那些有分量的快乐》，桂林：漓江出版社，2009年。

13. 刘智鹏：《我们都在苏屋邨长大：香港人公屋生活的集体回忆》，香港：中华书局有限公司，2010年。

14. 王菲等编著：《何日君再来——纪念我们热爱的歌坛老友》，北京：现代出版社，2004年。

15. 黄志华、朱耀伟、梁伟诗：《词家有道：香港16词人访谈录》，桂林：广西师范大学出版社，2010年。

16. 黄志华、朱耀伟：《香港歌词八十谈》，香港：汇智出版有限公司，2011年。

17. 朱耀伟编著：《岁月如歌：词话香港粤语流行曲》，香港：三联书店有限公司，2009年。

18. 朱耀伟：《词中物：香港流行歌词探赏》，香港：三联书店有限公司，2007年。

19. 黄志华：《粤语流行曲四十年》，香港：三联书店有限公司,1990年。

20. 马杰伟:《解读普及媒介》,香港:次文化堂,1996年。

21. 马杰伟:《地下狂野分子:次文化图文传真》,香港:明窗出版社有限公司,2001年。

22. 黄志淙:《流声》,香港:香港特别行政区政府民政事务局,2007年。

23.〔南非〕纳尔逊·曼德拉:《与自己对话》,王旭译,北京:中信出版社,2011年。

24. 刘卓辉:《Beyond 正传 3.0》,北京:生活·读书·新知三联书店,2018年。

25. 陈少宝:《音乐狂人》,广州:广东人民出版社,2019年。

期刊

1. 冯礼慈:《一队新乐队起航了——BEYOND》,《吉他》第 46 期(1983 年 6 月)。

2. 沈济民:《Beyond 访谈》(Beyond the Interview),《学苑》1987 年第 5 期。

3. 诺诺:《来自低下层的 Beyond》,《电影双周刊》第 206 期(1987 年 1 月 27 日)。

4. 浅草:《Beyond 运滞五年,寄望九月大翻身》,《明星电视》第 154 期(1988 年 8 月)。

5.《Beyond 今天的理想》,《音乐通信》第 115 期(1988 年 9

月 16 日)。

6.《神话背后——Beyond 经理人》,《音乐通信》第 117 期 (1988 年 9 月 30)。

7. Blondie:《看 Beyond:那撮旧日的理想,今日的天地》,《吉他&Players》1988 年第 6 期。

8. 霭然:《Beyond 音乐会内外直击》,《音乐通信》第 130 期 (1989 年 1 月 6 日)。

9. 龙猫:《Beyond 被指背弃音乐理想 受追随者无情指责》,《大众电视》第 733 期 (1989 年 5 月)。

10. 大乔:《Beyond 四虎的愿望 Top of the band》,《大众电视》第 744 期 (1989 年 8 月)。

11. Nikki:《大地带来希望·Beyond 述说前世今生》,《新时代》第 147 期 (1989 年 8 月 5 日)。

12. 黄贯中:《明星日记》,《明星电视》第 205 期 (1989 年 8 月 23 日)。

13. 卡交:《Beyond 定三年计划半隐退 赴美深造音乐开拓市场》,《明星电视》第 214 期 (1989 年 10 月)。

14. 大乔:《Beyond 的圣诞愿望:美好前景·无悔这生》,《大众电视》第 764 期 (1989 年 12 月)。

15.《Beyond 后台》(Beyond Backstage),《顶端》(*Top*) 1990 年 2 月号。

16. 晴:《Beyond 放暑假》,《香港电视》第 1238 期 (1990 年)。

17. 猫儿:《Beyond 成名的代价》,《新电视》第 848 期 (1990

年4月)。

18. 大乔:《Beyond不敢碰爱情》,《大众电视》第800期(1990年8月)。

19. 莎莲娜:《Beyond盼歌迷勿太热情》,《玉郎电视》第675期(1990年9月)。

20.《Beyond》,《唱片骑师》(*Disc Jockey*)1990年11月号。

21.《Beyond公开成功之道》,《青春》1990年第6期。

22. 大乔:《Beyond今年大球场开演唱会!!》,《大众电视》第770期(1990年2月)。

23. 大乔:《Beyond四只开心鬼》,《大众电视》第777期(1990年3月)。

24. 大乔:《Beyond开心的困扰》,《大众电视》第786期(1990年5月)。

25. 大乔:《Beyond中秋狂想曲》,《大众电视》第805期(1990年10月)。

26.《Beyond用心良苦引导歌迷关注贫困之人》,《大众电视》第809期(1990年11月)。

27. 莎莲娜:《Beyond患逃避爱情症》,《玉郎电视》第690期(1990年12月)。

28. 大乔:《有很多人想他们拆伙……Beyond可共富贵,唱到过咗九七,永不言散!!》,《大众电视》第816期(1990年12月)。

29. LING:《Beyond真我个性摇滚》,《音乐快递》(*Music*

Express）1991年创刊号。

30.《Beyond得以生存，全凭一念之转》,《巨星龙虎榜》1991年第3期。

31.《Beyond四虎讲新年愿望》,《巨星龙虎榜》1991年第6期。

32.《Beyond对浪漫的定义》,《巨星龙虎榜》1991年第12期。

33. 大乔：《Beyond善心日记》,《大众电视》第841期（1991年6月）。

34.《Beyond筹备演唱会如火如荼!》,《巨星龙虎榜》1991年第13期。

35. Irene：《Beyond谈情说爱》,《唱片骑师》第9期（1991年7月）。

36. 莎莲娜：《Beyond梦想逍遥游》,《玉郎电视》第761期（1991年7月）。

37.《Beyond直言有舞小姐在陪也不为所动》,《少女心》第4期（1991年8月）。

38. 完治：《每次解囊不少于五位数 常掏腰包资助年轻音乐人》,《明报周刊》第1286期（1993年7月）。

39. 莎莲娜：《Beyond叹知音人少》,《玉郎电视》第730期（1991年10月）。

40. 阿MING：《传为利益起冲突莫名其妙》,《新电视》第889期（1991年2月）。

41.《大地拼凑时代凌乱的音符》,《青春快递》(台湾)1991年11月。

42. 大乔:《Beyond失踪之谜?!》,《大众电视》第870期(1992年1月)。

43. 大乔:《Beyond获益良多!!》,《大众电视》第891期(1992年5月)。

44. 莎莲娜:《Beyond要做四大花靓仔》,《玉郎电视》第770期(1992年7月)。

45. 黄庆升:《Beyond:为信念孤军奋战后,脱颖而出》,《荧幕偶像》(台湾)第13期(1992年12月)。

46. Kitty:《开口闭口日本好》,《生活电视》(马来西亚)第453期(1993年5月)。

47. Pauline:《Beyond举行十周年巡回演唱会》,《100分》第179期(1993年5月29日)。

48.《他们会比温拿更长情》,《生活电视》1993年6月。

49.《刘志远闻辞世心情激动》,《明报》1993年7月1日。

50. 许宝莉:《黄家驹昏睡离人世》,《壹周刊》第173期(1993年7月2日)。

51.《Beyond日本经理人评叶世荣实践家驹遗愿》,《东方新地》1993年7月4日。

52.《直击报道 黄家驹临终72小时》,《东方新地》1993年7月4日。

53.《两个女人 楚麒与Rita》,《东方新地》1993年7月4日。

54.《失去灵魂的 Beyond 何去何从?》,《东周刊》第 37 期（1993 年 7 月 8 日）。

55.《家驹对 Amuse 颇有微言》,《东周刊》第 37 期（1993 年 7 月 8 日）。

56. 邝国强、陈颂红：《家驹的乐与怒：Beyond 返回日本前的对话》,《壹周刊》第 174 期（1993 年 7 月 9 日）。

57. 冯礼慈：《论 Beyond 的音乐：Beyond 没有出卖过自己》,《壹周刊》第 174 期（1993 年 7 月 9 日）。

58. 刘玉芬：《是终结也是开始》,《壹周刊》第 174 期（1993 年 7 月 9 日）。

59.《家驹 永远怀念你!!》,《东周刊》第 38 期（1993 年 7 月 14 日）。

60.《Beyond 写真篇：是成员各抒己见》,《金电视》第 935 期（1993 年 7 月）。

61.《Beyond——乐与怒》,《音像世界》1993 年第 8 期。

62. Beyond：《Beyond》,《壹周刊》第 196 期（1993 年 12 月 10 日）。

63. 刘玉芬：《Beyond 依然够串够真》,《壹周刊》第 196 期（1993 年 12 月 10 日）。

64. 风鸟：《Beyond 壮志不移》,《唱片骑师》1994 年 5 月号。

65. 韵俞：《Beyond 自相矛盾不肯面对现实》,《玉郎电视》第 871 期（1994 年 7 月 16）。

66. Beyond：《Beyond》,《壹周刊》第 256 期（1995 年 2 月

3日)。

67. 曹雪聪:《收复大球场 Beyond〈Sound〉》,《壹本便利》第 187 期(1995 年 6 月)。

68. 莎莲娜:《Beyond 与音乐混为一体》,《电视周刊》第 918 期(1995 年 6 月)。

69.《Beyond 台湾日记:因为有爱所以有音乐有 Beyond》,《滚石》(台湾)第 150 期(1995 年 11 月号)。

70. Denise:《Beyond 很精彩演唱会!》,《东 Touch》第 40 期(1996 年 3 月 5 日)。

71. Denise:《Beyond 吉隆坡日记:"拆天"演唱会》,《东 Touch》第 53 期(1996 年 6 月 4 日)。

72. Denise:《独家专访"香港音乐揸 Fit 人"Beyond》,《东 Touch》第 53 期(1996 年 6 月 4 日)。

73. 刘邦奴:《Beyond 迎风再战》,《东周刊》第 193 期(1996 年 7 月 4 日)。

74.《家驹五十首遗作重见天日》,《东周刊》第 227 期(1997 年 2 月 27 日)。

75. 袁智聪:《Beyond 三个人在途上》,《音乐殖民地》第 63 期(1997 年 4 月 18 日)。

76. Beyond:《Beyond》,《壹周刊》第 371 期(1997 年 4 月)。

77.《Beyond 豪装新窦大曝光》,《东 Touch》第 96 期(1997 年 4 月 1 日)。

78. 余紫水:《Beyond 封嘴唔再闹人》,《凸周刊》1997 年 4

月18日。

79.《Beyond歌迷大逼供》,《是的》(YES)第236期(1997年5月)。

80. Canase:《Beyond退一步海阔天空》,《东周刊》第240期(1997年5月29日)。

81. 曹雪聪:《Beyond新奋斗时代》,《壹周刊》1997年12月26日。

82. 林哲仪:《Beyond的惊喜与再造经典》,《Pass杂志》1998年3月号。

83. 黄仲辉:《音乐=态度 BEYOND》,《音乐殖民地》第81期(1997年12月26日)。

84. 袁智聪:《Beyond飞出这世纪》,《音乐殖民地》第105期(1998年12月11日)。

85.《美好时光 再见》(Good Time Goodbye),《TVB周刊》1999年12月13日。

86.《有心有力Beyond》,《壹周刊》1999年12月30日。

87. 袁智聪:《划时代自主呼声——探讨香港独立音乐发展生态》,《文化现场》第22期(2010年2月)。

88.《黄贯中要做活着的音乐人》,《明报周刊》第1686期(2001年3月3日)。

89.《非一般Band友——黄贯中》,《3周刊》2001年7月14日。

90.《"铁鸟"叶世荣Beyond精神不死》,《影视圈》2001年第 11 期。

91.《一个人的世荣》,《生果周刊》2001 年 9 月 24 日。

92. 罗小莉:《重聚:为了"光辉岁月"》,《南方都市报》2003 年 4 月 28 日。

93.《Beyond 成乐坛抢手货 环球 EMI 力邀加盟》,《快周刊》第 247 期(2003 年 5 月 13 日)。

94. 小 Pat:《黄家强自问自答》,《东 Touch》第 491 期。

95. 音乐天地编辑部:《Beyond 传奇 20 年》,《音乐天地》2003 年第 9 期。

96.《家强 Band 房严禁过夜》,《壹周刊》第 765 期(2004 年 4 月)。

97. 李玉龙:《"黑豹"归来:一个经纪人的自白》,《经纪人》2004 年第 7 期。

98.《困兽·黄贯中》,《东方新地》第 354 期(2004 年 9 月 22 日)。

99. 李佩仪:《别来无恙·黄家强》,《3 周刊》第 265 期(2004 年 11 月)。

100. 袁智聪:《新的开始·黄家强》,《音乐殖民地》第 252 期(2004 年 10 月)。

101. Patrick Lee:《黄家强:一次畅所欲言的音乐交流》,《头条》(*Headlines*)第 408 期(2004 年 11 月)。

102.《黄家强:我更加快乐》,《君子杂志》第 192 期(2004 年 11 月)。

103.《黄家强：发现自我 发现未来》,《男性创意》第49期(2004年11月)。

104. 崔博:《"在音乐上我是一个新生的孩子"——Beyond鼓手叶世荣访谈》,《通俗歌曲·摇滚》2004年第11期。

105. Patrick Lee:《黄家强：一次畅所欲言的音乐交流》,《头条》第408期(2004年11月)。

106.《往事并不如烟·黄家强》,《星期一》(*Monday*)第218期(2004年12月)。

107.《回望04》,《东Touch》第497期。

108.《黄家强：了却家驹的心愿》,《男性创意》第51期(2005年1月)。

109.《黄贯中：我们是残废的》,《男性创意》第51期(2005年1月)。

110.《叶世荣：感觉就像毕业一样》,《男性创意》第51期(2005年1月)。

111.《廿二年血与汗 Beyond告别控诉》,《壹周刊》第778期(2005年2月3日)。

112. Vivian:《黄家强：光辉岁月，一去不返》,《运动休闲》2005年第11期。

113. 高飞:《Far From Beyond 叶世荣》,《独立音乐》(*Independent Music*) 2006年1月号。

114. 方蛇:《白日梦——黄贯中》,《音像世界》2006年第6期。

115. 黄鹿玲：《黄家驹塘虱鱼的故事》，《明报周刊》第 1963 期（2006 年 6 月 24 日）。

116. 雷旋：《Beyond 日本"乐与怒"》，《音像世界》2006 年第 7 期。

117. Boa：《黄贯中：因为爱，所以放开》，《How·好》2006 年第 11 期。

118.《有时你可以自己动手》（Sometimes You Can Make It On Your Own），《牛奶》（*Milk*）第 177 期。

119. Boa：《黄贯中：因为爱，所以放开》，《How·好》2006 年第 11 期。

120. 叶世荣：《我的乐队》，《广播歌选》2006 年第 11 期。

121. 谭嘉怡：《黄贯中 真摇滚》，《影视圈》2006 年第 12 期。

122. 钟灵：《黄贯中：忙并快乐着》，《通俗歌曲·摇滚》2007 年第 1 期。

123. 余家强：《岂有豪情似旧时·黄家强》，《壹周刊》第 881 期（2007 年 1 月 25 日）。

124. 宋寻：《Beyond 叶世荣：不是真心的音乐我们绝不做》，《南都娱乐周刊》2009 年 7 月 27 日。

125. 梁肇宗：《亲解失踪十七年之谜 林楚麒自揭曾与家驹订婚》，《明报周刊》第 2152 期（2010 年 2 月 8 日）。

126. 雷旋：《Beyond 幕后"没什么太多快乐的回忆"——乐队经纪人陈健添揭秘不为人知的往事》，《Q 杂志》（中文版）2013 年。

127.《前经理人陈健添亲述：Beyond 旧日的足迹（一）》，《明报周刊》第 2352 期（2013 年 12 月 7 日）。

128.《黄家驹陈健添的第一个矛盾：Beyond 旧日的足迹（二）》，《明报周刊》第 2353 期（2013 年 12 月 14 日）。

129. 鞠晶：《我的哥哥黄家驹》，《博客天下》2013 年第 22 期。

130. 蔡慧、蒋梦瑶：《黄家强：我唯有跟家驹说对不起 因为我们三人已分开发展了》，《南都娱乐周刊》2013 年第 27 期。

131. 邹金灿：《叶世荣：80 岁都会有人跟我提 Beyond》，《南方人物周刊》2014 年第 38 期。

报纸

1. 黄家驹：《我在新几内亚的日子》，《青年周报》1990 年 8 月 16 日。

2.《黄家驹重伤昏迷 歌迷担忧朋友祝福 家人飞赴日本照料》，《东方日报》1993 年 6 月 25 日。

3.《在日本录影从高台堕下 Beyond 歌手黄家驹重伤》，《东方日报》1993 年 6 月 25 日。

4.《家驹未醒家人守候 是否开刀仍待观察》，《东方日报》1993 年 6 月 26 日。

5.《Beyond 黄家驹不治 东京富士电视台发道歉声明》，《东方日报》1993 年 7 月 1 日。

6.《Beyond 再度踏足舞台 矛盾绕心头》,《快报》1994 年 1 月 21 日。

7.《Beyond 签约滚石 因深爱原创精神》,《明报》1994 年 2 月 23 日。

8.《Beyond 日本返港,连串计划待展开》,《明报》1994 年 5 月 1 日。

9.《跨年演唱会要大大声,Beyond 不考虑大球场》,《现代日报》1994 年 5 月 1 日。

10. 梁兆辉:《Beyond 给青年人见证,梦境确可成真的》,《明报》1994 年 6 月 15 日。

11. 王中言:《行过悲欢岁月 Beyond 细诉来时路》,《香港联合报》1994 年 7 月 19—22 日连载。

12.《Beyond 忙于创作新歌 总好像缺少点什么》,《明报》1994 年 9 月 9 日。

13.《黄贯中敢怒敢言具自信 敌我分明没诡计》,《香港文汇报》1994 年 10 月 5 日。

14.《Beyond 争取自由度,与 Amuse 约满不再签经理人》,《明报》1994 年 10 月 11 日。

15.《斟约要双方付出诚意 Beyond 提旧事仍不满》,《成报》1995 年 4 月 1 日。

16.《Beyond 允演出破僵局 无线声言要守游戏规则》,《东方日报》1995 年 4 月 1 日。

17.《Beyond 罗省录音效果满意 新碟制作费逾百万》,《天天日报》1995年4月1日。

18. 张润华：《表演时间两次缩短 Beyond对无线失望》，《星岛日报》1995年5月31日。

19. 彭美施：《王菲性情变 刻意避传媒》，《星岛日报》1995年6月11日。

20.《有人以黄家驹基金会名义慈善筹款 Beyond成员全不知情》，《明报》1995年6月25日。

21. 凌四化：《黄贯中破格或无知?》，《成报》1995年6月28日。

22. 当得仁：《Beyond仍保存四合一精神》，《成报》1995年7月1日。

23.《马国行大阵仗 歌迷蝉过别枝 Beyond庆甩难》，《东方日报》1995年7月2日。

24.《个唱好High·歌迷狂嗌 俾人泼冷水·Beyond无所惧》，《东方日报》1996年3月5日。

25.《Beyond当无线颁奖礼无到》，《东方日报》1997年12月17日。

26.《叶世荣：她是世上最好的》，《太阳报》2002年10月2日。

27. 罗小莉：《重聚：为了"光辉岁月"》，《南方都市报》2003年4月28日。

28.《香港没有摇滚，只有Beyond》，《北京青年报》2003年7月23日。

29. 崔恕:《8月工体放歌 Beyond:"三缺一"的十年》,《北京青年报》2003年8月1日。

30.《公开最爱遗下的声音:叶世荣三妻四妾活出精彩》,《星岛日报》2003年8月16日。

31. 曾岁春、钟日南:《对话 Beyond:细说乐队的昨日今日与明日》,《南方都市报》2003年11月7日。

32.《叶世荣:但愿乐与怒到老》,《星洲日报》2004年8月20日。

33.《理想的马·黄家强》,《东方日报》2004年10月30日。

34.《黄家强:我背得起》,《香港经济日报》2004年11月10日。

35. 星星:《希望正面看待"Beyond 总有毕业的一天"》,《广州日报》2005年5月23日。

36. 高志森:《领导者黄家驹》,《明报》2006年10月29日。

37. 区家历:《叶世荣:家驹独特的嗓音是经过特殊训练》,《香港经济日报》2008年4月14日。

38.《黄家驹二楼后座的足迹》,《东方日报》2008年6月8日。

39.《未亡人蒸发15年 林楚麒开腔:我们89年订了婚》,《太阳报》2008年6月8日。

40. 黄长洁、丁妍:《黄家驹逝世15周年:Beyond三子忆家驹旧日》,《南方都市报》2008年6月9日。

41. 陈明辉:《别了家驹十五载,Beyond三子再同台》,《羊城晚报》2008年6月12日。

42. Naj：《浪子回头——刘志远驰骋人生五线谱》，《星岛日报》2011年4月14日。

43. 骆俊澎：《梅小青："其实家驹演戏不错"》，《东方早报》2011年12月7日。

44.《黄贯中：佩服家驹有远见》，《晴报》2011年12月8日。

45. 东方日报音乐组：《家强曾遭家驹逐出Beyond》，《东方日报》2013年5月31日。

46. 邵登：《〈晶报〉记者在黄家强工作室专访黄家强》，《晶报》2013年6月26日。

47.《再见家驹，光辉永恒》，《珠江晚报》2013年6月29日。

48.《黄家驹不死的乐与怒 缅怀一代摇滚灵魂人物》，《东方日报》2013年6月29日。

49.《陈海琪：难忘家驹对乐坛有火》，《东方日报》2013年6月30日。

50.《追忆往昔，祭奠辉煌：那一刻，谁都无法"超越"》，《包头晚报》2013年7月1日。

51. 李思颖：《反击家强指责出书"消费"家驹——Beyond前经理人否认发"死人财"》，《香港文汇报》2013年7月13日。

52. 李艺：《Beyond受人爱戴为哪般?》，《温州日报》2013年7月17日。

53.《叶世荣：家驹家强吵得凶好得快》，《羊城晚报》2013年11月5日。

54.沈参、覃黎娜：《当歌声响起时，他成了希望的旗帜》，《潇湘晨报》2013年12月7日。

55.《贫童眼神触动黄贯中》，《成报》2002年7月16日。

56.李培：《"国际医疗行动图片展"将揭幕 黄贯中摄影作品亮相》，《南方日报》2007年10月24日。

57.《黄贯中吁环保减天灾救穷人》，《大公报》2009年11月4日。

58.骆俊澎：《黄家强与黄贯中兄弟断交已3年恩怨源自朱茵?》，《东方早报》2008年1月4日。

59.《黄家强首度回应与黄贯中骂战：我当他一时冲动》，《成都商报》2013年6月8日。

60.《叶世荣称Beyond私下是兄弟：常怀念家驹》，《沈阳日报》2013年10月14日。

网络文章

1.《黄贯中愤怒控诉香港娱乐圈乐坛 Beyond放下自尊受尽屈辱方成功》，南方网，2002年10月22日。

2.梁翘柏：《我和家驹的二三事》，新浪娱乐，2008年6月28日。

3.覃小萍：《访Beyond前经理人Leslie Chan：伯乐变陌路人》，《中国报》新闻网，2012年。

4.《Beyond经理人聊Beyond三十周年：还原一个真实的

Beyond》，微访谈，2013年7月17日。

5. 末吉觉：《Beyond——日本国内的"中国"》，高知新闻，2014年3月25日。

6. Leslie Chan：《家驹一直不满家强的表现》，Beyond.com.hk脸书，2014年9月17日。

7. 黄家强：《真相》，黄家强微博，2014年10月9日。

8.《关于家驹——陈健添答歌迷问》，未名空间，2015年8月19日。

9. Leslie Chan：《叶世荣的音乐路你认识多少？——"2016引以为荣世界巡回演出"博文（二）》，Leslie Chan微博，2016年3月18日。

10. 许栢伦：《Beyond〈真的爱你〉纯为商业？高层陈少宝：家驹提出歌颂母爱》，香港01网站，2017年4月24日。

11. 雷旋：《〈海阔天空〉25年：超越时代的黄家驹绝唱》，BBC News中文网，2018年6月30日。

12. 高志森：《记Beyond家驹一件事》，高志森脸书，2020年3月12日。

13.《叶世荣：做一名志愿者我很光荣》，网易娱乐专稿，2008年5月29日。

14.《中国慈善机构首次推出电子募捐行动台商捐百万》，中国新闻网，2007年7月12日。

15.《黄家强卖玩具收益捐慈善赈灾歌遭曾志伟三改》，新浪娱乐，2008年5月30日。

16.《黄贯中婉拒义演甘赴灾区做义工坚信"人定胜天"》,中国新闻网,2008年5月21日。

17. 黄莉玲:《解析缅甸罗兴亚难民危机的根源与解决之道——专访助理秘书长徐浩良》,联合国官网,2018年12月20日。

18.《狭缝十五年——活在孟加拉的罗兴亚难民图片展开幕礼今天顺利举行》,"无国界医生"中文官网,2007年9月23日。

19.《黄家强承认曾与黄贯中反目三年被追问和好经过》,中国新闻网,2008年5月6日。

20.《Beyond 三十周年的意义(一)》,Leslie Chan 微博,2013年5月27日。

21.《Beyond 乐队成员黄家强捐建儿童快乐家园》,中国少年儿童基金会官网,2015年12月28日。

22. Empty:《黄家强宣传个唱再谈 Beyond:还是朋友但不会同台》,网易娱乐,2014年8月25日。

23.《〈海阔天空〉永垂不朽破1亿点击,成为 YouTube 史上第一首破亿点击广东歌》,《囧报》2022年4月13日。

散页

1. 琼琼:《放弃实验摇摆 Beyond 要"永远等待"》。
2. 黄家驹:《写曲素材随时涌现 记下每一个音符全靠脑袋》。
3. 黄家驹:《香港乐坛日益进步 电子音乐变化多令我接受》。

4. 桑雅:《Beyond 坚持风格 绝不因任何环境改变》。

5. 吾尔阿丹:《跟 Beyond 大吃大喝大声讲话》。

6. 大乔:《为音乐而音乐!!四人梦寐以求的理想境界》。

7. 卡拉:《Beyond 往美国读书面临解散》。

8. 张琬:《谈到刘德华黎明 黄家驹说:长得漂亮是优胜些》。

9. 小婉:《Beyond 共同理想:开录音室》。

10. 乔哀斯:《Beyond 成员驿马星动一再外出》。

11. Tunbo、齐啡:《重拾 Beyond 旧日点滴情怀》。

12. 黄贯中:《音乐并不是我的一切》。

13. 沈怡:《乐队异军——Beyond》。

14. Tony Jo:《Beyond 受限?》。

电视/电台/音频

1. 香港商业二台《叱咤开咪》,主持人:区新明;嘉宾:Beyond。1989 年 5 月 9 日,5 月 12 日。

2. YouTube《"苦口驹心——1991"Beyond v.s.林珊珊电台采访完整版 on 字幕》,Midori Chung 于 2013 年 8 月 17 日上传。

3. 北京音乐广播(FM97.4)《香港风景线》,嘉宾:Beyond。1993 年 1 月 14 日。

4. 重庆卫视《超级访问》,主持人:李静、戴军;嘉宾:Beyond。2005 年 5 月 11 日。

5. 搜狐娱乐《明星在线》,主持人:大鹏;嘉宾:黄贯中。

2005年6月8日。

6. 搜狐娱乐《明星在线》,主持人:大鹏;嘉宾:叶世荣。2005年8月7日。

7. 搜狐娱乐《明星在线》,主持人:大鹏;嘉宾:黄家强。2005年10月12日。

8. 华娱卫视《静距离》,主持人:李静;嘉宾:叶世荣。2007年6月24日。

9. 华娱卫视《静距离》,主持人:李静;嘉宾:黄家强。2007年9月8日。

10. 华娱卫视《静距离》,主持人:李静;嘉宾:黄贯中。2008年1月26日。

11. 香港无线电视翡翠台《不死传奇:黄家驹》,2008年1月26日。

12. 香港有线电视娱乐新闻台《主播会客室》,主持人:李润庭;嘉宾:黄贯中。2008年。

13. Now香港台《生活愉快》(Have A Nice Day)第10集,主持人:林珊珊;嘉宾:黄贯中。2009年2月15日。

14. 香港商业电视台叱咤903《云妮钟情——摇滚之名》,嘉宾:黄贯中、黄家强。2009年6月10日。

15. 香港无线电视台《东张西望》,嘉宾:黄家强。2009年6月19日。

16. 亚洲电视本港台《Eva会客室》第27集,嘉宾:黄贯中。2011年12月10日。

17. 香港数码广播电台《海琪的天空》,《Beyond 绝秘声带》,2012 年 5 月 15 日。

18. 香港无线电视台翡翠台《音乐动起来》第 9 集 "因摇滚之名",2012 年 5 月 26 日。

19. 香港亚洲电视本港台《亚姐百人》第 13 集,嘉宾:潘先仪。2013 年 5 月 1 日。

20. 中央人民广播电台央广视讯《王牌驾到》,嘉宾:黄家强。2013 年 7 月 13 日。

21. 香港电台《我们都是这样唱大的Ⅱ》,《摇滚不死——黄家强@Beyond》,2015 年 9 月 6 日。

22. YouTube《黄家强 It's Alright Live 2013》,寰亚音乐于 2013 年 5 月 19 日上传。

23. YouTube《Beyond——家驹电台受访》,Joan Chen 于 2015 年 11 月 14 日上传。

24. 东方新地《2016 家驹爱心延续慈善演唱会叶世荣采访》,2016 年 6 月 10 日。

25. 坏蛋调频 FM12638《听 Beyond 经纪人聊 Beyond》,2016 年 8 月 30 日。

26. 坏蛋调频 FM12638《听王菲经纪人聊王菲前史》,2016 年 9 月 7 日。

27. YouTube《围炉音乐会:怀念家驹 音乐不停》,四川卫视"围炉音乐会"于 2017 年 8 月 17 日上传。

28. Youku《黄家驹——潘先丽小姐 9 月 30 日专访》,"黄家驹音乐传承"于 2017 年 10 月 10 日上传,"黄家驹音乐传承"群 2017 年 9 月 30 日直播。

29. Youku《Beyond 第一代吉他手 William 专访》,"黄家驹音乐传承"于 2018 年 1 月 30 日上传,"黄家驹音乐传承"群 2018 年 1 月 20 日直播。

30. Youku《黄家驹——潘先丽小姐 2018 元宵节专访》,"黄家驹音乐传承"于 2018 年 3 月 4 日上传,"黄家驹音乐传承"群 2018 年 3 月 2 日直播。

31. Youku《Beyond 经理人 Leslie Chan 聚旧聊天分享》,"黄家驹音乐传承"于 2018 年 5 月 17 日上传,"黄家驹音乐传承"群 2018 年 5 月 15 日直播。

展览

1. "声色犬戎:黄贯中视觉艺术作品跨界画展",北京:西巷空间,2016 年 11 月 1—15 日。

2. "Beyond 传奇 35 周年展览",香港:D2 Place Two 地下 The Garage,2018 年 5 月 1—31 日。

附录一 Beyond 唱片年表（1983—2005）

专辑（Albums）

粤语

1986.03《再见理想》（盒带），香港：自资独立出版

1987.07《亚拉伯跳舞女郎》，香港：键锋传音

1988.02《现代舞台》，香港：键锋传音

1988.09《秘密警察》，香港：新艺宝唱片

1989.07《Beyond Ⅳ》，香港：新艺宝唱片

1989.12《真的见证》，香港：新艺宝唱片

1990.09《命运派对》，香港：新艺宝唱片

1991.09《犹豫》，香港：新艺宝唱片

1992.07《继续革命》，香港：华纳唱片

1993.05《乐与怒》，香港：华纳唱片

1994.06《二楼后座》，台湾：滚石唱片

1995.06 《声音》(*Sound*),台湾:滚石唱片

1997.04 《请将手放开》,台湾:滚石唱片

1997.12 《惊喜》,台湾:滚石唱片

1998.12 《不见不散》,台湾:滚石唱片

1999.11 《美好时光》(*Good Time*),台湾:滚石唱片

国语

1990.10 《大地》,台湾:新艺宝唱片

1991.04 《光辉岁月》,台湾:新艺宝唱片

1992.12 《信念》,台湾:滚石唱片

1993.09 《海阔天空》,台湾:滚石唱片

1994.07 《天堂》(*Paradise*),台湾:滚石唱片

1995.10 《爱与生活》,台湾:滚石唱片

1998.02 《这里那里》台湾:滚石唱片

日语

1992.09 《超越》(*Beyond*),东京:Fun House

1993.07 《这就是爱Ⅰ》(*This Is Love 1*),东京:Fun House

1994.07 《二楼后座》(*Second Floor*),东京:Fun House

EP

1987.01 《永远等待》,香港:键锋传音&宝丽金

1987.07《新天地》,香港:键锋传音

1989.04《4拍4》,香港:新艺宝唱片

1990.06《天若有情》,香港:新艺宝唱片

1990.07《战胜心魔》,香港:新艺宝唱片

1992.12《无尽空虚》,香港:Amuse & Fun House

1996.02《Beyond得精彩》,台湾:滚石唱片

1998.07《行动》(*Action*),台湾:滚石唱片

2003.04《重聚》(*Together*),香港:百代唱片

单曲(Single)

粤语

1987.10《孤单一吻》,香港:键锋传音

1988.01《旧日的足迹》,香港:键锋传音

1991.07《为了你,为了我》,香港:新艺宝唱片

1992.03《半斤八两》,香港:华纳唱片

日语

1992.07《长城》(*The Great Wall*),东京:Fun House

1992.09《リソ ラバ~International~》(可否冲破),东京:Fun House

1993.06《くちびるを夺いたい》(我想夺取你的唇),东京:Fun House

1994.11《天堂》(*Paradise*),东京:Fun House
1995.03《アリガトウ》(谢谢),东京:Fun House
1999.09《爱我的海湾》(*Love Our Bay*),东京:Fun House

注:括号内为英文的唱片,英文即为原版唱片名字;括号内为中文的唱片,中文名则均由外文翻译而来。

附录二　Beyond 成员表（1983—2005）

黄家驹（Wong Ka Kui），Beyond 乐队创始人之一，主唱兼吉他手，1993 年 6 月 30 日意外离世。

叶世荣（Yip Sai Wing），Beyond 乐队创始人之一，鼓手兼和声，乐队中资历最深的成员。

黄家强（Steve Wong），1983 年 10 月加入 Beyond，担任贝斯手、和声以及主唱。

黄贯中（Paul Wong），1985 年 3 月加入 Beyond，担任主音吉他手、和声以及主唱，同年 7 月 20 日"永远等待"演唱会上家驹正式宣布其成为 Beyond 的一员。

刘志远（Johnny），1986 年 5 月加入 Beyond，担任键盘手及主音吉他手，1988 年 5 月 1 日离队。

陈时安（David Chan），1984 年 1 月加入 Beyond，担任主音吉他手，因计划前往美国留学，于 1985 年 3 月离队。2022 年 1 月 20 日病逝。

邓炜谦（William Tang），又名邬林，Beyond 乐队创始人之

一,乐队命名者,主音吉他手,1983年9月离队。

李荣潮(Lee Wing Chiu),Beyond乐队创始人之一,贝斯手,1983年9月离队。

关宝璇(Owen Kwan),1983年12月加入Beyond,担任主音吉他手,1984年1月离队,未留下任何作品。

后 记

初次听到《长城》，即被它那恢宏的气势所震动。当时我刚升入高一，某天中午放学回校外租住的宿舍，邻居正在用音响外放此曲，整栋楼弥漫着 Beyond 的声浪。现在回想起来，这个场景和家驹捡到他生命中的第一把吉他颇为相似。于是，我成了 Beyond 的忠实乐迷。那一时期，我的情绪非常低迷，Beyond 的音乐恰好为我提供了自我疏通的方式，并给我带来一种内在的力量。

Beyond 的音乐很符合我当时的心境，颓废却不气馁，悲愤但不悲情，那些音乐仿佛就是为我而写。走路时听，写作业时听，睡觉时也听，那几乎是一种痴迷的状态。无数个夜晚，我都在 Beyond 的音乐中迷迷糊糊地睡去。每当从梦中醒来，试图关掉音乐以便让自己睡得更深时，内心总会有些惶恐。因为只要关掉音乐，一种恋人将别的孤寂感就会侵袭而来。在这种痴迷的热爱中，Beyond 陪我度过了轻松而又黯淡的高中时光，直到顺利进入大学。我始终认为，在那个决定性的成长阶段，我之所以能够满怀信心、奋力前行，Beyond 音乐的陪伴功不可没。

Beyond 像一把钥匙，为我打开了通往广阔音乐世界的大门。随着识见的增长，Beyond 不再是我歌单的全部。在大学里，我听到了世界各地顶尖乐队的歌曲。国内的如左小祖咒、声音碎片、灰狼、杭盖等；国外的则数不胜数，平克·弗洛伊德、蝎子、皇后、U2、R. E. M.、Dire Straits、枪花、德国战车、夜愿等，都是我常听的乐队。后来我甚至把《中国摇滚手册》《有生之年非听不可的 1001 张唱片》等大部头找来，按图索骥狂听书中提及的作品。但即便如此，我偶尔还是会重听 Beyond。

大学期间，我读到了不少关于 Beyond 的文章，然而那些文章大多泛泛而谈，粗浅敷衍，甚至常常以讹传讹，比如 Beyond 成军的时间、起源以及乐队 1983 年参加比赛的赛事名称等基本史实，目前网络上大部分文章使用的均是错误信息。基于对书写现状的不满以及对 Beyond 的感念，我决定自己写一本家驹传或者 Beyond 传。2014 年初秋，刚从大学毕业的我随即开始着手相关文献的收集、整理和研究，一头扎进 Beyond 的浩瀚世界。

Beyond 本身就是一部复杂之书，关于他们的评价充满种种误读，有时甚至走向两个极端，要么神化，要么轻视，关于他们的书写则更加纷繁混乱。因此，客观地还原 Beyond 的历史，尤其是家驹的成长史、创作史和思想质地，显得很有必要。当然，也正是这种复杂性才使得他们被反复讨论。随着创作的深入，当初那种单纯的热爱，已渐渐转变成一种使命，我不得不反复求证那些广为流传或者不为人知的往事的真实性，不断修改、完善，艰辛远超当初的预料。幸运的是，在此过程中，诸多 Beyond 历史的参与者和见证者的支持与帮助，为本书的创作注入了更多能量。

在与 Beyond 音乐相遇的这些年，无论创作遭遇困境，还是生活进入洼地，每当听到 Beyond 的歌曲，我总能感受到一种深深的暖意，这也许就是 Beyond 音乐直抵人心的魅力所在。同样是这些年，我在无数的场合，诸如学校、商铺、酒馆、Livehouse，甚至是汽车、高铁、飞机上，都听到过 Beyond 的音乐。这更加令人相信，家驹一直活在我们中间。

近年来，改编、翻唱 Beyond 作品的乐队和歌手越来越多，人们以不同的方式延续着 Beyond 作品的生命。然而，无论改编还是翻唱，几乎都没能传达出原作的神韵，更别说超越原作。当然，这并不是否定所有的改编，改编也是一种创作，创作本身就有无数的可能，但这恰恰说明家驹的不可替代和 Beyond 的不可超越。这正是原创音乐的意义所在——开放，甚至是一种即兴的语言，但也具有一定的排他性。

毋庸置疑，Beyond 早已成为一个时代的标志。在短短的十年间，家驹带领 Beyond 的其他成员创作出无数传世之作，其天才着实令人惊叹。作品被反复改编、翻唱、重听，故事被反复讲述，这显然是对作为创作者的 Beyond 的最高肯定。我相信，家驹的精神和 Beyond 的音乐将会以各种形式继续影响更多的人，并介入公众生活，无论过去、现在还是将来。

本书创作期间，我通过面谈、远程视频、即时语音、笔谈等方式，采访到 Beyond 前经纪人陈健添，著名填词人、Beyond 金牌搭档刘卓辉，家驹前女友潘先丽，家驹生前好友、著名音乐人周启生，Beyond 御用司仪、著名 DJ 陈海琪，Beyond 自资专辑《再见理想》制作人张景谦，家驹生前好友、著名 DJ 黃志淙，Beyond 首位报道者、著名乐评人冯礼慈，Beyond 前助理龚建忠，Beyond 演出助理、吉他手梁俊威，吉他手、家驹的学生王驰等 Beyond 历史的参与者和见证人，发掘出大量一手资料，使本书更加丰满翔实，在此一并向他们致以诚挚的谢意。

虽然本书的创作都是由我一人独自完成，但如果没有家人和众多热心朋友、师长、大学室友、校友、Beyond 歌迷的鼓励和帮助，这将是一场更为艰难的创作之旅。在漫长的创作过程中，因为他们的支持，我深知自己并非独自前行。

感谢香港大学朱耀伟教授为本书作序。两封邮件来回，他便爽快答应了我的请求，也正是这篇序文，将几代人连在了一起，这种感觉真的很奇妙。

感谢知名历史学者、作家杨早，香港知名诗人、作家廖伟棠，四川大学中文系陆正兰教授，著名填词人、Beyond 金牌搭档刘卓辉，为本书撰写推荐语。因为爱音乐、爱家驹、爱 Beyond，我们得以在这本书中相遇。

最后，感谢本书编辑陈卓，是他以优秀出版人的敏锐和胆识促使本书得以出版。在前期的沟通过程中，他还给我提出过许多不错的修改建议。本书的最后一章，即第十章，就是在他的提议下增写的。

这部传记从构想到行文，都带有几分考辨色彩。但需要指出的是，本书的定位自始至终都是传记文学，而非学术著作。文中对错误性的史实、具有争议的说法以及重要的观点进行了注释，供读者自行参考判断。由于能力所限，加之创作时间跨度较大，书中难免存在疏漏，欢迎读者朋友通过我的个人同名公众号与我联系并指正，待考证切实，以便日后修订。

左安军

2023年8月16日于成都